Eins

Jeremias Trumpf

Neckarufer Verlag
Stuttgart 2013

Buch

Im Spätsommer 2012 versetzen zwei Serienkiller Stuttgart in Angst und Schrecken. Die Anatomie der Morde könnte unterschiedlicher kaum sein. Die Ermittler Kurt Schockenried, Dennis Rathvan und Tatjana von Senden, von der Kriminalpolizei Stuttgart, erhalten Unterstützung durch die Psychologin und Profilerin Jessica Dornfeld vom LKA Baden-Württemberg. Während Kurt um seinen Ruf, Dennis mit seinem unzuverlässigen Mitbewohner und seinen konservativen schwäbischen Nachbarn, Tatjana mit sich selbst gegen die großen und kleinen Ängste des Alltags, und alle zusammen gegen einen merkwürdigen Geruch im Polizeipräsidium kämpfen, verfolgen sie Spuren durch die ganze Stadt. Vom Monte Scherbelino über das Große Haus zum Bismarckturm und vom Drei-Farben-Haus in der Innenstadt über Botnang in den Klingenbachpark nach Stuttgart-Ost. Über das Stuttgarter Rathaus führen die Ermittlungen unter anderem zu einer Dating-Agentur und auf einen Friedhof nach Berlin-Charlottenburg. Viele merkwürdige und gleichermaßen amüsante Begebenheiten sind ständige Begleiter der drei Kommissare.
Die Lösung des Falles ist völlig überraschend und nicht vorhersehbar. In einem spannenden Finale bleiben Verluste nicht aus.

Autor

Jeremias Trumpf wurde 1974 in Stuttgart geboren. Er studierte in Tübingen und promovierte an der Medizinischen Fakultät. Er ist praktizierender Arzt und lebt mit seiner Frau und seinen zwei Töchtern in Stuttgart-Ost. Aus einer ersten Ehe hat er zwei Söhne, die bei der Mutter leben. Die Bücher im Neckarufer-Verlag erscheinen unter einem Pseudonym. Trumpf ist Mediziner und verfügt über profunde Kenntnisse auf den Gebieten der Rechtsmedizin und der Psychiatrie. In seinen Büchern wird deutlich, dass rechtsmedizinische und (kriminal-)psychologische Sachverhalte fundiert, aber trotzdem für jedermann verständlich dargestellt sind. Ein weiteres naturwissenschaftliches Spezialgebiet, auf dem sich Trumpf „frei bewegen" kann, ist die Forensische Entomologie, die Insektenkunde „an und um die Leiche".

Dritte Auflage, 2014

Veröffentlicht durch Neckarufer Verlag, Stuttgart
Umschlaggestaltung: Jan Kaiser
Druck und Bindung:
e.kurz+co druck und medientechnik gmbh, Stuttgart
ISBN: 978-3-00-041523-4

„Eins“ ist außerdem unter www.neckarufer-verlag.de, Amazon.de und im Google PlayStore als E-Book erhältlich.

www.neckarufer-verlag.de

ISBN 978-3-00-041523-4
9 783000 415234

Für

Angela,

Stella und Talia

und

für

Jeremias

Eins.
Die Eins ist der Anfang.
Die Eins ist das Ganze.
Die Eins steht für das Einzige, sie ist unantastbar.
Aus der Eins gehen alle weiteren Dinge hervor und ihre kleineren Teile spalten sich vorübergehend ab.
Doch am Ende kehren sie alle wieder zurück.
Im Leben wie im Tod.

M.N.S., MD

1.

„*A+L 23.7.97*“, und rechts daneben war auf gleicher Höhe ein stark tailliertes Herz gemalt, welches im Verhältnis zur übrigen Schrift überproportional groß erschien. Die Schreibweise ließ keine Rückschlüsse auf Alter oder Geschlecht des Schreibers oder der Schreiber zu. Das Herz dominierte den Schriftzug, so dass die Emotionalität fast spürbar wurde, mit welcher es vor mehr als fünfzehn Jahren in diesen großen Trümmerstein eingeritzt wurde. Der Stein hatte eine relativ ebene Fläche und lag schräg vor einer Gruppe kleinerer Gesteinsbrocken, die wie Logenplätze vor einem Gemälde erschienen. Die Inschrift wurde wahrscheinlich mit einem anderen, härteren Stein eingeritzt. Und Steine hatte es hier ja schließlich mehr als genug. Wofür mochte A+L wohl stehen? Für Annika und Lars? Für Andreas und Lena? Oder waren es die Initialen eines gleichgeschlechtlichen Paares? Vielleicht Arndt und Leon? Oder Alexandra und Lara? Ein warmes, geborgenes Gefühl durchströmte seinen Körper beim Gedanken an glückliche Menschen, die hier schöne und unbeschwerte Momente erlebt hatten. Momente, nach denen er in seinem Leben bisher so unablässig gesucht hatte. Es gab da schon den ein oder anderen glückseligen Augenblick, aber die konnte er an den Fingern seiner beiden Hände abzählen und das war doch wohl zu wenig für einen achtundzwanzigjährigen, jungen Mann. Das konnte noch nicht alles gewesen sein. Was hatten all diese Menschen hier erlebt? War es nur ein flüchtiges Date oder die große Liebe? Hatten sich nur zwei turtelnde Menschen ein paar Meter von der Gruppe entfernt, um ungestört zu sein? Was

wohl aus den Menschen und ihrer wie auch immer gearteten Beziehung geworden ist?
Und die Geschichte all der Trümmersteine, die hier lagen. Gehörten sie einst zu den Häusern stolzer und glücklicher Menschen? Zu guten Menschen? Zu bösen Menschen? Was für Dramen und Tragödien, was für Feste und Freuden hatten sich hinter diesen Steinen abgespielt? Der Gedanke faszinierte ihn und erfasste ihn zugleich mit Ehrfurcht.
„Dieser Berg, nach dem zweiten Weltkrieg aufgetürmt aus den Trümmern der Stadt steht den Opfern zum Gedenken und den Lebenden zur Mahnung."
So steht es auf einer an den Trümmern angebrachten Tafel. In der Dunkelheit hatten diese völlig inhomogen aufgetürmten Trümmersteine etwas Majestätisches, in der Erhabenheit, mit welcher sie auf diesem Berg fast dreihundert Meter über Stuttgart thronten. Das Mondlicht dieser klaren Septembernacht und die Feinstaub-verschleierten Lichter der Innenstadt, die über dem Stuttgarter Westen auf dem Weg nach oben nur noch einen Bruchteil ihrer Intensität entfalten konnten, tauchten den Birkenkopf in ein trügerisches Zwielicht. Umrisse schienen auch auf einige Entfernung klar erkennbar, doch das Gefühl für die Dreidimensionalität war kaum noch vorhanden. Nur vage war zu erkennen, wo sich Abgründe auftaten oder Abhänge talwärts stürzten. Wie tief lagen die nächsten erreichbaren Absätze wirklich? Wenn er sich hier oben nur etwas besser ausgekannt hätte. Zu selten war er bisher hier gewesen. Es war überhaupt erst das dritte Mal. Zuletzt vor etwa zwei Jahren, als seine Schwester ihn besuchte und an einem Sonntagnachmittag alle im Reiseführer aufgeführten Besonderheiten der Region Stuttgart und Umgebung abklappern wollte.

Was sollte er nun tun? Am liebsten wäre er in eine Art Schockstarre verfallen und würde den Dingen ihren Lauf lassen. Aber er wollte noch nicht sterben. Irgendwann sicher, aber nicht hier und nicht jetzt. So gerne hätte er zu den vielen glücklichen Menschen gehört. Der unerschütterliche Glaube daran hatte ihn schon viel erleben lassen, Trauriges und Schönes. Dieser Glaube hatte ihn auch heute hierher geführt. Eine in Stein geritzte Nachricht für alle Menschen, die hier hoch kommen und dann lesen sollten: „*S+T 1.9.12*“, das wäre wundervoll gewesen.
Langsam erhob er sich aus seinem Kniestand. Die den Unterschenkel versorgenden Blutgefäße waren durch die kniende Position über einen längeren Zeitraum abgeknickt gewesen, dadurch fühlten sich seine Beine schwer an. Gefolgt von einem starken Kribbeln, erfüllte die wieder zunehmende Perfusion seine Beine und Füße mit Leben. Getrocknetes Blut ließ seine Jeanshose an den Knien kleben. Eine klaffende Schnittwunde an der linken Hand bewirkte eine völlige Gefühllosigkeit vom Daumen bis zum Mittelfinger. Beruhigt stellte er jedoch fest, dass er alle Finger noch bewegen konnte. Er sah sich in der nächtlichen und trügerisch reizvollen Umgebung um. Wenn er sich etwa fünf Meter nach hinten und leicht bergauf schleichen konnte, hätte er unter Umständen die Möglichkeit, über den Abhang einen weiter unten liegenden Bereich des sich ringförmig um den Gipfel windenden Teil des Weges, zu erreichen. Dann wäre er zumindest einen kleinen Schritt weiter und vielleicht gelänge es ihm, sich irgendwie durchs Unterholz bis ins Tal durchzuschlagen und an der vorbeiführenden Bundesstraße ein Auto anzuhalten. Leicht gebückt schaute er in alle Richtungen. Ungefähr fünfzehn Meter vor ihm befand sich rechter Hand das imposante Gipfelkreuz und vor dem Horizont die von den Wipfeln der Bäume gezogene Skyline, aus welcher der

Fernsehturm mit seinem charakteristischen Leuchten hervorragte. Der Scheinwerfer kreiste erst einmal und kurz darauf ein zweites Mal, bevor der Zyklus nach einer endlos scheinenden Pause immer wieder von neuem begann.
Von seinem Verfolger war nichts zu sehen oder zu hören.
Weiterhin gebückt bewegte er sich einige Meter bergauf und schaute auf den weiter unten liegenden Weg. Das waren mindestens fünfzehn, eher sogar zwanzig oder fünfundzwanzig Meter. Es ging sehr steil bergab, aber der Hang bestand, abgesehen von einigen Sträuchern und vereinzelten Gesteinsbrocken, vorwiegend aus Gras. Das war seine Chance. Hinunter laufen oder rennen war unmöglich. Er würde unweigerlich stürzen. Wenn er sich aber schwungvoll seitlich hinunterkullern würde, dann könnte er mit etwas Glück im nassen Gras ohne schlimmere Verletzungen unten ankommen. Er nahm drei schnelle Schritte Anlauf und stürzte sich mit einer Hechtrolle über die rechte Schulter in die Tiefe. Es folgte eine Achterbahnfahrt mit immer wiederkehrenden Schlägen gegen Kopf und Rumpf. Seine Arme und Beine schleuderten völlig unkontrolliert durch die Luft, bis er nach einem heftigen Aufprall endlich zum Liegen kam. Als er die Augen öffnete, spürte er wie Kälte vom Hinterhaupt kommend, seinen Kopf umschloss. Wie lange hatte er wohl hier gelegen? Er hörte das starke Rauschen der Bäume, die begannen sich im Wind zu biegen. Erste dicke Regentropfen trafen seinen auf dem Rücken liegenden Körper. Als er mit der flachen Hand seinen Kopf abtastete, stellte er fest, dass er eine blutende Wunde am Hinterkopf hatte. Er fühlte sich jedoch völlig klar. Seine Augen waren weit aufgerissen und jede Muskelfaser seines Körpers war angespannt. Er war jetzt bereit, um sein Leben zu kämpfen. Er hatte es tatsächlich geschafft vom Gipfel wegzukommen, ohne dem vorgegebenen Fußweg zu folgen, welcher ihn mit ziemli-

cher Sicherheit in die Arme seines Peinigers geführt hätte. Jetzt war der nächste Schritt an der Reihe. Er blickte entlang der kniehohen Mauer, an deren Rand sich links des Weges die Birken in mehreren Metern Abstand ins Tal reihten. Die Unterschlupfhütte, welche einer Bushaltestelle glich, konnte nicht mehr weit sein. Doch diese offensichtliche Route durfte er nicht wählen. Er musste weiterhin einen für seinen Gegner unvorhersehbaren Weg nach unten nehmen. Die Straße war schon deutlich lauter zu hören, als noch vorhin auf dem Gipfel. Hastig überquerte er mit langen Schritten den asphaltierten Weg, um sofort wieder im Unterholz zu verschwinden und den Schutz der Bäume und der Nacht als seinen Verbündeten zu nutzen. Er sprang und rannte über Äste, Wurzeln und Gestrüpp. Das regennasse Laub erschwerte die Bodensicht. In einiger Ferne wurden immer wieder Lichtblitze vom nassen Boden reflektiert. Das mussten bereits Autoscheinwerfer von der Bundesstraße sein, die ihre Lichtkegel zwischen den dicht stehenden Bäumen hindurch schickten. Bald hatte er es geschafft. Er rannte immer schneller und verlor zunehmend die Kontrolle. Würde er jetzt in ein Loch oder auf einen großen Stein treten, würde er umknicken und sich bestimmt das Bein brechen. Im nächsten Moment konnte er ein splitterndes Geräusch wahrnehmen, in etwa so, als ob ein großer Ast gebrochen wäre. Das linke Bein sackte ihm aus vollem Lauf zur Seite weg, und er wurde mit Wucht zu Boden geschleudert. Dabei prallte er gegen einen kleinen Baum, dessen zahlreiche Äste seinen Einschlag aber glücklicherweise abfedern konnten. Jetzt erst nahm er den entsetzlichen Schmerz wahr. Er griff an sein linkes Bein und riss sich die ohnehin schon verletzte linke Hand an etwas Scharfkantigem auf. Das musste ein Ast oder so etwas Ähnliches gewesen sein. Er lag mit dem Gesicht im matschigen Waldboden. Überall klebten nasse Blätter an ihm. Er konnte die Straße immer deutlicher hören. In diesem Moment sah er in einiger Entfernung eine menschliche Silhouette regungslos zwischen zwei Bäumen stehen. Das Gesicht war ihm zugewandt, er konnte es aber nicht eindeutig erkennen. Wie hatte er ihn bloß gefunden? Hatte er es doch nicht geschafft, ihn abzuschütteln? Sein Herz fing an zu rasen und er spürte, wie seine Pulsschläge bis unter die Schädeldecke fortgeleitet wurden. Er atmete so schnell und so laut, dass er nicht bemerkte, wie beim Aufstehen erneut ein splitterndes Geräusch zu hören war. Unmittelbar darauf klappte er wieder in sich zusammen. Sein linker Unterschenkel war oberhalb des Knöchels durchgebrochen und der Fuß hing nur noch an seinen Weichteilen. Es war der Knochen gewesen und kein Ast, der sich durch seine Hose gebohrt und ihn beim Tasten an der Hand verletzt hatte. Auf dem Boden liegend hielt er in der Dunkelheit nach der Person Ausschau, die noch vor wenigen Augenblicken dort drüben gestanden hatte. Er konnte sie nicht mehr sehen. Verzweifelt versuchte er, sich robbend fortzubewegen. Der Schmerz wurde immer stärker und er spürte, wie die Kraft langsam aus seinem Körper wich. Er fühlte sich entsetzlich müde. Die Scheinwerferblitze zwischen den Bäumen schienen zum Greifen nahe. Die rettende Straße war höchstens noch zwanzig oder dreißig Meter entfernt. Eine schwere Last drückte mit einem Mal von hinten auf seinen Rücken. Mit aller Kraft versuchte er weiter zu robben, kam aber nicht mehr von der Stelle. Mit Wucht wurde er aus der Bauchlage auf den Rücken geschleudert und sah ihn nun über sich. Er versuchte vergeblich sich zu winden, aber ein Bein stand mit vollem Gewicht auf seinem Brustkorb und fixierte ihn am Boden. Das Mondlicht verlieh dem Mann über ihm eine fast glamouröse Gestalt. Nach einem lauten Zischen spürte er eine Enge an seinem Hals gefolgt von einem warmen Gefühl, welches seinen ganzen Körper zu erfassen schien. Die Schmerzen ließen nach, und seine Angst war plötzlich verschwunden. Durch die dichten Laubbäume hindurch konnte er, vorbei an der Gestalt, einen viel helleren Himmel sehen als noch vor wenigen Augenblicken. Es hatte wohl aufgehört zu regnen und der Mond hatte die Wolken fast völlig verdrängt. Endlich würde doch noch alles gut werden.

2.

„Ja, was ist? Wo bleibst Du denn?", meldete sich Dennis Rathvan an seinem Handy, nachdem es in seiner linken Hosentasche vibriert hatte und er beim Blick auf das Display gesehen hatte, dass es ein Anruf vom Ersten Polizeihauptkommissar Kurt Schockenried war. „Wir sind schon alle hier oben."
„Was soll das heißen, 'Wo bleibst Du denn?!' Wie soll ich denn da rauf kommen, wenn dieser Volltrottel von einem Verkehrspolizisten hier wie ein Bahnwärter an der Schranke sitzt und mich nicht durchfahren lässt? Ist der Scheible bei Euch da oben? Der soll sofort diesem Saftsack klar machen, dass er die Ermittlungen behindert, wenn er mich nicht zum Tatort fahren lässt. Und wenn er das weiterhin tut, wird er für den Rest seines Lebens am Gebhard-Müller-Platz den Verkehr regeln und zwar auch sonntags. Außerdem seid Ihr noch nicht ALLE da oben, denn ich bin schließlich noch hier unten!", blaffte Schockenried zurück.
Dennis hatte nur noch ein monotones, sich in kurzen Abständen wiederholendes Tuten in seinem Ohr. Kurt hatte aufgelegt. Nach einem zehn Sekunden dauernden Gespräch mit Herrn Polizeirat Hans-Dieter Scheible betätigte er widerwillig die Rückruffunktion seines Handys, in der Gewissheit, dass der Empfänger des Anrufs einen noch dickeren Hals bekommen würde, als er ohnehin schon hatte.
„Um es kurz zu machen, Kurt, ich habe mit Scheible gesprochen und er hat den Kollegen über die Maßen gelobt und ihn als einen der tüchtigsten Nachwuchskräfte bezeichnet, von dessen Sorte

es seiner Ansicht nach viel mehr geben sollte. Schließlich habe er sich uneigennützig in den Dienst der Sache gestellt und sogar einen faulen, aber dennoch höherrangigen Polizisten zurückgewiesen. Außerdem hat er gesagt, Du sollst wie wir anderen auch, gefälligst zu Fuß hier herauf kommen. Es sind weiterhin keinerlei Fahrzeuge erlaubt. Im Übrigen ist hier oben nicht der Tatort. Die Leiche wurde hier lediglich entdeckt."
Damit war das Gespräch erneut beendet und Kurt konnte es kaum fassen. „Sind die denn jetzt alle total verrückt geworden?", dachte er sich. Und was macht überhaupt der Scheible an einem Leichenfundort und noch dazu am frühen Sonntagmorgen? Jetzt musste er doch tatsächlich den ganzen Weg hinauf zum „Monte Scherbelino", wie der Birkenkopf im Volksmund genannt wurde, zu Fuß gehen. Das waren mehrere hundert Meter nur bergauf. Außerdem regnete es wie aus Kübeln. Bis oben zugeknöpft und den Kragen seines hellbraunen Trenchcoats nach oben geklappt, machte sich Kurt zu Fuß auf den Weg. Wortlos schritt er an dem etwas verstört wirkenden Kollegen von der Schutzpolizei vorbei und warf ihm einen verächtlichen Blick zu. Der sollte ihm bloß nochmal in die Quere kommen!

Tatjana von Senden musste sich hinsetzen und für einige Momente ihren Blick abwenden. Sie saß auf einer nassen Holzbank und schaute auf das verregnete Stuttgart hinunter. Noch nie hatte sie die Stadt aus dieser Perspektive gesehen. Sie war etwas orientierungslos und konnte selbst große Gebäudekomplexe nicht identifizieren und zuordnen. Das Einzige, das sie erkannte, war der Turm des Hauptbahnhofes, auf dem sich der Mercedesstern drehte. Sie sah sehr mitgenommen aus. Dennis setzte sich neben sie und legte für einen kurzen Moment seinen rechten Arm um ihre Schultern. Dies war bisher der persönlichste Moment, der sich je zwischen diesen beiden Kollegen abgespielt hatte. Tatjana war vierunddreißig Jahre alt und damit drei Jahre jünger als Dennis. Seit etwas mehr als einem Jahr war sie Polizeioberkommissarin. Die Beiden hatten eigentlich eine rein dienstliche Beziehung. Privat gab es bisher keinerlei Berührungspunkte. Abgesehen von einem alten Fünfgang-Damenfahrrad, das Dennis Tatjana ausgeliehen hatte, als deren Mutter aus Flöda, einem kleinen Ort in der Nähe von Chemnitz, zu Besuch kam. Die Mutter wollte die Stadt mit dem Fahrrad erkunden, weil öffentliche Verkehrsmittel viel zu teuer seien und es da ohnehin nur komische Menschen gebe, von denen man sich einen Schnupfen, die Grippe oder „sonst noch Was" einfangen würde. Nach einem halben Tag auf dem Drahtesel gab sie das Vorhaben aber frustriert auf. Zum einen schmerzte ihr das Hinterteil, obwohl Dennis der Auffassung war, es sei ausreichend gut gepolstert. Und zum anderen war Stuttgart aufgrund seiner vielen Berge und Hügel wohl abgesehen von San Francisco, die am wenigsten geeignete Stadt für eine Fahrradrundfahrt. Was aus dem Fahrrad wurde, wusste er nicht. Es war ihm aber auch völlig egal, da es ohnehin nur Stauraum in seinem Keller beansprucht hatte, der sehr gut für die Aufbewahrung anderer unnützer Dinge gebraucht werden konnte.

Tatjana war eine sehr eigenwillige, ehrgeizige und fast überkorrekte Person. Ihre Neigung zu teilweise zwanghaften Verhaltensweisen war unübersehbar. Ihre bisweilen übertrieben schnippische Art stieß nicht allerorts auf uneingeschränktes Verständnis. Die meisten Arbeitskollegen und Menschen in ihrem privaten Umfeld wussten jedoch damit umzugehen, auch wenn sie einen ganz schön vor den Kopf stoßen konnte. Flapsige Typen wie Dennis, oder gar der in ihren Augen inakzeptabel unfreundliche Erste Polizeihauptkommissar Kurt Schockenried, waren ihr eigentlich ein Dorn im Auge. Da diese beiden aber in der Hierarchie über ihr standen, musste sie sich notgedrungen unterordnen.

„So etwas habe ich auch noch nie gesehen", sagte Dennis, als er sich wieder der Szenerie zu wandte. An dem riesigen Gipfelkreuz baumelte eine männliche Leiche. Ungewöhnlich war, dass der Strick nicht um den Hals, sondern um den Brustkorb des Toten gebunden war. Die Augen schienen schwarz ausgemalt zu sein, wie bei einer traurigen Porzellanpuppe. Der Kopf war um mehr als einhundert Grad nach hinten gekippt und das linke Bein erschien deutlich länger als das rechte. Es war an diesem Tag sehr windig auf dem Gipfel des Birkenkopfes. Der am Kreuz hängende Leichnam baumelte und kreiste heftig umher und veränderte dabei ständig seine Position. Je nach Stellung der Körperachse kippte der Kopf vor, zurück oder gar seitwärts. Es sah so aus, als tanze ein lebloser Körper völlig ekstatisch im Wind. Dieser Anblick war gespenstisch und vollkommen absurd zugleich. Trotz des starken Regens war die Verfärbung der gesamten Kleidung mit dunklem Blut zu erkennen.

„Heilige Scheiße", sagte Kurt, als er auf Dennis und Tatjana zuging, die sich gerade beide von der Bank erhoben hatten, um sich wieder dem bizarren Geschehen zuzuwenden. Kurt standen die Schweißperlen auf der Stirn. Der Fußmarsch von etwa einer viertel Stunde hatte ihn offensichtlich ganz schön ins Schwitzen gebracht. Er holte ein grün-rot und- blau kariertes Stofftaschentuch aus der Manteltasche und wischte sich damit die Stirn ab. Aus der Innentasche zog er dann ein Päckchen HB-Lights und zündete sich nach mehreren Fehlversuchen mit dem Feuerzeug unter unverständlichem Gegrummel eine Zigarette an. „Jetzt weiß ich auch, warum hier so ein riesiger Zirkus veranstaltet wird. Aber wenigstens mich hätten die Ärsche ja hochfahren

lassen können. Dennis, was wissen wir denn bisher?", fragte er und pustete dabei eine dicke Qualmwolke aus, gefolgt von einem glücklicherweise nicht produktiven, aber starken Husten.
„Was Du weißt, Kurt, kann ich Dir nicht sagen, aber wir..." versuchte Dennis zu antworten, ehe ihm Tatjana mit mittlerweile gereizter Miene ins Wort fiel: „Wir, die im Gegensatz zu Ihnen schon seit fast einer Stunde bei diesem miesen Wetter hier oben sind, wissen, dass heute Morgen gegen 7.35 Uhr die ersten Gläubigen zur Frühandacht ankamen. In der warmen Jahreszeit finden hier jeden Sonntag um 8.00 Uhr Andachten der evangelischen Kirchengemeinde statt."
„Als warm kann man das ja wohl heute nicht bezeichnen!", intervenierte Dennis. Tatjana würdigte ihn, für diese aus ihrer Sicht völlig unqualifizierte Zwischenbemerkung, keines Blickes und fuhr fort: „Die Andachten finden wohl unabhängig von der Witterung statt. Die erste Andacht des Jahres ist am Ostersonntag, die Letzte ist in diesem Jahr für den neunten September geplant. Durchschnittlich nehmen etwa vierzig Leute an den Andachten teil. Entdeckt hat die Leiche ein gewisser Martin Schöhler zusammen mit seiner Lebensgefährtin. Sie stehen da drüben und warten darauf, dass sie etwas mehr Beachtung finden und ausführlich befragt werden. Die finden das Ganze wohl sehr aufregend. Sie haben die Leiche entdeckt, weil sie heute Morgen die Ersten waren, die hier hoch gepilgert sind. Wegen des schlechten Wetters, kamen die Anderen erst wesentlich später. Die nächsten Leute waren etwa zehn Minuten nach ihnen hier. In der Zwischenzeit hatte Herr Schöhler bereits von seinem Handy aus die Polizei verständigt. Die ersten Kollegen von der Streife waren dann um 7.52 Uhr hier oben. Sie waren die Einzigen, die noch mit dem Auto hoch gekommen sind. Abgesehen von Herrn Scheible natürlich." „Natürlich!",

brummte Kurt dazwischen und warf seine Zigarettenkippe auf den Boden. Er machte sich noch nicht einmal die Mühe, sie auszutreten. Zunehmend gereizt fuhr Tatjana fort: „Weder Herrn Schöhler und seiner Lebensgefährtin, noch den Kollegen ist auf dem Weg nach oben jemand begegnet oder irgendetwas Besonderes aufgefallen. Keiner hat etwas Außergewöhnliches gehört oder gesehen. Soweit wir bisher feststellen konnten, gibt es kaum Spuren. Entweder wurden nicht viele hinterlassen, oder der strömende Regen hat sie alle weggespült. Der Erkennungsdienst ist aber noch voll bei der Arbeit und wird sicher noch mehrere Stunden beschäftigt sein. Bei diesem Anblick ist es kaum zu glauben, dass keine Spuren hinterlassen wurden. Man braucht doch sicher Hilfsmittel, um jemanden an das Kreuz hoch zu bekommen!"

„Es sei denn, der Kerl ist selbständig da hoch geklettert und wurde dann erst aufgehängt. Oder er hat es gar selbst getan. Theatralisch genug wäre es ja", fügte Kurt hinzu. Er hatte schon eine Menge unglaublicher Methoden gesehen, wie Menschen Selbstmord begangen hatten.

Tatjana fegte ihn an: „Wenn Sie mich mal ausreden lassen würden, könnte ich Ihnen mitteilen, was wir anderen hier schon festgestellt und in Erfahrung gebracht haben, während Sie zu Hause noch in aller Ruhe erfolglos versucht haben, das Kreuzworträtsel in der Sonntagszeitung zu lösen. Der Mann ist sicherlich nicht selbst da hinauf geklettert und schon gar nicht freiwillig, denn er war bereits vorher tot. Selbst von hier unten ist zu erkennen, dass dem Mann radikal die Kehle aufgeschlitzt wurde. Wäre das am Kreuz hängend passiert, wären hier trotz des starken Regens noch Unmengen von Blut zu finden."

Kurt ärgerte sich über Tatjanas Tonfall und hätte sie am liebsten gefragt, was sie sich eigentlich einbildete? Er hatte gar nicht das Kreuzworträtsel bearbeitet, sondern wie immer zunächst den Sportteil und dann die Comics gelesen. Hägar war einfach tot-komisch und unschlagbar. Außerdem war er auch schon mit dem Hund draußen gewesen. Außer ihm machte das ja keiner, und schon gar nicht bei diesem Sauwetter. Und wenn er nicht den ganzen Weg hier hoch hätte marschieren müssen, wäre er auch früher da gewesen. Und überhaupt war er ja schließlich der Erste Polizeihauptkommissar und damit so was wie der Vorarbeiter der Truppe. Sie möge sich gefälligst im Ton mäßigen und ihm etwas mehr Respekt entgegen bringen. Er hatte jedoch mittlerweile gelernt, bei Tatjana taktisch klug vorzugehen und in bestimmten Momenten zumindest zu versuchen, unnötige Konfrontationen zu meiden. Dies war ein solcher Moment. Also schluckte er kurz und sagte dann ganz ruhig: „Vielen Dank für die Infos. Jetzt habe ich wenigstens ungefähr eine Ahnung, was hier los ist. Vielleicht könnten Sie ja trotzdem nochmals ausführlich mit den Wichtigtuern da drüben reden, diesem Herrn Schöhler nebst Anhang. Unter Umständen haben die ja doch noch etwas zu berichten, das uns weiterhelfen könnte."

„War hier eigentlich schon immer so ein riesiges Kreuz? Das ist ja mindestens acht Meter hoch! Wie zum Teufel kann man daran eine Leiche hängen?", staunte Dennis.

„In den Fünfziger Jahren wurde hier ein hölzernes Gipfelkreuz angebracht. Erst vor einiger Zeit habe ich gelesen, dass es aufgrund von witterungsbedingtem Zerfall 2003 durch diese Stahlkonstruktion ersetzt wurde. Ob dieses jetzt noch größer ist als vorher das hölzerne Kreuz, weiß ich nicht", antwortete Kurt. Er zeigte in Richtung des Kreuzes: „Um da einen erwachsenen Mann aufzuhängen, braucht man doch mindestens einen verdammten Kran. Könnte man so etwas unbemerkt hier hoch und wieder weg schaffen? Wohl eher unwahrscheinlich, oder?

Umso wichtiger ist es, dass die Spurensicherung sich alles genauestens vorknöpft. Die Leiche sollte auch endlich einmal von dem Kreuz herunter geholt werden, damit sie näher begutachtet werden kann. Eine grobe Einschätzung von Todesursache- und Zeitpunkt wäre schon sehr hilfreich für den Anfang." Dann schaute er zu Dennis: „Ist eigentlich Dein Kumpel, das Dickerchen von der Rechtsmedizin schon hier aufgetaucht? Wir brauchen unbedingt ein Statement von diesem Leichenfledderer. Aber bei dessen Gewicht braucht der mindestens zwei Vesperpausen auf dem Weg nach hier oben. Oder haben die Jungs von der Kirchengemeinde mittlerweile Trinkstationen aufgebaut? Ich mein ja nur, im Rahmen der Nächstenliebe und so."

„Sehr witzig, Kurt! Du warst auch nicht gerade in rekordverdächtiger Zeit hier oben. Und als Du ankamst, warst Du ganz schön angeschossen. Ich habe es genau gesehen. Übrigens, echt cooles Taschentuch! Ist das ein Erbstück mit ideellem Wert aus dem Nachlass Deines Urgroßvaters?" Kurt schwieg und Dennis fuhr fort: „Soweit ich weiß hat Simon Brandner dieses Wochenende frei, weil er noch bis einschließlich heute auf einem internationalen Kongress für forensische Pathologie in der Schweiz ist. Ich glaube er sagte, er wäre in Lausanne. Er hat auch etwas von einem großen See und Bergen gefaselt. Im Übrigen ist Simon nicht mein Kumpel. Ich kenne ihn nur etwas besser, weil er ein Freund und Kommilitone von Mark ist, einem meiner besten Freunde aus Schulzeiten."

Dennis und Kurt sahen Polizeirat Hans-Dieter Scheible auf sie zukommen. Er begrüßte sie mit den Händen in den Taschen seines langen Mantels: „Herr Schockenried, Herr Rathvan. Die Begebenheiten hier oben an diesem Sonntagmorgen sind sicherlich als außergewöhnlich zu betrachten. Somit habe ich beschlossen, mir selbst ein Bild der Situation zu verschaffen.

Dies entledigt Sie aber nicht der Pflicht, mich ständig auf dem aktuellen Stand der Ermittlungen zu halten und mir neue Erkenntnisse jedweder Art unverzüglich mitzuteilen. Ich habe angeordnet, dass ab jetzt der Weg für die Fahrzeuge der Techniker wieder freigegeben wird. Außerdem benötigen wir die Hilfe der Feuerwehr, um die Leiche vom Kreuz zu holen. Die Vertretung von Herrn Dr. Brandner wird auch jeden Moment hier sein. Mit all seinen Gerätschaften ist es ihm sicherlich nicht zuzumuten, per Pedes hier hoch zu gelangen. Ach, und noch Etwas, meine Herren. Mit der Presse rede nur ich, verstanden?!"

Und weg war er wieder, ohne auch nur die Gelegenheit auf eine Erwiderung gegeben zu haben. Als Dennis den Polizeirat von hinten weggehen sah, dachte er sich, dass er mit den seitlich über den deutlich erweiterten Gesichtskreis gezogenen und braun getönten Haaren, ziemlich albern aussah. Herr Scheible wirkte oft etwas arrogant im Umgang mit seinen Mitarbeitern, war aber eigentlich ganz nett. Man konnte gewöhnlich mit allen beruflichen Problemen zu ihm kommen, und wenn die Ermittlungen auch mal ins Stocken gerieten, riss er einem nicht gleich den Kopf ab.

Es hatte mittlerweile aufgehört zu regnen. Die Sonne wollte sich zwar bisher noch nicht zeigen, aber immerhin schob sich die grauschwarze Wolkendecke auseinander und gab ein Stück blauen Himmels frei. „Ist das da drüben eigentlich die Karlshöhe?", fragte Dennis.

„Ja", antwortete Kurt. „Dahinter liegt der Stuttgarter Süden mit dem Stadtteil Heslach. Bei klarer Sicht kann man von hier aus sogar den Nordschwarzwald und bis zum Rand der Schwäbischen Alb sehen."

3.

„Rathvan hier!", meldete sich Dennis, als er bereits nach dem zweiten Klingeln das Telefon auf seinem Schreibtisch abnahm. Der vor vier Monaten gestellte Sammelantrag auf kabellose Telekommunikationsapparate war abgelehnt worden. Nicht, dass es völlig überraschend gekommen wäre, aber die Begründung der Sparheimer aus der Finanzverwaltung war dann doch ein wenig merkwürdig gewesen. Dass die Leute weniger Zeit an ihren Schreibtischen verbringen würden und häufiger unbemerkt im Gebäude umherlaufen konnten, beziehungsweise vor den Seiteneingang zum Rauchen gehen würden, hätte er ja noch verstanden. Ebenso akzeptabel wäre wahrscheinlich der tatsächliche Grund gewesen, nämlich dass sie in der Verwaltung einfach zu geizig waren, zumal die aktuellen Telefone ja erst 1996 installiert wurden.

„Die deens eich no guad, hot jo eh jedr a Händi heidzudag", war laut Polizeioberrätin Frau Dr. Susanne Pilz-Finkelstein, die Orginal-Aussage eines stark konservativ angehauchten, schwäbischen Gemeinderatsmitgliedes gewesen, der Beobachtungen zufolge auf dem eigenen Schreibtisch eine High-End-Wireless-Speech-Connecting- Anlage mit integriertem Internetzugang stehen hatte, aber natürlich nicht den geringsten Schimmer, wie man diese bediente. Nein! Die offizielle Begründung war der Umweltschutz gewesen. Angeblich könne nach Ermittlung des Nutzen-Entsorgungs-Recyclings-Koeffizienten, eine solche Maßnahme nicht gefördert werden. Dies war letztendlich die in Stein gemeißelte Begründung eines stark grünlich angehauchten, weiblichen

Gemeinderatsmitgliedes mit drei Nachnamen und einer Punktekarte im Hanfladen an der Heusteigstrasse, sowie einem *Oben Bleiben!*- Button an der Rückfläche des Fahrradsattels.

„Hier spricht Simon Brandner, hallo Dennis. Mensch, da bin ich mal ein paar Tage weg und schon passiert etwas Spannendes. Eine Leiche mit aufgeschlitzter Kehle, die am Gipfelkreuz des Monte Scherbelino baumelt. Das hört sich nach einer interessanten Geschichte an. Mein Stellvertreter hat mich angerufen und gebeten, schnellstmöglich nach Stuttgart zu kommen. Er ist wohl gerade dabei, den Befundbericht zur Leichenschau zu schreiben. Ich wäre ohnehin heute am späten Abend wieder zurück gewesen, aber aufgrund der Dringlichkeit habe ich mich meinen Segelpartnern in Lausanne schon etwas früher empfohlen und bin bereits auf der Autobahn kurz vor der Deutschen Grenze. Dabei fällt mir auf, das Gespräch wäre deutlich billiger gewesen, hätte ich mit dem Anruf gewartet, bis ich wieder im deutschen Netzbereich bin!"

Von wegen Kongress, dachte sich Dennis. Wahrscheinlich ließen es sich die Rechtsmediziner beim Segeln gut gehen und tarnten dies unter dem Vorwand der Fortbildung. Schließlich kannten sie sich ja sehr gut damit aus, Spuren zu verwischen. Dann sagte er zu Dr. Brandner: „Es wäre noch wesentlich billiger gewesen, wenn Du mich auch auf meinem Handy statt auf dem Festnetzanschluss im Büro angerufen hättest."

Nach einer etwas längeren Pause antwortete Simon Brandner: „Hm, da könntest Du Recht haben. Na ja, ist jetzt nicht mehr zu ändern und auch nicht so wichtig. Ich werde direkt ins Institut fahren und mich vom Kollegen erst einmal auf den neuesten Stand bringen lassen. Das kann allerdings etwas dauern, denn er ist nicht gerade der Schnellste. Dann machen wir uns sofort an die Arbeit und ich melde mich sobald wir mehr wissen. Wer von

Euch möchte denn eigentlich bei der Obduktion dabei sein? Wie wäre es mal wieder mit dem dunkelblonden Schnuckelchen?"
„Da muss ich Dich leider enttäuschen, Simon. Entweder kommt der Kurt, oder ich selbst."
„Schade, ich melde mich dann wenn es losgeht. Bis später."

Dennis und Tatjana teilten sich ein Büro im zweiten Stock des Präsidiums. Es war mit sechzehn Quadratmetern nicht gerade riesig, aber es war immerhin ausreichend für zwei Schreibtische, eine Garderobe mit Schirmständer, ein Waschbecken und einen kleinen Radio-CD- Player. Ansonsten befanden sich auffallend wenige persönliche Dinge im Raum. Nach Tatjanas Ansicht waren alle nicht unbedingt notwendigen Gegenstände nur Staubfänger, die das Risiko zur Ausbildung einer Hausstauballergie dramatisch erhöhten. Immerhin hatte sie ein Auge zugedrückt und Dennis seine schwarze Senseo-Kaffeemaschine zugestanden. In einem versehentlichen Anflug von Freundlichkeit hatte sie ihm als Geschenk im Rahmen des letztjährigen Weihnachts-Wichtelns der Mordkommission, das optional zu erwerbende, größere Wasserreservoir für die Rückfläche des Gerätes geschenkt. Das Büro verfügte über zwei Fenster, die zum Innenhof des Gebäudes ausgerichtet waren und zwei Türen. Eine führte zum Flur, die andere zu Kurts Büro, der ein eigenes kleines Reich von elf Quadratmetern hatte. Sein Büro hatte aber ungeschickter Weise keine Verbindung zum Flur, so dass er beim Betreten und Verlassen des Raumes immer durch Tatjanas und Dennis Büro gehen musste. Damit zog er vor allem im Winter Tatjanas Groll auf sich, wenn er mal wieder den Schneematsch quer durch das Zimmer schleppte.
Eine echte Herausforderung aber war die Anordnung der beiden Schreibtische im Raum gewesen. Da Tatjana auf keinen Fall mit

dem Rücken zu einem Fenster und schon gar nicht zu einer Türe sitzen wollte, glich die Positionierung der reinsten Rochade.
Als Kurt in den Raum stiefelte, fragte ihn Dennis, ob er die Obduktion begleiten solle, oder ob Kurt selbst gehen wolle. „Bisher kann es noch keine Obduktion geben", sagte Kurt. „Es fehlt noch die erforderliche Anordnung durch den zuständigen Staatsanwalt. Ich versuche seit einer gefühlten Ewigkeit den feinen Herrn Dr. Frey zu erreichen. Der ist aber heute auf Einladung einer Versicherung in München im gleichnamigen Fußballstadion und schaut sich von einer Loge aus das Spiel des VfB gegen die Bayern an."
Stimmt ja, schoss es Dennis durch den Kopf. Heute spielte ja der VfB in München. Eigentlich wollte er sich das Spiel im *„Libero"*, einer beliebten Kneipe im Stuttgarter Süden anschauen, aber das konnte er wohl vergessen.
„Falls ich den Frey nicht rechtzeitig an die Strippe bekomme, sollen Brandner und Co trotzdem schon einmal mit der Obduktion loslegen. Die Zustimmung und Anordnung durch den Staatsanwalt ist sicher nur Formsache und kann ausnahmsweise auch mal nachträglich erfolgen. Muss ja keiner so genau wissen!", ergänzte Kurt mit einem Augenzwinkern und wies Dennis an: „Geh Du mal ruhig selbst zur Obduktion, Dennis. Ich habe mir das schon oft genug anschauen dürfen und werde mich sicherlich niemals daran gewöhnen."
Pünktlich wie vereinbart waren Tatjana und Dennis, der ohne den anderen etwas davon gesagt zu haben, nur wenige Minuten der Obduktion mitverfolgt und den Rest geschwänzt hatte, um 18.15 Uhr im kleinen Besprechungsraum am Ende des Flurs im zweiten Stock des Präsidiums. Es war muffig im Raum, da an den Wochenenden natürlich niemand hereinkam, um zu lüften oder sauber zu machen. Die beigen Vorhänge mit Gelbstich,

stammten bestimmt aus einer anderen Polizistengeneration. Wie oft an den Werktagen gelüftet wurde, wusste allerdings auch niemand. Oft konnte es nicht sein, dachte sich Dennis.
„Buh, was für eine miese Luft hier!", sagte Tatjana, während sie bereits den Griff gedreht und das Fenster schwungvoll aufgerissen hatte. Nach etwa fünf Minuten schloss sie das Fenster widerwillig wieder, nachdem Dennis sie höflich darum gebeten hatte. Im selben Moment betrat Kurt mit einiger Verspätung den Besprechungsraum. Offensichtlich hatte er sich gerade eben noch eine Kippe genehmigt, denn er zog eine grässliche Wolke aus kaltem Zigarettenqualm hinter sich her und verpestete damit den ganzen Raum. Ohne sich einer Schuld bewusst zu sein, sagte er: „Ich habe uns noch ein paar Pappbecher mit Kaffee besorgt. Und den Prospekt von Jacky´s Pizza-Taxi habe ich für alle Fälle auch einmal mitgebracht. Ich musste eben noch meine Frau Brigitte anrufen um ihr zu sagen, dass es heute später wird und dass ein anderer Dackel mit dem Hund raus gehen muss."
Dennis prustete los: „Ein anderer Dackel mit dem Hund raus. Das ist saumäßig komisch!"
Tatjana riss stark angesäuert erneut das Fenster auf, stapfte zügig in Richtung Ausgangstüre und brüllte: „Ich gebe Euch zehn Minuten. Dann komm ich zurück und hoffe, dass ihr wieder normal seid!", dann knallte die Tür ins Schloß.
Sie schauten sich verwundert an und Kurt fragte: „Ich bin mir nicht ganz sicher, wer hier wieder normal werden sollte?"
Nachdem sie sich noch zwei weitere Minuten auf die Schenkel geklopft hatten, kehrte wieder der nötige Ernst ein. Exakt zehn Minuten nachdem Tatjana theatralisch den Raum verlassen hatte, kam sie wieder zurück. Sie war nicht alleine und hatte den Leitenden Arzt des Rechtsmedizinischen Instituts, Dr. Simon Brandner, im Schlepptau. Der etwas übergewichtige und mit

einer, das gesunde Maß übersteigenden Gesichtsröte ausgestattete Forensiker, legte eine Mappe auf den Tisch und setzte sich nach einer flüchtigen Begrüßung an den Platz gegenüber von Kurt.

Unaufgefordert ergriff Tatjana das Wort: „Der Tote heißt Sandro Panucci. Er war achtundzwanzig Jahre alt und wurde am 14. März 1984 in Brescia geboren. Er hat eine zwei Jahre jüngere Schwester und kam im Alter von drei Jahren mit der Familie nach Deutschland. Die Eltern betrieben eine nicht sonderlich gut gehende Pizzeria in Feuerbach, bis sie sich 1992 scheiden ließen. Der Vater kehrte zurück nach Italien. Der Kontakt zu ihm schlief weitestgehend ein. Unseren Informationen zufolge hatte er seinen Vater seit mindestens zehn Jahren nicht mehr gesehen oder gesprochen. Die Geschwister lebten alleine bei seiner Mutter, die ohne anerkannte Ausbildung und mit dürftigen Deutschkenntnissen, keine geregelte Arbeit fand. Sie hielt die kleine Familie mit Gelegenheitsjobs, vor allem im Reinigungswesen über Wasser. Sie lebt mittlerweile in einer 1,5 Zimmer-Wohnung in Weilimdorf und bezieht Sozialhilfe. Sandro wohnte alleine in einer Zweizimmerwohnung im sechsten Stock eines Hochhauses in Fellbach-Schmieden. Von Beruf war er Kinderkrankenpfleger und arbeitete im Olgäle auf einer der kinderonkologischen Stationen. Dieses Wochenende hatte er dienstfrei. Die Arbeit dort ist im Schichtbetrieb geregelt, meistens Früh- und Spätdienst im Wechsel und mindestens jedes zweite Wochenende Dienst. Bei der aktuellen Personalsituation und dem enormen Patientenaufkommen, wurden in letzter Zeit teilweise auch mehrere Wochenenden hintereinander gearbeitet, obwohl laut Tarifvertrag nicht mehr als elf Tage Arbeit am Stück erlaubt sind. Leider haben wir bisher nur mit wenigen Menschen aus seinem beruflichen und privaten Umfeld sprechen können. Wir wissen aber sicher, dass Sandro Panucci homosexuell war. Er hat nie versucht, ein Geheimnis daraus zu machen. Auch am Arbeitsplatz sprach er nicht viel über sein Privatleben. Im Kollegenkreis wurde er als freundlicher und zuverlässiger Kinderkrankenpfleger geschätzt. Von einem festen Partner war momentan nichts bekannt. Er wirkte freundlich und bescheiden, aber nicht unbedingt glücklich. Über sein Privatleben wissen wir insgesamt noch sehr wenig, vermuten aber, dass er sich vorwiegend in der Stuttgarter Schwulenszene bewegte.

„Wir werden intensive Befragungen und Ermittlungen in seinem Umfeld vornehmen müssen. Im Olgahospital sprechen wir mit Arbeitskollegen und Vorgesetzten. Wir müssen auch noch ausführlich mit seiner Mutter sprechen, die ihn bereits identifiziert hat. Die Nachricht vom Tod ihres einzigen Sohnes hat sie schwer getroffen. Beim Anblick der Leiche ist sie weinend zusammengebrochen. Die Tatsache, dass es sich sehr sicher um ein Verbrechen handelt, hat sie zusätzlich schockiert. Sie ist momentan bei einem befreundeten Ehepaar in der Nachbarschaft untergebracht. Ein psychiatrischer Notdienst ist für sie in Bereitschaft. Freunde und Bekannte müssen noch ermittelt und befragt werden. Als nächstes gehen wir natürlich noch in seine Wohnung um nach Hinweisen zu suchen."

„Danke, Tatjana", sagte Dennis und übernahm das Wort: „Bisher ist völlig unklar, was Sandro Panucci in dieser Nacht am Birkenkopf wollte. Wir können nicht sagen, ob er freiwillig dort hinkam, oder ob er hingebracht wurde. Bisher gibt es keine Zeugen, die am Abend oder in der Nacht etwas Auffälliges in der Gegend bemerkt haben. Der Birkenkopf ist der höchste Punkt im inneren Stadtgebiet von Stuttgart. In den Fünfziger Jahren wuchs der Berg um etwa vierzig Meter an. Auf seiner Anhöhe wurden über 1,5 Millionen Kubikmeter Trümmerschutt aus dem zweiten Weltkrieg abgelagert. Stuttgart wurde in den Bombennächten des Luftkrieges besonders stark getroffen. Auf dem Gipfel sind noch viele Fassadenreste zerstörter Gebäude zu erkennen. Daher heißt der Berg im Volksmund Monte Scherbelino. Zwei große Straßen führen am Birkenkopf vorbei. In der Rush-Hour windet sich hier eine träge Kolonne bestehend aus zigtausenden Pendlerautos entlang beider Fahrtrichtungen. Auf den umgebenden Straßen sind einige, den Stuttgartern bestens bekannte, stationäre Radarfallen installiert. Im relevanten Zeitraum sind keine Aufnahmen wegen Geschwindigkeitsüberschreitungen entstanden, das konnten wir bereits auswerten. Am Fuße des Birkenkopfes liegt ein mittelgroßer Parkplatz, welcher zumindest von drei Seiten frei einsehbar ist. Wegen der exponierten Lage des Parkplatzes sind hier auch häufig Autos mit gut sichtbaren Werbeflächen abgestellt. Wir konnten bisher nicht alle Autos ermitteln, die am Samstagnachmittag und vor allem am Abend und in der Nacht dort geparkt waren. Es gibt nur einen Weg hinauf zum Gipfel des Birkenkopfes. Eine Schranke verhindert die Auffahrt von Autos. Fünfzehn Minuten Fußmarsch sind bei normalem Tempo ausreichend, um zum Gipfel zu gelangen. Je nach Schrittlänge und Fitnesszustand kann man auch schon mal etwas länger brauchen. Nicht wahr, Kurt? Der Weg windet sich um den Berg herum zum Gipfel. Wenn man aufwärts geht, ist der Berg immer rechterhand gelegen und linksseitig befinden sich hangabwärts hauptsächlich Waldstücke. 2003 wurde das Holzkreuz am Gipfel aufgrund von Witterungsschäden durch ein Stahlkreuz ersetzt. Man kann es fast vom ganzen Stadtgebiet aus erkennen. Wie bereits bekannt, finden vom Ostersonntag bis Anfang September wöchentlich Frühandachten der evangelischen Kirchengemeinde statt, egal bei welchem Wetter. Beginn ist immer bereits um 8.00 Uhr, so dass die Andachts-

besucher noch rechtzeitig zu den regulären Gottesdiensten in der Kirche sein könnten. Ansonsten wird der Berg, vor allem bei schönem Wetter, von Spaziergängern und Touristen besucht. Abends tummeln sich hier oft Liebespaare, die die romantische Aussicht genießen. An den Wochenenden kommen abends vorwiegend Gruppen Jugendlicher zum Gipfel und feiern kleinere Partys. Durch die überhand nehmende Müllbelästigung, wurde dies jedoch in den letzten Jahren von öffentlicher Seite deutlich eingeschränkt und unregelmäßig stattfindende Kontrollen eingeführt. Hierbei wurden eine Menge Personalien aufgenommen und Ordnungsgelder verhängt, was die Sauflustigen nach und nach vertrieben hat. Am Abend und in der Nacht vom ersten auf den zweiten September fanden keine Kontrollen statt.
Nach Auffinden der Leiche hatte Herr Martin Schöhler unmittelbar von seinem Handy aus den Notruf getätigt. Die Aufzeichnung des Notrufes konnten wir bereits hören. Die zum Birkenkopf beorderten Kollegen von der Streife mussten zunächst einmal die Öffnung der Schranke organisieren, was glücklicherweise rasch gelang. Nach dem Auffinden der Leiche wurde der KDD informiert. Die Kollegen des Kriminaldauerdienstes wiederum haben den Staffelstab dann gleich an die Mordkommission weitergegeben. Es hat bereits am Nachmittag des 31. August stark geregnet und die Temperaturen sind bis auf circa vierzehn Grad Celsius gefallen. Der durch die starke Hitze der vorangegangenen Wochen ausgetrocknete Boden hat das Regenwasser wie ein Schwamm aufgesaugt. Gegen 17.00 Uhr hat der Regen vorübergehend ausgesetzt, bevor er ab etwa 22.15 Uhr in einen starken Dauerregen überging. Bei diesem Wetter waren verständlicherweise nur wenige Personen am Birkenkopf. Für die Zeit nach Einbruch der Dunkelheit konnten wir bisher nicht eine einzige Person ermitteln, die sich dort aufgehalten haben könnte.

Spuren finden sich an einem öffentlichen Ort natürlich eine Menge. Bisher war aber nichts Brauchbares dabei. Und wenn Spuren da waren, hat sie der Regen fortgespült. Wir haben bisher weder einen Hinweis auf den Tatort, noch wie die Leiche nach oben geschafft wurde. Klar ist nur, der Fundort stimmt nicht mit dem Tatort überein."

Kurt nippte an seinem Pappbecher. „Das kann ja heiter werden. Da haben wir wohl eine Menge Arbeit vor uns, in den nächsten Tagen! Herr Dr. Brandner, könnten Sie uns freundlicherweise in Kürze die wesentlichen Obduktionsbefunde vortragen? Es wäre schön, wenn Sie zuerst auf den Todeszeitpunkt eingehen könnten."

„Was bisher an Befunden vorliegt, steht alles hier!", antwortete Simon Brandner und hob die vor ihm liegende Mappe in die Höhe und wedelte damit durch die Luft. Dann fuhr er fort: „Anhand der Körpertemperatur, der Totenflecken und der Totenstarre, lässt sich der Zeitpunkt des Todes ziemlich genau auf den Zeitraum zwischen 23.00 Uhr und 23.30 Uhr eingrenzen. Aufgrund der Anordnung der Totenflecken ist sicher, dass Sandro Panucci noch einige Zeit auf dem Rücken gelegen hat, bevor er aufgehängt wurde. Der Leichnam weist multiple, teilweise sehr schwere Verletzungen auf. Die Todesursache war letztendlich äußeres Verbluten nach kompletter Durchtrennung der großen Halsgefäße beidseits. Dem Mann wurde aber nicht einfach die Kehle aufgeschlitzt, ihm wurde fast der Kopf abgeschlagen. Dem Verlauf des Schnittes nach gehe ich davon aus, dass der Täter dem vor ihm auf dem Rücken liegenden Opfer durch einen schnellen Schlag mit einem sehr scharfen und langen Gegenstand, zum Beispiel einem Schwert oder einem Säbel, die tödlichen Verletzungen zugefügt hat. Der Hieb wurde vermutlich rückhändig mit der rechten Hand durchgeführt. Der

Schnitt verläuft vom Toten aus gesehen von rechts unten ansteigend nach links oben. Auf der rechten Seite ist die Traumatisierung des Gewebes noch ausgeprägter als links, so dass davon auszugehen ist, dass der Schlag nach links oben hin auslief. Außer den beiden Strangfurchen, hervorgerufen durch ein doppeltourig um den Thorax gewickeltes Elektrokabel, welches postmortal zum Aufhängen des Körpers benutzt wurde, zeigten sich direkt über dem Brustbein deutliche und scharf begrenzte intrakutane Einblutungen. Diese stammen dem Muster nach mit hoher Wahrscheinlichkeit vom Zutreten mit einem beschuhten Fuß. Auch die Halswirbelsäule wurde stark verletzt. Die damit verbundene Rückenmarksläsion hätte ebenfalls sehr schnell zum Tode durch Atemlähmung geführt. Am Hinterhaupt zeigte sich eine große Platzwunde, die von einem heftigen Sturz stammen muss. Die schwarz verfärbten Augenpartien kommen durch massive Einblutungen in die Augenhöhle, sowie Einblutungen in die Augenlider zustande. Durch den Sturz auf den Hinterkopf kam es zu einer so genannten knöchernen Contre-Coup-Verletzung, welche die Einblutungen durch Frakturen im Bereich der Augenhöhle und des Felsenbeins verursacht hat."
„Also hat er bei diesem Sturz noch gelebt?", fragte Tatjana dazwischen.
„Ja", sagte Dr. Brandner.
Mit einer selbst für einen Gerichtsmediziner ungewöhnlichen und Ekel ausdrückenden Mimik ergänzte er: „Leider habe ich noch zwei wesentliche Befunde mitzuteilen. Die scheinbare Verlängerung des linken Beines resultiert aus einer viertgradig offenen, kompletten Unterschenkelfraktur. Der darunter liegende Anteil des Beines hing nur noch an Weichteilen. Es handelt sich um einen langstreckigen Spiral-Trümmerbruch, so dass davon auszugehen ist, dass diese Verletzung beim

Verdrehen des Beines, zum Beispiel im Rahmen eines Sturzes, entstanden ist.
Das Ungewöhnlichste kommt aber zum Schluss. So etwas habe ich noch nie gesehen oder gehört. Der Mörder muss ein absoluter Psychopath sein. Dem Opfer wurde postmortal das gesamte Geschlechtsteil abgetrennt. Dann wurde der Enddarm praktisch aufgerissen und der Penis mit den Hoden sozusagen bis zum Anschlag reingestopft."
Nachdem für einige Sekunden betretenes Schweigen herrschte, sah Simon Brandner Dennis an. „Sei froh, Dennis, dass Du nur die ersten fünf Minuten der Obduktion anwesend warst. Ich weiß nicht, wie es Dir sonst ergangen wäre. Mein Kollege kniet jetzt noch über der Kloschüssel."
Tatjana und Kurt sahen Dennis mit fragendem und zugleich strafendem Blick an, denn ihnen war klar, dass er die Obduktion größtenteils geschwänzt hatte.

4.

Für heute reichte es ihm. Nachdem Dennis noch einen mittelgroßen Einlauf von Kurt kassiert hatte, weil er bei der Obduktion so gut wie nicht anwesend war, trottete er nach Hause. Beim „*Ganesha*" in der Rotebühlstrasse bestellte er sich einmal Pakora und Tawa Chicken zum Mitnehmen und hatte die Vision von zwei oder drei gemütlichen Stunden vor dem Fernseher auf der Couch. Wenn er Glück hatte, wäre Bernd heute Abend wie so oft nicht zu Hause, weil er in irgendeinem Club auflegte. Im Grunde konnte er ihn ja ganz gut leiden, aber in letzter Zeit ging er ihm doch zunehmend auf den Keks. Bernd Plums war achtundzwanzig Jahre alt und Dennis Untermieter. Sie bewohnten seit fast drei Jahren zusammen eine Vier-Zimmer-Altbauwohnung im Stuttgarter Westen in der Nähe des Vogelsangs. Dennis wohnte schon seit ungefähr zwölf Jahren in dieser Wohnung. Einige Jahre davon hatte er zusammen mit seiner Freundin Sonja dort gewohnt. Sonja war jedoch vor vier Jahren nach Leipzig gezogen, um dort Kommunikationswissenschaften zu studieren. Sie hatten sich bisher nicht offiziell getrennt, aber eine Fernbeziehung schien, vor allem für Sonja, nicht das Richtige zu sein. Sie telefonierten zwar meistens zweimal die Woche, aber keiner wusste so recht, was der andere eigentlich machte und wie es ihm ging. Gesehen hatten sie sich zuletzt im Juli, als sie gemeinsam mit einigen Freunden auf dem Hamburger Fischmarkt waren, der seit mittlerweile zwanzig Jahren einmal jährlich in Stuttgart auf dem Karlsplatz stattfindet. Sozusagen im Austausch dafür, gastiert das Stuttgarter Weindorf einmal im Jahr in Hamburg.

Da Dennis beruflich bedingt nicht sehr viel Zeit zu Hause verbrachte und sich nach dem Auszug von Sonja etwas einsam fühlte, beschloss er ein Zimmer seiner Wohnung unter zu vermieten. Über einen Aushang im Max-Kade-Haus der Stuttgarter Innenstadt-Universität meldete sich Bernd. Er studierte angeblich im achten Semester. Was er genau studierte wusste aber niemand so genau, vermutlich noch nicht einmal Bernd selbst. Studium generale?! Dennis hatte bisher auch nicht mitbekommen, dass Bernd sich je auf eine Prüfung vorbereitete oder eine Hausarbeit zu schreiben hatte. An den meisten Tagen arbeitete Bernd bis in die Nacht als DJ in verschiedenen Szeneläden. Zuletzt legte er häufig im *„Schocken"* auf. Dennis war am vorletzten Wochenende selbst mit seinem Kumpel Mark dort gewesen, wobei sie etwas versumpft waren. Bernd legte vor allem Black Music, Rap und Hip Hop auf. Da ihm der heutzutage immer seltener werdende Vorname Bernd und der eher lustige Nachname Plums nicht cool genug waren, legte er sich einen Künstlernamen zu. Seiner Affinität zu getrocknetem Hanf geschuldet und in Anlehnung an die Latino-Rapper von Cypress Hill, gab er sich selbst den Künstlernamen DJ Greenthumb. Bernd betonte auch immer, dass das Wort Green in seinem Namen auch Sinnbild für seine politische Gesinnung und seine Überzeugungen bezüglich Umweltschutz und alternativer Energiegewinnung sei. Alternativ war Bernd auch bezüglich der im Haushalt anfallenden Arbeiten und der unsäglichen, schwäbischen Kehrwochen-Tradition. Er entschied sich nämlich mit einer für ihn untypischen Konsequenz für die Alternative, diese Arbeiten gar nicht zu erledigen.

Dennis hatte mal wieder eine gefühlte Ewigkeit nach einem legalen Parkplatz gesucht, als er Glück hatte und direkt gegenüber seines Hauses einer frei wurde. Eine Frau mittleren

Alters, die mal eben so über das Lenkrad ihres Twingo schauen konnte, scherte schwungvoll aus einer Parklücke aus, ohne der Straße oder etwaigen anderen Verkehrsteilnehmern auch nur die geringste Aufmerksamkeit zu schenken. Aber egal, Hauptsache war, dass er endlich einen Parkplatz gefunden hatte. Er öffnete die Haustür und im Eingangsbereich standen wie immer mindestens fünf Kinderwagen und vier Fahrräder. Ihn störte das nicht sonderlich, aber andere Hausbewohner hatten Unterschriften gesammelt und ein großes Blatt an die Innenseite der Eingangstüre geklebt, auf dem stand:

„Abstellen von Fahrrädern, Kinderwagen und sonstigem Gerümpel verboten. Wer künftig zuwider handelt, wird bei der Hausverwaltung gemeldet.“

„Ja und?!“, dachte sich Dennis. „Wer bitte schön sollte sich denn davon abschrecken lassen?“
So dachten offensichtlich auch die Besitzer der Fahrräder und Kinderwagen, die weiterhin den Eingangsbereich als Parkplatz nutzten. Er ging an den Briefkästen vorbei und freute sich, dass Sonntag war. Denn das bedeutete, dass heute keine Post in seinem Briefkasten gelandet sein konnte.
Als er im ersten Stock vorbei kam, öffnete sich wie so häufig, aber selbstverständlich rein zufällig, die Wohnungstüre des Ehepaares Stiefel. Heute Abend war es Frau Stiefel, die ihm im dunkelblauen Bademantel und lilanen Pantoffeln einen Empfang bereitete. „Aah, der Herr Kommissar. Falls Sie auch zu denen gehören, die es noch nicht wissen sollten, ab jetzt werden alle Vergehen gegen die Flur-frei-von-Gerümpel-Ordnung umgehend gemeldet. Die Polizei sollte sich lieber mal um die Ordnung in unseren Wohnhäusern kümmern, anstatt immer mehr Geld für die Überwa-

chung von Demonstrationen am Hauptbahnhof auszugeben. Übrigens sind Sie nächste Woche wieder mit der Kehrwoche dran. Ich hab Ihnen den Mann bereits neben die Türe gehängt. Und dass Sie es mir nicht wieder vergessen, so wie beim letzten Mal. Wenn hier jeder nur macht was er will, leben wir bald in einem riesengroßen Schweinestall."

Dann flog die Wohnungstüre der Stiefels zu und der Schlüssel drehte sich zweimal im Schloss. „Der Mann" hatte ihm gerade noch gefehlt. Als Symbol der Kehrwoche, und damit keiner behaupten konnte er habe nicht gewusst, dass er an der Reihe war, gab es einen kleinen Playmobil-Straßenkehrer, der im wöchentlichen Wechsel von Tür zu Tür gehängt wurde und „Der Mann" genannt wurde. Der Rest dieses jämmerlichen Sonntags konnte nur noch besser werden, dachte sich Dennis. Als er aber vor seiner Wohnungstüre ankam, hörte er bereits die laute Musik und spürte wie der Bass den Boden vibrieren ließ. Ein Wunder, dass die Stiefels eben nichts gesagt hatten, wahrscheinlich waren sie wieder einmal zu geizig gewesen, ihre Hörgeräte warten zu lassen.

Als er eintrat, lief er gegen eine Wand aus Qualm und Nebel mit äußerst charakteristischem Geruch. Im Flur lehnten zwei Jungs mit sehr weiten Hosen und umgekehrt aufgesetzten Baseballkappen lässig an der Wand, jeder eine Flasche Wulle-Bier in der einen und eine Zigarette in der anderen Hand. Auf dem Boden zwischen den beiden saß noch so ein Kerl, der eine bis übers Gesicht gezogene Wollmütze trug und bereits zu pennen schien. Seine Bierflasche, die halb voll neben ihm stand, diente den anderen beiden als Aschenbecher. Als er ins Wohnzimmer kam, hockten eine Horde Typen und einige schrille Mädels auf dem Boden und auf seiner Couch. Niemand beachtete Dennis, als er hereinkam. „Bernd", sagte er zu seinem Untermieter, der

sich gerade angeregt zu unterhalten schien. Als keine Reaktion erfolgte, wurde er lauter: „Bernd! Könnte ich Dich mal bitte sprechen!"
Er zog Bernd auf die Seite und gestikulierte wild: „Was soll das hier? Wer sind diese ganzen Leute? Warum sauft ihr das Bier, das ich für meine Geburtstagsfeier gekauft habe? Und warum qualmt ihr mir die ganze Bude voll und noch dazu mit Dope? Ich hatte einen echten Scheißtag und möchte einfach nur noch ein bisschen meine Ruhe haben und dann ins Bett. Aber hier geht es zu, wie auf einer Cinderella-Revival-Party."
„Hey Mann, mach Dich mal locker. Setz Dich doch zu uns und komm mal ein bisschen runter. Du bist echt uncool. Und Dennis, bitte, ich hatte Dich doch gebeten mich vor anderen nicht mit Bernd anzureden, sondern mit Ey Yo Greenthumb, was geht?"
Als gegen 2.00 Uhr morgens endlich Ruhe eingekehrt war und offensichtlich die letzten Gäste weg waren, nahm Dennis die zusammengeknüllten Papiertaschentuchfetzen aus seinen Ohren und fiel endlich in einen unruhigen Schlaf.

5.

„Ich sehe schon, Kinder, ihr braucht erst mal alle einen Holger-Grünbaum-Spezial-Kaffee, um in die neue Woche starten zu können. Ihr seht ja furchtbar aus!“, stellte der Chefsekretär der Mordkommission mit dem Zeigefinger am Mundwinkel und den Ellenbogen in der anderen Hand abgestützt, besorgt fest.
„Für mich bitte einen extra großen, wie immer mit viel Zucker“, knurrte Kurt.
„Kommt sofort!“, sagte Holger, während er bereits eine flotte Drehung hingelegt hatte und mit einem für Männer beachtlichen Hüftschwung davon tippelte.
„Was für ein Abend und was für eine Nacht. Ich kann Euch sagen, meinen Untermieter werde ich möglicherweise bald ermorden. Mal schauen, ob Ihr mir dann auf die Schliche kommt?!“, stöhnte Dennis und man sah deutlich die ausgeprägte Ringbildung unter seinen Augen.
„Wenn Du Dich dabei genauso dämlich anstellst wie bei der Obduktion gestern und glaubst, wir würden das nicht mitbekommen, dass Du sie geschwänzt hast, dann bestimmt!“, antwortete Tatjana trocken.
„Mein Abend war auch die Hölle!“, sagte Kurt und setzte dabei eine leidende Miene auf. „Der VfB hat in München sechs zu eins den Frack voll bekommen und mit dem Hund war bei diesem Scheißwetter natürlich auch keiner draußen gewesen. Brigitte hatte ihm einfach einen bis unters Dach gefüllten Fressnapf und einen Liter Wasser dazu hingestellt und sich dann schön in die Badewanne verdünnisiert. Der Hund hat so viel gefressen

und gesoffen, dass er das Zeug natürlich auch wieder irgendwie loswerden musste. Ist ja klar, warum soll es ihm anders ergehen, als unser einem?"

„Das will ich mir gar nicht vorstellen, Herr Schockenried, das ist ja ekelhaft!", intervenierte Tatjana mit verzerrtem Gesicht.

Aber Kurt war bereits in voller Fahrt: „Und dann hat der Köter den ganzen Flur voll geschissen, die Küche war praktisch geflutet und zur Krönung hat er sich auch noch über meiner direkt hinter dem Eingang stehenden Bowlingtasche erleichtert. Zu allem Unglück war die Tasche auch noch geöffnet. Meine Bowlingschuhe und mein neues Polo-Shirt mit Club-Emblem kann ich jetzt vergessen. Und wer konnte dann die ganze Sauerei wieder beseitigen? Na logisch, das Herrchen natürlich. Denn es heißt ja dann immer, Kurt, das ist Dein Hund!"

Tatjana rannte aus dem Zimmer und war für einige Minuten verschwunden, ehe sie wieder zurückkam.

Nachdem Holger elegant auf einem Tablett den Kaffee serviert hatte und jede Untertasse liebevoll mit einem Toffifee verziert hatte, wurde Kurt ernst und formulierte etwas deftig seine Sicht der Dinge: „Sieht wohl so aus, als hätten wir einen Psychopathen, der einen Schwulen gejagt hat, ihm dann den Hals abschlagen wollte und zur Krönung den Hintern aufgerissen hat, um ihm das eigene Gemächt hinein zu stopfen. Und damit es jeder sehen kann, hat er ihn dann an das Gipfelkreuz des Monte Scherbelino gehängt."

„Es stellt sich die Frage, ob es eine Beziehungstat war? Auf jeden Fall waren Emotionen im Spiel. Es könnte natürlich auch ein Schwulenhasser gewesen sein. Solche kranken Idioten soll es ja geben. Ich denke einen religiösen Fanatiker können wir ausschließen. Das passt irgendwie nicht ins Bild. So einer hätte ihn wahrscheinlich eher gekreuzigt. Es stellt sich sowieso die Frage nach dem ungewöhnlichen Tatort. Der Mörder hatte da oben an dem regnerischen Abend zwar seine Ruhe, aber ein großes Risiko, gesehen oder gar entdeckt zu werden, ist er trotzdem bewusst eingegangen", meinte Dennis.

Tatjana ergänzte: „Die Situation am Fundort gleicht einer Inszenierung. Da will einer Aufmerksamkeit erregen. Außerdem muss er gewusst haben, dass es nicht lange dauern kann, bis sein Werk entdeckt werden würde. Wären nicht die Gläubigen am Sonntagmorgen zur Messe gekommen, wären spätestens im Laufe des Tages Spaziergänger oder Touristen vorbeigekommen und hätten die Leiche gefunden. Vielleicht waren es ja auch mehrere Täter? Sandro Panucci war weder ein Riese noch ein Schwergewicht, trotzdem war viel Kraft nötig, um seinen toten Körper da hoch zu schleppen und an das Kreuz zu hängen!"

„Wenn wir aber mal bei der Ein-Täter-Theorie bleiben würden? Was könnte sich dann abgespielt haben?", fragte Kurt.

„Sandro und sein Mörder waren zusammen auf dem Birkenkopf. Ob er ihn dahin gelockt hat, oder ihn in irgendeiner Form dazu gezwungen hat, wissen wir nicht. Es kam zu einer Auseinandersetzung und Sandro wollte flüchten. Auf der Flucht hat er sich die Unterschenkelfraktur und die Schädelfraktur zugezogen."

Tatjana unterbrach kurz Dennis Ausführungen: „Und wenn ihm der Schädel eingeschlagen wurde?"

„Laut Obduktionsbericht stammen die Kopfplatzwunde und die Fraktur der Schädelknochen eindeutig von einem Sturz", antworte Dennis an Tatjana gerichtet, bevor er weiterredete: „Als Sandro von seinem Mörder gestellt wurde, trat dieser ihn vor die Brust oder presste ihn auf dem Rücken liegend zu Boden, indem er ihm den Fuß mit vollem Gewicht auf den Brustkorb drückte. Das hat zum einen etwas Demütigendes für das Opfer, zum anderen konnte er ihn so gut fixieren und ihn sich sozusagen zurecht legen für´s Abschlachten. Dass der Mord geplant war, ist schon alleine aufgrund der Tatwaffe klar. Keiner hat mal eben so einen Säbel oder ein Schwert in der Tasche. Das Schuhprofil konnten wir bisher noch nicht identifizieren. Die Chancen stehen aber tatsächlich gut, dass wir das Fabrikat und annähernd auch die Schuhgröße ermitteln können. In der Folge muss der Täter ihn zum Gipfelkreuz geschafft und dort aufgehängt haben. Da wir noch nicht wissen wo der Tatort ist, wissen wir auch nicht, wie viel Zeit zwischen dem Mord und dem Aufhängen mindestens vergangen sein muss. Es kommt durchaus eine Zeitspanne von etwa zwei Stunden in Betracht. Anhand des Elektrokabels konnten wir aufgrund von Schleifspuren und einem ausgeprägtem Abrieb, welcher sich über eine längere Strecke des Kabels erstreckte, feststellen, dass Sandro Panucci zunächst doppelt umwickelt wurde und dann am Kabel ans Kreuz hochgezogen wurde. Die Ausprägung der Strangfurchen am Brustkorb spricht ebenfalls dafür. Eine rein sexuell motivierte Tat ist eher auszuschließen, da es keinen direkten Hinweis auf sexuellen Missbrauch gibt. Die Verstümmelung der Genitalien und das anale Einführen des Geschlechtsteils sprechen jedoch für einen Zusammenhang mit Panuccis Homosexualität."

„Was hat eigentlich die Überprüfung seines Mobiltelefons ergeben?", erkundigte sich Kurt bei Tatjana, die damit beauftragt gewesen war. Während Tatjana unentwegt damit beschäftigt war, einen Spezialreiniger auf ihren Schreibtisch zu sprühen und sich mehrmals seitlich hinunterbeugte, bis sie mit dem Gesicht genau auf dem Niveau der Schreibtischplatte war, um anschließend heftig den Kopf zu schütteln, antwortete sie: „Anhand des Mobiltelefons können wir annähernd für den ganzen Tag rekonstruieren, wo sich das Handy befand und sich damit aller Wahrscheinlichkeit nach auch Sandro Panucci aufgehalten hat.

Das Problem ist nur, dass das Handy um 17.51 Uhr ausgeschaltet wurde und sich damit seine Spur verliert. Bei der Leiche konnte es nicht sichergestellt werden. Als es abgeschaltet wurde, war es in der Nähe des Hölderlinplatzes. Von einem Bankautomaten dort ganz in der Nähe hat er um 17.34 Uhr einhundertfünfzig Euro abgehoben. Er wurde dabei von der Überwachungskamera gefilmt. Er war alleine und trug die gleiche Kleidung wie beim Auffinden seiner Leiche. Die Handytelefonate der letzten Tage müssen noch abschließend ausgewertet werden, aber der letzte eingehende Anruf kam um 17.27 Uhr von einem Pre-Paid-Handy, dessen Rufnummer wir leider keiner Person zuordnen können. Um 17.39 Uhr hat er einen gewissen Gregor Sassner angerufen und mit diesem etwa drei Minuten lang telefoniert."

„Sicher wissen wir schon, wer dieser Gregor Sassner ist?", fragte Kurt dazwischen.

„Ja, er ist ein Freund von Sandro Panucci. Er ist zweiundvierzig Jahre alt und arbeitet als Kellner im Cesars Club an der Bar."

„Haben Sie schon mit diesem Gregor Sassner gesprochen?"

„Nein, Herr Schockenried. Das sollte wohl besser ein Mann machen!", grinste Tatjana für ihre Verhältnisse ungewöhnlich spitzbübisch.

„Wer redet hier von meinem alten Freund Gregor Sassner?" wollte Holger Grünbaum unbedingt wissen, als er unverhofft das Zimmer betrat und sich mit ausladender Gestik bückte, um das Kaffeegeschirr abzutragen.

Nachdem Dennis ihm die Kurzfassung der Geschichte erzählt hatte, platzte er heraus: „Na meine Lieben, wenn ihr glaubt, ihr könntet mal eben so ins CC gehen und die Leute ausfragen, dann habt Ihr aber auf das falsche Pferd gesetzt. Das ist eine in sich geschlossene Gemeinschaft. Wenn sich herausstellt, dass Ihr von der Polizei seid und noch dazu absolute Hetis, dann wird dort

keiner über sehr viel mehr mit Euch reden, als über das Wetter auf Mykonos. Ihr müsst da schon voll ins Geschehen eintauchen!"
Als Kurt zunehmend klar wurde, worauf das Ganze hinauslaufen würde, blaffte er zurück: „Mann, hör mir bloß mit eintauchen auf. In was ich eintauche, entscheide ich immer noch selbst!"
Zu allem Überfluss stand auch noch Kriminalrat Hans-Dieter Scheible seit einigen Minuten in der Türe und hatte aufmerksam gelauscht.
„Herr Grünbaum hat vollkommen Recht, meine Herren. Ein wenig mehr Engagement und Kreativität würde ich schon von Ihnen erwarten. Sie müssen sozusagen inkognito in diesen Club und Herrn Sassner und die anderen Gäste befragen. Es ist davon auszugehen, dass das Opfer dort noch weitere Bekannte hat und auch regelmäßig verkehrte. Darum sollten Sie umfassende Ermittlungen anstellen und zwar vor Ort und zu einem unauffälligen Zeitpunkt. Wie wäre es denn beispielsweise mit heute Abend? Herr Schockenried, Herr Rathvan. Ich zähle auf Sie!"
Und schon war Scheible wieder verschwunden, wobei eine nicht zu überhörende Portion Schadenfreude in seinen Worten klang.
„Ich baller dem gleich Eine!", zischte Kurt. „Jetzt sollen wir beide als schwules Paar in den Cesars Club gehen? Das ist ja wohl oberpeinlich!"
Dennis hingegen war ziemlich gelassen: „Ich bin auch nicht gerade scharf drauf, ausgerechnet mit Dir da hinzugehen, Kurt. Irgendwie hat mich der Laden aber schon immer mal interessiert. Nur als Heterosexueller kommt man sonst nicht in die Verlegenheit, da hinein zu gehen und hat auch gewisse Hemmungen. Holger, Du könntest uns doch begleiten? Dann wird es sicher einfacher für uns und wir fallen weniger auf!"
„Tolle Idee!", klatschte Holger und Kurt stöhnte zugleich: „Das wird ja immer besser."

6.

Als Kurt am Abend zur vereinbarten Zeit am Treffpunkt in der Calwer Straße ankam, war ihm sichtlich flau im Magen. Sein ansonsten vom mäßigen Bluthochdruck eher gerötetes Gesicht, war ziemlich blass. Vor lauter Aufregung hatte er sich am Kiosk an der U-Bahn-Haltestelle Rothebühlplatz noch einen Kräuterschnaps genehmigt. Der Hirsch auf der Vorderseite der grünen Flasche hatte ihn so verführerisch angelächelt. Unter Androhung der Prügelstrafe hatte Holger ihm verboten, in seinem Trenchcoat zu erscheinen. Also hatte er versucht, sich ein wenig schick zu machen. Objektiv betrachtet musste man allerdings feststellen, dass er dabei nicht sehr erfolgreich gewesen war. Die abgewetzte braune Kordhose mit weißem Gürtel war eine stilistische Todsünde, die nur noch von seinen ebenfalls braunen Lederslippern und den weißen Tennissocken mit einem bekannten Raubkatzenemblem übertroffen wurde. Dazu trug er ein hellblaues Jeanshemd, das bereits vor zwei Jahren bei der Silberhochzeit seines Schwagers zu einer handfesten Auseinandersetzung mit seiner Frau Brigitte geführt hatte. Immerhin hatte er sich gegen das Feinrippunterhemd und für ein weißes T-Shirt entschieden.
Als Dennis mit einem großen Coffee-to-go in der Hand angeschlendert kam, begrüßte ihn Kurt äußerst schlecht gelaunt: „Ich hatte in meiner Zeit bei der Kriminalpolizei schon viele dämliche Einsätze, aber dieser hier ist der absolute Gipfel des Unsinns."
„Jetzt stell Dich mal nicht so an, Kurt. Was gibt es denn besseres, als am Abend gemütlich bei einem Bierchen in einer Bar oder

einem Club zu ermitteln. Und, dass hauptsächlich Lesben und Schwule dort verkehren, kann uns ja wohl egal sein. Und bitte glaube mir, von Dir wird eh keiner etwas wissen wollen. Du entsprichst nicht gerade dem Standard-Beuteschema der jungen, homosexuellen Männer. Und bei Deinem missmutigen Gesicht und der albernen Kleidung, brauchst Du Dir keine allzu großen Hoffnungen zu machen."

Kurt blickte fragend an sich herunter: „Wieso? Was stimmt denn nicht mit meiner Kleidung? Schließlich hat das alles einmal Geld gekostet!"

„Lass es mich mal diplomatisch ausdrücken, Kurt. Es ist stilistisch und farblich etwas gewagt und möglicherweise nicht den allerneuesten Modetrends für Herren Ende fünfzig entsprechend."

Nach etwa zehn Minuten, die Kurt aufgrund seiner Aufregung gerade mal so für zwei Zigaretten gereicht hatten, kam auch Holger in aller Seelenruhe zum Treffpunkt. „Na, Kinder, seid Ihr bereit für eine verdeckte Ermittlung? Ich bin schon ganz aufgeregt, ist ja schließlich das erste Mal, dass ich an so etwas teilnehmen darf. Ach Kurt, todschick was Du da trägst. Und Dein Eau de Toilette erst. Ich könnte mich fast vergessen!"

„Untersteh' Dich und pass bloß auf was Du sagst, Du Vorzimmertippse!"

„Das muss ich mir von Dir nicht gefallen lassen, Kurt. Koch doch Deinen Kaffee künftig selbst. Ich halte Dir auch sicher nicht mehr den Rücken frei für Deine Mittagsschläfchen im Büro. Dann kannst Du mal sehen, wo Du bleibst!", reagierte Holger äußerst empfindlich und verschränkte dabei demonstrativ die Arme vor dem Körper.

„Holger, ich bin mir sicher, der Kurt hat das nicht böse gemeint. Wir wissen doch alle, was wir an Dir haben!"

„Und Kurt, das sollte doch nur ein Scherz sein von Holger", versuchte Dennis die Situation zu beruhigen.
„Einigen wir uns darauf, dass Ihr beide etwas angespannt seid, weil Ihr sozusagen beide ein Erstes Mal vor Euch habt. Jetzt lasst uns endlich zum Cesars Club rüber gehen."
Als die Streithähne sich wieder beruhigt hatten und alle drei in der Schlange vor dem Club warteten, gab Holger noch einige Instruktionen zur Verhaltensweise: „Da ich einen guten Draht zum Geschäftsführer habe, konnte ich organisieren, dass wir überhaupt rein gelassen werden. Denn weiße Socken sind an sich schon ein Ausschlusskriterium."
„Jetzt fang bitte nicht schon wieder an, Holger", mahnte Dennis.
„Ist ja schon gut", lenkte Holger ein und fuhr fort: „Versucht Euch bitte so unauffällig wie möglich zu verhalten und stoßt nicht gleich jemanden vor den Kopf. Dass Ihr Hetis seid, bemerkt sowieso jeder auf den ersten Blick. Aber da Ihr in meiner Begleitung seid, werdet ihr sozusagen als meine Anhängsel geduldet. Mit Gregor Sassner werde zunächst ich das Gespräch suchen."
Kurz vor dem Eingang flüsterte Kurt Dennis ins Ohr: „Eines weiß ich sicher, ich werde da drin meinen Hintern immer schön an der Wand entlang schieben!"
Dennis blieb nur noch ein resigniertes Kopfschütteln: „Du bist echt ein hoffnungsloser Fall, Kurt!"
Für einen Montagabend war der Cesars Club sehr gut besucht. Die Sitzecken waren alle besetzt und auch an der großen Bar war kein Sitzplatz mehr frei. Holger gab Dennis und Kurt das Zeichen, ihm zu folgen und ging zielsicher auf die etwas kleinere Bar im hinteren Bereich des Clubs zu. Er deutete auf zwei am Rand der Bar stehende Hocker. Dennis und Kurt setzten sich artig hin. Überschwänglich begrüßte Holger den hinter der Bar stehenden Mann, der den Körper eines Leistungssportlers hatte.

Er war mindestens 1,90 Meter groß, schlank und extrem durchtrainiert, ohne übermäßig mit Muskeln bepackt zu sein. Seine halblangen, schwarzen Haare hatte er zu einem Pferdeschwanz zusammen gebunden. Die beiden unterhielten sich angeregt. Teilweise lachten sie kurz, dann folgten wieder Gesprächspassagen mit ernsterer Miene. Zwischendurch stellte der Mann Dennis und Kurt jeweils eine Flasche Bier vor die Nase. Nachdem sich zumindest Dennis rasch akklimatisiert hatte, beschloss er etwas umherzugehen und wollte versuchen, selbst Kontakte zu knüpfen. Kurt hingegen blieb seinem Barhocker ziemlich verkrampft treu. Dennis kam sehr schnell mit zwei Frauen ins Gespräch, die ungefähr in seinem Alter waren. Das Gespräch war sehr ungezwungen und die beiden versuchten, da es ganz offensichtlich sein erster Besuch im Cesars Club war, ihm offen zu begegnen. Tatsächlich kannten beide Sandro Panucci. Und als Dennis sich zu erkennen gab und berichtete, dass Sandro wohl einem Verbrechen zum Opfer gefallen war, waren sie schockiert. Sie erzählten, dass Sandro schon lange in der Szene unterwegs war. Einen festen Partner habe er aber schon seit Jahren nicht mehr gehabt, obwohl er es sich so sehr gewünscht hatte. In letzter Zeit sei er wegen der vielen Arbeit im Krankenhaus nicht mehr so oft hier gewesen. Wenn er da war, machte er aber zeitweise einen fast depressiven Eindruck. Ein anderer Mann schaltete sich in die Unterhaltung mit ein, nachdem er eine Weile zugehört hatte und berichtete, dass Sandro bei den meisten sehr beliebt war. Er achtete wohl sehr auf seine Gesundheit. Wenig Alkohol, kein Nikotin, keine Drogen und nur Safer-Sex. Zuletzt gesehen hatte er Sandro vor etwa einer Woche. An jenem Abend habe er sich länger mit einem jungen Mann unterhalten. Dieser war zwar schon einige Male da gewesen, aber keiner kannte ihn.

Kurt hatte sich nach seinem mittlerweile vierten Bier, offensichtlich mächtig gelockert. Dennis sah, wie er sich ebenfalls tatsächlich einigen Gesprächen widmete und ein weiteres Bier bestellte. Etwa neunzig Minuten später trafen sich Dennis und Holger am Rande der Tanzfläche.

„Alles kein Problem, Kleiner", sagte Holger.

„Die Leute wissen wer Ihr seid, finden es aber in Ordnung und wollen uns so gut es geht helfen."

Er berichtete von seiner Unterhaltung mit dem Adonis hinter der Bar: „Ich habe mich ausführlich mit Gregor Sassner unterhalten. Er hatte eigentlich den engsten Kontakt zu Sandro. Die beiden hatten nämlich mal vor einigen Jahren etwas miteinander. Vergangenen Dienstag war Sandro mit einem Typen hier, dessen Namen keiner kannte. Gregor meint, den Namen Tobi mal gehört zu haben, ist sich aber nicht sicher. Der Typ sei definitiv kein Schwuler gewesen. Jeder habe es gesehen, aber Sandro wollte es wohl nicht wahrhaben. Nach diesem Abend war Sandro wie ausgewechselt und nahezu euphorisch gewesen. Letzten Samstag am späten Nachmittag, hat Sandro den Gregor super gut gelaunt von seinem Handy aus angerufen und gesagt, er glaube nun endlich sein Glück gefunden zu haben. Er würde sich auf einen wunderschönen Abend freuen und wahrscheinlich gäbe es bald etwas zu feiern. Natürlich sei ein Mann im Spiel, aber mehr wollte er nicht verraten."

Dennis nickte zustimmend: „Das passt prima zu den Informationen, die ich bekommen konnte. Ich glaube wir sind einen großen Schritt weiter gekommen. Vielen Dank für Deine Hilfe, Holger. Ohne Dich hätten wir es wahrscheinlich wesentlich schwerer gehabt, hier ein Bein auf den Boden zu bringen."

„Kein Ding, Kleiner. Kannst mir ja dafür noch ein Bier ausgeben!"

Kaum hatte Holger diesen Vorschlag unterbreitet, wurden sie Zeugen einer legendären Darbietung und trauten ihren Augen nicht. Sie sahen einige Meter entfernt auf der Tanzfläche einen wie entfesselt tanzenden und umher hüpfenden ersten Hauptkommissar. Dieser hatte mittlerweile sein grässliches Hemd von sich geworfen und war nun drauf und dran, seinen wenig imposanten Oberkörper völlig zu entblößen. Einen Tanzpartner vor und den anderen hinter sich, begann er zu Cotton Eye Joe sein T-Shirt wie ein Lasso durch die Luft zu schleudern und im Rhythmus der Musik, hauten sie sich alle drei abwechselnd auf das Hinterteil. Eigentlich fehlte zu einer perfekten Show nur noch, dass sie anfingen zu wiehern.
Nach dieser, für alle Anwesenden schwer beeindruckenden Performance, beschlossen Dennis und Holger, den Abend vorzeitig zu beenden, um weiteres Unheil abzuwenden. Sie sammelten Kurt ein und gingen zum Ausgang. Dieser ließ sich unter dem Applaus der Menge widerwillig mitnehmen und klatschte im Stile eines Pop Stars eine Hand nach der anderen ab.

7.

„Was kostet es denn bei Dir?“, fragte der junge Mann, ohne ihr dabei in die Augen zu schauen.
Diese Sorte Männer kannte sie ganz genau. Der Kerl würde eigentlich gar nicht so schlecht aussehen, wenn er mehr auf sein Äußeres achten würde und sich ein bisschen schick gemacht hätte. Er müsste nur die Frisur etwas verändern, die Brille durch Kontaktlinsen ersetzen, die langweiligen Klamotten austauschen und eine etwas aufrechtere und männlichere Körperhaltung annehmen und schon könnte er ein recht attraktiver, junger Mann sein. Dann wäre sicher auch seine Stimme wesentlich selbstbewusster und er wäre nicht zu schüchtern, um ihr in die Augen zu schauen. Er war einer jener Typen, mit denen sie fast Mitleid hatte. Er war so scheu und verklemmt, dass er es in der Disco sicher niemals fertig bringen würde, ein Mädel anzusprechen, ganz davon zu schweigen, sie in die Kiste zu bekommen. Und wenn Pornos und Wichsen nicht mehr ausreichten, um den Sexualtrieb zu befriedigen, dann musste man eben in den Puff gehen. So ein Typ war ihr aber wesentlich lieber, als die schmierigen Fettsäcke oder die Männer aus manchen Kulturkreisen, die sie von Anfang bis Ende wie ein Stück Dreck behandelten, nur weil sie eine Frau und obendrein noch eine Nutte war. Schließlich gab es aber ja glücklicherweise nicht nur schlimme Typen. Immer wieder war auch mal einer dabei, der echt gut aussah und mit dem der Sex sogar ein bisschen Spaß machte. Als sie neu im Geschäft war, hatten die erfahrenen Kolleginnen ihr beigebracht, niemals Spaß beim Sex mit einem Freier zu empfinden

und auf keinen Fall so etwas wie Sympathie zuzulassen, oder gar eine persönliche Beziehung aufzubauen.

Früher hatte sie noch mehr nette Männer für sich gewinnen können. Mit den Jahren wurde es aber immer schwieriger und das Geschäft immer härter. Der Zahn der Zeit und der schlechte Lebenswandel mit zu wenig Schlaf, dafür aber zuviel Alkohol und Zigaretten, hatten auch an ihrem Körper genagt. Sie hatte es sich abgewöhnt, wählerisch zu sein und konnte es sich auch einfach nicht leisten. Zweihundert Euro Miete pro Tag für das kleine Zimmer mussten erst einmal verdient sein. Dann brauchte sie ja auch noch Geld um zu leben und schließlich schickte sie jeden Monat einen Scheck an ihre Eltern, die den kleinen Daniel großzogen. Daniel war ihr mittlerweile zehnjähriger Sohn und ihre einzige große Liebe. Aber weder die Eltern noch Daniel wussten wo sie war und was sie machte, ganz zu schweigen davon, wie sie das Geld verdiente, das sie monatlich zu ihnen nach Hause schickte. Jedes Jahr an Weihnachten fuhr sie für einige Tage nach Prag, um die Familie zu besuchen. Bald würde es wieder so weit sein, in nicht einmal mehr vier Monaten. Außerdem brauchte sie noch ein Geschenk für Daniel, sowie eine Kleinigkeit für die Eltern als Dankeschön. Und das Geld für die Reise musste auch noch irgendwie zurückgelegt werden. Sie musste eisern sparen und bei der Arbeit richtig ranklotzen, sonst würde sie es niemals schaffen, genug Geld zusammen zu bekommen. Also Augen zu und durch, dachte sie einmal mehr, als sie antwortete: „Für Dich fünfzig Euro. Dann hast Du zwanzig Minuten Zeit und darfst ihn bei mir reinstecken. Magst Du zu mir reinkommen, Schatzi?"

Der Mann nickte kurz und schlich gebeugt an ihr vorbei, nach wie vor unfähig, sie anzusehen. Er zog die viel zu weite Kapuze seiner Jacke vom Kopf und setzte sich neben ihr auf das Bett.

Es war schon spät am Abend und in der Hoffnung, beim letzten Freier des Tages noch einmal gut Kasse machen zu können, bot sie an: „Du kannst alles von mir haben, je nachdem wie viel Du bezahlen möchtest. Wir könnten es auch ein bisschen länger machen, wenn Du magst?! Das Einzige was bei mir definitiv nicht geht, ist ohne Gummi!“
Im nächsten Moment spürte sie, wie sich ihr ganzer Körper entspannte. Sie war auf einmal sehr gelassen und fast ein bisschen fröhlich. Sie fühlte sich befreit und erleichtert, als ob eine Zentnerlast von ihr abfallen würde. Sie fasste sich an den Bauch. Das warme Blut war angenehm an ihren Händen. Sie bäumte sich kurz auf und versuchte, zum Fenster zu gelangen. Der Notruf-Klingelknopf, der sich im Zimmer befand, war unerreichbar. Sie wurde zu Boden geschleudert und prallte mit dem Kopf gegen den Heizkörper. Der immer wiederkehrende, stechende Schmerz raubte ihr schließlich die Kraft. Sie konnte nicht mehr um Hilfe schreien. Und eigentlich wollte sie es auch gar nicht. Endlich konnte sie in seine Augen sehen, sie waren dunkel und leer. Wie die Augen eines Menschen, der es gewohnt war zu töten. Ihre Sinne schwanden, als sie flüsterte: „Bald bin ich bei Dir, mein geliebter Daniel!“

8.

Nach wenigen Stunden Schlaf schreckte Dennis hoch, als auf seinem Nachttisch das Handy zu Hells Bells von AC/DC tanzte. Vielleicht sollte er den Weckruf doch wieder auf Cat Stevens oder Louis Armstrong umstellen. Warum der eine von den beiden jetzt unbedingt Youssuf Islam heißen musste, war ihm übrigens nicht klar. Man konnte ja auch konvertieren, ohne gleich seinen gesamten Namen völlig unkenntlich zu machen.

Auf dem Display erschien Tatjanas Büronummer, die offensichtlich schon im Präsidium war. „Morgen, Dennis. Schüttel' Dir den Cesars Club aus den Klamotten und komm ins Drei-Farben-Haus. Ich nehme zwar mal an, dass Du weißt wo das ist, aber für alle Fälle lautet die Adresse Bebenhäuser Hof in Stuttgart-Mitte, ganz in der Nähe des Rathauses. Es gab schon wieder einen Mord. Es ist eine Prostituierte namens Dana. Ihr richtiger Name ist Katja Pradova. Nach Beschreibung der Kollegen muss es ein fürchterlicher Anblick sein. Ich rate Dir also unbedingt noch etwas zu frühstücken, um den Anblick besser zu verkraften. Also bis gleich! Ach halt, warte mal. Weißt Du was von Herrn Schockenried? Den versuche ich schon die ganze Zeit zu erreichen. Der war doch mit Dir und Holger gestern im Cesars Club, oder?"

„Nein. Ich meine ja, er war dabei. Aber ich habe keine Ahnung, warum er nicht erreichbar ist", schwindelte er.

Wenn die alle wüssten, was sich gestern Abend für unglaubliche Szenen abgespielt haben, dachte er sich und erhob seinen müden Körper mit einem, tiefes Selbstbedauern ausdrückenden

Stöhnen, aus dem Bett. Nach einer schnellen Dusche, offenbarte der Blick in den Kühlschrank mal wieder nur gähnende Leere. Er war in den letzten Tagen nicht zum Einkaufen gekommen und von Bernd war das ohnehin nur sehr selten zu erwarten. Ein Schluck kalter H-Milch musste also wieder einmal genügen. Er konnte sich ja noch schnell etwas beim Bäcker holen und dann auf dem Weg im Auto essen.

Als er an diesem sonnigen Dienstagmorgen am Drei-Farben-Haus in der Stuttgarter Innenstadt ankam, waren die beiden einzigen Zugänge zu der Straße, in der das Haus stand, abgesperrt. Somit konnte niemand ohne Befugnis den Bereich betreten oder verlassen. Das Drei-Farben-Haus war ein großer, alter Kasten, der aus drei miteinander verbundenen Häuserabschnitten bestand, welche ursprünglich in den Farben der französischen Tricolore angestrichen waren und somit den Namen des Hauses geprägt hatten. Mittlerweile war der ehemals blaue Haus-Anteil eigentlich nur noch lila. Stuttgarts größtes Bordell war ein reines Laufhaus und wurde in den Fünfziger Jahren errichtet. Es lag zwischen Königstrasse und Rathaus, also in einer belebten Gegend. Die schmale Gasse war jedoch durch die umgebenden, hohen Häuser kaum einsehbar und bot dadurch durchaus eine gewisse Diskretion. Tatjana wartete bereits vor dem Eingang auf ihn. „Wir müssen in den zweiten Stock, vorletztes Zimmer auf der rechten Seite im lilanen Anteil des Hauses. Die Zimmer sind nummeriert. Die Nummerierung ist etwas unübersichtlich, denn sie stammt noch aus der Zeit, als die Flure der drei Häuser getrennt waren und der Zugang nur über den Hof möglich war.“

„Bringen wir es hinter uns“, sagte Dennis.

Beim Eintreten in das Haus kamen Tatjana und Dennis an einer Aufseherin, einigen Prostituierten, die noch in Zivil gekleidet waren und einigen Polizeibeamten vorbei. Einige wärmten sich die Hände an weißen Plastikbechern, aus denen heißer Pfefferminztee dampfte. Die mit trübem Licht beleuchteten Gänge und Treppen des Hauses waren karg und entsprechend der Bauweise der Fünfziger Jahre eher funktional gehalten. Natürlich war Dennis früher schon mal mit seinen Kumpels hier gewesen, um durch das Haus zu laufen und zu gaffen. Welcher Stuttgarter Mann hatte das noch nicht getan?! Aber wie man in dieser Atmosphäre Lust auf Sex haben konnte, war ihm vollkommen unklar.

Als sie im zweiten Stock vor dem Zimmer mit der Nummer vierzehn ankamen, wuselte es nur so von Erkennungsdienstlern, und sie sahen einen hellen Lichtkegel aus dem Zimmer auf den dunklen Flur scheinen. Darin stand Simon Brandner, beide Arme von sich gestreckt und mit erhobenen Händen da. Er trug einen weißen Ganzkörperoverall und stark blutverschmierte Handschuhe. „Guten Morgen, Leute. Wenn Ihr mich fragt, da war einer richtig sauer gewesen. Er hat das Opfer förmlich abgeschlachtet. Die Frau hat unzählige Messerstiche abbekommen. Ein klassischer Fall von Overkill. Der Killer war im Blutrausch."

Wie angekündigt, fanden Tatjana und Dennis ein Blutbad vor, als sie das kleine Zimmer betraten. Außerdem roch es sehr streng. Die Frau lag mit dem Rücken auf ihrem Bett, das Gesicht zur rechten Seite gedreht und beide Arme von sich gestreckt. Die Kniegelenke waren über das Bettende gebeugt, so dass beide Beine mit den Füßen auf dem Boden standen. Sie lag in einer riesigen Blutlache, die sich in der Mulde der weichen Matratze unter ihrem Körper gebildet hatte. Zudem hatten sich ihr Darm und ihre Blase entleert. Sie war übersät mit Stichverletzungen, die an dem mit billiger Reizwäsche spärlich bekleideten Körper, gut zu erkennen waren. Blutspritzer waren an Decke und Wänden,

ebenso auf dem Fußboden. An der vom Eingang aus gesehen rechten Zimmerwand waren sehr große Blutkleckse. Es schien so, als hätte jemand das Blut förmlich gegen die Wand geschleudert und es anschließend wild verschmiert. An der Wand hingen diverse schwarze Lederklamotten und sonstige SM-Accessoires, wie zum Beispiel eine mehrschwänzige Peitsche, an denen das tropfende Blut geronnen und schließlich getrocknet war.
„Ihr könnt jetzt die Vorhänge aufziehen und das Fenster öffnen. Es stinkt ja fürchterlich hier drin", ordnete Dennis an.
Dr. Brandner trat auf die Beiden zu und legte die Stirn in Falten, nachdem er sich die Kapuze seines Overalls abgestreift hatte.
„Wenn ich eine erste Einschätzung zum Todeszeitpunkt abgeben müsste, würde ich sagen, es war ungefähr 2.30 Uhr heute Morgen. Viele der Messerstiche könnten tödlich gewesen sein. Verblutet ist sie aber ziemlich sicher durch diesen sehr tiefen Stich in den Oberbauch. Anhand der vorgefundenen Blutspuren, muss das Blut mit einem enormen Druck herausgespritzt sein. Das geht nur bei der Verletzung eines sehr großen Blutgefäßes, wahrscheinlich der Aorta abdominalis. Das Blut konnte aus dem Bauchraum austreten, weil die Klinge in großem Radius im Bauch sozusagen herumgerührt wurde und so die Bauchdecke eröffnet wurde. Sie muss also in sehr kurzer Zeit verblutet sein. Es liegen keine Verstümmelungen vor. So weit ich bisher sagen kann, wurde sie auch nicht vergewaltigt. In ihrer Vagina sind Rückstände von Gleitmittel. Wann sie zuletzt Verkehr hatte, lässt sich nicht genau sagen, vermutlich aber irgendwann am gestrigen Abend."
„Ich würde aber mal sagen, auf jeden Fall nicht mit dem Täter. Oder glaubt ihr, er würde ihr wieder die Reizwäsche anziehen, bevor er sie abschlachtet?", sagte Tatjana.

„Es könnte ja auch sein, dass bis zum Ende des Liebesdienstes alles ganz geregelt ablief und beide bereits wieder angezogen waren. Dann gab es Streit um die Bezahlung und er hat sie erstochen?“, gab Dennis zu bedenken.

Tatjana schüttelte energisch den Kopf: „Es ehrt Dich, Dennis, dass Du hier den Unwissenden spielst. Erstens weiß jeder, dass in den meisten Bordellen vor dem Sex bezahlt werden muss und außerdem ist der Täter vollkommen ausgeflippt. Der war in einem Rauschzustand. Der ist förmlich explodiert. Damit wartet man nicht in aller Seelenruhe bis nach dem Sex. Ich denke, dass er zu Dana ins Zimmer kam und dann auch gleich losgelegt hat. Dennis, ich fahre auf dem Weg ins Präsidium nochmals im Olgäle vorbei. Ein Arbeitskollege von Sandro Panucci hat sich bei uns gemeldet. Ihm seien noch einige Details zu einem Gespräch eingefallen, welches die beiden letzte Woche geführt haben. Möchtest Du mitfahren?“

„Nein. Ich bin selbst mit dem Wagen da. Wir sehen uns dann später“, antwortete Dennis und freute sich trotz des fürchterlichen Anblicks von eben, auf die Möglichkeit eines verspäteten Frühstücks.

9.

Tatjana stand seit mindestens fünf Minuten vor den drei Aufzugstüren im Erdgeschoss des Olgahospitals. Jedes Mal, wenn sich endlich eine der Türen öffnete, war der jeweilige Aufzug bereits völlig überfüllt. Sie beschloss daher genervt, die wenigen Stockwerke zu Fuß zu gehen. Am Eingang zur Station stand sie vor einer verschlossenen Tür und musste klingeln. Nachdem sie sich über die Gegensprechanlage vorgestellt hatte, wurde sie eingelassen. Nach einer sorgfältigen Händedesinfektion, wurde sie angewiesen einen Mundschutz überzuziehen.
„Auf den onkologischen Stationen liegen viele immunsupprimierte Kinder. Für diese Kinder ist die Ansteckungsgefahr, selbst mit banalen Infekten, extrem groß", erklärte ihr eine groß gewachsene Krankenschwester und brachte sie zum Stationszimmer, in welchem bereits ein Mann in weißer Hose und weißem Kasack auf sie wartete. Florian Bender saß mit übereinandergeschlagenen Beinen auf einem Stuhl und tippte angespannt mit den Fingern der linken Hand auf die Tischplatte.
„Wir haben leider nicht viel Zeit, Frau von Senden. Ich habe nur noch zehn Minuten Pause. Bitte nehmen sie Platz."
„Nein danke. Ich stehe lieber", entgegnete Tatjana und war darauf bedacht, mit möglichst wenigen Gegenständen und Personen in Berührung zu kommen. Sie bot Florian Bender auch nicht die Hand zum Gruß an. „Warum wollten Sie uns unbedingt nochmals sprechen, Herr Bender?"

„Ich möchte vorweg schicken, dass ich bei Ihrer letzten Befragung nicht gelogen habe. Ich habe nur nicht alles erzählt, was ich wusste. Ich wollte in Nichts hineingezogen werden. Sie verstehen schon."
„Nein, ich verstehe nicht, Herr Bender. Aber bitte, reden Sie weiter!"
„Sandro und ich waren keine guten Freunde, haben uns aber sehr gut verstanden. So rein als Kollegen. Nicht, dass Sie denken, wir hätten etwas miteinander gehabt, oder so. Ich bin nicht schwul. Und er wusste das. Darum gab es keine Probleme zwischen uns. Wir haben uns eigentlich nie außerhalb des Krankenhauses getroffen, höchstens mal zur Weihnachtsfeier. Aber wir haben häufig unsere Pausen zusammen in der Raucherecke verbracht."
„Ich dachte Sandro Panucci hat nicht geraucht?", fragte Tatjana verwundert dazwischen.
„Hat er auch nicht. Aber er hat mich immer begleitet. Er sagte, es würde ihm gut tun, wenigstens in der Pause für ein paar Minuten die Station verlassen zu können. Wissen Sie, das geht einem hier ganz schön unter die Haut. Die vielen Kinderschicksale. Es ist aber bewundernswert, wie viele krebskranke Kinder mit ihrer Situation umgehen. Daraus lernen wir Kraft zu schöpfen. Die meisten Patienten hier sind wesentlich differenzierter als gleichaltrige gesunde Kinder. Häufig haben sie eine solch positive Ausstrahlung und Lebenseinstellung, dass ich mich schon oft gefragt habe, woher sie eigentlich diese unglaubliche Kraft nehmen, trotz unzähliger Operationen, Chemotherapien oder Bestrahlungen und der Gewissheit, nicht mehr lange zu leben. Da könnten sich viele von uns eine große Scheibe abschneiden. Leider muss man sehr häufig beobachten, wie die Eltern daran zerbrechen.

Letzten Freitag war ich in der Mittagspause wieder in der Raucherecke. Sandro war super gelaunt und freute sich wahnsinnig auf das bevorstehende, dienstfreie Wochenende. Zunächst dachte ich mir nichts dabei, denn ein freies Wochenende gibt es zurzeit leider viel zu selten für uns. Es ist hier wie fast überall in der Krankenpflege, zu viel Arbeit für zu wenig Personal. So nach und nach rückte er dann aber mit der Sprache heraus, obwohl ich ihn eigentlich gar nicht so richtig danach gefragt hatte. Er hatte wohl für Freitagabend ein Date, das erste seit langem. Er sagte, er hätte da einen supersüßen Typen kennen gelernt und er glaubte, es könnte etwas Ernstes werden. Sie würden sich an einem ganz romantischen Ort treffen und wer weiß, vielleicht würde es auch zum Sex kommen. Seine Flamme hatte ihm erzählt, dass er genau so wie Sandro, eine Vorliebe für Sex an ungewöhnlichen Orten hat, vor allem im Freien."

„Hat er gesagt, ob sie schon einmal Sex hatten?"

„Nein, sie hatten bisher nur über Sex geredet. Deshalb war ja die Spannung so hoch."

„Hat er einen Namen genannt?"

„Ich glaube, dass er den Namen Tobias erwähnte. Ja, der Typ hieß Tobias. Ich bin mir sicher."

„Wann und wo sich die beiden treffen wollten, hat er nicht zufällig gesagt?"

„Ich kann nur sagen, dass es abends sein sollte, mehr weiß ich leider nicht. Das Gespräch war dann auch beendet, weil noch ein Kollege von einer der orthopädischen Stationen dazu kam und ungefragt anfing, uns sein Leid zu klagen."

„Vielen Dank, Herr Bender. Sie haben uns sehr geholfen. Falls Ihnen doch noch etwas einfallen sollte, melden Sie sich bitte bei mir oder bei einem meiner Kollegen. Und künftig rate ich Ihnen, gleich alles zu erzählen, was Sie wissen. Sie machen sich eher verdächtig, wenn Sie etwas verschweigen, als wenn Sie uns etwas erzählen, was Sie Ihrer Meinung nach verdächtig machen könnte."

Florian Bender nickte höflich und blieb mit einem fragenden Gesichtsausdruck zurück, da er dem letzten Satz Tatjanas nicht so recht hatte folgen können. Trotzdem war er erleichtert, dass er der Polizei endlich alles mitgeteilt hatte, was er wusste.

10.

Als Dennis gerade die Bürotüre öffnen wollte, kam auch schon Holger Grünbaum angedüst. Er hatte eine 1,5 Liter-Flasche isotonischen Durstlöscher und eine eisgekühlte Dose Sprite aus dem Getränkeautomat in der Eingangshalle, der zur Abwechslung einmal nicht defekt war, in den Händen.
„Der Kurt hat einen Mega-Brand und sagt, sein Kater sei von einem anderen Stern. War ja echt ein hammergeiler Abend gestern. Voller Erfolg auf allen Ebenen!", grinste er triumphierend, stürmte durch das Büro von Dennis und Tatjana und platzte ohne anzuklopfen durch Kurts Türe.
Dennis legte seine Jacke ab und ging ebenfalls in Kurts Büro, da Holger die Türe offen gelassen hatte. Ihm bot sich ein Bild des Jammers. Kurt hielt seinen Kopf in beiden Händen, die Ellenbogen auf der Schreibtischplatte aufgestützt. Er hatte ein gekühltes Gel-Kissen an seiner Stirn, welches mit einer alten Mullbinde fest gewickelt war. Vor sich hatte er diverse Packungen mit Salzstangen und Erdnüssen, sowie ein Glas Essiggurken und Rollmöpse. Die Krönung war eine N3-Packung „Aspirin-Brause-Tabletten".
Als Kurt Dennis hereinkommen sah, hatte er das Bedürfnis, etwas zu seiner Verteidigung vorzubringen. Außerdem konnte er so möglichst schnell ein fachliches Gespräch beginnen, ohne auf das Desaster des vergangenen Abends nochmals näher eingehen zu müssen. „Auch wenn es auf den ersten Blick nicht so aussieht, ich habe durchaus schon etwas gearbeitet, während ihr im Freudenhaus wart."

„Ist schon gut, Kurt. Ich habe ja gar nichts gesagt. Und schließlich bist Du mein Vorgesetzter. Du musst Dich mir gegenüber nicht rechtfertigen. Aber mein allergrößter Respekt sei Dir auf Lebzeiten zugesichert! Die Lasso-Nummer war der absolute Hammer. Bin mal echt gespannt, wie Brigitte der Clip gefällt, den ich mit dem Handy aufgenommen habe?", sagte Dennis und grinste sich Einen.
Kurt blieb fast der Rollmops im Halse stecken: „Du hast was? Wehe Dir Bürschchen, wenn Brigitte auch nur eine Sekunde dieses Clips zu sehen bekommt, dann werde ich Dich für den Rest Deiner jämmerlichen Karriere mit den niedersten Arbeiten eindecken!"
„Ganz ruhig, Kurt. War nur ein blöder Scherz. Es gibt natürlich keinen Videoclip."
Kurzzeitig war Kurts Blutdruck in gesundheitlich bedenkliche Höhen geschnellt. Nicht auszudenken was er sich zu Hause anhören müsste, wenn Brigitte Wind von der Sache bekäme. Doch nachdem alles nur ein schlechter Witz von Dennis war, den er ihm sicher irgendwann heimzahlen würde, hatte er sich wieder entspannt und begann zu berichten: „Es wurden an Sandro Panucci keine fremden DNA-Spuren gefunden. Die toxikologischen Untersuchungen waren unauffällig und der serologische Befund hat ebenfalls nichts Wegweisendes ergeben, außer einem Blutalkoholgehalt von 0,56 Promille, was ja jetzt nichts besonders Auffälliges ist."
„Da hast Du recht, Kurt. Du hast die Messlatte gestern Abend sicherlich deutlich höher angelegt!", konnte sich Dennis einen Seitenhieb nicht verkneifen und kicherte.
„Das findest Du wohl komisch, was? Dieser Spezialeinsatz war für mich einfach nicht möglich, ohne mir ein wenig Mut anzutrinken."
„Ein wenig ist gut, Du warst sternhagelvoll!"

„Wie Du vorher selbst schon sagtest, ich denke nicht, dass ich mich vor Dir rechtfertigen muss. Wie dem auch sei, das Elektrokabel, mit dem Panucci aufgehängt und aufgrund des starken Abriebs auch sehr sicher am Kreuz hochgezogen wurde, ist Massenware aus dem Baumarkt. Das Kabelstück war insgesamt vierzehn Meter lang. Für ein Elektrokabel keine ungewöhnliche Länge, so dass die Herkunft nicht nachvollziehbar ist. Ganz anders sieht es mit den Schuhen aus. Er hat einen astreinen Abdruck von einem Jackson Slam Five- Basketballschuh der Größe dreiundvierzig bis vierundvierzig auf der Brust. Dieser Schuh wird deutschlandweit bisher nur von zwei Ketten vertrieben. Eine der beiden ist auch in Stuttgart ansässig. Natürlich muss der Täter die Schuhe nicht in Stuttgart gekauft haben, aber es ist zumindest ein Ermittlungsansatz. Außerdem lassen sich gewisse Rückschlüsse auf die Statur, genauer gesagt die Körpergröße des Täters ziehen, sowie auf das Geschlecht. Die Schuhgröße 43-44 wäre für eine Frau eher ungewöhnlich, wobei ich ohnehin von einem Kerl ausgegangen bin. Eine Frau hätte das nicht gepackt. Wir wissen, dass der Täter kräftig sein muss, aber ein Riese wiederum ist bei dieser Schuhgröße auch nicht gerade zu erwarten. Das Beste ist aber sicherlich, dass die eifrigen Kollegen endlich den Tatort gefunden haben. Selbstverständlich werde ich mir diesen nachher persönlich genauestens anschauen. An einem Abhang wurden am Gestrüpp kleine Kleidungsfetzen gefunden, deren Fasern mit denen von Panuccis Kleidung übereinstimmen. Am Fuße dieses Abhanges fand man ebenfalls entsprechende Fasern und Blutreste. Es handelt sich dabei definitiv um Panuccis Blut. An gleicher Stelle stand in ein Kiesbett geschrieben, *S+T 1.9.12.* Der Regen hatte die Buchstaben und Zahlen nicht vollständig verwischen können. Die graphologische Auswertung ergab, dass es sich mit sehr hoher Wahrscheinlichkeit um Panuccis Handschrift

handelt, obwohl das nur eingeschränkt zu beurteilen ist, wenn etwas mit dem Finger oder einem Stock in Kies geschrieben wird. Im weiter unten liegenden Waldstück konnten dann eine Menge weiterer Spuren gefunden werden. Unter anderem Schleifspuren und Radspuren, am ehesten von einer Sackkarre stammend, sowie eine große Menge Blut. Leider wieder nur ausschließlich Blut vom Opfer. Es sieht also so aus, als hätte er ihn an dieser Stelle abgeschlachtet. Nur dreißig lächerliche Meter von der Bundesstrasse entfernt. Vermutlich hatte Panucci versucht zur Straße zu gelangen um Hilfe zu holen, indem er ein Auto anhalten wollte."
Dennis war beeindruckt. Diese Produktivität hätte er Kurt heute gar nicht zugetraut. „Das sind doch wirklich schon mal gute Ansätze. Darauf können wir aufbauen. Schade, dass wir seit heute morgen einen zweiten Mord haben, um den wir uns kümmern müssen."
„Genau", sagte Kurt. „Darum fahre ich jetzt zum Tatort am Birkenkopf. Genauer gesagt, ich lasse mich von unserem Assistenten und Mädchen für alles, Serkan Özbek, hinfahren. Ich muss doch einräumen, dass ich etwas angeschlagen bin und mich besser nicht hinter das Steuer eines Wagens setze."
„Wie bist Du eigentlich heute Morgen hier her gekommen?"
„Na, mit Bus und Bahn natürlich. Ist ganz schön aufwendig von Möhringen bis hier her. Außerdem ist mein Wagen ja noch in der Innenstadt. Ihr habt mich ja gestern Abend nicht mehr fahren lassen."
„Und das aus gutem Grund, mein Lieber. Du solltest uns dankbar sein."
„Na ja, dass Ihr mich nicht mehr selbst ans Steuer gelassen habt, war vielleicht korrekt, aber davon zu sprechen, dass ich Euch für irgendetwas dankbar sein müsste, geht dann doch deutlich zu weit."

„Was hat eigentlich Deine Frau zu Deinem desolaten Zustand gesagt, als Du nach Hause gekommen bist?"
„Sie hat nichts davon mitbekommen, weil sie schon geschlafen hat. Ich habe es dann vorgezogen, in meinem Hobbykeller zu schlafen, wie ich das auch häufig mache, wenn ich mit meinen Kegelbrüdern zusammen war. Brigitte behauptet, ich würde unerträglich schnarchen, wenn ich getrunken habe, was ich aber für ein albernes Gerücht halte."
„So, so, ein Gerücht?!", grinste Dennis.
„Genug gequatscht. Ich weiß, dass Tatjana im Kinderkrankenhaus ist. Und Du wirst der Obduktion der tschechischen Prostituierten beiwohnen. Und zwar dieses Mal vom Anfang, bis zum verdammten Ende. Hast Du mich verstanden?"
„Ja, ja. Alles klar, Boss", antwortete Dennis unterwürfig und zückte sein Handy um über die Kurzwahl eine bekannte Nummer anzurufen. „Hallo Simon. Wann kann es denn losgehen? Ich kann es nämlich kaum erwarten!" Ohne ein weiteres Wort, verschwand er mit dem Handy am Ohr durch Kurts Bürotüre und ließ sie ebenfalls offen stehen.
„Wohnen die denn alle am Hang?", meckerte Kurt vor sich hin und erhob sich träge aus seinem Sessel, um der Türe dann aber einen beherzten Tritt zu verpassen.

11.

Als Kurt an diesem Tag zur Mittagszeit durch die Kantine des Präsidiums lief, um sich in der Schlange an der Essensausgabe anzustellen, glich dies einem Spießrutenlauf. Einige kicherten hinter vorgehaltener Hand, andere zeigten mit dem Finger auf ihn und lachten lauthals. Die Krönung war Fred Zimmermann vom Betrugsdezernat, der auf der kleinen Empore, die bei offiziellen Anlässen zur Bühne umfunktioniert wurde, wie wild einen Lasso werfenden Cowboy mimte und dabei johlte: „Hier kommt Kurt. Ohne Helm und ohne Gurt. Jeder kennt mich, jeder will mich, ob von hinten oder vorn. Jetzt geht's ab, wir feiern heut im Cesars Club, jetzt geht's ab."

„Das werde ich Dir noch heimzahlen, Du Fiesling!", drohte ihm Kurt wild gestikulierend.

Dienstags gab es in der Kantine immer Sauerkraut mit Kassler und Schupfnudeln. Auch wenn er sich gerne durch ein Loch im Boden verdünnisiert hätte, das konnte Kurt sich keinesfalls entgehen lassen. Und schon gar nicht heute, wo er doch einen solchen Heißhunger auf Deftiges hatte. Dennis war ebenfalls ein treuer Anhänger dieses traditionellen, schwäbischen Gerichts und hatte sich eine ordentliche Portion schöpfen lassen. Tatjana hingegen verweigerte grundsätzlich das Kantinenessen und hatte sich wie immer eine Vesperbox mit gesunden Sachen und einen Diät-Joghurt-Drink mitgebracht. Dass die rote Vesperbox mit dem Willi aus der Biene Maja bedruckt war, hatte schon für so manchen Lacher gesorgt.

„Aaah, Maja ein Spinne!", hatte Dennis einmal den Willi gespielt, als eine kleine Hausspinne in ihrem Büro zu Gast war und Tatjana panisch um Hilfe rief. Erwartungsgemäß ließ ihn dieser Gag vorübergehend in Tatjanas persönlicher Beliebtheitsskala weit ans Ende rutschen.

Nachdem sie unter den fragenden und leicht beleidigten Blicken der jeweiligen Nachbarn zweimal den Tisch gewechselt hatten, weil Tatjana nicht mit ihrem Sitzplatz zufrieden war, konnten sie endlich mit der Nahrungsaufnahme beginnen. Da Tatjana nicht so eifrig damit beschäftigt war, sich eine Gabel nach der anderen in den Mund zu schieben, ergriff sie als erste das Wort: „Ich denke, dass Dana, alias Katja Pradova, zufällig vom Täter ausgewählt wurde. Es gibt keinerlei Hinweise in ihrer jüngeren Vergangenheit, dass sie belästigt worden wäre oder mit jemandem Streit gehabt hätte. Der Täter wurde über einen längeren Zeitraum von verschiedenen Überwachungskameras gefilmt, die am Eingang und überall auf den Gängen im Drei-Farben-Haus angebracht sind. Er ist über eine halbe Stunde scheinbar ziellos über sämtliche Gänge gelaufen, bevor er um 1.54 Uhr vor Danas Zimmertüre stand. Nach wenigen Sekunden betrat er das Zimmer und die Türe wurde geschlossen. Weitere Aufnahmen existieren leider nicht, da das Bordell eigentlich unter der Woche um 2.00 Uhr morgens schließt und dann die Kameras automatisch abgeschaltet werden. Wenn allerdings zu dieser Zeit noch ein Freier bei einer der Damen ist, kann er bleiben, bis das Stell-Dich-Ein beendet ist und selbständig das Haus durch die Eingangstüre verlassen. Die Türe ist dann nur noch von innen zu öffnen, so dass nach 2.00 Uhr keine Gäste mehr von außen eintreten können. Normalerweise werden am Eingang alle Männer anhand einer Strichliste von einer Aufseherin registriert. Da sich der Täter allerdings so lange im Gebäude aufgehalten hatte und dieses deutlich nach 2.00 Uhr immer noch nicht verlassen hatte, ging die Aufseherin davon aus, sich verzählt zu haben. Es sei unmöglich, sich jede Person einzuprägen, die ein und aus ginge, meinte sie bei unserer Befragung, denn teilweise kämen die Männer auch in größeren Gruppen, um durch die Gänge zu ziehen und zu gaffen, leider auch manchmal um die Damen zu verhöhnen und sie zu beleidigen.

Auf den Aufnahmen kann man das Gesicht des Mannes leider nicht erkennen, da er seine große Kapuze tief ins Gesicht gezogen hat. Er ist von eher durchschnittlicher Größe und Statur, zeigt aber ein auffällig gebeugtes und schleppendes Gangbild. Er bewegt sich sehr unsicher durch die Gänge. Er trägt einen dunkelblauen Rucksack auf dem Rücken. Wir gehen davon aus, dass er sich nach dem Mord im Zimmer von Katja Pradova umgezogen hat, denn er müsste über und über voll mit Blut gewesen sein. Laut Dr. Brandner ist der Täter Linkshänder. Er hat Katja Pradova mit dreiundsechzig Messerstichen getötet. Das spricht gegen eine geplante Tat. Er ist völlig ausgeflippt. Es könnte Mord im Affekt gewesen sein, weil er auf das Opfer wütend war. Vielleicht fühlte er sich gedemütigt. Es könnte auch eine Beziehungstat gewesen sein, oder eine sonstige emotionale Verbindung zwischen den beiden gegeben haben. Die Art und Weise allerdings, mit der das kurze Gespräch an der Türe geführt wurde, lässt anhand der Bilder von der Überwachungskamera keine Schlüsse darauf zu, dass Opfer und Täter sich gekannt haben. Raubmord kann ausgeschlossen werden. Es wurde nichts aus dem Zimmer entwendet, sogar das Bargeld mit den Tageseinnahmen war noch im Geldbeutel des Opfers."

Zwischen zwei gehäuften Gabelladungen Sauerkraut stellte Kurt fest: „Er ging also mit der Absicht zu töten in den Puff. Er hatte ein Messer dabei und mit hoher Wahrscheinlichkeit waren

Wechselklamotten in seinem Rucksack. Dass die Wahl auf Katja Pradova fiel, war vermutlich reine Willkür. Also für die arme Frau der klassische Fall von der falschen Zeit und dem falschen Ort. Am Körper der Toten war DNA von mehreren Männern zu finden und überhaupt waren im ganzen Zimmer massenhaft DNA-Spuren, vielleicht ist ja auch die vom Täter dabei. So ein paar arme Kerle überprüfen gerade den Mülleimer, in dem die Dame die gebrauchten Kondome ihrer Freier entsorgt hat, obwohl wir davon ausgehen, dass kein Sex zwischen den beiden stattgefunden hat."

Als Dennis aufgegessen hatte, wischte er sich mit einer Papierserviette den Mund ab und schob seinen Teller beiseite. „Nur der Vollständigkeit wegen, wir gehen doch sicher davon aus, dass der Mord am Birkenkopf und der Mord im Drei-Farben-Haus nichts miteinander zu tun haben, oder?"

Kurt schüttelte den Kopf. „Nein, ich denke, das können wir abhaken. Das war sicher nicht der gleiche Kerl. Der Birkenkopfmörder war im Gegensatz zu diesem Mörder, Rechtshänder. Die Morde sind ihrem Charakter nach auch viel zu verschieden. Panucci wurde im Gegensatz zu Pradova, wie wir ja mittlerweile nach der Aussage von Florian Bender ziemlich sicher wissen, bewusst ausgewählt und von einer Person getötet, die er bereits kannte. Vorausgesetzt natürlich, dieser Tobi aus dem Cesars Club und der Tobias von dem Bender erzählt hat, sind die gleiche Person. Das in den Boden geschriebene „*S+T*", könnte für Sandro und Tobias stehen. Die Beschreibungen der Statur von Tobias durch die Jungs aus dem Cesars Club, und glaubt mir, die schauen sehr genau hin, könnten auch ungefähr zu der Schuhgröße des Abdrucks auf Panuccis Brust passen.

Panucci wurde gedemütigt, kaltblütig ermordet und verstümmelt. Die Situation, in der die Leiche aufgefunden wurde,

wurde mit großem Aufwand inszeniert. Katja Pradova hingegen wurde das zufällige Opfer eines unbeherrschten Mörders im Blutrausch. Sie wurde aber nicht geschändet oder verstümmelt. Das war keiner der klassischen Prostituiertenmorde, die häufig entweder aus Habgier, einer sexuellen Motivation, oder einer Kombination aus beidem geschehen."

„Vielleicht geht dem kranken Arschloch ja schon alleine durchs Töten einer ab, so dass er sie gar nicht missbrauchen muss? Oder er kriegt keinen hoch und hasst deshalb die Frauen, weil sie ihn auslachen?", fragte Dennis und verspürte dabei eine innere Wut.

Tatjana nickte Kurt zustimmend zu. „Die beiden Morde wurden von verschiedenen Personen begangen. Das Einzige, das beide Fälle gemeinsam haben, ist, dass der Täter jeweils ein ziemlich hohes Risiko eingegangen ist, gesehen zu werden. Es stellt sich nur die Frage ob aus Selbstsicherheit, oder aus Dummheit?"

Als auch Kurt endlich seinen Teller leer gegessen hatte, grunzte er zufrieden: „Mmh, das war fein. Soll ich jemandem etwas vom Dessertbuffet mitbringen? So langsam geht es wieder deutlich aufwärts mit mir."

Tatjana und Dennis lehnten dankend ab und beschlossen, sich von Holger einen seiner köstlichen Kaffees kochen zu lassen und spekulierten darauf, dabei vielleicht etwas aus seiner berühmten Keksschublade ergattern zu können.

12.

Sie hatten ihre Sommerurlaube schon immer am Plattensee oder auf der Insel Rügen verbracht. Meistens bevorzugten sie den Balaton, aber in diesem Jahr entschieden sie sich für Rügen. Nur weil Deutschland mittlerweile wiedervereinigt war und die Grenzen in Europa offen waren, musste man noch lange nicht nach Spanien, Italien oder sonst wo hin gefahren sein, wenn man genauso gut weiterhin an die traditionellen, sozialistischen Urlaubsorte reisen konnte. Eigentlich war es früher doch ganz schön gewesen, als man noch nicht Qual der Wahl hatte und nur wenige Urlaubsziele zur Auswahl standen. Alle hatten sich so sehr über die Wende gefreut, aber schon jetzt machte sich bereits vielerorts Ernüchterung breit über die vermeintlichen Vorteile, welche die neu gewonnene Freiheit mit sich bringen sollte. So wie ihnen erging es auch zahlreichen anderen Familien. Sein Vater war im sozialistischen DDR-Regime eine angesehene Persönlichkeit gewesen und sie konnten so manches Privileg genießen. Mit der Mauer fiel aber auch die SED in sich zusammen und aus Angst vor strafrechtlichen Konsequenzen wurden alle Seilschaften gelöst und verdiente Persönlichkeiten aufs Abstellgleis geschoben, damit keine Verbindungen zu den wirklich mächtigen Männern hinter der Staatssicherheit gefunden werden konnten. Vater war nun nur noch ein einfacher Fabrikarbeiter und Mutter verdiente ihr Geld angeblich damit, dass sie abends auf die Kinder reicher Leute aufpasste. Sie hatten sich immer gewundert, warum sie sich fürs Babysitten so aufbrezeln musste und warum sie häufig erst spät in der Nacht nach Hause kam. Schon bald hatten sein Bruder und er herausgefunden, dass sie es zwar wirklich mit reichen Leuten zu tun hatte, aber anstatt deren Kinder zu versorgen, besorgte sie es den Herren selbst. Sein Bruder kam damit gut klar, ihm war es egal wo und wie ihre Eltern die Kohle für die Familie verdienten. Und wenn ihre Mutter gutes Geld dafür kassierte, dass sie für wohlhabende Männer die Beine breit machte, konnte es ihm nur recht sein. Er selbst konnte die Dinge leider nicht so pragmatisch sehen wie sein Bruder. Er litt sehr darunter, dass man sich die Liebe seiner Mutter offenbar erkaufen konnte. Sein Bruder war der Meinung, Liebe sei etwas völlig Unnützes und würde die Menschen nur abhängig von anderen und damit schwach und verwundbar machen. Seine Mutter bemerkte natürlich zunehmend die Vorbehalte ihres jüngeren Sohnes gegenüber ihrer Person und strafte ihn dafür mit Missachtung. Diese emotionale Distanzierung der beiden entwickelte eine heftige Eigendynamik und nahm bald absurde Formen an, wodurch wiederum das Verhältnis vom großen Bruder zur Mutter, immer inniger wurde. Bald war es so, dass Mutter und Bruder förmlich eine Allianz gegen ihn gebildet hatten. Der Vater, der durchaus korrigierend hätte eingreifen können, oder zumindest ein wenig der verweigerten Mutterliebe hätte kompensieren können, war zu sehr mit sich selbst beschäftigt und hielt sich aus allem heraus. Komischerweise rückte aber der große Bruder als Feindbild zunehmend in den Vordergrund und nicht die Eltern. Das lag wohl auch daran, dass dieser die Gunst der Mutter sehr häufig zu seinem eigenen Vorteil ausnutzte und dabei billigend Nachteile für den kleinen Bruder in Kauf nahm. Es ging sogar soweit, dass er den Kleineren durch Lügen und Intrigen noch zusätzlich in Misskredit brachte, obwohl dafür eigentlich gar keine Notwendigkeit bestand. So wurde der Große von allen gleichermaßen geliebt und respektiert, während der Kleine stets als lästiger Anhang empfunden wurde, der ohnehin zu nichts zu gebrauchen war. Sein älterer Bruder gab sich damit aber noch lange nicht zufrieden. Er hatte sich so sehr daran gewöhnt, in der Familie sowie im Freundes- und Bekanntenkreis immer der Tollste, der Beste und der Klügste zu sein, so dass er letztendlich selbst davon überzeugt war und völlig den Bezug zur Realität verlor.

Am zweiten Tag des Urlaubes auf Rügen hatte die Mutter Geburtstag. Der jüngere der beiden Brüder wollte die Gelegenheit nutzen und der Mutter eine Freude machen, um sich ihr wieder etwas anzunähern. Er hatte lange gespart und über sechs Monate hinweg jede Woche mit großer Mühe etwas von seinem ohnehin nicht gerade üppigen Taschengeld zur Seite gelegt. Dieses Geld wollte er dann der Mutter zum Geburtstag schenken, damit sie sich nicht mehr an fremde Männer verkaufen musste. Am Abend vor Mutters Geburtstag war er dann völlig verzweifelt gewesen, weil er die Schachtel, in der er das Geld aufbewahrt hatte, nicht mehr finden konnte. Er war todtraurig und weinte fürchterlich. Am Geburtstagsmorgen hatte dann der große Bruder, der sowieso mindestens das doppelte an Taschengeld kassierte wie er, der Mutter stolz eine teure Bernsteinkette geschenkt und behauptet, er hätte sich das Geld dafür hart erarbeitet. Als er sich wehren wollte und der Mutter versuchte zu erklären, dass es sein Geld war mit dem der Bruder die Kette gekauft hatte, verpasste ihm die Mutter eine Tracht Prügel und bezichtigte ihn der Lüge. Sein Bruder verhöhnte ihn und der Vater sah wie immer nur zu. Vier Tage später waren die beiden Jungs draußen zum Spielen und dabei wie so oft in der schönen Natur Rügens unterwegs. Sie fuhren mit den Fahrrädern die Wege in der Nähe des Strandes von Thiessow entlang und wollten zum Lotsenturm, der an der

Steilküste auf einem kleinen Berg, dem so genannten Kleinen Königstuhl, gelegen war. Als sie am Fuße des Berges ankamen, mussten sie die Fahrräder stehen lassen und zu Fuß weiter gehen. Sie kamen an einem Hinweisschild vorbei, das einen etwa zehn Minuten entfernten Aussichtspunkt ankündigte. Sie rannten um die Wette den unebenen Weg entlang und immer weiter den Berg hinauf. Sein großer Bruder war, wie so häufig, der Schnellere gewesen und kam triumphierend als erster am Aussichtspunkt an. Sogleich hagelte es wieder Hohn und Spott für den kleineren, unfähigen Bruder.

Es war ein wunderschöner, klarer Tag im ersten gesamtdeutschen Sommer nach der Wende. Sie blickten auf die offene Ostsee hinaus. Südöstlich vor ihnen lag die Insel Rügen, südwestlich war Greifswald zu sehen und am Horizont in südlicher Richtung lag Usedom. Der Aussichtspunkt bot reichlich Platz, so dass sich auch mehrere Menschen problemlos gemeinsam hier aufhalten konnten. Ein circa einhundertzwanzig Zentimeter hohes Geländer aus blau angestrichenen Stangen, trennte einen dabei von der Steilküste und in etwa fünfzig Meter Tiefe lag der hellgelbe Sandstrand vor dem königsblauen Meer. Sein großer Bruder stellte sich auf die unteren der beiden Stangenreihen, breitete seine Arme im Wind aus und schrie dabei immer wieder: „Ich bin der Größte!" Als er den Bruder auf das offene Meer hinausschreien sah, überkam ihn eine nicht gekannte Entschlossenheit. Er blickte sich nach allen Richtungen um, und keine Menschenseele war zu sehen. Er schloss die Augen, holte tief Luft und rannte auf den mit dem Rücken zu ihm stehenden großen Bruder zu und stieß ihn über das Geländer. Irgendwie hatte sein Bruder den Stoß aber noch so gut abfangen können, dass er direkt hinter dem Geländer landete und sich mit

beiden Händen im langen Gras festkrallen konnte. Seine Beine baumelten über dem Abgrund. „Los hilf mir, Du Flasche!", zischte er seinen kleinen Bruder an. Dieser schaute ihn mit hin und her schnellenden Augen an und war jetzt völlig von der Rolle. Was hatte er nur getan? Er sah wie sich das Gras in den Händen seines Bruders nach und nach mitsamt den Wurzeln aus dem Boden löste. „Bist Du denn etwa sogar zu blöd dazu, mir die Hand zu geben um mich zu halten?"
„Ja, Bruder. Das bin ich wohl! ", sagte er und trat zu.
Töten war gar nicht so schwer, wie er gedacht hatte.

13.

Die Ermittlungen stagnierten im Falle Sandro Panucci. Es gelang nicht, diesen Tobias, wenn das überhaupt sein richtiger Name war, ausfindig zu machen. Die Ermittlungen wurden immer weiter ausgedehnt, aber weder in der Schwulenszene, noch im Internet auf einschlägigen Kontaktseiten oder im Bekannten- und Freundeskreis des Opfers, ergaben sich konkrete neue Spuren oder Hinweise. Sie tappten mehr oder weniger im Dunkeln.
Im Mordfall Katja Pradova war es ähnlich. Trotz der Aufnahmen der Überwachungskameras, die qualitativ allerdings nicht besonders hochklassig waren, gelang es nicht, auf die Spur des Täters zu kommen. Er konnte sich scheinbar völlig unbemerkt vom Tatort entfernen. Intensive Befragungen der Kolleginnen von Katja Pradova sowie von Prostituierten aus zahlreichen anderen Etablissements und auch Nachforschungen auf dem Straßenstrich, führten ins Leere. Er war also bisher nicht nennenswert in Erscheinung getreten, oder anderweitig in Prostituiertenkreisen aufgefallen. Die DNA-Auswertungen ergaben ebenfalls nichts. Wenn seine DNA an Pradovas Leiche oder irgendwo am Tatort gefunden worden war, dann konnte sie jedenfalls nicht zugeordnet werden. Dennis war die wachsende Anspannung deutlich anzumerken. Auch der Druck der Öffentlichkeit auf die Behörden wurde immer größer. Hier trug die Stuttgarter Presse einen erheblichen Teil bei. Vorgestern waren der Staatsanwalt Ansgar Frey, Polizeioberrätin Susanne Pilz-Finkelstein, Polizeirat Hans-Dieter Scheible und der offizielle

Leiter der Ermittlungen in beiden Mordfällen, der Erste Polizeihauptkommissar Kurt Schockenried, zu einer Pressekonferenz angetreten. Die beiden großen Stuttgarter Tageszeitungen sprachen von Ratlosigkeit und mangelnder Kompetenz in Polizeikreisen. Außerdem wurde die Angst der Bürgerinnen und Bürger zusätzlich genährt, durch übertriebene und nicht ganz der Wahrheit entsprechende Darstellungen von den angeblichen Tatabläufen. Die Boulevardpresse überschlug sich förmlich mit ihren Schlagzeilen und heizte die
Panikmache zusätzlich an. Auch im Radio und bei den lokalen Fernsehsendern geizte man nicht mit negativer Publicity für die Polizeiarbeit.
Ausgerechnet jetzt musste Tatjana auch noch wegen eines plötzlichen Todesfalles in der engeren Verwandtschaft unvermittelt nach Hause fahren. Sie wollte versuchen, in zwei Tagen wieder in Stuttgart zu sein.

Mit seinem Untermieter hatte er nichts als Scherereien, die Kehrwoche war sehr zum Ärger des Ehepaars Stiefel immer noch nicht erledigt und zu allem Überfluss war morgen auch noch der achtundsechzigste Geburtstag seiner Mutter, zu dem annähernd die gesamte Verwandtschaft einfallen würde. Da er beim Ausdenken von Geschenkideen ohnehin nicht mit einer überdurchschnittlichen Kreativität gesegnet war, war es ihm in der augenblicklichen Situation keinesfalls möglich, sich um ein Geburtstagsgeschenk zu kümmern. Also wählte er die Handynummer seiner Schwester, in der Hoffnung, sie würde ihm eine Geschenkbeteiligung in Aussicht stellen. Doch leider weit gefehlt, denn Anna Rathvan machte ihm unmissverständlich klar, dass sie in diesem Jahr nun endgültig nicht mehr gewillt war, seine Faulheit zu unterstützen und dass er sich gefälligst selbst um ein Geschenk für seine Mutter zu kümmern habe. Außerdem läge der tiefere Sinn eines Geschenkes schließlich darin, sich selbst seine Gedanken zu machen, wie man jemandem eine Freude machen könne und dafür, im Rahmen seiner Möglichkeiten, weder Kosten noch Mühen zu scheuen.

Reichlich niedergeschlagen und mit der Gesamtsituation alles andere als zufrieden, lief Dennis durch die Innenstadt. Vielleicht würde ihn ein kleiner Stadtbummel zumindest kurzfristig auf andere Gedanken bringen. Als er am Staatstheater vorbei in Richtung Neues Schloss lief, dachte er darüber nach, wann er eigentlich das letzte Mal in der Oper gewesen war. Es musste zu der Zeit gewesen sein, als Sonja noch bei ihm gewohnt hatte. Sie hatten damals über die Stuttgarter Kulturgemeinschaft ein Abonnement, welches den Besuch von sechs vorher ausgewählten Stücken in einer Saison ermöglichte. Die Gedanken an Sonja trugen ebenfalls nicht wesentlich zur Verbesserung seiner Grundstimmung bei. Darum freute er sich sehr, als sein alter Kumpel aus Schulzeiten, Mark Scheck, unverhofft bei ihm anrief. Mark war seinerzeit zwei Klassen über ihm gewesen und eigentlich noch der einzige engere Freund, der ihm von damals geblieben war. Über die Jahre und das Leben hatten sich sowohl die Wohnorte der Menschen, als auch die Menschen selbst geändert. Umso glücklicher war er, dass die Freundschaft mit Mark nach wie vor Bestand hatte.

„Hey Dennis. Wie läuft´s denn so? Hast Du heute spontan Zeit und Lust auf ein Bierchen?"

„Wären auch zwei Bierchen o.k.?", fragte Dennis scherzhaft zurück und lachte ins Mobiltelefon.

„Klar! Das lässt sich einrichten. Ich werde mich heute in der Praxis relativ früh vom Acker machen können. Wann und wo sollen wir uns treffen?"

„18.00 Uhr am Palast?", schlug Dennis vor und ergänzte: „Das Wetter ist schön. Das sollten wir ausnutzen, oder? Wer weiß schon, wie lange das noch so bleibt."

14.

Als Dennis mit einigen Minuten Verspätung am Palast der Republik in der Friedrichstraße ankam, saß Mark bereits mit zwei Flaschen Bier an einem der kleinen Tische mit den angeketteten Klappstühlen. Der Palast war ein ehemaliges Klohäuschen, das sich im Laufe der Zeit zu einer Bar mit Kultstatus gewandelt hatte. Die Leute saßen hier teilweise dicht gedrängt in einem Umkreis von etwa vierzig Metern. Wer keinen Sitzplatz an Tischen oder Bänken bekam, saß eben auf dem Boden. Die Stimmung war grundsätzlich sehr offen und fröhlich und vor allem nie aggressiv. Man kam sehr leicht sowohl mit bekannten, als auch mit unbekannten Leuten ins Gespräch. Das Klischee vom introvertierten und unnahbaren Schwaben, wurde hier nicht annähernd erfüllt. An diesem Spätsommerabend, im meteorologisch bereits begonnenen Herbst, war der Palast, wie fast immer in der warmen Jahreszeit, gut besucht. Sie umarmten sich kurz und Mark stellte Dennis eine Flasche Bier mit Bügelverschluss vor die Nase.

„Hier! Für Dich."

Nach einem großen Schluck und einem anschließenden Moment kurzen und genussvollen Schweigens, ergriff Mark das Wort: „Ich habe natürlich den Hype der letzten Tage etwas mitverfolgt. Man hat durch die starke Medienpräsenz ja kaum eine Chance, sich der Sache zu entziehen. Sind da wirklich zwei Mörder in Stuttgart unterwegs, die unabhängig voneinander einen Menschen abgeschlachtet haben?"

„Es sieht ganz danach aus", antwortete Dennis.

„Wie Du weißt, darf ich nicht viel darüber erzählen, aber beide Fälle bereiten uns Kopfzerbrechen. Ein sadistischer Mörder, der einen schwulen Krankenpfleger am Gipfelkreuz des Monte Scherbelino aufgehängt hat und ein Killer im Blutrausch, der eine Prostituierte niedergemetzelt hat."
„Sieht nach sexuell motivierten Taten aus, oder?"
„Das könnte man auf den ersten Blick meinen, aber es scheint nicht unbedingt so zu sein."
Mark neigte fragend seinen Kopf leicht zur Seite. „Ein schwuler Krankenpfleger, sagtest Du? Wo hat der denn gearbeitet?"
„Im Olgäle auf einer der Kinderkrebsstationen. Hast Du nicht auch mal im Olgäle gearbeitet?"
„Ja. Das war meine vorletzte Stelle als Assistenzarzt. Mit der onkologischen Abteilung standen wir in enger Zusammenarbeit und hatten viele gemeinsame Patienten. Knochentumoren sind leider im Kindesalter gar nicht so selten. Kannst Du mir sagen, wie der Mann hieß? Vielleicht kannte ich ihn ja?"
Dennis wusste, dass er solche Informationen selbst einem guten Freund eigentlich nicht geben durfte, gab sich aber einen Ruck.
„Na gut, weil Du es bist! Er hieß Sandro Panucci. Und? Kanntest Du ihn?"
„Ja", antwortete Mark prompt mit einem anerkennenden Lächeln.
„Der Totti war ein sehr angenehmer Kerl, immer aufgeschlossen und hilfsbereit. Und vor allem im Umgang mit den Kindern und auch den häufig schwierigen Eltern war er richtig gut. Und Du liegst absolut richtig, er war stockschwul!"
„Warum Totti, er hieß doch Sandro?", stellte Dennis verblüfft fest.

„Totti war sein Spitzname. Er nannte sich selbst sehr gerne so. Er war ein großer Fan von Francesco Totti, dem bekannten, italienischen Fußballspieler."
„Verstehe. Weißt Du etwas über sein Privatleben?"
„Nein, so gut kannte ich ihn nun auch wieder nicht. Ich habe damals noch geraucht und ihn gelegentlich in der Raucherecke am Hintereingang der Ambulanz getroffen. Da hat er einmal eine richtig lustige Geschichte von einem so genannten Speed-Dating erzählt. Das war unglaublich komisch."
„Weißt Du, wo das war oder wie es weiterging?"
„Ich weiß, dass damals bei diesem Dating-Event leider kein Typ dabei war, der ihm gefiel. Er meinte, das sei sein ewiges Problem mit den zu hohen Ansprüchen. Aber ich kann Dir sagen, wo das Speed-Dating-Event stattfand. Ich fand das nämlich besonders bemerkenswert."
„Und wo?", wollte Dennis neugierig wissen.
Mark grinste. „In unserer ehemaligen Stammkneipe aus Jugendzeiten, in der wir unser gesamtes Taschengeld und später den Zivi-Sold auf den Kopf gehauen haben: Im Wirtshaus Troll in Vaihingen. Leider hat der Laden ja vor einigen Jahren dicht gemacht."
Nachdem sie bei dem einen oder anderen Bier noch ein bisschen über aktuelle private Begebenheiten, sowie gleichermaßen über alte Zeiten gequatscht hatten, verfolgten sie amüsiert ein typisches Schauspiel mit doch immer wieder hohem Unterhaltungsfaktor. Auf der direkt angrenzenden Theodor-Heuss-Straße gaben sich zwei Autos mit Orts-Kennzeichen aus dem Stuttgarter Umland, nämlich ein getunter „Dreier-BMW" mit schwarz getönten Scheiben und ein tiefer gelegter „Golf-Bon-Jovi" mit Heckspoiler, Doppelauspuff und Alu-Felgen, ein Rennen mit quietschenden Reifen und heulenden Motoren, das offenbar

über drei Runden zu gehen schien. Nachdem dann auch noch der singende Inder dem Palast seinen obligatorischen Besuch für diesen Abend abgestattet hatte, wussten sie, dass es jetzt an der Zeit war, nach Hause zu gehen.
„Was schenkst Du eigentlich immer Deiner Mutter zum Geburtstag?“, fragte Dennis, bevor sie sich verabschiedeten.

15.

Es war beeindruckend, wie einfach es wieder einmal gewesen war. Wäre ihm nicht dieser blöde Penner in die Quere gekommen, hätte alles vollkommen reibungslos funktioniert. Vom Anfang bis zum furiosen Ende. Sich das Vertrauen dieser Schnepfe zu erschleichen, war nun wirklich nicht schwer gewesen. Eine Einladung zu einem netten Abendessen bei einem billigen Mexikaner und einer Flasche zweitklassigem Rotwein hatten bereits genügt, dass sie ihm förmlich aus der Hand gefressen hatte. Dabei mochte er gar kein mexikanisches Essen und Rotwein schon gar nicht. Sie hatte auch nicht bemerkt, dass er genau das Restaurant ausgesucht hatte, in dem so gut wie nie Gäste waren, und erst recht nicht am späteren Abend. Was hatte sie eigentlich geglaubt, was er von ihr wollte? Eine wilde Affäre? Eine lange, glückliche Beziehung? Kinder und Familie? Beim Gedanken daran wurde es ihm fast übel. Die Sehnsucht der Menschen nach Liebe, Sex und Partnerschaft machte sie alle so berechenbar und verletzlich. Für die Erfüllung dieser Sehnsucht waren sie bereit, fast alles aufzugeben. Sie riskierten auch viel mehr, als sie das in anderen Lebensbereichen tun würden. Über so viel Schwäche war er glücklicherweise erhaben. Er hatte nie eine solche Schwäche gezeigt. Er doch nicht. Schon früher war ihm so gut wie alles zugeflogen. Seine Eltern zu manipulieren war stets ein Kinderspiel gewesen. In der Schule konnte er die Lehrer zu seinem Vorteil von der Schuld anderer überzeugen, obwohl diese gar nichts getan hatten. Wenn es beispielsweise darum ging, einen drohenden negativen Akteneintrag einem Anderen anzulasten und selbst als Retter der Situation mit Belobigungen überhäuft zu werden, war er um keine Intrige verlegen. Er brach in lautes Gelächter aus. Diese Lehrerin hier hatte er ebenfalls nach allen Regeln der Kunst um den Finger gewickelt. Die war ja noch viel blöder gewesen, als die italienische Schwuchtel. Aber auch bei dem hätte er sich eigentlich gar nicht so viel Mühe geben müssen. Mindestens dreimal hatte er sich nach dem Kennenlernen noch mit ihm getroffen und dabei so getan, als fände er ihn zuckersüß. Am Ende wollte der sich womöglich auch noch in den Arsch ficken lassen. Der Schwachkopf hatte doch tatsächlich Kondome dabei gehabt, als sie auf den Birkenkopf gegangen waren. Einen Schwanz in den Arsch hatte er dann auch schließlich bekommen, nämlich seinen eigenen. Eigentlich hatte er gar nicht vorgehabt, ihn zu verstümmeln, aber der war ihm einfach zu aufdringlich gewesen und hatte sich damit diese zusätzliche Abreibung verdient.

Wie er ihn dort oben gejagt und ihm immer wieder einen Strohhalm gereicht hatte, an den er sich vergeblich versucht hatte zu klammern, in der Hoffnung, er könnte vielleicht doch noch entkommen, war einfach genial gewesen.

Er legte die Beine auf eine leere Getränkekiste und blies genussvoll den Zigarettenrauch in immer größer werdenden Kringeln aus. Er hatte genau beobachtet, wie er den Abhang hinunter gestürzt war und sich dabei den Schädel aufgeschlagen hatte. Er war ihm in der Dunkelheit immer einen Schritt voraus gewesen. Schließlich konnte er ja nicht riskieren, dass er vielleicht doch durch einen blöden Zufall flüchten konnte. Im Waldstück bei der großen Straße war seine Hoffnung auf ein Entkommen, aber auch die entsetzliche Panik förmlich zu riechen gewesen. Das war wie eine Droge für ihn, das machte ihn unbezwingbar. Dann lag sein Opfer da, mit gebrochenem Bein und winselte um Gnade, bevor er ihn mit einem finalen Schlag erlöste. Zugegebenermaßen hatte er es sich etwas leichter vorgestellt, einen schmächtigen, toten Mann aus dem

Unterholz zu befördern und dann in der Karre liegend nach oben auf den Gipfel zu schieben. Deshalb hatte er sich auch mehrere ausgiebige Pausen gegönnt und sich bei strömendem Regen auf den nassen Boden gelegt und in den Himmel geschaut. Das Hochziehen der Leiche am Kreuz war ihm dann in der Gewissheit des Glanzes, des kurz vor der Vollendung stehenden Meisterwerkes, wesentlich leichter gefallen.

Der Show-Effekt seines heutigen Coups dürfte nicht ganz so spektakulär sein, aber er war dennoch rundum zufrieden mit seiner Tat. Zunächst der romantische Spaziergang durch den Schlosspark, bei dem sie sich bei ihm untergehakt hatte. Sie gingen weiter über möglichst wenig frequentierte Wege hinüber in Richtung Staatstheater und Landtag. Um diese Urzeit war aber erwartungsgemäß fast niemand mehr unterwegs gewesen.

Keiner hatte sie beide aus einer für eine Identifizierung ausreichenden Nähe gesehen. Außer eben der blöde Penner. Warum musste der sich auch mit seinem alten, stinkenden Schlafsack direkt an die Ecke vor dem Gebüsch legen, um da mit seiner armseligen Habe die Nacht zu verbringen. Er hätte ihn doch fast übersehen.

Daraufhin musste er kurzfristig umdisponieren und war gezwungen, zu improvisieren. Denn das Risiko, dass der Penner ihn wiedererkennnen könnte war viel zu groß, obwohl er sternhagelvoll gewesen war. Aber durch solche kleinen Unwegsamkeiten ließ er sich doch nicht aus dem Takt bringen. Als sie dem Penner von Angesicht zu Angesicht gegenüber standen, musste er ihn kurzerhand mit einem gezielten Hieb außer Gefecht setzen. Natürlich fing die Frau dann hysterisch an zu kreischen, so dass er ihr mit dem Griff seines Säbels auf den Schädel schlug. Sehr zu seinem Leidwesen war sie offensichtlich schon durch diesen Schlag getötet worden. Die Gesamtheit der Umstände hatte ihn dann ziemlich sauer gemacht. Erst das Intermezzo mit dem Penner und dann musste er auch noch seinen ganzen Plan umschmeißen. Eigentlich hatte er sie durch die Oberen Anlagen und um das Große Haus jagen wollen, um ihr dann auf dem Höhepunkt ihrer Panik in die Augen zu schauen und sie mit einem gnädigen Schlag zu erlösen. Da sie jetzt aber schon mal vor ihm lag, wollte er ihr trotzdem die Kehle durchschlagen. Offensichtlich schlug er aber etwas zu heftig und ungezielt zu, so dass er ihr den Kopf abtrennte. Da er aber einen Ruf zu verlieren hatte und das Niveau der ersten Großtat gehalten werden musste, inszenierte er einen, seiner Meinung nach, schönen Anblick.

Doch, er konnte wieder sehr zufrieden mit sich sein. In Anbetracht der Umstände war es erneut eine absolute Meisterleistung gewesen. Wahrscheinlich hätte keiner in dieser verfahrenen Situation einen so kühlen Kopf bewahrt, wie er das getan hatte. Und schon gar nicht dieser Dilettant, der nur einen Tag, nachdem sein Werk auf dem Birkenkopf entdeckt worden war, die Nutte kalt gemacht hatte und ihm damit gehörig die Show gestohlen hatte.

Er setzte die Frau auf die oberste Stufe der Treppen, die zum Haupteingang des Großen Hauses führten und lehnte sie mit dem Rücken an die mittlere der sieben großen Holztüren. Er legte ihr den abgetrennten Schädel in den rechten Arm, so dass jeder ihr hübsches Gesicht bewundern konnte. Als kleinen Gag stellte er noch ihr linkes Bein auf, indem er es im Kniegelenk abwinkelte. Jetzt sah es so aus, als würde sie gemütlich mit dem Kopf unterm Arm da sitzen und auf dem Eckensee die Enten beobachten. Er war einfach großartig. Die Presse würde ihm bestimmt wieder fast eine ganze Seite widmen. Radio und Fernsehen hatten ja auch bereits Blut geleckt. Es lief hervorragend für ihn. Wie schön konnte doch das Leben sein! Die blöden Bullen würden schon auch noch merken, dass sie ihn gefälligst ernst nehmen und nicht ihre Kräfte für die Suche nach einem armseligen Hurenmörder vergeuden sollten.

Zu gegebener Zeit würde er dem Ganzen nochmals in schriftlicher Form Nachdruck verleihen, aber dann ausführlicher. Die kleinen Nachrichten, die er dieses Mal am Tatort hinterlassen hatte, dienten nur als Köder.

Dann legte er sich nach einem anstrengenden, aber schönen Tag zufrieden ins Bett, um sich gründlich auszuschlafen.

16.

Mitten in der Nacht schreckte Dennis aus dem Schlaf hoch. Er hatte etwas Unsägliches geträumt. Im Traum waren ihm der Reihe nach Holger Grünbaum, das VfB Maskottchen und Frau Stiefel erschienen, die ihn in eine Polizeikutsche setzten und unter lautem Gewieher der galoppierenden Pferde zu der Bowlingbahn fuhren, in welcher Kurt Schockenried gerade dabei war, mit den Schädeln einiger Journalisten auf Kegel aus kleinen Hunden zu werfen. Als er alle zehn Hunde abgeräumt hatte, ertönte eine Fanfare und das Konterfei von Fred Zimmermann leuchtete über der Bahn und er brüllte: Runter mit den Pfunden!

Offensichtlich waren Dennis die Ereignisse der letzten Tage zu Kopf gestiegen und Mark musste ihm gestern Abend etwas in sein letztes Bier gemischt haben.

Mit einem amtlichen Brummschädel machte er sich auf den Weg über den dunklen Flur, die wenigen Meter rüber zum Badezimmer, um auf der Toilette einige Liter Schwaben Bräu auf ihren langen Weg durch die Kanalisation zu schicken. Als er nichts ahnend und im sicheren Gefühl, sich gleich erleichtern zu dürfen, die Türe zum Badezimmer öffnete, traf es ihn wie ein Dampfhammer mit angekoppeltem Amboss. Ein hysterisches Frauenzimmer, das er noch nie zuvor gesehen hatte, hockte im Halbdunkel mit heruntergelassenen Hosen auf seiner Toilettenschüssel und brüllte: „Hau ab, Mann! Kann man denn hier nicht mal um 5.00 Uhr morgens in Ruhe schiffen. Hilfe, Greenthumb! Sag Deinem perversen Spanner-Untermieter sofort, dass er sich verpissen soll. Und zwar gleich, sonst haue ich ihm mit der verkackten Klobürste so eine in die Fresse, dass er die nächsten Monate nur Suppe essen kann!"

Dennis wurde es schwindelig und er musste sich sofort setzen. Bernd kam ganz locker angeschlendert, als ob ihn alles nichts anginge. „Yo Dennis, was hock´ste denn da auf dem Boden, Alter?"

„Bernd, das geht jetzt echt zu weit. Da sitzt eine vulgäre Tussi auf meinem Lokus und droht mir Prügel an, während sie behauptet, ich sei ein perverser Spanner! Und seit wann bitteschön bin ich eigentlich Dein Untermieter? Und wenn wir schon dabei sind, was ist mit der Kehrwoche und der Miete? Hast Du die Wulle-Kästen ersetzt, die mir Du und Deine Rapper-Freunde weg gesoffen haben? Und überhaupt muss ich selbst echt dringend pinkeln."

Nachdem sich Dennis endlich erleichtert und auch wieder etwas beruhigt hatte, wollte er sich wieder ins Bett kuscheln. Aber daraus wurde nichts, denn um 5.17 Uhr war die Nacht auch schon wieder zu Ende. Kurt legte ihm am Telefon nahe, er möge doch bitte auf dem schnellsten Wege zum Staatstheater kommen.

17.

Als Dennis auf das Große Haus zulief und das riesige Polizeiaufgebot mit den in der Dunkelheit unzählig erscheinenden blauen Blinklichtern sah, dachte er, dass er so schnell nicht damit gerechnet hatte, wieder in die Oper zu kommen.
„Ein Obdachloser war gegen 4.25 Uhr auf seinem Weg durch die Oberen Anlagen in Richtung Leonhardsviertel, weil da heute bereits am frühen Morgen eine Essensausgabe für Bedürftige geplant war. Zunächst fand er die Leiche seines Kollegen, und nur wenige Augenblicke später entdeckte er die Leiche der Frau am Eingang zum Staatstheater. Er lief zu einem Backwarenverkauf in der Klett-Passage, in dem bereits Vorbereitungen für die Ladenöffnung getroffen wurden. Von dort aus ging dann der Notruf ein und die Kollegen wurden verständigt."
Mit diesen einleitenden Worten begrüßte ihn Kurt und wirkte dabei für seine Verhältnisse sehr zurückhaltend und bedächtig. Als Dennis dies zunächst noch auf die unchristliche Uhrzeit schieben wollte, sah er aber, warum. An einer der großen Eingangstüren zum Staatstheater lehnte sitzend eine enthauptete Frauenleiche. Ihren Kopf mit den langen, hellblonden Haaren trug sie unter dem rechten Arm und das linke Bein war aufgestellt. Bereits zum zweiten Mal in diesen frühen Morgenstunden hatte Dennis schwer mit seinem Kreislauf zu kämpfen und wurde, selbst in der Dunkelheit für jedermann sichtbar, kreidebleich. „Als ob sie die Enten auf dem Eckensee beobachten wollte!", stellte Kurt nüchtern fest.
„Ja. So soll es wohl aussehen", stotterte Dennis.

„Lass uns erst einmal da drüben für einen Moment auf die Stufen setzen und ich bringe Dir einen Schluck Wasser und eine Decke. Du bist ja vollkommen durch den Wind!", zeigte Kurt ungeahnte Fähigkeiten zur Empathie.

Dennis hatte sich aber bereits wieder berappelt. „Danke. Aber es geht schon wieder. Das ist jetzt nur schon die dritte, übel zugerichtete Leiche in einer Woche. Das geht mir einfach an die Nieren. Und warum sind hier überhaupt zwei Leichen?"

Kurt versuchte möglichst sachlich zu antworten, obwohl auch ihm der Stress der letzten Tage ins Gesicht geschrieben stand.

„Wir gehen davon aus, ach was sage ich da eigentlich, wir wissen, dass die Frau das primäre Opfer sein sollte. Ihre Identität kennen wir noch nicht, ich bin aber sehr zuversichtlich, dass wir bald wissen werden, wer sie war. Der Obdachlose, sein Name war Peter-Michael Gruger, kam dem Schwein wahrscheinlich nur versehentlich in die Quere und musste dafür mit seinem Leben bezahlen."

Dennis entgegnete erstaunt: „Woher willst Du das alles so genau wissen? Gibt es Zeugen?"

„Nein, bisher sind außer dem Finder der Leichen keine weiteren Zeugen aufgetaucht. Und der ist der Polizei zwar bekannt, weil er wegen mehrerer, kleinerer Delikte vorbestraft, aber im Grunde garantiert harmlos ist. Der hat sicher nichts mit der Sache zu tun."

Dann legte Kurt die Stirn in Falten: „Bei den Leichen wurde jeweils eine Nachricht für uns gefunden."

Er zeigte Dennis zwei in Plastikfolie eingepackte, weiße DIN A 5-Zettel. „Dieser hier wurde bei der Frau gefunden. Er steckte zusammen gefaltet in ihrem Dekolletée." Darauf stand handschriftlich geschrieben:

Da bin ich wieder.
Doch kaum war ich da, bin ich auch schon wieder weg.
Aber keine Sorge:
Denn bald komme ich wieder!!!

Kurt fuhr fort: „Peter-Michael Gruger lag da unten links bei den Büschen, als er gefunden wurde. Vermutlich hat er da sein Nachtlager aufgeschlagen und traf dabei zufällig auf seinen Mörder. Diese Nachricht war ebenfalls zusammengefaltet und befand sich in der äußeren, linken Brusttasche seines alten Mantels." Darauf stand:

Dein Glück armer Mann.
Durch mich wirst Du berühmt.
Du hast mich gesehen,
aber sie kennen mich noch nicht.

Dennis schaute Kurt fragend an. „Tobias?"
Mit starrem Gesichtsausdruck nickte Kurt, machte auf dem Absatz kehrt und ging in die Dunkelheit. Er kickte mit voller Wucht gegen einen auf dem Boden liegenden Stein, welcher einige Male aufsprang und dann mit einem dumpfen Platschen im See verschwand. Die Enten, die wegen des großen Menschenaufkommens auf eine Fütterung gehofft hatten, fühlten sich nun gestört und schwammen zielstrebig an das gegenüberliegende Ufer des eckigen Sees.

18.

Die Aufregung war riesig. Mit einer solchen Situation hatte keiner gerechnet. Die Erfahrung im Umgang mit derartigen Verbrechen war bei der Stuttgarter Polizei nicht besonders groß.
„Die berühmten Serienmörder, die jeder aus unzähligen Büchern und Filmen kennt, sind in der heutigen Zeit sehr selten. Die meisten Täter werden entweder geschnappt bevor sie ein zweites Mal zuschlagen können, oder verschiedene Verbrechen können nicht dem gleichen Täter zugeordnet, und somit nicht als Serie erkannt werden. De Salvo, Ted Bundy, die „Hillside Stranglers“ Bianci und Buono, Manson, Kürten und natürlich Jack the Ripper, sind alle berühmt geworden. Aber mit den heutigen kriminalistischen Methoden und den Möglichkeiten der Kriminaltechnik, sowie der stetigen Weiterentwicklung der Rechtsmedizin, wären sie alle sehr früh geschnappt worden.“
„Der Streifzug durch die Ahnengalerie der kranken Oberarschlöcher ist ja ganz nett, Frau Dornbusch, aber das bringt uns leider nicht weiter. Wir müssen ganz schnell zusehen, dass wir Ergebnisse liefern. Und das heißt, dass wir die Kerle so schnell wie möglich schnappen müssen, bevor noch mehr Unheil geschieht. Wir brauchen Täterprofile. Um uns diesbezüglich zu unterstützen, dafür sind Sie hier. Man hat uns gesagt, Sie seien eine Koryphäe auf diesem Gebiet. Wenn ich Sie also bitten dürfte, sich auf das Wesentliche zu beschränken“, unterbrach Kurt sichtlich gereizt den Vortrag.
„Dornfeld, lieber Herr Schockenried. Ich heiße Dornfeld und nicht Dornbusch. Und an Ihrer Stelle würde ich mich etwas

zurückhalten, mit den großen Sprüchen. Zum einen sind Sie mir nicht weisungsbefugt und zum anderen haben Sie sich als leitender Ermittler bisher nicht gerade mit Ruhm bekleckert. Außerdem lasse ich mir von einem sauflustigen Oben-Ohne-Cowboy nicht ins Wort fallen."
Trotz der angespannten Stimmung erntete sie für diesen Konter einige anerkennende Lacher und hatte die volle Aufmerksamkeit aller Anwesenden, mit Ausnahme von Kurt, ganz auf ihrer Seite.

Jessica Dornfeld war eine große, schlanke Blondine, die bereits durch ihr gesamtes Erscheinungsbild beeindruckte. Die schicke und modisch topaktuelle Kleidung betonte ihre gute Figur und ihre Körpersprache brachte eine niveauvolle Selbstsicherheit zum Ausdruck. Sie war Diplompsychologin und Psychotherapeutin im Dienste des Landes-Kriminalamtes. Neben Team-Coaching, Mitarbeitermotivation, Betreuung bei traumatischen Erlebnissen im Einsatz, oder auch bei privaten Trauerfällen, Burn-Out-Prävention und vielem mehr, gehörte auch die Erstellung von Täterprofilen zu ihren Aufgaben. Sie war spezialisiert auf die Analyse von Serienverbrechen und Ritualmorden. Deutschlandweit konnte sie bereits an den Ermittlungen in einigen spektakulären Fällen mitarbeiten und trug wesentlich zu deren erfolgreicher Aufklärung bei.
Während sie Karten mit Namen und Tatorten an eine Magnettafel hängte, erläuterte sie: „Unser erster Täter könnte Tobias heißen. Wahrscheinlich ist das nicht sein richtiger Name, aber wir nennen ihn so, o.k.?! Den vagen Beschreibungen nach dürfte er Anfang Dreißig, aber auf keinen Fall jünger als Ende Zwanzig sein. Er ist von weißer Hautfarbe, hat eine sportliche Figur und ist durchschnittlich groß gewachsen. Dazu passt auch

die rekonstruierte Schuhgröße. Er muss kräftig sein, sonst hätte er die Leiche von Sandro Panucci nicht den weiten Weg vom Tatort bis zum Gipfel bringen und ihn schon gar nicht am Kreuz hochziehen können. Das Elektrokabel, mit dem er die Leiche aufhängte ist gewöhnliche Massenware, nicht aber seine Schuhe. Es handelt sich dabei um teure Markenturnschuhe, die noch nicht lange auf dem Markt und bisher nur in wenigen Läden zu bekommen sind. Das deutet darauf hin, dass er durchaus eitel ist und auf sein Äußeres achtet. Wahrscheinlich sieht er ganz gut aus. Zumindest Sandro Panucci hatte er es in einer Art und Weise angetan, dass dieser ihm bei Dunkelheit auf den Monte Scherbelino folgte, was auch immer er glaubte, dort passieren würde. In welcher Beziehung er zu Opfer Nummer zwei, Linda Saskowitz stand, wissen wir bisher nicht. Die Morde sind geplant und durchdacht. Es ist anzunehmen, dass durchaus ein gewisser Aufwand zur Vorbereitung und auch der späteren Durchführung notwendig war. Er ist im Vorfeld mehrmals mit Panucci gesehen worden. Wahrscheinlich hat er sich sein Vertrauen erschlichen und ihn glauben gemacht, es könnte eine Liebesbeziehung zwischen ihnen beiden entstehen. Unklar bleibt, ob er Panucci schon vorher persönlich kannte, oder ihn zufällig ausgewählt hat. Jedenfalls setzen sowohl die Vorbereitung und Planung des Mordes, als auch dessen Umsetzung eine gewisse Intelligenz voraus, was nicht heißen soll, dass er ein geistiger Überflieger sein muss. Eine mitunter sexuelle Motivation ist möglich, aber nicht wie zunächst vermutet, gegen Homosexuelle gerichtet. In Linda Saskowitz Leben gibt es nicht den geringsten Hinweis auf Homo- oder Bi-Sexualität. Beide Opfer haben lediglich gemeinsam, dass sie frustrierte Großstadtsingles waren. Ansonsten konnte bisher keine Verbindung zwischen den beiden gefunden werden. Tobias neigt zu großspurigem

Auftreten und hat einen Hang zur Dramaturgie. Beide Tatorte wurden als Bühne genutzt. Das bedeutet, er möchte Aufmerksamkeit erregen. Er will, dass alle wissen, wie grausam und zugleich auch klug er sein kann. Er hat ein sehr starkes Geltungsbedürfnis, das befriedigt werden muss und darum wird er weitermachen. Er verschafft sich Befriedigung durch das Töten an sich und durch die Dominanz die er dabei ausübt. Ebenso befriedigt ihn die Degradierung des Opfers. Sandro Panucci wurde sein eigenes Geschlechtsteil anal eingeführt und Linda Saskowitz wurde nach der Enthauptung in eine lächerliche Pose gebracht. Durch die Inszenierung der Leichenfundsituationen und die Rätsel, die er dabei aufgibt, verschafft er sich einen zusätzlichen Kick, vielleicht auch sexuelle Befriedigung. Sexuelle Handlungen an seinen Opfern hat er jedoch weder zu Lebzeiten, noch post mortem vorgenommen. Der Zwang zu töten wird größer, so dass von immer kürzer werdenden Abständen auszugehen ist. Aber die gute Nachricht, meine Damen und Herren, ist, er möchte irgendwann geschnappt werden. Er wünscht sich die Konfrontation mit der Polizei und genießt die Präsenz in den Medien. Er will berühmt werden. Das geht auch eindeutig aus seinen, an den Leichen von Frau Saskowitz und Herrn Gruger hinterlassenen Messages hervor, ohne diese an dieser Stelle, Zeile für Zeile zu zerpflücken. Das Papier und der verwendete Kugelschreiber können nicht zurückverfolgt werden, aber seine Handschrift ist auffällig und äußerst ungewöhnlich. Die Schrift hat einen eher kindlichen Charakter und ist ungewöhnlich für einen Erwachsenen um die Dreißig. Er schreibt mit der rechten Hand und laut den Berichten von Dr. Brandner, war der Mörder von Sandro Panucci und Linda Saskowitz Rechtshänder."

Herr Scheible hob eine Hand und fragte: „Können wir aufgrund der Tatsache, dass der Prostituiertenmörder Linkshänder ist, weiterhin davon ausgehen, nach zwei Tätern suchen zu müssen?"
Jessica Dornfeld nickte zustimmend. Dass auch sie etwas nervös zu sein schien, bemerkte man daran, dass sie unentwegt mit einem Laserpointer in ihre linke Handfläche klopfte.
„Dass er Rechtshänder ist, ist nur eines der Kriterien, welche uns von definitiv zwei Tätern ausgehen lassen müssen. Die Ausführungen der Taten und die Tatorte selbst könnten in ihrem Charakter kaum unterschiedlicher sein. Katja Pradova wurde nicht von langer Hand als Opfer ausgewählt. Sie begegnete dem Mörder in dieser Nacht rein zufällig und zum ersten Mal. Die Art und Weise wie er sie getötet hat, nennt man Übertöten, oder wenn man auf Anglizismen steht, Overkill. Das hat er nicht geplant. Seine ganze Wut, auf wen auch immer, hat sich im Moment des Tötens entladen. Er zeigte keine Reue. Manchmal wollen die Killer die Tat ungeschehen machen, indem sie den Tatort und vor allem die Leiche verändern. Das Opfer wurde aber ziemlich sicher so aufgefunden, wie es gestorben ist. Es wurde kein Versuch der De-Personifizierung durch Unkenntlichmachen des Gesichtes oder durch Bedecken von Leichenteilen zur Distanzierung vom Verbrechen und der emotionalen Wiedergutmachung unternommen. Es gab auch keine fingierten Spuren, die einen anderen Tathergang vortäuschen sollten. Er hatte an diesem Abend die Absicht zu töten, egal wen. Seine einzige Planung bestand im Verbergen seines Gesichtes durch eine tief in selbiges gezogene Kapuze und in der Wechselkleidung, die er in seinem Rucksack verstaut haben musste. Außerdem dürfte noch die Uhrzeit bewusst von ihm gewählt worden sein, denn sonst hätte er nicht unbemerkt das Bordell verlassen können. Seine gebeugte Körperhaltung und sein

schleppendes Gangbild gepaart mit unsicheren und hektischen Bewegungsabläufen, lassen an eine schüchterne, unsichere und unter Umständen komplexbeladene Persönlichkeit denken."
„Gibt es auch Gemeinsamkeiten zwischen den beiden Tätern?", fragte Dennis.
„Die Hautfarbe, die Statur und das Alter sind ungefähr gleich. Ansonsten gibt es nur die eine Parallele, dass beide bei der Durchführung ihrer Verbrechen scheinbar bewusst ein großes Risiko eingegangen sind, gesehen und entdeckt zu werden."

Nach der Besprechung saßen Kurt und Dennis zusammen an Kurts unaufgeräumtem Schreibtisch, auf dem noch die Spuren seines Kampfes gegen den Kater nach dem Cesars-Club-Auftritt zu sehen waren, und genehmigten sich eine Tasse heißen Kaffee. Kurt öffnete die oberste Schublade seines Schreibtisches und holte seinen alten Aschenbecher mit dem Aufdruck Pauls Taverne heraus, stellte ihn auf den Tisch und griff nach seinen Zigaretten. „Den hab ich mal mitgehen lassen und bin dabei vom Wirt erwischt worden. Als er mir mit Ärger drohte, habe ich gesagt, er könne ja gerne die Polizei rufen. Dann hat er mich in Ruhe gelassen."
„Bist Du jemals wieder dort gewesen?", fragte Dennis neugierig.
„Nein, lebenslanges Hausverbot. Aber wen juckt das schon, ist eh eine Spelunke!"
„Was hast Du dann dort gemacht?"
„Ach, frag´ lieber nicht. Die Geschichte würdest Du mir sowieso nicht glauben!"
„Jetzt hast Du mich aber neugierig gemacht. Hat die Geschichte zufällig etwas mit einer Frau zu tun?"
„Zufälligerweise, ja!"
„Und mit welcher? Mit Deiner etwa?"

„Man könnte sagen, dass Brigitte durchaus eine tragende Rolle in dieser Geschichte zuteil wurde."
„Bitte, Kurt. Ich möchte es unbedingt wissen."
„Nein, nicht jetzt. Vielleicht ein andermal."
„Und das ist Dein letztes Wort?"
„Ja, wir haben gerade wirklich andere Sorgen. Außerdem hast Du diese Geschichte nach Deinen flapsigen Bemerkungen über meinen etwas extravaganten Auftritt von neulich, und vor allem durch Dein Schwänzen der Obduktion von Panucci, derzeit sicherlich nicht verdient."
Für einen Moment herrschte Schweigen. Dennis wusste genau, dass Kurt mit der Sache wegen der Obduktion richtig lag. Er hätte nur nicht gedacht, dass er es ihm tatsächlich übel nehmen würde, denn eigentlich war Kurt nicht dafür bekannt, nachtragend zu sein. Nach einigen Zügen an der Zigarette fragte Kurt: „Was hältst Du denn von der Dornbusch? Für meinen Geschmack ist sie etwas vorlaut. Und viele Neuigkeiten hat sie auch nicht auf Lager gehabt, oder?"
„Gib ihr eine Chance, Kurt", beschwichtigte Dennis. „Sie heißt im Übrigen immer noch Dornfeld, daran hat sich seit vorhin nichts geändert. Ich fand ganz aufschlussreich, was sie uns präsentiert hat. Und dass sie Dir eine Retourkutsche verpasst hat, kann man ihr wirklich nicht verübeln."
„Ja, ja, kaum hat eine einen strammen Hintern, rutscht bei Euch Jungspunden das Hirn eine Etage tiefer!"
„Kurt, bitte. Ich bin mir sicher, dass wir sie noch brauchen werden. Frauen sind eben manchmal etwas rigoroser in ihrem Auftreten. Wie sollten sie auch sonst gegen Haudegen wie Dich bestehen können?"
„A propos rigorose Frau. Wann kommt eigentlich Tatjana wieder zurück?"

19.

Es war eine dieser Aufgaben, die Kurt überhaupt nicht mochte. Zeugenbefragung an der Basis. Schon früher, in seiner ersten Zeit bei der Kriminalpolizei, hatte er sich gerne davor gedrückt und gegebenenfalls sogar lieber Tatortberichte geschrieben, oder andere bürokratische Arbeiten übernommen. Und in den letzten Jahren hatte er die Befragungen großzügig delegiert, zunächst an Dennis und später vor allem an Tatjana. Das konnte er auch bedenkenlos tun, denn er war von der Qualität der beiden Polizisten restlos überzeugt, auch wenn er das natürlich im Alltag nicht so sehr zeigen konnte. Auch die Tatsache, dass er sich maßlos über Dennis aufgeregt hatte, weil dieser die Obduktion schwänzte, änderte daran nichts. Trotz allem würde er ihm zu gegebener Zeit einen kleinen Denkzettel verpassen müssen. Sie hatten zwar ein fast freundschaftliches Verhältnis zueinander, doch er konnte keinesfalls riskieren, dass seine Autorität durch solche Aktionen infrage gestellt wurde.

Als er auf das kleine freistehende Haus in einer mittelständischen Birkacher Wohnsiedlung zuging, wäre er fast von zwei Jungs auf ihren Geländefahrrädern über den Haufen gefahren worden. Als er die beiden gerade mit einigen nicht ganz jugendfreien Beschimpfungen bombardieren wollte, wurde er von einer Frau angesprochen. Sie war Mitte Dreißig, hatte langes, blond gelocktes Haar und war für seinen Geschmack sehr attraktiv. Die Ähnlichkeit mit Linda Saskowitz war bemerkenswert.
„Sind Sie Hauptkommissar Schockenried?“

„Ja, der bin ich. Und wer sind Sie, wenn ich fragen darf?"
„Hallo, mein Name ist Tamara Ruf, wir sind verabredet. Ich bin die Schwester von Linda Saskowitz. Aber kommen Sie doch bitte erst einmal herein."
„Äh ja, danke, Frau Ruf. Sehr freundlich."
Überrascht von der freundlichen Offenheit von Frau Ruf, trottete er ihr hinterher ins Haus. Sie nahmen an einem kleinen Tisch Platz, der in einem Erker vor einer zimmerhohen Glasfront stand, was wohl so eine Art Wintergarten sein sollte. Dankend nahm er ein Glas Wasser an. Kurt räusperte sich und sagte zurückhaltend: „Mein herzliches Beileid, Frau Ruf. Wir haben ihre Schwester in den frühen Morgenstunden tot in den Oberen Anlagen gefunden, genauer gesagt direkt am Eingang des Staatstheaters."
Tamara Ruf unterbrach ihn: „Ich würde gerne genau wissen, wie sie gestorben ist. Und bitte, Herr Kommissar, ersparen Sie mir keine Details."
Kurt fuhr etwas widerwillig fort, denn so ganz genau wollte er es eigentlich gar nicht erzählen. „Sie wurde in etwa dreißig Metern Entfernung vom Großen Haus enthauptet und dann mit dem Rücken an eine der großen Eingangstüren gelehnt. Sie trug ihren Kopf unter dem Arm. Ein Obdachloser wurde ebenfalls ermordet, er hat den Täter vermutlich überrascht, konnte aber Ihrer Schwester leider nicht helfen."
Tamara Ruf legte bestürzt den Kopf in beide Hände und sagte mit einem entsetzten Ausdruck in ihrem Gesicht: „Oh mein Gott. Sie war doch erst vierunddreißig Jahre alt und hatte alles noch vor sich. Wer um Himmels Willen tut denn so etwas?"
„Das wissen wir leider nicht genau. Es deutet aber alles darauf hin, dass sie von einem Mann getötet wurde, der bereits vor einer Woche einen weiteren Menschen getötet hat."

Sie fiel ihm ins Wort: „Etwa der Mörder vom Birkenkopf? Ich habe davon in den Zeitungen gelesen. Aber das soll doch ein Schwulenhasser gewesen sein. Linda war aber nicht homosexuell, ganz im Gegenteil."
Resigniert entgegnete Kurt: „In den Zeitungen stehen leider oft eine Menge Dinge, die nicht so ganz der Wahrheit entsprechen. Oder lassen Sie es mich diplomatischer ausdrücken, es handelt sich oft um Informationen, die mangelhaft recherchiert und falsch interpretiert wurden. Wir gehen von einem skrupellosen und sensationsgeilen Mörder aus, der Aufmerksamkeit erregen will. Bis wir ihn geschnappt haben, sind weitere Menschenleben in Gefahr. Darum brauchen wir Ihre Hilfe, auch wenn wir Ihrer Schwester nicht mehr helfen können. Jedes Detail über sie könnte von großer Bedeutung für uns sein."
„In Ordnung, ich will es gerne versuchen. Wenn ich dazu beitragen kann, dass anderen Menschen ein ähnliches Schicksal erspart bleibt?"
„Linda Saskowitz war Lehrerin?"
„Ja. Sie war Lehrerin in der Unter- und Mittelstufe des Dillmann-Gymnasiums. Sie unterrichtete Deutsch, Geschichte und Gemeinschaftskunde. Ab dem nächsten Schuljahr sollte sie auch Englisch unterrichten. Für die Sommerferien war sie bereits für einen Intensivsprachkurs für Pädagogen in London angemeldet."
„Hatte sie Feinde in der Schule? Vielleicht einen neidischen Kollegen, oder Schüler, die sich ungerecht behandelt fühlten?"
„Nicht, dass ich wüsste. Sie war bei Schülern und Kollegen gleichermaßen sehr beliebt. Zumindest hat sie das immer erzählt. Gelegentlich wurde ich früher auch von ihr zu Veranstaltungen ins Dillmann-Gymnasium eingeladen, zum Beispiel zum Sommerfest oder zu musikalischen Aufführungen. Ich hatte dann

auch tatsächlich den Eindruck gehabt, dass sie große Sympathien genießt, sowohl als Lehrerin, als auch als Kollegin."
„Sie sagten, Sie wurden früher gelegentlich eingeladen? Bedeutet das, dass Sie in letzter Zeit nicht mehr eingeladen wurden, oder dass Sie den Einladungen nicht mehr gefolgt sind?"
„Beides."
„Und das Privatleben Ihrer Schwester? Hatte sie einen Partner? Unseren Informationen nach war sie Single."
„Außer einigen flüchtigen Affären ist mir nichts bekannt. Auf jeden Fall nichts Ernstes. Sie hat aber nicht aufgehört, ihren Traumprinzen zu suchen."
„Dann hatte ihre Schwester bei der Partnersuche offensichtlich nicht so viel Glück wie Sie! Wie war denn eigentlich das Verhältnis zu Ihrer Schwester? Wann haben Sie sie zuletzt gesehen?"
Tamara Ruf schwieg bedächtig für einige Sekunden bevor sie antwortete: „Ich habe sie zuletzt vor etwa fünf Wochen gesehen. Unser Sohn Jonas hat seinen fünften Geburtstag gefeiert und sich so sehr gewünscht, dass seine Tante ihn besuchen kommt."
„Und Sie, haben Sie sich das denn auch gewünscht?"
„Um ehrlich zu sein, unser Verhältnis war nicht das Beste. Aber das haben Sie sich bestimmt schon gedacht, oder?"
„Um ehrlich zu sein, Frau Ruf, ja. Aufgrund Ihrer bisherigen Äußerungen, habe ich diesen Eindruck gewonnen."
„Mein Mann Karsten und Linda waren früher einmal ein Paar. Nach und nach haben aber er und ich uns immer mehr angenähert und schließlich hat er sich dann für mich entschieden. Das hat Linda nie richtig verkraftet."
„Können Sie das denn nicht verstehen?", fragte Kurt erstaunt.
„Doch, natürlich. Ich bin auch nicht stolz darauf. Aber wir können nicht mehr rückgängig machen was einmal passiert ist."

Sie begann zu weinen und lehnte sich an Kurts Schulter, der sie unbeholfen tätschelte. „Und jetzt kann ich mich noch nicht einmal mehr bei ihr entschuldigen. Ich schämte mich so sehr und wollte unbedingt, dass sie auch jemanden findet und glücklich wird. Ich habe sie sogar heimlich bei einer Dating-Agentur angemeldet, um dem Glück auf die Sprünge zu helfen. Zunächst war sie stinksauer darüber, dass ich mich schon wieder in ihr Privatleben eingemischt habe, aber später ist sie sogar einige Male dort gewesen."

„Auch in letzter Zeit?"

„Das weiß ich leider nicht. Wir haben ja kaum noch miteinander gesprochen."

Sie unterhielten sich noch einige Minuten, dann verabschiedete sich Kurt höflich und verließ das Haus. Als er mit dem Auto aus dem Wohngebiet fuhr, setzte ein leichter Nieselregen ein. An einer Ampel, deren Grünphase gerade einmal für die Passage von drei Autos reichte, kurbelte er das Fenster seines dunkelblauen Passats herunter und zündete sich eine Zigarette an. Was für Tragödien sich doch teilweise hinter den Fassaden scheinbar glücklicher Familien abspielten, war schon erstaunlich. Er war sich sicher, dass er seinen Bruder umgebracht hätte, wenn er ihm seine Brigitte weggeschnappt hätte.

20.

Als Manuela Däumler gegen etwa 18.00 Uhr von der Arbeit in einem nahe gelegenen Friseursalon nach Hause kam, stand die Abenddämmerung kurz bevor. Sie hatte heute wieder einmal zwei Überstunden gemacht. Aber um sich den Traum von der Selbständigkeit in einigen Jahren erfüllen zu können, musste sie eben etwas mehr Einsatz bringen als andere. Ihr machte der Beruf der Friseurin sehr viel Spaß und sie verfolgte ihr Ziel überaus ehrgeizig und diszipliniert. Dazu gehörte auch ein gesunder Lebenswandel mit viel Sport. Den ganzen Tag auf den Beinen sein zu müssen, war schließlich auch körperlich anstrengend. Außerdem kämpfte sie auch ständig mit dem einen oder anderen lästigen Pfund. Für den heutigen Abend war eigentlich die große Runde Joggen um die Bärenseen geplant, aber sie würde niemals vor Einbruch der Dunkelheit mit dem Auto dort ankommen, schon gar nicht im Stuttgarter Feierabendverkehr. Also beschloss sie kurzerhand, heute nur eine kleinere Runde im nahe gelegenen Wald zu absolvieren. Sie konnte ja zum Ausgleich etwas schneller laufen, dachte sie sich. Nachdem sie sich umgezogen hatte und in ihre neuen Jogging-Schuhe geschlüpft war, fuhr sie mit dem Aufzug hinunter zum Ausgang des siebenstöckigen Hauses, in dem sie wohnte. Das Haus stand im Wohngebiet Belau im Stuttgarter Stadtteil Botnang. Das Belau war eine Siedlung, bestehend aus den charakteristischen, mehrstöckigen Mehrfamilienhäusern mit Flachdach entsprechend der Bauweise der Siebziger und frühen Achtziger Jahre. Im Laufe des Tages hatte es immer wieder geregnet. Der Nieselregen des Nachmittages hatte zunächst wieder aufgehört, doch nun fielen immer dickere Tropfen vom Himmel. Sie beschloss aber, sich nicht von ihrem Vorhaben abbringen zu lassen. Solange es kein Gewitter war, konnte ihr ja nichts passieren. Es war nämlich gar nicht so selten, dass Jogger im Wald von einem Unwetter böse überrascht wurden, teilweise mit schlimmen Folgen. In einem Waldstück bei Stuttgart- Rohr hatte sie einen Gedenkstein gesehen, der von einer solchen Tragödie zeugte. Als sie einige Minuten gelaufen war, war die Dämmerung bereits in die Nacht übergegangen. Sie erhöhte die Schrittfrequenz und rannte vorbei an dem Eiscafé und dem kleinen Tümpel, weiter hinauf über den Spielplatz und um die Sporthalle herum. Durch deren hell erleuchtete Fenster konnte man sehen, wie eine größere Gruppe junger Erwachsener ein Volleyballnetz aufbaute. Die feuchte Abendluft machte ihren Atem sichtbar. Von nun an war der Weg stetig ansteigend. Nicht zu sehr, aber doch so, dass ihr Puls deutlich schneller ging. Der Weg wurde schmaler und führte sie vorbei an der Jugendfarm bis zum Eingang des Waldes. Durch die Bäume wäre sie im Wald wahrscheinlich etwas geschützter, dachte sie sich. Umkehren würde für sie sowieso nicht in Frage kommen. In etwa eineinhalb Kilometern Entfernung würde sie den Wald an der anderen Seite wieder verlassen können, um von oben zurück ins Wohngebiet zu gelangen. Um diese Uhrzeit waren hier üblicherweise eine Menge Hundebesitzer aus dem Belau mit ihren vierbeinigen Freunden beim Gassi gehen. Der immer stärker werdende Regen hatte sie aber heute offensichtlich davon abgehalten. Manuela war alleine. Sie rannte den so genannten Buberlesweg hinauf, vorbei am gleichnamigen Weiher. Ihre Kleidung war klatschnass vom Regen und hing wie Blei an ihr. Die Schritte wurden immer kürzer und schwerer. Die Sicht war fürchterlich und der Wind peitschte ihr den Regen ins Gesicht, so dass sie beim Rennen die

Hand schützend vors Gesicht halten musste. Sie bemerkte, wie die Angst in ihr stieg. Wenn sie doch bloß nicht alleine wäre. Sie rannte verbissen weiter und hatte plötzlich das Gefühl, als ob ihr der Boden unter den Füßen weggezogen werden würde. Sie wäre beinahe gestürzt und konnte sich gerade noch abfangen. Sie war in vollem Tempo in eine Mulde getreten, die sie bei der schlechten Sicht nicht erkannt hatte. Noch etwa einhundert Meter, dann würde der Weg eine Rechtskurve machen und sie müsste nur noch vorbei am Kneippbecken und sich immer weiter rechts halten. Der Eingang zur Siedlung wäre dann nicht mehr weit. Ihre Atemzüge wurden immer schneller und kürzer, weil ihr Körper verzweifelt versuchte, das Kohlenstoffdioxid abzuatmen. Ihre Muskeln brannten vor Übersäuerung und plötzlich bekam sie einen Schlag gegen die linke Schulter. Ein mittelgroßer Ast war durch den Regen so schwer geworden, dass er bis auf ihre Schulterhöhe in den Weg ragte. Sie ließ sich nicht beirren und rannte weiter. Unter ihren Füßen knickten die Äste reihenweise und das nasse Laub verwandelte den Waldboden in ein rutschiges Parkett. Endlich war sie an der Rechtskurve angelangt und sah in einiger Entfernung das Kneippbecken, um das eine Gruppe von Sitzbänken platziert war. Als sie näher kam, wusste sie nicht, ob sie sich freuen oder noch mehr Angst bekommen sollte. Auf einer der Bänke sah sie die fast regungslose Silhouette eines Mannes sitzen, der eine große Kapuze über den Kopf gezogen hatte.

Das helle Licht der aufgestellten Scheinwerfer erleuchtete scheinbar den Himmel über dem Buberleswald. Wie die Ameisen wuselten Beamte der Schutzpolizei, Erkennungsdienstler und Spurensucher durcheinander. Eine Horde sensationshungriger Journalisten konnte nur mit größter Mühe davon abgehalten werden, die Absperrungen der Polizei zu durchbrechen. Ein Polizeihubschrauber kreiste am Himmel. Mitten drin standen Kurt, Dennis und Dr. Simon Brandner. Auch Jessica Dornfeld war anwesend und beobachtete interessiert das Treiben am Fundort der Leiche. Gegen 22.15 Uhr hatte ein Hundehalter, der, nachdem es aufgehört hatte zu regnen, mit seinem Hund durch den Wald gelaufen war, den leblosen Körper einer Frau im Kneippbecken des Bubereleswaldes entdeckt und sofort die Polizei alarmiert. Die sportlich gekleidete Frau lag mit dem Gesicht nach unten im Becken. Das Wasser war blutrot verfärbt. Das Becken war 1971 für die künftigen Bewohner des entstehenden Wohngebietes errichtet und 2010 saniert worden. Es war etwa acht Meter lang und zweieinhalb Meter breit, hatte blaue Fliesen und in der Mitte bildete ein gespaltener Baumstamm ein Geländer.

Im matschigen Gras waren eindeutig die Spuren eines Kampfes zu sehen. Verwertbare Fußspuren waren allerdings bisher nicht darunter. Unmengen von Blut klebten an einer Bank, die nur wenige Meter vom Einstieg des Beckens entfernt war.

Laut Dr. Brandner wurde die Frau durch eine Vielzahl von Messerstichen getötet. Ob sie noch lebte, als sie ins Becken gelangte, würde er natürlich erst nach der Obduktion endgültig beurteilen können. Den Zeitpunkt des Todes grenzte er nach einer ersten flüchtigen Untersuchung auf den Zeitraum zwischen 19.30 Uhr und 20.30 Uhr ein. Kurt und Dennis dokumentierten sorgfältig die Tatortsituation und nachdem erneut starker Regen eingesetzt hatte, überließen sie das Feld den Spurensuchern und der Rechtsmedizin und verabschiedeten sich mit warmen Grüßen an die Kollegen ins Polizeipräsidium. Jessica Dornfeld hingegen, ließ sich durch das schlechte Wetter nicht beirren und blieb noch am Tatort. Als stiller Beobachter stand sie etwas abseits der anderen und schien das Szenario in sich aufzusaugen.

21.

Dennis war bis fast 2.00 Uhr morgens im Rechtsmedizinischen Institut gewesen und hatte die von Dr. Brandner und seinem Assistenzarzt durchgeführte Obduktion mitverfolgt. Noch einmal würde er sich nicht trauen, eine Obduktion zu verpassen. Den für die Gerichtsmedizin charakteristischen Mischgeruch aus Leichenblut und Reinigungsmitteln würde er noch für den gesamten nächsten Tag in der Nase haben. Anschließend hatte er sich, wie verabredet, nochmals mit Kurt im Präsidium getroffen und bei einigen Tassen Kaffee bis in die frühen Morgenstunden über sämtliche Morde diskutiert und diese erneut in alle Einzelteile zerlegt. Dabei hatten sie vergeblich nach neuen Erkenntnissen gesucht.

Nach wenigen Stunden Schlaf sahen sie sich mit vielen Tageszeitungen aus allen Teilen Deutschlands konfrontiert, die auf ihren Schreibtischen gelandet waren. Neben der üblichen Kritik an der Polizeiarbeit, wurden die Morde der letzten beiden Tage unseriös detailliert beschrieben und förmlich aufgebauscht. Wie die Journalisten nur immer an all diese Information kamen, war ihnen ein Rätsel. Unter anderem war von einem Wettbewerb zwischen zwei Serienkillern die Rede.

Für den frühen Nachmittag war eine große Lagebesprechung angesetzt.

Es gab für Kurt und Dennis an diesem Tag aber auch eine gute Nachricht. Tatjana von Senden war, scheinbar voller Elan, wieder von ihrem kurzen Heimatbesuch zurückgekehrt. Sie hatte bereits alle Berichte genauestens studiert und war, zumindest was die

Fakten betraf, voll auf dem neuesten Stand. Dass sie noch ganz die Alte war, wurde ihnen spätestens klar, als sie mit anhören mussten, wie sie auf dem Gang vor dem Büro den verblüfften Holger Grünbaum zusammenfaltete, weil dieser es aufgrund der Kälte gewagt hatte, ein Fenster auf dem Flur wieder zu schließen, das Tatjana erst kurz zuvor zum Lüften geöffnet hatte. Schnell nahm Dennis seine Füße vom Schreibtisch, bevor sie das Büro betreten und ihn ertappen würde. Als er sein Telefonat mit dem zuständigen Staatsanwalt Dr. Ansgar Frey beendet hatte, saß Tatjana bereits an ihrem Schreibtisch, und der arme Holger stand völlig verunsichert in der Türe und traute sich kaum einzutreten.
„Komm ruhig rein, Holger. Ich passe schon auf, dass sie Dich nicht beißt", frotzelte Dennis.
Tatjana nahm seine Äußerung mit einem strafenden Blick zur Kenntnis. „Ich wollte Euch eigentlich nur die Post vorbei bringen. Heute ist es mal wieder besonders viel. Das Meiste ist für Dich, Dennis."
„Danke. Leg die Umschläge einfach auf den Tisch. Sind doch sowieso wieder nur Berichte und anderer Bürokratiekram."
Als Dennis die Umschläge nach vermeintlicher Wichtigkeit sortierte, blieb sein Blick an einem hängen, der sich von den Übrigen unterschied. Es war kein Umschlag einer Behörde und hatte außerdem keinen Absender. Laut Poststempel war er gestern in Stuttgart eingeworfen worden. Er war handschriftlich an ihn adressiert. „Bestimmt ein Brief von einem Kind, das zuviel Krimis geschaut hat und in den Schulferien ein Praktikum bei der Mordkommission machen möchte, um vor den Freunden angeben zu können", murmelte er vor sich hin.
Diese Art von Briefen bekamen sie relativ häufig. Selbstverständlich wurde den Kindern stets abgesagt, denn ein Ferienpraktikum bei der Mordkommission war natürlich nicht möglich. Als

Entschädigung bekamen aber alle eine Fahrt im Streifenwagen und die Besichtigung des Präsidiums angeboten.
Als Dennis den Umschlag durch eine schnelle Bewegung mit dem Brieföffner geöffnet und das darin befindliche Blatt Papier entfaltet hatte, stockte ihm der Atem. Was da geschrieben stand, war alles andere als eine Anfrage für ein Praktikum.

Sehr geehrter Herr Rathvan,
meiner Meinung nach sind Sie der fähigste Polizist in Ihrer Truppe. Ich möchte damit bestimmt niemandem zu nahe treten, aber so ist es nun einmal. Und da ich auch der Beste meiner Zunft bin, ist es nur recht, dass Sie die Ehre haben, meinen Brief als Erster zu lesen.
Eines vorneweg: Sie werden weder Fingerabdrücke noch DNA-Spuren oder sonstige Spuren von mir an diesem Brief finden. Um Ihnen mühsame Kleinarbeit zu ersparen, die ohnehin zu nichts führen und von den eigentlichen Ermittlungen ablenken würden, verrate ich Ihnen, dass ich das Papier vor einem halben Jahr bei dem großen Elektrofachhandel in den Königsbaupassagen gekauft habe. Den Kugelschreiber können Sie ebenfalls vergessen.
Sehr gut kombiniert, Dennis: Wenn ich das Papier vor einigen Monaten in Stuttgart gekauft habe, bedeutet das, dass ich oft in dieser Stadt bin. Ich verrate Dir etwas: Ich bin immer hier. Ich lebe hier. Ich kenne alles und ich sehe alles.
Wie fandet Ihr meine Darbietung bei der Oper? Ja, den Applaus habe ich mir für dieses Werk wirklich verdient. Ich habe mich köstlich amüsiert. Die Lehrerin sollte eigentlich nicht geköpft werden, ihr Kopf ist einfach so abgefallen. Kein Wunder, bei so viel Scheiße im Hirn. Und der Schwuchtel seine eigenen Eier in den Arsch zu schieben und ihn ans Kreuz zu hängen, war auch einfach nur großartig!

Ihr braucht nicht lange nach Verbindungen zwischen den Morden zu suchen, denn es gibt keine. Die Personen habe ich willkürlich ausgewählt. Es hätte jeder sein können. Die sind alle so fürchterlich dumm. Ein bisschen heiß gemacht und schon fressen sie einem, in der Hoffnung auf ein bisschen Liebe, aus der Hand. Ihr seid alle so schwach. Ich brauche kein Motiv. Ich habe einfach Bock darauf. Ich hatte keine schwere Kindheit und bin auch nicht misshandelt worden und Bettnässer war ich auch nicht. Ich bin weder impotent noch sexuell abartig. Ich bin auch kein Opfer der Gesellschaft oder habe zu viele Killerspiele am PC gespielt wie diese kranken Amokläufer. Nein, ich bin einfach nur böse!!!!

Übrigens, den Penner musste ich unvorhergesehenermaßen töten. Der war zur falschen Zeit am falschen Ort. Was für ein Pech. Und das Beste kommt erst noch. Um Euch zu beweisen, dass ich der Größte bin und garantiert besser als dieses Arschloch, das sich an Nutten vergreift und Frauen im Wald auflauert, verrate ich Euch ein wenig darüber, wie es weitergehen soll. Ich weiß auch schon, wer als nächstes die Ehre hat, Bekanntschaft mit meinem Schwert zu machen. Dieses Mal wird es wieder ein Mann sein. Ihr kennt ihn. Ja, so langsam wird es spannend, nicht wahr? Aber ich kann Dir verraten Dennis, es ist noch lange nicht Schluss. Das Beste kommt erst noch. Wann ich ihn platt mache, kann ich noch nicht genau sagen. Ich denke, irgendwann in den nächsten zwei oder drei Tagen. Zurechtgelegt habe ich ihn mir schon, jetzt muss ich ihn mir nur noch nehmen. Gerne würde ich noch mehr verraten und kann mich kaum beherrschen. Aber sicher habt Ihr Verständnis dafür, dass das zum jetzigen Zeitpunkt noch nicht möglich ist.

Ihr seht von mir und hört von mir. Und jetzt schnell den Brief zu den Kriminaltechnikern gebracht und den Inhalt von den Psychologen analysieren lassen.

Husch, husch. Bis dann. Hochachtungsvoll, Ihr Tobias

Dennis ließ sich in seinen Schreibtischstuhl zurück fallen. Damit hatte er nicht gerechnet. „Hast Du einen Geist gesehen?", fragte Tatjana.
„So fühlt es sich an. Das hier ist ein Brief von Tobias."
„Wie bitte?"
Tatjana kam ungläubig angerannt. Gebannt starrte sie auf die Zeilen, die vor Dennis auf dem Schreibtisch lagen. Kurt kam aus seinem Büro und schielte den beiden über die Schulter. „Wir haben gerade eine Menge Mist am Hals, aber so bedröppelt müsst Ihr nun auch wieder nicht drein schauen, Leute. Was ist denn eigentlich los?"
Als er registrierte, was da vor den beiden auf dem Tisch lag und den Inhalt überflogen hatte, fasste er sich an die Backe und sagte: „Oh Mann. Das glaube ich einfach nicht. Wir müssen jetzt Ruhe bewahren und den Scheible, sowie die anderen Kollegen verständigen. Unsere Besprechung muss dringend vorverlegt werden. Der Brief wird nicht mehr angefasst und schnellstmöglich zur Untersuchung gebracht. Vielleicht ist ja doch was zu finden. Tatjana, bitte versuche herauszubekommen, wo der Brief aufgegeben wurde. Ich möchte, dass in fünfundvierzig Minuten alle im großen Besprechungsraum sitzen."
Aufgrund der aktuellen Ereignisse waren alle überpünktlich und hatten bereits zehn Minuten zu früh ihre Plätze im Besprechungsraum eingenommen.
Polizeirat Hans-Dieter Scheible eröffnete die Besprechung: „Meine Damen, meine Herren. Ich möchte vorwegschicken, dass die aktuelle Situation für uns alle nicht einfach ist. Die Ereignisse überschlagen sich und der Druck der Öffentlichkeit wächst verständlicherweise. Das ist zum Teil auch der „Sensationsgeilheit" der Medien geschuldet, aber bei fünf Morden innerhalb weniger Tage, müssen wir mit diesem Druck klar

kommen. Aufgrund der Sachlage ist eindeutig davon auszugehen, dass die Morde im Drei-Farben-Haus und im Buberleswald nicht auf das Konto von Tobias gehen, sondern von einer anderen, unbekannten männlichen Person verübt wurden. Ich möchte an Sie alle appellieren, nicht die Nerven zu verlieren und Ruhe zu bewahren. Wir haben eine schlagkräftige Mannschaft zusammengestellt und ich bin von der Qualität eines jeden von Ihnen restlos überzeugt. Wenn wir als Team zusammenstehen und uns gegenseitig helfen, anstatt uns durch persönliche Animositäten selbst das Leben schwer zu machen, dann werden wir diese Fälle lösen. Ich möchte nun zunächst Herrn Dr. Brandner bitten, uns auf den neuesten Stand der rechtsmedizinischen Untersuchungen zu bringen."

Hinter vorgehaltener Hand flüsterte Dennis Tatjana ins Ohr: „Gute Rede. So viel Profil hätte ich dem Scheible gar nicht zugetraut. Irgendwie glaube ich immer mehr, dass der eigentlich schwer in Ordnung ist."

„Das denke ich auch. Der hat es aufgrund seiner Körpergröße auch nicht gerade leicht. Der muss schon ein bisschen bissig sein, um sich den notwendigen Respekt zu verschaffen."

Dann schaute Tatjana mit einem abfälligen Blick zu Jessica Dornfeld hinüber und stieß Dennis in die Seite: „Wer ist eigentlich diese Zimtzicke da drüben? Ist das die Dornfeld? So eine Seelenklempnerin hat uns hier gerade noch gefehlt. Von der lasse ich mir ganz bestimmt nichts sagen!"

Dennis schüttelte verständnislos den Kopf: „Du hast schon gehört, was der Scheible eben gesagt hat? Tu mir einen Gefallen und geh mir nicht mit Deiner Ich-dulde-keine-andere-Henne-im-Stall-Nummer auf den Geist. Wir haben jetzt wirklich Wichtigeres zu tun. Und übrigens, wer ist hier wohl die Zicke?"

Beleidigt wandte sich Tatjana von Dennis ab und rückte schmollend einen Platz weiter, so dass zwischen den beiden nun ein Stuhl frei war.

Simon Brandner räusperte sich kurz, dann begann er mit seinen Ausführungen: „Da die Zeit drängt, werde ich mich auf die relevanten Fakten beschränken. Spektakuläre Neuigkeiten habe ich ohnehin leider nicht zu bieten. Linda Saskowitz wurde nach Peter-Michael Gruger getötet. Wir fanden Blutspuren von ihm auf ihrer Kleidung. Es handelt sich dabei nicht um Kontaktspuren, sondern definitiv um Blutspritzer. Dem Muster nach sind sie mit großer Wucht auf Linda Saskowitz aufgeprallt und können nur von einer, am lebenden Menschen verursachten Verletzung stammen. Saskowitz selbst wurde in unmittelbarer Nähe zu Gruger getötet. Todesursache war aber nicht die Enthauptung, sondern stumpfe Gewalt in Form eines Schlages von oben auf den Schädel, welcher zu einer schweren Fraktur mit Verletzung des Gehirns führte. Der Kopf wurde ihr erst danach abgetrennt. Bezüglich des Todeszeitpunktes haben sich meine ursprünglichen Einschätzungen bestätigt. Beide starben zwischen Mitternacht und 0.30 Uhr. DNA-Spuren des Täters wurden weder bei Gruger noch bei Saskowitz gefunden. Es wurden lediglich am linken Ärmel und an der linken Schulterpartie von Frau Saskowitz´ Jacke Textilfasern gefunden, die zu einer dunkelgrünen Herrenjacke einer Schweizer Nobelmarke gehören. Diese könnten unter Umständen vom Täter stammen. Die Jungs von der Technik haben Versuche durchgeführt und dabei festgestellt, dass der Fasertransfer zustande gekommen sein könnte, indem sich Linda Saskowitz mit dem linken Arm bei einer etwas größeren Person, so circa 1,80 Meter groß, untergehakt hatte. Diese Körpergröße würde sowohl zu Tobias, als auch zu der anderen gesuchten Person passen. Da es ja aber mittlerweile

außer den Nachrichten am Tatort ein weiteres Bekennerschreiben gibt, dürfte die Frage nach dem Täter in diesen Fällen nun endgültig geklärt sein.
Der Mord im Wald bei Botnang wurde, ebenso wie der Mord im Drei-Farben-Haus, von einem Linkshänder verübt. Manuela Däumler wurde genau wie Katja Pradova durch sehr viele Messerstiche förmlich abgeschlachtet. Um genauer zu sein, waren es zweiundfünfzig Stiche, wobei ein Stich in die rechte Halsschlagader tödlich gewesen sein dürfte. Sie wurde anschließend tot in das Kneippbecken geworfen. In ihren Lungen befand sich kein Wasser. Das schließt einen Tod durch Ertrinken aus. In ihrer Mundhöhle fanden sich Teile von Blättern und kleinen Ästen, sowie eine größere Anzahl an Leichenteilen von Kleinstlebewesen, die aus dem Wasser des Kneippbeckens stammten. Entsprechende Proben haben das bestätigt. Durch den starken Regen sind die Tiere praktisch erschlagen worden und haben sich im Becken angehäuft. Weder am Tatort noch an der Leiche fanden sich, sicherlich auch witterungsbedingt, DNA-Spuren oder sonstige Spuren des Täters. Und trotz der eindeutigen Kampfspuren, konnten keine verwertbaren Schuhabdrücke sichergestellt werden. Unter Einberechnung der Wassertemperatur und der Hautveränderungen durch die Lage im Wasser, kann der Todeszeitpunkt ziemlich genau auf 19.45 Uhr festgelegt werden."
„Welche Hautveränderungen meinen Sie, Herr Dr. Brandner? Und von welcher Lage im Wasser sprechen Sie?", fragte Tatjana dazwischen, die offensichtlich wieder aus dem Schmollwinkel zurückgekehrt war.
„Die Leiche wurde mit dem Gesicht nach unten gefunden und hatte in dieser Position auch definitiv längere Zeit gelegen. Eine Leiche geht im Wasser zunächst immer unter. Das Bild einer frischen Wasserleiche, die an der Oberfläche treibt, gibt es nur in

Filmen. Erst durch Gase, die Tage später im Rahmen der Fäulnis entstehen, bekommen die Leichen Auftrieb. Frau Däumler war mit dem Gesicht nach unten auf den Boden des niedrigen Beckens gesunken. Durch den starken Sturm kam es zu einer Wellenbildung, durch welche sie über den Boden hin und her geschleift wurde. Daraus resultierten die charakteristischen Abschürfungen an der Stirn, an beiden Handrücken und den Knien. Durch die Lage im Wasser kam es außerdem zu einer Runzelung der Haut, anhand deren Ausprägung auf die Liegezeit im Wasser geschlossen werden konnte", antwortete Simon Brandner nun doch wesentlich ausführlicher, als er zunächst vorgehabt hatte.
Herr Scheible bedankte sich bei ihm und bat nun Frau Dornfeld um weitere Einschätzungen zu den Charakteren der gesuchten Personen und neue Erkenntnisse aus dem Brief.
Nach Dennis Geschmack holte auch sie etwas zu weit aus und wiederholte vieles, das bereits bekannt war. Allerdings war dies für Tatjana, auch wenn sie es sicher nicht zugeben würde, optimal, um wieder voll auf den neuesten Stand zu kommen. Dennis wollte die Gelegenheit nutzen um kurz auf das nahe gelegenen Herren- WC zu gehen. Auf dem Gang machte sich der Essensgeruch aus der Kantine breit und Dennis überkam dabei ein mächtiges Hungergefühl. Da es aber aufgrund der Besprechung keine Zeit zum Mittagessen geben würde, beschloss er kurzerhand über einen Pizza-Service, zwei Party-Pizzen für das gesamte Team bestellen zu lassen. Die Kollegen würden sich bestimmt freuen und außerdem wäre ein gemeinsames Pizza-Essen auch gut fürs „Team-Building". Frau Dornfeld würde ihm sicher zustimmen. Also beauftragte er Holger Grünbaum mit der Bestellung auf den Namen Rathvan. Als er nach einigen Minuten wieder den Besprechungsraum betrat, war Jessica Dornfeld noch mitten in ihrem Vortrag.

„Merkwürdigerweise entspricht das Schriftbild etwa dem eines zehn- bis zwölfjährigen Jungen. Seine Formulierungen sind aber alles andere als kindlich. Er ist durchaus in der Lage, sich gewählt auszudrücken, was ein gewisses Bildungsniveau voraussetzt. Gleichermaßen wechselt er aber gelegentlich sprunghaft zu einer eher vulgären Ausdrucksweise, wenn er wütend wird. Das spricht dafür, dass er leicht die Kontrolle verliert und zum Jähzorn neigt. Der andere Mörder macht ihn wütend. Seiner Meinung nach beansprucht dieser einen Teil der ihm gebührenden Aufmerksamkeit. Er hält ihn für einen unwürdigen Gegner im Wettstreit um die „schöneren Morde". Er ist sehr von sich überzeugt. Er spricht von Werken und glaubt somit wohl, seine Morde hätten etwas mit Kunst zu tun. Das unterstreicht er durch geschlossene Formulierungen, er stellt keine Fragen. Außerdem neigt er zur Distanzlosigkeit, indem er auf einmal zum „Du" wechselt und von „Ihr" und „Euch" schreibt. Er hat sich sozusagen in Rage geschrieben, am Ende aber noch mal die Kurve bekommen und Haltung bewahrt."
Kurt fragte offen in die Runde: „Wen meinte er eigentlich mit „Ihr"? Die Frage ist, kennt er uns womöglich? Hat er uns schon einmal gesehen? Was steckt hinter dem merkwürdigen Hinweis auf sein nächstes Opfer? Er behauptet, wir würden es kennen?! Gibt es unter uns oder im Präsidium jemanden, der in letzter Zeit eine solche Person kennengelernt hat oder ihr begegnet ist? Wir müssen auch unsere Freunde und Familien dahin gehend abklopfen. Dabei ist auch wichtig, die Aufnahmen der Schaulustigen am Tatort genau unter die Lupe zu nehmen. Vielleicht hat er uns bei der Arbeit beobachtet. Zugegebenermaßen ist die Chance, dass er so dumm war und sich dort gezeigt hat nicht besonders groß, aber wer weiß das schon bei so einem Profilneurotiker? Ich bin auch der Meinung, dass wir dem einen oder

anderen Journalisten etwas auf den Zahn fühlen sollten. Ihr Einverständnis natürlich vorausgesetzt, Herr Scheible."

Dieser nickte zustimmend, gab aber zu bedenken: „Die Presseleute müssen aber vorsichtig und mit gebührender Höflichkeit behandelt werden. Wenn wir die noch weiter gegen uns aufbringen, tun wir uns keinen Gefallen."

„Habe schon verstanden!", winkte Kurt ab.

Als die Besprechung fast zu Ende war, klopfte es an der Türe und Holger Grünbaum trat mit einem schelmischen Grinsen ein. „Entschuldigung, Dennis. Die bestellten Party-Pizzen wurden eben geliefert. Es gab etwas Verwirrung bezüglich des Namens, auf den die Bestellung lautete."

„Wieso? Ich habe Dich doch gebeten, die Bestellung auf meinen Namen aufzugeben, oder etwa nicht?"

„Ja, ja, das hast Du. Ich habe mich auch daran gehalten. Offenbar gab es aber ein akustisches Missverständnis, denn der Bote hat die Bestellung für einen gewissen Kommissar Brathahn bei mir abgeben wollen. Ich habe ihm gesagt, ich würde diesen Kommissar eben holen gehen, denn der sei auch für die Rechnung zuständig."

Gelächter machte sich in der Runde breit. Kurt sagte daraufhin etwas spöttisch: „Na, Du Gockel, dann gib dem guten Mann mal sein Geld. Aber danke für die Einladung. War eine tolle Idee. Ich habe einen Mörder-Kohldampf!"

„Ich möchte Sie doch sehr bitten, Herr Schockenried. Diese Formulierung halte ich in der augenblicklichen Situation für völlig unangebracht!", keifte Tatjana und drückte dabei wieder die Stimmung, die sich gerade eben erst etwas gelockert hatte.

Hinter Holger trat ein mit Schildmütze und wetterfester Jacke bekleideter Pizza-Bote in Erscheinung und fragte schüchtern: „Ich bitte vielmals um Entschuldigung, aber wer ist denn nun der Kommissar mit dem seltsamen Namen? Ich bekomme bitte noch siebenunddreißig Euro und fünfzig Cent von Ihnen. Da ist der Rabatt für die zehnte Bestellung in diesem Jahr bereits mit eingerechnet. Ich muss dann auch ganz schnell weiter, denn meine Pizzen warten im Auto auf mich und müssen möglichst warm an die nächsten Kunden geliefert werden. Wo darf ich abstellen?"

Dennis drückte ihm etwas missmutig vierzig Euro in die Hand und verzichtete auf das Rückgeld. Als der Pizza-Bote sich höflich bedankt hatte und bereits fast zur Türe raus war, konnte Dennis doch nicht an sich halten und rief ihm hinterher: „Ich heiße übrigens Rathvan. R-A-T-H-V-A-N. So schwer ist das nun auch wieder nicht, oder?"

Der junge Mann drehte sich nochmals um und entgegnete: „Tut mir leid, Herr Kommissar. Ich werde es mir merken. Beehren Sie uns bitte bald wieder mit einer Bestellung."

Mit einem Stück Salamipizza in der einen und einem Glas Leitungswasser in der anderen Hand, standen Kurt und Dennis am Fenster des Besprechungsraumes mit „romantischem" Ausblick auf den Parkplatz im Innenhof, auf dem auch ihre beiden Autos geparkt waren. „Wann willst Du Dir eigentlich endlich mal ein neues Auto zulegen? Die alte Rostlaube hat ja noch nicht einmal elektrische Fensterheber?", fragte Dennis provozierend.

Kurt schmunzelte: „Wenn Tatjana von Senden eines Tages heiratet, dann stelle ich mit meinem neuen Wagen das Hochzeitsauto."

„Du weißt genau, dass kein Mann sehenden Auges eine zwanghafte und notorische Mecker-Zicke heiraten würde. Außerdem bin ich mir ganz sicher, dass Du so ziemlich der Letzte wärst, den sie zu ihrer Hochzeit einladen würde."

22.

Gerda Breuning und Thea Reinhardt waren an diesem Morgen aufgrund des schönen Wetters schon wesentlich früher zu ihrem obligatorischen Frühsport aufgebrochen als sonst. Der Sommer war nochmals unverhofft zurückgekehrt, obwohl sich das Laub in diesen September-Tagen schon deutlich verfärbt hatte und die Blätter immer zahlreicher von den Bäumen fielen und dadurch den Schwaben wesentlich mehr Arbeit bei der Kehrwoche bescherten.

Die beiden Schwestern lebten seit viereinhalb Jahren zusammen in dem schönen alten Haus der Familie Reinhardt an der Doggenburg. Nachdem Gerda Breuning ihren Ehemann über Jahre zu Hause gepflegt hatte und dieser 2007 einem schweren Krebsleiden erlegen war, verkaufte sie die gemeinsame Eigentumswohnung und zog in das große Haus zu ihrer Schwester, die bereits seit elf Jahren Witwe war. Sie hatten jeweils zwei Kinder, die aber mit ihren Familien auf der ganzen Welt verstreut lebten und nur sehr selten nach Hause kamen, um den beiden einen Besuch abzustatten.

Heute hatten sie nur dünne Trainingsjacken über die T-Shirts gezogen und machten sich mit ihren Walking-Stöcken auf ihre Strecke, die sie mindestens fünfmal pro Woche in flottem Tempo absolvierten. Ihr Weg führte sie über die Robert-Bosch-Straße zu den Serpentinen, die sich hinauf zum Bismarckturm schlängelten. Der Weg war nur Fußgängern und Fahrradfahrern zugänglich. Immer wieder blieben sie stehen und schauten aus einer von Stuttgarts schönsten Höhenlagen auf den Talkessel hinunter, in dem die Stadt lag. Der Bismarckturm befand sich im Stadtgebiet Lenzhalde. Er wurde Ende des 19. Jahrhunderts von der Studentenschaft der Technischen Hochschule Stuttgart initiiert und später, wie viele andere Bismarcktürme, nach dem Entwurf „Götterdämmerung", von Wilhelm Kreis gebaut. Wegen der tollen Aussicht war hier vor allem an Silvester die Hölle los. Gerda und Thea beschlossen, wie fast jedes Mal, direkt am Bismarckturm eine Pause zu machen, um ihr Gymnastikprogramm, bestehend aus Dehn- und Kraftübungen, durchzuführen. Die Gefahr einer Erkältung war ja bei diesem schönen Wetter nicht so groß. Als sie dem Turm näher kamen, wunderten sie sich, dass schon andere Personen da waren. Das war für die frühe Uhrzeit äußerst ungewöhnlich und obendrein waren sie heute noch eine Stunde früher dran als sonst. Sie dachten sich zunächst nichts weiter dabei und vermuteten, dass die Personen ebenfalls zum Frühsport unterwegs waren.

Sie sahen zwei Männer die sich auf der unteren von zwei hohen Stufen, die terrassenartig um den Turm herum gebaut waren, befanden und sich zu streiten schienen. Je näher sie kamen, desto merkwürdiger erschien ihnen die Situation. Die Männer bemerkten offensichtlich ihr Kommen nicht.

Einer der beiden, ein schwarzhaariger Mann um die Fünfzig, lag nun mittlerweile auf dem Boden und versuchte sich immer wieder vergeblich zu erheben, doch der andere hatte den Fuß mit vollem Gewicht auf seinen Brustkorb gestellt und hinderte ihn offensichtlich mit Gewalt am Aufstehen. Thea griff vor Schreck nach Gerdas Arm und schrie: „Oh mein Gott, der hat ja ein Schwert! Bitte tun Sie dem Mann nichts!"

Wie ein aufgeschrecktes Tier drehte der wesentlich jüngere der beiden Männer seinen Kopf in die Richtung, aus der er die Schreie hörte und entdeckte die beiden Damen. Scheinbar ruhig und mit starrem Blick fixierte er sie. Er war etwas außer Atem und sie konnten erkennen, wie sich sein Brustkorb schnell hob und wieder senkte. Ansonsten zeigte er keinerlei Regung. Sie blieben wie angewurzelt stehen und ihre Beine gehorchten nicht mehr ihrem Willen, der ihnen sagte, sie sollten so schnell wie möglich wegrennen. Dann passierte das Unfassbare. Der Mann erhob ganz langsam und fast so, als wollte er sie provozieren, seinen rechten Arm und reckte das Schwert in die Höhe. Im Glanz seiner Schneide spiegelten sich die Lichtstrahlen der Morgensonne. Der am Boden liegende Mann flehte panisch um sein Leben. Der Blick des Angreifers wandte sich nun ganz langsam wieder seinem Opfer zu, als wollte er ihm noch einmal tief in die Augen schauen, bevor er ihn tötete.

Nach einer ausholenden Bewegung sauste sein rechter Arm auf den Kopf des Älteren zu und im nächsten Moment spritzte, auf ein fürchterliches Geräusch folgend, das Blut in Fontänen nach oben und klatschte gegen das Gemäuer.

Gerda riss sich nun von Thea los und brüllte ihre Schwester an: „Los Thea, lauf. Renne um Dein Leben! Der hat ihm den Kopf abgeschlagen!“

Beide warfen ihre Stöcke weg, um schneller laufen zu können und versuchten bergab über das vom Morgentau noch feuchte Gras zu flüchten und stürzten dabei immer wieder. Getrieben von der Angst um ihr Leben, verspürten sie jedoch keine Schmerzen. Als sie etwa fünfzig Meter weit gekommen waren und den erwarteten Verfolger nicht hinter sich spürten, blieben sie stehen und drehten sich um. Der Bismarckturm wurde vom hellen Licht eines neuen Spätsommertages angestrahlt. Der Mörder war nicht mehr zu sehen.

23.

Dennis saß auf dem Beifahrersitz und Tatjana auf der Rückbank von Kurts Passat, während dieser fluchend versuchte, seinen Wagen an den endlosen Blech-Kolonnen der morgendlichen Rush-Hour vorbei zu lenken. Um den schlimmsten Stau zu umgehen, fuhren sie über die Birkenwaldstrasse nach Stuttgart-Nord. Sie passierten das alte Messegelände am Killesberg, wo ein österreichischer Großinvestor ein neues Quartier entstehen ließ. Hier also würde sein Kumpel Mark in den ersten Monaten des neuen Jahres seine orthopädische Praxis eröffnen, dachte sich Dennis. Vom Rücksitz aus hatte Tatjana eine gute Sicht auf den Kofferraum des Kombis und leider wurde durch einen dort liegenden Gegenstand ihr Geruchssinn stark belästigt. Dort lag eine schmuddelige, orange-blau gestreifte Decke, die eindeutig nach feuchtem Hund roch. Diese Decke war doch mindestens so alt wie das Auto dachte sie sich und kämpfte damit, den immer wiederkehrenden Würgereiz zu unterdrücken.

Als sie kurze Zeit später an dem kleinen Parkplatz oberhalb des Bismarckturmes ankamen, riss sie die Türe auf, sprang aus dem Wagen und rang förmlich nach Luft, denn sie hatte diese in ihrer Verzweiflung über die letzten neunzig Sekunden angehalten.

„Was hat sie denn schon wieder?“, fragte Kurt verwundert.

„In diese Kiste bringt mich keiner mehr rein. Da wimmelt es ja nur so von Flöhen. Und der Gestank nach nassem Hund und kaltem Rauch ist unerträglich!“, keifte Tatjana.

Kurt schüttelte verständnislos den Kopf: „Was haben die Frauen bloß alle gegen mein schönes Auto? Brigitte hat sich neulich in ähnlich abfälliger Weise geäußert. Ich finde das äußerst respektlos."

Dennis versuchte zu schlichten: „Na ja, um ganz ehrlich zu sein, ein olfaktorisches Vergnügen ist die Fahrt in deinem Auto nun nicht gerade und die Haare Deines Hundes bekommt man ein halbes Jahr lang nicht mehr aus den Klamotten. Sicherlich ist das aber noch lange kein Grund, gleich hysterisch zu werden."

„Von wegen hysterisch. Du kannst mich mal, Dennis!", zischte Tatjana und stapfte davon.

Der leblose Körper von Marinus Schade lag auf dem Rücken, den Kopf zur linken Seite gedreht. Er trug einen schicken weinroten Trainingsanzug und Laufschuhe. Offensichtlich war er heute Morgen zum Joggen hier unterwegs gewesen. Aufgrund der hügeligen Beschaffenheit der Landschaft, bot die Gegend um den Bismarckturm keine ideale Laufstrecke, wurde aber trotzdem von den Anwohnern der umliegenden Wohngebiete als solche genutzt. Marinus Schade war ein mehr oder weniger bekannter Lokalpolitiker, der in den letzten Monaten durch seine klare Positionierung pro Stuttgart-21 immer mehr in den Fokus der Öffentlichkeit gerückt war. Vor etwa zwei Wochen hatte er sich einer hitzigen Podiumsdiskussion gestellt, die hauptsächlich von Gegnern des Projekts besucht war. Durch seine wenig tolerante Haltung gegenüber den Kritikern, hatte er sich mit Sicherheit nicht nur Freunde gemacht.

„Womöglich müssen wir den Mörder in den Kreisen der militanten Parkschützer suchen", frotzelte Kurt und fügte scherzhaft noch hinzu: „Besorgt mir doch bitte schon einmal eine Liste über die Landtagsabgeordneten der Grünen und der Linken." Dieser Witz stieß bei Dennis auf wenig Verständnis und er beschloss, die Bemerkung einfach zu ignorieren.

„Wir haben eine vollkommen neue Situation. Wir können ihn kriegen“, sagte Tatjana entschlossen. „Er wurde gesehen und auf frischer Tat ertappt. Die beiden älteren Damen, Thea Reinhardt und Gerda Breuning, haben aus einer Entfernung von etwa zwanzig Metern alles mitverfolgen können.“

„Und wo sind diese beiden Damen jetzt, wenn man fragen darf?“, wollte Kurt wissen.

„Die stehen verständlicherweise unter Schock und werden gerade ärztlich versorgt. Sie wohnen nicht weit von hier an der Doggenburg“, antwortete Tatjana.

„Gut. Sobald sie vernehmungsfähig sind, müssen sie schnellstmöglich befragt werden“, sagte Kurt und schaute dabei im Wechsel Dennis und Tatjana an. Tatjana erklärte sich sofort bereit, den beiden Damen einen Besuch abzustatten.

„Ich übernehme das gerne. Denn auf keinen Fall werde ich noch ein weiteres Mal in Ihren stinkenden Flohzirkus auf Rädern steigen. Ich fahre dann mit den Kollegen der Schutzpolizei zurück in die Stadt, oder nehme den Bus.“

Als sich Tatjana wortlos aus dem Staub gemacht hatte, klingelte Kurts Handy und er nahm ab. Holger Grünbaum klang sehr aufgeregt als er sich meldete.

„Hallo Kurt, hier spricht Holger. Soeben sind die Ergebnisse der kriminaltechnischen Untersuchung des Tobias-Briefes eingegangen. Er hat uns leider die Wahrheit gesagt. Das Papier ist günstiges Druckerpapier, das in den letzten Monaten massenhaft verkauft wurde und der Kugelschreiber lässt sich in der Tat überhaupt nicht zurückverfolgen. Weder am Brief, noch am Umschlag wurden unbekannte Fingerabdrücke gefunden und auch keine DNA oder sonstige Spuren, deren Herkunft nicht geklärt werden konnte. Der Umschlag und die Briefmarke waren selbstklebend. Die Umschläge können im Fünfziger-Pack gekauft werden und bei der Briefmarke handelt es sich um eine stinknormale 55 Cent Marke, wie sie jeder zu Hause haben könnte. Wir konnten den Weg des Briefes rekonstruieren. Er wurde vorgestern irgendwann zwischen den beiden Leerungen um 12.00 Uhr und um 16.45 Uhr in einen Briefkasten an der Schmidener Straße in Bad Cannstatt eingeworfen. Es gibt dort keine Überwachungskameras oder Ähnliches in der Nähe, auch nicht in den umliegenden Geschäften. Die Kollegen haben sich dort bereits umgehört. Niemandem war an diesem Tag eine merkwürdige oder verdächtige Person in der Gegend aufgefallen. Der Briefkasten wird jetzt selbstverständlich überwacht. Vielleicht ist er ja blöd genug, dort nochmals Post einzuwerfen. Es gibt da aber noch eine Sache und die ist ziemlich merkwürdig."

„Was denn jetzt noch?" knurrte Kurt.

„Die Untersuchung durch mehrere, voneinander unabhängige Graphologen hat ergeben, dass es sich sowohl im Brief, als auch bei den beiden Nachrichten, die bei den Leichen von Linda Saskowitz und Peter-Michael Gruger gefunden wurden, wie vermutet um die Schrift eines etwa zehn- bis zwölfjährigen Jungen handelt. Der Brief ist zwar mit der rechten Hand geschrieben, aber nach Expertenmeinung nicht von einem echten Rechtshänder."

„Was soll das bedeuten?"

„Die Graphologen und Frau Dornfeld sind sich einig darüber, dass es zwei Möglichkeiten dafür geben kann. Es könnte sein, dass ein Linkshänder absichtlich mit der rechten Hand geschrieben hat, um eine Rechtshändigkeit vorzutäuschen. Das ist allerdings unwahrscheinlich, da die Schrift hierfür wiederum zu gut und zu flüssig ist. Viel wahrscheinlicher ist, dass wir es mit einem ursprünglichen Linkshänder zu tun haben, der sozusagen umerzogen wurde und sich eine Dominanz der rechten Hand angeeignet hat."

Als Kurt aufgelegt hatte, erzählte er Dennis von den neuen Erkenntnissen und stellte sich selbst laut die Frage: „Warum haben die Briefe und Nachrichten die Schrift eines Kindes? Lässt er ein Kind für sich schreiben? Wenn ja, würde das heißen, dass er selbst Kinder hat?"

„Nicht unbedingt", antwortete Dennis. „Es könnte auch sein, dass er beruflichen oder anderweitigen privaten Kontakt zu Kindern hat. Vielleicht arbeitet er als Lehrer oder Betreuer?"

„Oder als Kinderkrankenpfleger, wie Sandro Panucci!", entgegnete Kurt wie aus der Pistole geschossen. „Wir haben eine Menge zu tun, Dennis. Während Tatjana mit den beiden älteren Damen spricht, müssen wir uns im privaten und vor allem beruflichen Umfeld von Marinus Schade umhören. Auch wenn meine Bemerkung über die Politiker und die Parkschützer vorhin etwas unqualifiziert war, so könnte da durchaus etwas dran sein. Außerdem müssen wir nochmals alle Krankenpfleger des Olgahospitals unter die Lupe nehmen und deren Aussagen und Alibis auf Ungereimtheiten überprüfen. Dennis, ich glaube wir sind dem Schweinehund ganz dicht auf den Fersen. Er beginnt, in seiner grenzenlosen Überheblichkeit Fehler zu machen."

Dennis nickte ebenfalls hoffnungsvoll. Das erste Mal in den vergangenen zehn Tagen hatte auch er wieder ein gutes Gefühl, so absurd das klingen mochte beim Anblick einer Leiche, der fast der Kopf abgeschlagen worden war und angesichts der Unmengen getrockneten Blutes. „Vorausgesetzt hier war kein Trittbrettfahrer oder Nachahmer am Werk, dann geht dieser Mord auf das Konto von Tobias und nicht von unserem Kapuzenmann. Wir haben Zeugen, die Tobias gesehen haben und noch am Leben sind. Und damit kann er identifiziert werden. Diese Tatsache wird ihn nervös machen."

Als Kurt und Dennis gerade den Tatort verlassen wollten, sahen sie den reichlich verspätet dort eintreffenden und gestresst wirkenden Simon Brandner mitsamt seinem rechtsmedizinischen Gefolge, das er wie eine Schülergruppe um sich scharte.

„Sorry, Leute, aber die vielen Leichen in letzter Zeit bringen selbst meine Kapazitäten in Bedrängnis. Es ist ja auch nicht so, dass ich sonst nichts zu tun hätte. Wo ist denn die Leiche des Politikers?"

Dennis zeigte zum Turm. „Gleich da drüben, Simon. Immer dem Geruch des Blutes nach, dann kannst Du sie auf keinen Fall verfehlen."

Dr. Brandner lächelte zynisch und machte sich dann wortlos auf den Weg zum Tatort, wobei er sich bemerkenswerter Weise seine Tasche von einem jungen Assistenten tragen ließ.

„So schön wie der möchte ich es auch einmal haben", sagte Kurt zu Dennis in der vagen Hoffnung, dieser würde ihm anbieten, künftig auch als sein Packesel zu fungieren.

24.

Im Wohngebiet an der Doggenburg standen viele altehrwürdige Häuser, die teilweise villenartigen Charakter hatten und sich in bester Halbhöhenlage befanden. Tatjana ging staunend durch die Straßen. Manche der alten Häuser waren aufwändig und sicher teuer saniert worden. Viele waren bestimmt seit Generationen in Familienbesitz und die Tradition, die sie ausstrahlten, war beinahe greifbar. Es waren auch einige neuere Bauwerke darunter und Tatjana hatte sich schon oft gefragt, woher all die Leute so schrecklich viel Geld hatten, um sich bei den Stuttgarter Immobilienpreisen eine solche Residenz leisten zu können. Sie selbst war nicht an Reichtum gewöhnt, denn sie verbrachte einen Großteil ihrer Kindheit in der DDR. Natürlich wussten sie damals auch alle, dass es eine Oberschicht gab, die sich unter dem Deckmantel des Kommunismus die eigenen Taschen füllte, während das Volk beim Konsum um die Ecke Schlange stehen musste, wenn es ausnahmsweise wieder einmal Orangen gab. Aber das Gute daran war, dass es keinen materiellen Neid unter ihnen gab. Nach der Wende blieb sie mit Ihrer Familie in der Nähe von Chemnitz wohnen, bevor sie nach einem abgebrochenen Tiermedizinstudium in Jena, im Jahre 2001 gemeinsam mit ihrem Bruder Maik nach Stuttgart kam und ihre Ausbildung bei der Polizei begann. Ihr Bruder war mittlerweile nach Rostock gezogen, wo er als freier Journalist arbeitete. Seit vier Jahren war sie mit ihrem Freund Jörg Maurer zusammen und seit drei Jahren bewohnten sie gemeinsam eine Dreizimmerwohnung in

Sillenbuch. Sie würde ihn sehr gerne heiraten, wartete jedoch bisher vergeblich auf einen Antrag.
Tatjana war unnahbar, schnippisch und pedantisch. So jedenfalls wirkte sie auf ihre Umwelt und hatte deshalb auch nicht viele Freundinnen und Freunde. Wer sie allerdings besser kannte, wusste, dass sich hinter dieser Fassade ein liebevoller Mensch verbarg, der einfach nur versuchte, seine vielen Ängste und Sehnsüchte mit den Anforderungen des Alltages in Einklang zu bringen.
Da Thea Reinhardt und Gerda Breuning unter Polizeischutz standen, waren mehrere Kollegen anwesend, als Tatjana die große Eingangshalle des Hauses betrat. Im Haus war es blitzsauber und kein bisschen muffig, also ganz nach Tatjanas Geschmack. Sicher hatten die beiden Damen ein ganzes Heer an Reinigungskräften. Sie betrat ein großes salonartiges Zimmer, in dem die beiden Damen trotz der sommerlichen Außentemperaturen in Decken eingewickelt auf ihrem alten Diwan saßen. Während Thea Reinhardt kreidebleich war und mit starrem Blick auf ihre Teetasse schaute, die sie mit beiden Händen fest umklammerte, war Gerda Breuning bereits wieder recht munter und begrüßte Tatjana. „Guten Tag, Frau Kommissarin. Wie schön, dass Sie sich um uns kümmern wollen."
Nach einer kurzen Begrüßung kam Tatjana gleich zur Sache:
„Ich nehme an, dass sie in den letzten Tagen von den Morden in Stuttgart gehört haben. Wir gehen davon aus, dass der Mann, den Sie heute beobachtet haben, für drei weitere dieser Morde verantwortlich ist. Er ist zwar bisher auch schon in Erscheinung getreten, aber Sie sind die Ersten, die ihn bewusst gesehen haben und obendrein Augenzeuginnen eines Mordes wurden, den er zu verantworten hat. Daher möchte ich Sie bitten, dass Sie mir beide nochmals in allen Einzelheiten erzählen, was passiert

ist und was Sie gesehen haben. Jedes Detail kann von größter Bedeutung sein."

Aus Gerda Breuning sprudelte die Geschichte nur so heraus und auch Thea Reinhardt taute zusehends auf. Es war angenehm zu verfolgen, wie die beiden Damen trotz der großen Aufregung stets Rücksicht aufeinander nahmen und sich nie ins Wort fielen oder einander kritisierten. Das zeugte von einer gewissen Klasse und sie hatten offensichtlich beide im Laufe ihres Lebens gelernt, wie man seinem Gegenüber den gebührenden Respekt im Rahmen einer Konversation erweist. Und diesen gegenseitigen Respekt schienen sie bis ins hohe Alter zu bewahren.

Als sie in aller Ausführlichkeit geschildert hatten, was passiert war, ergänzte Thea Reinhardt: „Auf mich machte dieses Wesen keinen menschlichen Eindruck. Er war wie ein Tier, das sich seine Beute gerissen hat und sie dann eiskalt erlegt. Er hat den Moment genossen und förmlich zelebriert. Er hat so lange sein Schwert in die Luft gehalten und gewartet bis die Angst des am Boden liegenden Mannes am größten war, und dann hat er zugeschlagen. Es hat ihm Spaß gemacht, da bin ich mir sicher."

„Hat er etwas zu Ihnen gesagt? Konnten Sie seine Stimme hören?"

„Nein", antwortete Gerda Breuning.

„Er hat während der ganzen Zeit kein einziges Wort von sich gegeben und das machte alles irgendwie noch unheimlicher. Er hat uns ganz bestimmt bemerkt, denn er sah uns eine ganze Weile fast regungslos an. Warum er uns laufen lassen hat? Ich weiß es nicht. Das grenzt an ein Wunder. Ich hatte solche Angst. Ich glaube behaupten zu können, so sehr wie niemals zuvor in meinem Leben."

„Wahrscheinlich sind wir gerade noch rechtzeitig davon gerannt", fügte Thea Reinhardt hinzu.

„Das denken wir auch", bestätigte Tatjana.
„Es wäre zu riskant für ihn gewesen, Sie den Berg hinunter zu verfolgen. Der Hügel ist bereits aus größerer Entfernung völlig frei einsehbar und er hätte noch andere Zeugen zu befürchten gehabt. Um diese Uhrzeit musste er mit weiteren Passanten rechnen. Die Sonne war bereits aufgegangen und viele Hunde drängten ihre Herrchen zum Gassi gehen. Außerdem waren Sie zu zweit und hätten ihm somit auch das Leben ganz schön schwer machen können. Ich glaube, dass Sie ihn gestört haben, bevor er die Tat, wie er sie eigentlich geplant hatte, vollenden konnte. Sein Plan wurde durchkreuzt und das wird ihn wütend machen. Damit besteht für Sie beide bis auf Weiteres eine erhöhte Gefahr, seiner Rachlust ausgesetzt zu sein. Nach allem, was wir bisher von ihm wissen, ist es aber eher unwahrscheinlich, dass er Ihnen etwas antun wird. Denn er muss damit rechnen, dass Sie unter unserem Schutz stehen. Diesen Schutz kann ich Ihnen übrigens für die nächste Zeit absolut zusichern. Rund um die Uhr wird ein Streifenwagen mit zwei Polizeibeamten vor Ihrem Haus stehen."
„Das ist sehr freundlich von Ihnen, Frau von Senden. Da fühlen wir uns auf jeden Fall etwas sicherer", bedankte sich Thea Reinhardt.
Tatjana zückte einen Notizblock: „Ich würde gerne noch einmal auf sein Äußeres zu sprechen kommen. Bitte versuchen Sie sich zu erinnern, und ihn so genau wie möglich zu beschreiben."
„Na ja, so genau kann ich da leider nichts dazu sagen. Er war ja doch einige Meter entfernt von uns gewesen und das Ganze ging recht schnell. Und außerdem hatten wir ja eine solche Angst. Ich weiß nur, dass er eine Mütze trug und einen dunklen Trainingsanzug", versuchte sich Thea Reinhardt zu erinnern.

„Und weiße Turnschuhe mit einem neongelben Streifen. Das waren aber keine normalen Turnschuhe, sondern solche, die bis über den Knöchel gingen", ergänzte Gerda Breuning.
Tatjana notierte fleißig während sie weiterfragte.
„Welche Farbe hatte die Mütze? Hatte Sie vielleicht ein auffälliges Muster oder einen Schriftzug?"
„Es war so eine schwarze Wollmütze. An ein Muster oder einen Schriftzug kann ich mich nicht erinnern. Der Mann war schlank und ungefähr so groß wie ihr Kollege da draußen."
„War er kräftig?"
„Nein, eigentlich war er eher schmächtig, nicht wahr Thea?"
Die Damen waren sich bei der Beschreibung weitestgehend einig, wobei Tatjana sich wesentlich mehr Details zu Tobias erhofft hatte. Sie stand auf und reichte den beiden Damen zum Abschied die Hand. „Vielen Dank, meine Damen. Sie haben uns sehr geholfen und ich habe mich gefreut, Ihre Bekanntschaft zu machen. Es kommt bald noch ein weiterer Kollege vorbei, der mit Ihnen gemeinsam versuchen wird, am Computer ein Phantombild zu erstellen. Sollten Sie in der nächsten Zeit irgendetwas benötigen oder Hilfe brauchen, zögern Sie bitte nicht, sich an uns zu wenden."

25.

Kurt Schockenried und Hans-Dieter Scheible hatten um 10.30 Uhr einen Termin im Rathaus, um mit einem guten Freund und Parteikollegen von Marinus Schade zu sprechen. Da Herr Scheible nicht besonders überzeugt von Kurts diplomatischen Fähigkeiten war, beschloss er, ihn zu begleiten.

„Mit den Leuten im Rathaus sollten wir es uns nicht verscherzen, Herr Schockenried. Die können einem ganz gehörig auf die Füße treten und schließlich sind unsere Budgetverhandlungen für das nächste Jahr noch nicht abgeschlossen. Und Sie wollen doch bestimmt nicht, dass wir noch weitere Einsparungen vornehmen müssen, oder?"

Kurt antwortete bissig: „Ich wüsste wirklich nicht, wo in unserer Abteilung noch Einsparungspotential wäre, außer vielleicht beim Klopapier. Man könnte es unter Umständen rationieren. Wie wäre es mit zehn Blatt pro Hintern und Tag?"

„Sehr witzig, Herr Schockenried. Ich wollte Sie einfach bitten, mit der gebotenen Zurückhaltung vorzugehen."

Auf dem Weg zum Rathaus konnte Kurt den Polizeirat unter einem fadenscheinigen Vorwand durch die Unterführung bei der U-Bahn-Haltestelle Rathaus auf die andere Seite der Hauptstätter Straße locken. Dort befand sich, am Eingang zum Leonhardsviertel, einer von Stuttgarts absoluten Kult-Imbissläden. Beim Brunnenwirt gab es eine hervorragende Rote und unübertroffen war das „Fleischküchle Spezial" mit einer Geheimsauce nach Art des Hauses. Kurt verdrückte genüsslich zwei große

Portionen und einen Berg Pommes dazu und wischte sich zufrieden die Mayonnaise aus dem Mundwinkel.
„Wenn Sie es freundlicherweise einrichten könnten, würde ich gerne diese etwas finstere Gegend verlassen und vorschlagen, uns den Ermittlungen zuzuwenden", sagte Herr Scheible etwas ungeduldig, während er sich immer wieder nervös umschaute.
„Sie haben doch nicht etwa Angst, dass Sie jemand in der Nähe des Rotlichtviertels sehen könnte und daraus falsche Schlüsse zieht?" fragte Kurt mit einem provozierenden Grinsen im Gesicht.
„Als ob ich einen Besuch im Rotlichtviertel nötig hätte. Sie sollten nicht von sich auf andere schließen", versuchte Herr Scheible zu kontern und damit seinen Kopf aus der Schlinge zu ziehen.

Im Rathaus angekommen, wurden sie telefonisch vom Portier bei Winfried Hackländer angekündigt. Sie verließen den Pater Noster im dritten Stock und folgten den Wegweisern. Sie gelangten zu einer missmutigen Sekretärin, deren aufdringliches Parfum bereits vier Zimmer vorher schon zu riechen war und aufgrund dessen sie darüber nachdachten, ob das Rathaus neuerdings im Zuge der liberalen Globalisierung, auch zum Rotlichtviertel gehörte.
Die Dame unterbrach kurz ihre Maniküre und blickte sie über eine viel zu große, türkisfarbene Brille an, während sie mit der Nagelfeile in der Hand auf eine offene Bürotüre zeigte.
„Herr Hackländer erwartet Sie bereits!"

Winfried Hackländer gehörte der gleichen Partei an wie Marinus Schade und war ebenfalls ein sehr engagierter Lokalpolitiker. Er war fast sechzig Jahre alt, hatte dünnes, graues Haar und einen

leichten Bauchansatz. Der schwarze Mittelklasseanzug schien ihm etwas zu klein zu sein. Der Mord an seinem Freund und Kollegen hatte ihn sichtlich mitgenommen.
„Ich kann es noch gar nicht fassen, dass Marinus diesem sadistischen Killer zum Opfer gefallen sein soll. Was hat er nur mit diesem Mann zu tun gehabt?"
„Wir hatten eigentlich gehofft, dass Sie uns das sagen könnten, Herr Hackländer", entgegnete Kurt und hakte gleich nach: „Wie man hört, waren Sie beide seit Jahren befreundet. Was wissen Sie über sein Privatleben? Was hatte er für Kontakte? War er schwul?"
Während Herr Scheible Kurt einen strafenden Blick zuwarf, antwortete Winfried Hackländer prompt: „Er war ganz sicher nicht schwul. Er ist seit mittlerweile zwei Jahren geschieden und hat drei süße Kinder. Leider ist es wie so oft, dass er fast keinen Kontakt mehr zu ihnen hat, da die verlassene Ex-Frau die Kinder durch Intrigen und Verleumdungen gegen ihn aufgebracht hat. Er hat immer gehofft, dass die Kinder eines Tages, wenn sie alt genug wären, das Gespräch mit ihm suchen würden, um selbst darüber zu entscheiden, ob sie etwas mit ihm zu tun haben wollen oder nicht. Als Person des öffentlichen Lebens war er jedoch versucht, möglichst keine Skandale zu produzieren."
„War er aktuell in einer festen Beziehung?", fragte Hans-Dieter Scheible.
„Meines Wissens war er momentan Single, so ganz genau kann ich Ihnen das aber auch nicht sagen, denn so etwas kann sich ja auch schnell ändern. Wenn er eine Beziehung gehabt hätte, wäre ihm bestimmt daran gelegen gewesen, dass nicht frühzeitig etwas an die Öffentlichkeit gelangt. Ich weiß aber, dass er gerne wieder eine Partnerin an seiner Seite gehabt hätte."

Kurt fiel Winfried Hackländer provozierend ins Wort: „Für einen Politiker dürfte das ja nicht so schwer gewesen sein. Da nimmt man sich doch gerne mal was man will, koste es was es wolle!"

Scheibles Blick wurde immer strenger, während Winfried Hackländer gelassen blieb. „Marinus hatte das nicht nötig. Er war erfolgreich, attraktiv und charmant. Es wäre für ihn ein Leichtes gewesen, sich mit oberflächlichen Affären die Zeit zu vertreiben. Aber das entsprach so gar nicht seiner Natur. Er wollte eine ehrliche und solide Partnerschaft mit einer niveauvollen Frau, wobei ihn auch nicht gestört hätte, wenn sie Kinder in die Beziehung mitgebracht hätte."

„War er Mitglied bei einer Partnervermittlung oder einer Dating-Agentur?", fragte Kurt direkt heraus, was Kriminalrat Scheible dazu veranlasste aufzuspringen und energisch zu werden. „Jetzt reicht es aber, Herr Schockenried! Auf so einen Quatsch muss Herr Hackländer nun wirklich nicht antworten."

Dieser setzte eine beruhigende Miene auf und war sichtlich überrascht. „So ist es. Woher wissen Sie das? Er ist seit etwa drei Monaten regelmäßig zu einer solchen Agentur gegangen, um sich mit interessanten Frauen zu treffen. Er hat mir auch eine nette Anekdote von einem so genannten „Speed-Dating" erzählt. Das muss echt komisch gewesen sein."

Verblüfft und zugleich schwer beeindruckt, schaute Herr Scheible zunächst Kurt und dann Herrn Hackländer an. „Können Sie uns etwas über diese Agentur sagen?"

„Leider nicht besonders viel. Ich weiß nur, dass die Agentur „Heart-Attack" heißt und ihr Büro in der Tübinger Straße hat. Die organisierten Dating-Events fanden aber immer in angemieteten Lokalitäten statt und die daraus resultierenden privaten Verabredungen natürlich sowieso an unbekannten Orten."

Als die beiden Polizisten wieder in den Pater Noster stiegen, holte sich Kurt zunächst einen Rüffel von Scheible ab.
„Die Bedeutung des Wortes Zurückhaltung ist Ihnen aber schon geläufig, oder etwa nicht? Genau so hatte ich mir das nicht vorgestellt. Zum Glück war Herr Hackländer so hilfsbereit."
Dann fragte er aber doch sichtlich beeindruckt und mit anerkennender Stimme: „Woher wussten Sie das mit der Agentur? Wie kann man nur auf eine so absurde Idee kommen und am Ende auch noch Recht haben?"
„War nur so ein Gefühl!", antwortete Kurt.

26.

Da Dennis bereits in den frühen Morgenstunden aufgebrochen war, hatte er heute Morgen nicht einmal Zeit gehabt zu duschen. Nachdem Kurt ihn am Präsidium abgeliefert hatte, um mit Polizeirat Scheible zum Rathaus zu fahren und den Politiker zu befragen, widmete er sich im Büro nochmals den Protokollen sämtlicher Aussagen der Kinderkrankenpfleger, wobei nach wie vor keine Ungereimtheiten auffielen. Später hatte er dann Jessica Dornfeld auf dem Gang getroffen und mit ihr die neuesten Erkenntnisse der Briefanalyse besprochen. Sie war ihm wirklich äußerst sympathisch und außerdem fand er sie sehr sexy.
Im Anschluss führte er noch ein ausführliches Telefonat mit Staatsanwalt Frey, der auf den neuesten Stand der Ermittlungen gebracht werden wollte. Dann beschloss er, dass eine kleine Auszeit durchaus gerechtfertigt wäre und fuhr nach Hause, um sich etwas frisch zu machen. Während der Fahrt hatte er die Idee, seine Schwester Anna anzurufen, um sie zu fragen, ob sie etwas über den toten Pro-Stuttgart-21-Politiker Marinus Schade wisse. Vielleicht würde sie ihm dieses Mal etwas mehr helfen, als bei der Geschenkorganisation für seine Mutter. Anna war dreizehn Jahre jünger als Dennis. Eigentlich hätte er ein Einzelkind bleiben sollen. Seine Eltern konnten auch nicht das Geringste zu ihrer Verteidigung vorbringen, darauf angesprochen, warum sie noch eine Nachzüglerin produziert hatten. Anna hatte nach dem Abitur ungefähr fünf soziale Jahre eingelegt und wollte zum Wintersemester mit dem Studium der Sozialpädagogik an der Universität Tübingen beginnen. Sie behauptete stets von sich,

sie sei noch in der Findungsphase. Wenn man sie dann fragte, wonach in drei Teufels Namen sie eigentlich suchen würde, antwortete sie immer, nach sich selbst. Da sollte mal einer schlau daraus werden. Und ganz ehrlich gesagt, verspürte er heute schon Mitleid mit dem armen Kerl, der seine Schwester eines Tages an der Backe haben würde. Das musste schon ein reifes und gestandenes Mannsbild sein, das mit beiden Beinen fest auf solidem Boden stand. Aber da Anna auch was die Männer betraf, eine intensive Findungsphase durchlebte, konnte es glücklicherweise noch eine ganze Weile dauern, bis es so weit sein würde. Momentan hatte Anna sich auf die Fahnen geschrieben, das Großprojekt Stuttgart-21 zum Scheitern zu bringen. Sie nahm an so ziemlich jeder Kundgebung und Demo teil, die gegen das Projekt stattfand. Da sie sich sehr nachhaltig mit der gesamten Konfliktthematik auseinandergesetzt hatte, war sie nicht nur über die Gegner, sondern auch über die Vertreter der Projekt-Befürworter sehr gut informiert. Darum hatte Dennis gehofft, sie könnte ihm vielleicht etwas über Schade erzählen. Er wollte gerade wieder auflegen, als Anna doch noch seinen Anruf entgegen nahm. „Was ist denn, Dennis?"
„Man wird doch noch seine Schwester anrufen dürfen, um zu fragen wie es ihr geht?"
„Danke, es geht mir sehr gut. Und zwar so gut wie schon lange nicht mehr. Aber um ganz ehrlich zu sein, Bruderherz, es passt mir gerade überhaupt nicht, mit Dir zu reden. Im Klartext: Du störst!"
„Aha, ich verstehe! Sag mal, warum bist Du denn so außer Atem? Ich höre doch da einen Typen! Ihr seid doch wohl nicht gerade bei der Sache, oder?"
„Dennis, ich glaube ich habe mich endlich selbst gefunden. Mach´s gut, und tschüss!" Aufgelegt. Oh mein Gott! Das glaubte

er jetzt einfach nicht. Mit wem Anna Sex hatte war ihm völlig egal, aber sie sollte um Himmels willen nicht ihre Selbstfindungsphase abgeschlossen haben. Bitte noch nicht jetzt. Dafür war die Welt noch nicht bereit!

Als er auf der Schloßstrasse in Richtung Vogelsang fuhr, rief ihn ein ziemlich aufgeregt klingender Kurt an. „Stell Dir vor, Dennis, ich habe eine Verbindung zwischen Linda Saskowitz und Marinus Schade gefunden. Beide waren unglückliche Singles und bei einer Partnervermittlung registriert, die auf Dating-Events spezialisiert ist. Ich glaube, dass unser Mörder seine Opfer dort kennen gelernt hat. Im Falle von Linda Saskowitz hat er sich dann an sie heran gemacht und Marinus Schade hat er sich als „Leidensgenossen" zum Kumpel gemacht, mit dem man eben auch mal morgens zum Joggen an den Bismarckturm geht. Jetzt müssten wir nur noch irgendwie herausbekommen, ob Sandro Panucci auch dort registriert war, und dann sind wir ganz dicht dran, an dem Schweinehund. Was sagst Du dazu?"

Es entstand eine sekundenlange Pause und Dennis wäre vor Schreck fast auf die Straßenbahnschienen gefahren. Es fiel ihm plötzlich ein, was Mark am Palast über Sandro erzählt hatte. Er war ja so dämlich. Wie konnte er dieser Information nur keine Bedeutung beigemessen haben?

„Dennis, bist Du noch dran?"

„Ja, ich bin noch dran. Hör mal, ich muss da was beichten. Ich wusste, dass Panucci Kunde bei einer Dating-Agentur war. Ich hatte es nur nicht für wichtig erachtet und deshalb keinem etwas davon erzählt."

„Was?!", brüllte Kurt. „Bist du dämlicher Hund eigentlich von allen guten Geistern verlassen? Man könnte meinen, Du wärst gerade im Aufbaukurs zur Ausbildung im mittleren Dienst und nicht Hauptkommissar bei der Mordkommission. Das kann ja

wohl alles nicht wahr sein. Mann, Mann, Mann, bist Du ein Trottel!"
Dennis wusste, dass er diesen Anschiss verdient hatte.
„Tut mir echt leid. Ich weiß ja auch nicht, was ich mir dabei gedacht habe."
„Offensichtlich nichts! Aber ich weiß, wie Du das wieder gut machen kannst."
„Ja? Wie denn?"
„Ich habe unseren Besuch bei der Dating-Agentur Heart-Attack angekündigt. Wir haben vereinbart, dass heute Abend jemand von uns, sozusagen als verdeckter Ermittler, an einem Speed-Dating teilnimmt, um Kontakte zu knüpfen. Ich habe hiermit entschieden, dass Du dieser Jemand sein wirst. Du sollst Dich um 18.00 Uhr im Büro der Agentur in der Tübinger Straße einfinden, dann wirst Du alles Weitere erfahren. Ich verlasse mich auf Dich. Und ziehe Dir bitte ein sauberes Hemd an, ja?"
Dann hatte Kurt grußlos aufgelegt. Wow, dachte Dennis. Ein Speed-Dating, das würde sicher aufregend werden.
Als Dennis in seine Wohnung kam, war niemand zu sehen und die Rolläden waren merkwürdiger Weise immer noch herunter gelassen. Wahrscheinlich hatte Bernd wieder die ganze Nacht irgendwo Platten aufgelegt und anschließend bei der After-Hour noch ein paar Tüten gezogen und war deshalb noch am Schlafen, obwohl es bereits kurz vor halb drei Uhr am Nachmittag war. Es sei ihm gegönnt, dachte sich Dennis und beschloss, nach einer heißen Dusche ebenfalls ein kleines Nickerchen einzulegen, denn schließlich musste er am Abend fit für seine Undercover-Aktion sein. Aber schon als er sich ins Bett legte und gerade einschlafen wollte, hörte er aus Bernds Zimmer unglaubliche, aber ziemlich eindeutige Geräusche. Das durfte doch nicht wahr sein. Jetzt wollte er einmal einen Mit-

tagsschlaf machen und dann poppte sein Mitbewohner was das Zeug hielt mit irgendeiner weiblichen Wasserpfeife, die er in der Disco aufgerissen hatte. Was Dennis zu diesem Zeitpunkt noch nicht ahnte war, dass dieses Spektakel abgesehen von einigen Pausen, die lediglich wenige Minuten dauerten und niemals zum Einschlafen reichten, den ganzen Nachmittag so weitergehen sollte. Er versuchte wirklich alles. Von der Watte in den Ohren, dem Kissen über dem Kopf über Kopfhörer mit Musik bis zum „Schäfchen-Zählen". Nichts nutzte etwas und er gab schließlich völlig gerädert auf. Als er mit aufgestützten Armen auf seiner Bettkante saß und mittlerweile amüsiert dem „Hochleistungssport" im Zimmer nebenan zuhörte, musste er schmunzeln. Welche Frau konnte eigentlich so doof sein und sich auf Bernd einlassen. Na ja, offensichtlich hatte er ja ungeahnte Qualitäten, die außerhalb seiner inneren Werte lagen. Er würde bestimmt gerade mit der vulgären Dampfhammertussi von neulich zu Gange sein.

Als endlich Ruhe eingekehrt war, beschloss Dennis in die Küche zu gehen, um sich etwas zu trinken zu holen. Als er in die Küche kam, stand eine junge Frau, die lediglich ein großes T-Shirt mit der Aufschrift „LEGALIZE IT" trug, vor seinem geöffneten Kühlschrank und suchte nach etwas Essbarem.

„Hallo, kann ich helfen?" fragte er freundlich.

Als die junge Dame sich ganz langsam umdrehte und sich die beiden von Angesicht zu Angesicht gegenüberstanden, brüllten sie los wie am Spieß. Sie schrie zuerst. „Dennis, was machst Du denn hier?" und dann brüllte Dennis, als er bereits bemerkte, dass ihm schwarz vor Augen wurde: „Anna, was machst Du denn hier?"

27.

Als er wieder zu sich kam, lag Dennis mit einer Schuhschachtel auf der Brust und einem kalten Waschlappen auf der Stirn auf dem Sofa in seinem Wohnzimmer. Das Erste was er sah, als er die Augen aufschlug, war Bernd, der zu ihm sagte: „Du hast so komisch geröchelt und immer wieder gesagt, dass Dir schlecht sei. Also haben wir Dir was in die Hand gedrückt, damit Du da reinkotzen kannst, falls es Dir hochkommen sollte. Auf die Schnelle habe ich aber nichts anderes gefunden, als die alte Schuhschachtel."

Anna war auch da. Und immerhin hatte sie jetzt wieder eine Hose an. „Was zum Teufel hast Du hier verloren, Anna? Ich glaube mich tritt ein Esel."

„Also erstens, lieber Dennis, kann ich tun und lassen was ich will, mit wem ich will, wann ich will und so oft ich will, ist das klar? Und außerdem…"

„Aber nicht wo Du willst, verdammt und zugenäht!", fiel ihr Dennis ins Wort. „Das ist meine Wohnung hier. So ein bisschen Fingerspitzengefühl kann man ja wohl erwarten. Ich möchte doch nicht mitbekommen müssen, wie mein Untermieter und meine Schwester es wie die Karnickel treiben!"

„Ich hatte keine Ahnung, dass wir hier in Deiner Wohnung sind. Ich bin noch nie hier gewesen. Du hast es bisher ja noch nicht einmal nötig gehabt, mich einzuladen. Das hast Du jetzt davon."

„Na klar. Jetzt bin ich auch noch schuld daran, dass ihr meine Wohnung als Stundenhotel nutzt!"

Dann schaute Dennis vorwurfsvoll zu Bernd.

„Und Du? Was hast Du Dir eigentlich dabei gedacht? Wahrscheinlich nichts, wie immer!"
Bernd nickte erleichtert, da er dachte, mit dieser Begründung fein raus zu sein. „Genau, Mann. Ich habe gar nichts gedacht. Ich wusste ja noch nicht einmal, dass sie Deine Schwester ist."
„Hat sie Dir nicht gesagt, wie sie heißt?"
„Kann schon sein, Mann. Aber wenn sie es gesagt hat, dann kann ich mich nicht mehr daran erinnern. Ist ja auch nicht so wichtig, oder?"
Diese Aussage gefiel wiederum Anna nicht besonders gut und sie schaute Bernd durchaus giftig, aber dennoch verliebt an.
„Wenn ich gewusst hätte, dass das hier Deine Bude ist, dann wäre ich nicht ohne Dir Bescheid zu geben hergekommen, das kannst Du mir glauben. Aber Bernd hat nichts davon erzählt, dass Du sein Vermieter bist. Er sagte eigentlich nur, dass noch so ein älterer Typ bei ihm wohne, der aber eh fast nie da sei, weil er einen ätzenden Job habe."
Dennis schüttelte den Kopf: „Komisch, warum wundert mich nicht, was der da gesagt hat? Und wie geht es jetzt weiter? Ihr seid doch nicht womöglich zusammen, oder etwa doch?"
Anna antwortete energisch: „Doch, wir lieben uns. Und ich habe endlich meine seelische Mitte gefunden. Das lasse ich mir von Dir bestimmt nicht kaputt machen!"
Mensch Mädel, wenn hier einer Deine Mitte gefunden hat, dann ist das dieser Vollpfosten da, dachte sich Dennis und schlug die Hände über dem Kopf zusammen. „O.K., wie dem auch sei. Darüber wird noch zu reden sein. Es trifft sich aber trotzdem irgendwie gut, Euch beide hier zu haben. Ich hatte gehofft, dass mir ein Stuttgart-21-Kenner, und das seid ihr ja wohl beide, etwas über Marinus Schade oder Winfried Hackländer sagen kann."

„Natürlich weiß ich, wer das ist, aber viel kann ich Dir zu den Typen nicht sagen. Letzte Woche habe ich Schade auf einer Podiumsdiskussion gesehen und da hat er sich ganz passabel verkauft. Er gehört zu den ganz wenigen Befürwortern von S 21, die ein bisschen Grips in der Birne zu haben scheinen. Ebenso wie der Hackländer, der ist auch ganz nett. Übrigens war das die Podiumsdiskussion, auf der Bernd und ich uns kennen gelernt haben", sagte Anna und warf Bernd dabei, wie Dennis fand, erneut einen unerträglich verliebten Blick zu.
„Soll das etwa heißen, dass ihr Euch erst seit einer Woche kennt?", fragte Dennis völlig entnervt.
„Seit genau acht Tagen", antwortete Bernd stolz.
„Na ja, egal jetzt", sagte Dennis obwohl er es kaum fassen konnte. „Lasst uns beim Thema bleiben. Wie hat der Schade denn bei der Podiumsdiskussion abgeschnitten? Wurde er beschimpft oder ausgelacht? Hatte er eine hitzige Diskussion mit einem anderen Teilnehmer?"
„Klar hatte er hitzige Diskussionen. Aber das ist völlig normal und gehört nun mal zu so einer Podiumsrunde", antwortete Bernd und Anna ergänzte: „Der war sogar echt sympathisch. Leider vertritt er die Interessen der falschen Partei!"
„Das ist Deine Meinung, Anna. Zur Demokratie gehören aber glücklicherweise mehrere Ansichten", erwiderte Dennis altklug und ganz im Stile eines großen Bruders.
„Was war mit dem Publikum? Ist Euch da jemand durch seltsame Fragen an seine Person aufgefallen? War er alleine da oder in Begleitung?"
„Er wurde nicht angepöbelt oder so, wenn Du das meinst?! Die ganze Diskussionsrunde verlief im Gegensatz zu sonst, relativ harmonisch. Ob er in Begleitung war oder nicht, können wir doch nicht wissen. Ich kann Dir aber gerne ein Foto zeigen, das

ich von der Runde gemacht habe", sagte Anna und verschwand schnell in Bernds Zimmer um ihr Smartphone zu holen.
Als sie zurückkam, hielt sie Dennis ein Bild unter die Nase. Darauf war nichts Auffälliges zu erkennen. Man sah die fünf Kandidaten mit dem Moderator in einer Runde sitzen. Das Publikum war nicht zu sehen. Hinter der Bühne standen einige gut gebaute Jungs in schwarzen Anzügen und mit Knöpfen im Ohr. Wahrscheinlich die Bodyguards. Ganz rechts standen ein Junge und ein Mädchen, beide etwa im gleichen Teenageralter. Die zweite Person von links war eine schwangere Frau mit einer dunklen Kurzhaarfrisur.
„Danke, da kann ich jetzt auf Anhieb nichts Auffälliges daran finden. Wäre aber nett, wenn Du mir das Bild trotzdem auf mein Handy schicken könntest?"
„Geht klar, großer Bruder!", zwinkerte Anna, schnappte Bernd und zog ihn hinter sich her in sein Zimmer.

28.

Etwas später hatte sich Dennis zumindest ein Bisschen von diesem unmenschlichen Schock erholt. Es konnte aber nicht die Rede davon sein, dass er ihn auch bereits voll und ganz verarbeitet hatte. Wahrscheinlich würde er dafür professionelle Hilfe in Anspruch nehmen müssen. Das brachte ihn kurz auf die blöde Idee, Jessica Dornfeld um Hilfe zu bitten. Als er aber diesen Gedanken kurz darauf glücklicherweise wieder verworfen hatte, widmete er sich der Vorbereitung seiner anstehenden Aufgabe. Er zog ein neues, bisher ungetragenes Hemd vom Kleiderhaken seines Pax-Schrankes und legte es fachmännisch auf das Bügelbrett. Das Ergebnis konnte sich sehen lassen und war für einen Junggesellen gar nicht so schlecht. Zumindest das Äußere musste stimmen, wenn man schon einmal die Gelegenheit hatte, zu einem Speed-Dating zu gehen. Frisch gestylt verließ er die Wohnung. Als er im Erdgeschoss ankam, entdeckte er einen neuen Aushang an der Innenseite der Haustüre, auf dem in Computer-Schrift geschrieben stand:

Schuhe haben im Treppenhaus nichts verloren.
Darunter wiederum stand klein und mit einem Filzstift geschrieben: *Und was ist mit Stiefel?*

Dennis musste laut lachen. Der Spruch war echt gut und außerdem hatte er die Handschrift eindeutig erkannt. Irgendwie mochte er Bernd Plums ja doch.

Dennis kam einige Minuten zu früh vor dem Büro von Heart-Attack in der Tübinger Straße an. Der für diesen Teil der Stadt typische Brauereigeruch hing in der Luft und er fragte sich, ob dies das geeignete Ambiente für eine Dating-Agentur sei. Er war so frei, schon etwas vor der verabredeten Zeit einzutreten. Er kam zu einem großen Empfangsbereich und einer Art Rezeption und schaute sich interessiert um. Das Innere des Büros war freundlich und ohne dabei teuer zu wirken, schick eingerichtet. Bei der Einrichtung dominierten helle und freundliche Farben.
„Es soll vom ersten Augenblick an eine Atmosphäre der Geborgenheit erzeugt werden. Die Menschen sollen sich hier wohlfühlen und Vertrauen zu uns entwickeln können!", hörte er eine weibliche Stimme hinter sich sagen.
Die etwas kräftigere junge Frau kam auf ihn zu und streckte ihm die Hand entgegen. „Hallo, mein Name ist Karola Ebner. Sie dürfen mich aber gerne Karo nennen. Wir sind hier nämlich alle per Du. Bist Du neu hier?"
„So könnte man es auch sagen", antwortete Dennis. „Ich bin Hauptkommissar Dennis Rathvan von der Kripo Stuttgart. Ich bin mit dem Inhaber oder dem Geschäftsführer verabredet, da wir Fragen zu einigen ungeklärten Fällen haben."
„Oh je", sagte Karola Ebner. „Hoffentlich nichts Schlimmes? Inhaber und Geschäftsführer sind bei uns ein und dieselbe Person. Ich werde Felix gleich anrufen und Dich anmelden. Bitte nimm doch so lange in der Sitzgruppe da drüben Platz. Möchtest Du gerne etwas trinken? Ein Wasser vielleicht?"
„Nein danke. Ich bin im Moment nicht durstig", erwiderte Dennis höflich und nahm auf der hellroten Ledercouch Platz.
Felix Staiger war ein gleich auf den ersten Blick sympathisch wirkender Mann und ungefähr im gleichen Alter wie Dennis. Er erzählte Dennis, dass er selbst über eine Agentur seine große

Liebe gefunden hatte und so kam ihm dann die Geschäftsidee zu Heart-Attack. Nachdem sie noch einige allgemeine Informationen ausgetauscht hatten, begann Dennis den Grund seines Besuches zu erklären, selbstverständlich ohne ermittlungsrelevante Details preiszugeben. Er fragte ganz direkt nach Sandro Panucci, Linda Saskowitz und Marinus Schade.

„Sie wissen, Dennis, dass ich eigentlich keine Namen und schon gar keine persönlichen Informationen über unsere Kunden heraus geben darf. Ich lege sehr großen Wert darauf, dass wir eine seriöse Agentur sind. Es gibt genügend schwarze Schafe in diesem Business. Da ich uns allen aber viel Zeit und Ärger ersparen möchte, gebe ich Ihnen die gewünschten Auskünfte. Sie würden ja doch mit einem Durchsuchungsbeschluss wiederkommen. Und so eine Aufregung möchte ich uns und unseren Kunden gerne ersparen. Ich möchte Sie nur bitten, mir ein entsprechendes Schreiben von offizieller Seite nachzureichen, auf das ich mich gegebenenfalls berufen kann."

„Abgemacht", stimmte Dennis zu.

„Ja, alle drei waren Kunden bei uns", begann Felix Staiger mit seinen Ausführungen. „Linda und Totti schon seit Jahren, Marinus kam erst vor einigen Monaten zu uns." In Dennis Kopf begann es zu rattern. Auch diese Information zu Panucci hatte er schon einmal gehört. Dass Sandro sich in Anlehnung an einen italienischen Fußballspieler selbst den Spitznamen „Totti" gegeben hatte, hatte ihm Mark ebenso erzählt, wie die Sache mit der Dating-Agentur.

Dann fragte er: „Welche Kontakte hatten denn die drei? Dabei interessieren mich vor allem die Kontakte der letzten Wochen und Monate. Sie vermitteln also für homo- und heterosexuelle Kunden?"

„Ja, selbstverständlich. Wir sind auf alle Präferenzen eingestellt. Auch bisexuelle Kunden können sich bei uns registrieren lassen. Es ist nur wichtig, dass sie bei der Aufnahme gleich ehrlich angeben, was sie wollen und wonach sie suchen."
„Sie meinen, ob sie einen Mann, eine Frau oder Beides suchen?"
„Das ist die Grundvoraussetzung. Dann geht es noch darum, ob Sie eine feste Beziehung, eventuell sogar mit einer möglichen, späteren Familiengründung suchen, oder ob sie eher einen rein erotischen Kontakt möchten."
„Aha. Und was hatten die drei für Präferenzen angegeben?"
„Sekunde. Da muss ich mir schnell die Akten holen. Ich kann unmöglich alle Informationen zu unseren Kunden auswendig wissen."
„Natürlich nicht!", stimmte ihm Dennis zu.
Als Felix Staiger mit drei Klemmordnern unter dem Arm wieder kam, legte er sie alle nebeneinander auf den Schreibtisch und blätterte zügig darin, um sich einen groben Überblick zu verschaffen.
„Linda suchte einen Mann fürs Leben. Von flüchtigen Affären hatte sie offensichtlich die Nase voll. Sie gab an, bei Alter und Beruf sehr flexibel in ihrer Wahl zu sein. Ein jüngerer Partner würde kein Problem für sie darstellen. Totti war schwul und ebenfalls auf der Suche nach dem Mann fürs Leben, allerdings auch offen für erotische Abenteuer. Hier steht, dass er eine Vorliebe für Sex an ungewöhnlichen Orten hatte. Marinus war geschieden und schwer enttäuscht. Er suchte ebenfalls eine feste Partnerin und wollte gerne wieder heiraten. Auch weitere Kinder konnte er sich in einer neuen Beziehung sehr gut vorstellen. Seine Angelegenheiten waren extrem schwierig zu koordinieren, denn wir mussten auf seinen Status als prominente Persönlichkeit Rücksicht nehmen."

Dennis wurde immer neugieriger und fragte: „Welche Kontakte hatten denn die Drei?"

„Ich kann leider nur teilweise erkennen, von welchen Kunden über die Agentur offizielle Anfragen an die drei gestellt wurden. Und welche Kontakte sie im Anschluss an unsere Dating-Events weiter gefestigt haben, können wir natürlich auch nicht wissen und es geht uns nichts an. Wir verlangen ja, im Gegensatz zu vielen anderen Agenturen, keine Provision für eine erfolgreiche Vermittlung."

„Könnten Sie mir bitte eine Liste mit Namen und Adressen sämtlicher Personen zukommen lassen, die eine Anfrage für Linda Saskowitz, Marinus Schade oder Sandro Panucci gestellt haben? Und natürlich auch für die umgekehrten Anfragen, die von einem der Drei für andere Kunden bei Ihnen eingingen."

„Natürlich. Karola wird sich gleich darum kümmern."

„Bitte veranlassen Sie, dass die Liste direkt an das Polizeipräsidium zu Händen von Polizeioberkommissarin Tatjana von Senden geschickt wird, am besten per Telefax. Ich hätte dann noch eine letzte Frage. Verlangen Sie eigentlich von Ihren Kunden Nachweise über deren Identität? Beispielsweise Personalausweise, oder Bankverbindungen zum Einzug der Beiträge?"

„Nein. Wir begegnen unseren Kunden mit Vertrauen und verlassen uns auf ihre Angaben. Manche erteilen uns eine Einzugsermächtigung für die Mitgliedsbeiträge, andere wiederum bezahlen in bar. Genauso ist es bei den Dating-Events. Immer alles gegen Rechnung versteht sich."

„A propos Dating-Event", erhob Dennis den Zeigefinger.

„Ich habe da ja noch einen Termin heute Abend. Ich gehe davon aus, dass ich keine Teilnahmegebühr entrichten muss, oder?"

„Natürlich sind Sie unser Ehrengast, Dennis. Sie können sich auf einen unvergesslichen Abend freuen. Ich selbst werde heute

Abend die Moderation des Events übernehmen. Von mir aus können wir gleich los."

„Davon bin ich überzeugt und kann es kaum erwarten, in den unvergesslichen Abend zu starten. Also, packen wir´s an!", sagte Dennis entschlossen.

29.

Für die Ausrichtung der Dating-Events hatte Heart-Attack einen Kooperationsvertrag mit einigen Stuttgarter Bars und Kneipen abgeschlossen. Die Events fanden jeweils in geschlossener Gesellschaft statt und dauerten, je nach Teilnehmerzahl, selten länger als zwei Stunden. Das heutige Event sollte im Zadu stattfinden. Als Dennis mit Felix Staiger das Lokal in der Reuchlinstrasse betrat, war er sehr gespannt, was ihn erwarten würde. Sie gingen die wenigen Stufen am Eingang hinunter und steuerten die große Bar an, an der bereits drei Herren auf Barhockern saßen und ein Getränk vor sich stehen hatten, das aussah wie Aperol-Sour. Dennis bekam ebenfalls ein solches Getränk serviert und wollte schon mit der Begründung „Ich darf nicht, denn ich bin im Dienst" dankend ablehnen, als Felix Staiger ihm mit einem auffällig unauffälligen Blick zu verstehen gab, dass es besser wäre, möglichst keine Aufmerksamkeit zu erregen und den Drink anzunehmen.

Dennis begrüßte die anderen Herren höflich, und Felix begann nach einer kurzen Einführung, den Ablauf des Speed-Dating-Events zu erklären. Arno, Dimitrious, Herrmann und Dennis würden jeweils alleine an einem kleinen Tisch sitzen und zwar so, dass sie die jeweiligen anderen Tische nicht sehen konnten. Dann würde sich jedem von ihnen eine Dame gegenüber setzen und sie hätten zwei Minuten Zeit für ein kurzes Gespräch. Danach sollten die Männer auf ihren Plätzen sitzen bleiben und die Damen zum nächsten Tisch weiter ziehen, so lange bis jede mit jedem gesprochen hatte.

„Also denkt daran. Ihr habt nur zwei Minuten Zeit, Euch von Eurer besten Seite zu zeigen und das Interesse der Damen zu wecken“, mahnte Felix.
„Und wie geht es weiter, wenn wir uns mit einer Dame gut verstehen und gerne länger mit ihr sprechen würden?“, fragte Herrmann aufgeregt, während er sich mit dem Zeigefinger die Brille zurück auf die Nase schob.
„Dafür habt ihr Eure so genannten „Amor-Pfeile“ “, antwortete Felix und zog einen roten, etwa zehn Zentimeter langen und pfeilförmigen Button aus der Innentasche seiner Jacke hervor. „Da schreibt ihr Euren Vornamen drauf und drückt ihn der Dame am Ende des Gesprächs in die Hand, damit sie weiß, ob ihr sie sympathisch fandet oder nicht. Sollten die Damen ihrerseits Interesse an Euch haben, können sie den „Amor-Pfeil“ am Ende des Events bei mir einlösen und bekommen dafür Eure Telefonnummer ausgehändigt. Was dann weiter passiert, liegt nicht mehr in meiner, sondern nur noch in Amors Hand.“
Ach du liebe Zeit. Jetzt dreht der arme Felix völlig durch, dachte sich Dennis und leerte seinen Aperol fast in einem Zug. Die Spannung stieg und das Event konnte endlich beginnen.
Dennis saß an einem kleinen, eckigen Tisch für zwei Personen. Der Tisch war lediglich mit zwei roten Rosen, die in einem Wasserglas standen, geschmückt. Vier „Amor-Pfeil-Buttons“ und einen Stift hatte er in der Tasche und ein Glas stilles Mineralwasser stand vor ihm zu seiner Rechten. Britney Spears „Hit Me Baby One More Time“ sollte künstlich Spannung erzeugen, was instinktiv einen Fluchtreflex in ihm auslöste, den er jedoch gerade so unterdrücken konnte. Dann setzte die Musik abrupt aus und eine, wie er fand nicht unattraktive Frau, setzte sich ihm gegenüber. Als sie bemerkte, dass Dennis von sich aus kein Wort hervorbringen würde, ergriff sie die Initiative. „Hallo, ich

heiße Verena. Ich bin fünfunddreißig Jahre alt, geschieden und habe einen siebenjährigen Sohn. Von Beruf bin ich Pädagogin in Teilzeit. Derzeit arbeite ich an einer freien Waldorfschule in Stuttgart. Ich lese sehr viel, höre gerne klassische Musik und liebe es zu verreisen. Mein Ein und Alles ist aber mein Sohn Finn-Lukas. Er besucht mittlerweile die dritte Klasse und wird im Rahmen des Erziehungsansatzes „Ein kreatives Leben mit Musik", selbstbewusst auf das weitere Leben vorbereitet. Er entwickelt sich prächtig. Stellen Sie sich vor, gestern hat er mir seinen Namen vorgetanzt, als ich fragte, wer denn schon wieder vor dem Abendessen die Dinkelkekse aus der kleinen, grünen Dose genascht hat, die ich letztes Jahr an Weihnachten in der Frauengruppe gebastelt habe."
Sie schaute auf sein Namensschild, während Sie fragte: „Haben Sie auch Erfahrungen auf diesem Gebiet, Dennis?"
„Also mit dem Tanzen hab ich es ja nicht so, ich kann höchstens meinen Namen in den Schnee pinkeln, und das ist bei sechs Buchstaben gar nicht so leicht. Vor allem der Übergang vom E zum N ist schwierig, denn da muss man zwischendurch abklemmen, um nicht eine diagonale Tropfspur zu hinterlassen!"
Verena stand das blanke Entsetzen ins Gesicht geschrieben. Glücklicherweise wurden beide durch die wiedereinsetzende Musik, welche das Ende des Gesprächs signalisierte, aus dieser hoffnungslosen Situation befreit. Dennis nahm einen großen Schluck aus seinem Wasserglas und hoffte, dass die nächste Dame, die zu ihm an den Tisch kommen würde, etwas weniger anstrengend wäre.
Als die Musik wieder aufhörte, setzte sich eine Frau zu ihm an den Tisch, die sich als Nadine vorstellte. Sie unterhielten sich nett für zwei Minuten, dann gab sie ihm aber, ohne es auszu-

sprechen, deutlich zu verstehen, dass er seine „Amor-Pfeile" in der Tasche lassen konnte, denn Sie war offensichtlich nicht an ihm interessiert. Höflichkeitshalber gab er ihr eine der beiden Deko-Rosen aus dem Wasserglas. Auch die Fleischereifachverkäuferin Peggy wurde nach einem netten, aber für beide Seiten nicht besonders aufregenden Gespräch, mit einer Rose bedacht, so dass keine Blumen mehr im Glas waren. Als Britney Spears ein weiteres Mal der Ton abgedreht wurde, setzte sich eine frustriert wirkende Frau an seinen Tisch.

„Hi, ich bin Maria. Ich hoffe Du hast etwas mehr zu bieten, als die Typen, mit denen ich bisher gesprochen habe. Ich glaube, dass ich hier nie wieder herkommen werde. Irgendwie hatte ich mir mehr von dieser Agentur versprochen. Meine Freundin Rebecca hat mich dazu überredet, dass ich mich anmelde. Kein Wunder, sie hat ja auch das große Los gezogen. Sie hat einen supersüßen Kerl kennen gelernt, der ein wahrer Märchenprinz zu sein scheint. Es wurde die große Liebe und mittlerweile ist sie in der fünfundzwanzigsten Woche schwanger."

„Kennen Sie den Mann?", fragte Dennis neugierig.

„Nein. Ich habe ihn nie getroffen und weiß auch nicht wie er heißt. Rebecca machte immer ein großes Geheimnis daraus. Wenn sie nicht schwanger wäre, würde ich vermuten, dass sie den Mann nur erfunden hat, um sich ein wenig wichtig zu machen. Aber der Storch dürfte sie kaum geschwängert haben, oder?"

Das Speed-Dating war vorüber und Dennis hatte es als sehr anstrengend empfunden. Um seine Stimme wieder etwas zu ölen, leerte er das vor ihm stehende Wasserglas in einem Zug, woraufhin er auf einmal alles wieder schwallartig ausspuckte und brüllte. „So eine Scheiße. Welcher Depp kam denn auf die schwachsinnige Idee, die Rosen in ein Trinkglas zu stellen?"

Dennis ging an die Bar, um mit einer Cola die Geschmackssituation in seinem Mund- und Rachenbereich wieder zu normalisieren. Er setzte sich neben den armen Herrmann, der völlig niedergeschlagen zu sein schien und Dennis gleich als Bruder im Geiste ausmachte.
„Na, wie lief es denn bei Dir? Das war ja mal wieder eine absolute Vollkatastrophe heute, oder? Ich persönlich fand ja die Peggy ziemlich klasse, aber die wollte absolut nichts von mir wissen. Sie sagte mir doch glatt, dass sie mehr auf starke Muskelmänner stehen würde."
Diese Bemerkung von Peggy kam für den armen Herrmann in der Tat einer Ohrfeige gleich, denn er war eher so ein Typ Marke Fred Feuerstein.
„Oh, das tut mir echt leid für Dich, Herrmann. Nächstes Mal läuft es bestimmt wieder besser."
Herrmann nahm einen großen Schluck von seiner Fanta Mango und ereiferte sich weiter: „Was kann ich denn bitteschön dafür, dass ich nicht so ein Schönling bin wie dieser Tobias?"
Dennis fiel in diesem Moment fast vom Barhocker. „Was hast Du gesagt? Wie wer? Sagtest Du Tobias? Herrmann, pass mal auf. Ich kann es Dir leider nicht erklären, aber das Ganze ist ungemein wichtig für mich. Du musst mir unbedingt alles, was Du über diesen Tobias weißt, erzählen, o.k.?"
Herrmann fragte nicht genauer nach, sondern war froh und dankbar, dass er einen Gesprächspartner gefunden hatte, der ihn offensichtlich ernst nahm und sich für das zu interessieren schien, was er zu sagen hatte. Er erzählte, so ausführlich er konnte, von einem Kunden bei Heart-Attack, einem gewissen Tobias Wörner, der sehr gut bei den Frauen ankam und diese wohl auch reihenweise um den Finger wickelte, um sie dann bald darauf aber wieder fallen zu lassen. Dennis bezahlte die

Drinks von Herrmann und bedankte sich bei ihm. Dann sprang er auf und spurtete zu seinem Auto. Er war gerade losgefahren, als er Tatjana anrief, die sich auch gleich meldete.
„Hallo Dennis. Lange nichts voneinander gehört. Wie war Dein Tag?“
„Ach, frag lieber nicht“, stöhnte er. „Du würdest es mir sowieso nicht glauben. Ist echt erstaunlich, was man an einem Tag so alles erleben kann.“
„Genau, und das Beste kommt noch, Dennis. Dieser Tag ist nämlich noch nicht zu Ende für uns, denn ich habe vor zwanzig Minuten die Liste mit sämtlichen Kundendaten von Heart-Attack gefaxt bekommen. Halte Dich bitte fest. Es gibt da einen Tobias Wörner und dem sollten wir schleunigst einen Besuch abstatten.“ „Genau aus diesem Grund rufe ich Dich an. Der Herrmann hat mir gerade von diesem Tobias erzählt.“
„Bitte wer?“
„Ach egal, vergiss es. Ich hol Dich in zehn Minuten beim Präsidium ab.“

30.

Tatjana wartete bereits auf dem Parkplatz, als Dennis beim Polizeipräsidium vorfuhr. Bei laufendem Motor sprang sie in den Wagen und sie brausten los.
„Ich habe den Tobias Wörner einmal durch den Computer gejagt. Bisher ist er ein unbeschriebenes Blatt. Er ist neunundzwanzig Jahre alt und ledig, keine Kinder. Er ist alleine in einer Mietwohnung in der Urbanstrasse gemeldet. Die Miete bezahlt er pünktlich per Dauerauftrag. Er arbeitet als angestellter Versicherungskaufmann und verdient 62.000 Euro brutto im Jahr. Auf der Bank hat er mittlerweile die stattliche Summe von 127.000 Euro angehäuft. Als Versicherungskaufmann ist er natürlich bestens abgesichert. Er hat eine hoch dotierte Kapitallebensversicherung und eine gute private Altersvorsorge. Er besitzt keine Wertpapiere oder Ähnliches und hat keine Schließfächer gemietet. Die Finanzierungsraten für seinen Mercedes 320 CLK müssen noch für drei weitere Jahre bezahlt werden. Bisher keine Vorstrafen oder registrierte Ordnungswidrigkeiten. Er ist Mitglied im City-Gym-Fitnessstudio und in der Tischtennismannschaft des SV Gablenberg, sowie bekanntermaßen bei Heart-Attack. Scheint so ein richtiger Mustermann zu sein."
Dennis schaute kritisch. „Dann bin ich mal sehr gespannt was uns erwartet. Bei diesen Soziopathen ist es ja oft so, dass sie nach außen ein stinknormales Leben führen und für den netten Mann von nebenan gehalten werden. Weiß Kurt eigentlich bescheid?"

„Ja. Ich habe Herrn Schockenried informiert. Er hockt zu Hause direkt vor seinem Handy und kann gegebenenfalls alles Notwendige sofort in die Wege leiten."

Um zur Eingangstüre des Hauses in der Urbanstrasse zu gelangen, in dem Tobias Wörner wohnte, mussten sie durch einen großen Torbogen in einen Hinterhof gehen. Dort war es sehr finster, aber als sie etwa in der Mitte des Hofes angelangt waren, reagierte ein Bewegungsmelder und sorgte für grelle Beleuchtung. Es war ein typisches Mehrfamilienhaus aus der Zeit des beginnenden zwanzigsten Jahrhunderts, das offensichtlich zwei Weltkriege unbeschadet überstanden hatte. Auf der dritten Klingel von unten stand T. Wörner. Tatjana drückte den Klingelknopf. Als sich nach etwa dreißig Sekunden nichts gerührt hatte, läutete sie erneut. Als sie es gerade bei einem Nachbarn versuchen wollten, öffnete sich im dritten Stock ein Fenster und ein dunkelhaariger Mann schaute heraus.

„Ja bitte, was kann ich für Sie tun? Sie wissen schon, dass es bereits nach 22 Uhr ist?"

Tatjana und Dennis entschuldigten sich für die späte Störung, stellten sich vor und baten, kurz hereinkommen zu dürfen.

Die Haustüre öffnete sich mit einem Summen und die beiden gingen vorsichtig durch das Treppenhaus hinauf, die Dienstwaffen griffbereit im Halfter. Als sie im dritten Stock ankamen, stand Tobias Wörner bereits in der geöffneten Türe. Im Hintergrund hörten sie Geräusche aus dem Fernsehen und es roch stark nach Zwiebeln.

„Bitte kommen Sie herein. Entschuldigen Sie den penetranten Geruch. Ich hatte nach dem Sport großen Hunger und habe mir ein saftiges Stück Fleischkäse in die Pfanne gehauen und dazu Zwiebeln gebraten. Zum Lüften bin ich noch nicht gekommen. Womit kann ich Ihnen zu dieser späten Stunde helfen?"

Tatjana schaute Dennis an und umgekehrt. Beide waren sich sehr sicher, dass Tobias Wörner nicht der Mann sein konnte, den sie suchten. Er passte zu keiner der vorliegenden Täterbeschreibungen und auch mit dem Phantombild, das mit Hilfe von Thea Reinhardt und Gerda Breuning entstanden war, hatte er nicht die geringste Ähnlichkeit. Er war mindestens 1,95 Meter groß und schlank, sein Körper war gebräunt vom Solarium und durch jahrelanges Training im Fitnessstudio gestählt. Er hatte einen aufrechten und trotzdem eleganten Gang.
Sie kamen seinem Angebot, sich zu setzen nicht nach und unterhielten sich stehend einige Minuten mit ihm, wobei sie sich etwas umschauten. Seine Wohnung war nicht besonders aufgeräumt, machte aber davon und von dem Zwiebelgeruch einmal abgesehen, einen völlig normalen und unauffälligen Eindruck. Sie befragten ihn zu den ermordeten Personen und zu seiner Mitgliedschaft bei Heart-Attack. Sandro Panucci kannte er überhaupt nicht und Marinus Schade nur als Politiker aus der Zeitung. Er war ihm nie persönlich begegnet. Linda Saskowitz hatte er tatsächlich einmal bei einem Dating-Event getroffen, konnte aber glaubhaft versichern, anschließend keinen Kontakt mehr zu ihr gehabt zu haben.
Bei den Nachforschungen in Linda Saskowitz Handyverbindungen, E-Mail-Konten etc., hatten sich auch keine Hinweise auf einen Kontakt zu Wörner ergeben. Außerdem hatte er plausible Alibis für sämtliche Tatzeiten. Tobias Wörner schaute äußerst irritiert, als Tatjana ihn fragte: „Was haben Sie denn für eine Schuhgröße, Herr Wörner?"
„Ich habe die Schuhgröße 46,5, je nach Modell und Hersteller manchmal auch 47. Was soll denn diese Frage?"
„Das ist relevant für unsere aktuellen Ermittlungen. Mehr kann ich Ihnen dazu leider nicht sagen. Haben Sie Turnschuhe?"

„Ich treibe sehr viel Sport, natürlich habe ich Turnschuhe."
„Wenn wir die bitte noch sehen dürften, dann sind Sie uns auch schon los, Herr Wörner."
Er führte sie zu einem kleinen Schuhschrank im Flur, in den mindestens zwanzig Paar Schuhe gestopft waren. Darunter waren auch zwei Paar Turnschuhe, welche sich Dennis und Tatjana genau anschauten und abschließend das Profil zur Dokumentation photographierten.
Dann verabschiedeten sie sich mit dem Hinweis, die Alibis der Vollständigkeit halber noch überprüfen zu wollen und bedankten sich für das Gespräch. Im Treppenhaus schauten sie sich an und Tatjana sprach aus, was beide dachten: „Das war wohl nichts!"

31.

Er lief im Zimmer auf und ab und dachte angestrengt nach.
Die Pleite vom Bismarckturm konnte er nicht auf sich sitzen lassen. Schön und gut, Marinus Schade war zwar tot, aber das Ganze war doch völlig anders geplant gewesen. Er wollte doch ein ähnlich schönes Bühnenbild kreieren, wie bei den beiden letzten Morden. Diese beiden Omas hatten ihn doch tatsächlich aus dem Konzept gebracht, aber es hätte sich nicht gelohnt, sie zu verfolgen und zu töten, denn das Risiko von weiteren Zeugen gesehen zu werden, wäre zu groß gewesen. Diese vertrockneten, alten Weiber konnten ihm ohnehin nicht wirklich gefährlich werden. Was sollten die denn schon machen? Vielleicht konnten sie eine vage Beschreibung von ihm abgeben und daraufhin würde ein schlechtes Phantombild erstellt werden können, das war dann aber sicher auch schon alles.
Sonst hatte er keine Spuren hinterlassen und sich praktisch in Luft aufgelöst, bevor die Polizei da war. Natürlich hatte er es auch sehr eilig gehabt. Denn er musste bei Rebecca sein, bevor sie durch die Polizei oder sonst wen erfuhr, was ihrem Marinus zugestoßen war. Sie würde sofort darauf kommen, dass er etwas damit zu tun haben musste.
Insgesamt musste er sich aber dennoch selbstkritisch hinterfragen, denn es war nun schon das zweite Mal in Folge, dass etwas Unvorhergesehenes passierte. Die Angelegenheit mit dem Penner hatte er souverän gelöst, aber dieses Mal war der Spaß unvollendet geblieben. Er musste künftig einfach noch sorgfältiger planen und da war er bereits auf dem besten Wege dazu.

Marinus Schade hatte er ja nicht zufällig ausgewählt, im Gegensatz zu der Lehrerin und der Schwuchtel. Der Mord an einem Politiker hatte großes Aufsehen erregen sollen und das war ihm sicherlich auch ohne die geplante Choreographie gelungen. Aber es würde ja noch viel besser werden. Über die alberne Agentur hatte er auch Rebecca kennengelernt, die neue Flamme dieses Schnösels von einem Politiker. Die beiden hatten echt geglaubt, ihre Beziehung geheim halten zu können. Aber nicht mit ihm. Er war zu klug und hatte sie durchschaut. Die blöde Kuh hatte mittlerweile auch so oft die Beine für den Typen breit gemacht, dass er es endlich geschafft hatte, sie zu schwängern.

Es war so leicht gewesen, das Vertrauen von Schade zu gewinnen. Er hatte sich nach einem Event an der Bar mit ihm angefreundet. Und dass sie am Abend, bevor er ihn kalt gemacht hatte, sogar noch gemeinsam bei seiner schwangeren Schlampe zu Hause bekocht wurden und teuren Wein gesoffen hatten, war einfach geil. Beim Gedanken daran, dass er ihn am nächsten Morgen beim Joggen töten würde, hatte er einen Steifen bekommen.

Und die Frau würde die Nächste sein. Wenn die Bullen davon erfuhren, dass er sie bereits in seiner Gewalt hatte, und dafür würde er bald mit einem weiteren Brief sorgen, dann würde er mächtig Stimmung in den Laden bringen und keiner würde mehr daran zweifeln, dass er der Größte war.

Dieses Arschloch von einem Messerstecher konnte noch so viele Frauen umbringen, er würde es niemals mit ihm aufnehmen können.

Er hatte sich mittlerweile wieder hingesetzt und sich in der Gewissheit des kommenden Sieges eine Zigarette angesteckt.

Der größte Beweis für seine Genialität war aber mit Sicherheit sein kleiner Besuch bei der Mordkommission gewesen. Wie so oft hatte er vor dem Polizeipräsidium herumgelungert, um vielleicht einen

Blick auf die von der Suche nach ihm völlig gestressten Idioten werfen zu können, und dann bot sich ihm die Möglichkeit mit dem Pizzaboten. Nachdem er von ihm erfahren hatte, für wen die Party-Pizzen bestimmt waren, kam ihm die geniale Idee, sich selbst als Polizist aus dieser Abteilung auszugeben und anzubieten, dass er die Pizzen gleich selbst mit nach oben nehmen könne. Dann brauchte er nur noch zu bezahlen und schon war er drin in diesem Scheißhaus. Und dann hatte ihm dieses Arschloch von Kommissar auch noch ein Trinkgeld gegeben. Er könnte sich tot lachen.

„Kommissar Brathahn!", lachte er laut und triumphierend.

32.

Kurt stand am nächsten Morgen noch immer die Enttäuschung ins Gesicht geschrieben. Er hatte sich große Hoffnungen gemacht, dass Tatjana und Dennis den richtigen Tobias an der Angel hatten und war sehr enttäuscht über das Ergebnis der Befragung von Tobias Wörner. Mittlerweile hatten sich auch sämtliche seiner Alibis als absolut wasserdicht erwiesen. Somit konnte er definitiv als Täter ausgeschlossen werden. Grundsätzlich störte ihn momentan auch die Tatsache, dass sich die Ermittlungen zu sehr auf Tobias fokussierten. Der Mörder von Katja Pradova und Manuela Däumler lief ebenfalls noch frei herum, und sie kamen bei der Suche nach ihm keinen Schritt weiter. Im Gegenteil, man musste den aktuellen Stand der Ermittlungen eher als Regression bezeichnen, denn es gab keine weiteren Ermittlungsansätze oder Spuren und der Mörder war von der Bildfläche verschwunden. Wenn er sich jetzt zur Ruhe setzen würde, würden sie ihn womöglich niemals fassen. Er war sich allerdings sicher, dass er wieder in Erscheinung treten würde. Denn nach allem, was sie über ihn wussten, musste er ein unglaublich wütender Mensch sein, der aktiv werden musste, wenn die innere Wut, und damit auch der Drang zu töten, größer wurden. Aber niemand konnte wissen, wann und wo er erneut zuschlagen würde.

Was Tobias betraf, war jedenfalls sonnenklar, dass er irgendetwas mit der Agentur Heart-Attack zu tun haben musste. Es konnte kein Zufall sein, dass alle drei Opfer dort registrierte Kunden waren. Ganz offensichtlich wurde er dort nicht unter dem Namen Tobias geführt. Das konnte bedeuten, dass er in der Agentur nicht seinen richtigen Namen angegeben hatte, oder dass Tobias gar nicht sein richtiger Name war. Wie passten dann aber die Aussagen von Krankenpfleger Florian Bender und Barkeeper Gregor Sassner ins Bild? Beide hatten sich ganz sicher an einen gewissen Tobi oder Tobias erinnert. Oder die in den Boden geschriebene Nachricht von Sandro Panucci, „*S+T 1.9.12*". Was sollte das sonst heißen als Sandro+Tobias?

Sie mussten also unbedingt herausfinden, unter welchem Namen er bei Heart-Attack auftrat, dann würden sie ihn haben.

Sie beschlossen, sich zu dritt im Büro von Tatjana und Dennis zu verschanzen, um die Listen und Informationen aus der Event-Agentur in alle Einzelheiten zu zerlegen, und so hoffentlich eine Verbindung zu Tobias zu finden.

Tatjana war einverstanden, Kurt in ihrem Büro „Asyl zu gewähren" unter der Voraussetzung, dass er weder im Büro rauchen, noch Rauch von außen herein ziehen durfte. Sie beauftragten Holger Grünbaum, ausreichend Kaffee bereit zu stellen und dann zogen sie sich zurück.

Nach mehreren Stunden Studium von Photos, Namen und Adressen, Teilnehmerlisten der Events und sogar Überprüfung der Identitäten durch Abgleich mit dem Einwohnermeldeamt, ergaben sich keine Unstimmigkeiten, ganz zu schweigen von einer heißen Spur.

„Genau genommen muss das ja bedeuten, dass er bei Heart-Attack unter seinem richtigen Namen angemeldet ist. Denn jede der aufgeführten Adressen existiert tatsächlich", schlussfolgerte Tatjana.

Kurt wandte ein: „Es könnte aber auch sein, dass er unter dem Namen und der Adresse einer anderen, real existierenden Person angemeldet ist."

„Oder er ist überhaupt nicht bei Heart-Attack registriert. Aber wie kommt er dann an all die Leute ran? Wir müssen auch den Hausmeister, das Reinigungspersonal und sogar die Briefträger unter die Lupe nehmen. Und wenn es sein muss auch noch den verdammten Pizza-Boten!", setzte Dennis noch eins obendrauf. Der ziemlich müde wirkende Kurt war plötzlich wieder hellwach. „Weißt Du eigentlich, Dennis, was mich an dem Pizza-Boten von neulich gestört hat?"

„Nein, keinen blassen Schimmer. Was meinst Du?"

„Ich habe lange nicht gewusst, was es eigentlich war, das mir so seltsam vorkam. Aber jetzt weiß ich es. Du erinnerst Dich doch sicher daran, wie wir nach der Besprechung mit der Pizza in der Hand am Fenster standen und uns über mein Auto beziehungsweise Tatjanas Hochzeit lustig gemacht haben?"

„Was soll das heißen, Ihr habt Euch über meine Hochzeit lustig gemacht? Habt Ihr sie noch alle? Und welche Hochzeit überhaupt? Wenn dieser Komiker, der sich aktuell noch als mein Freund bezeichnen darf, nicht ganz schnell in die Pötte kommt, dann kann er heiraten wen er will, aber ganz sicher nicht mich!", fuhr Tatjana dem armen Kurt über den Mund, noch bevor er sich weiter um Kopf und Kragen reden konnte. In dem Moment, als er die Sache mit Tatjanas Hochzeit ausgesprochen hatte, wusste er, dass es ein großer Fehler war. Im richtigen Leben konnte man aber leider nicht die Rücklauftaste drücken, um einfach nochmals von vorne zu beginnen. Wie oft in seinem Leben hatte er sich diese übermenschliche Gabe schon gewünscht. „Entschuldige bitte, Tatjana, das war nicht böse gemeint von uns, sondern nur so daher geredet."

„Ihr redet leider sehr oft nur so daher. Denkt mal darüber nach, wie unverschämt das den Leuten gegenüber ist, über die Ihr herzieht. Wie würdet Ihr denn das finden, wenn ich immer Witze über Euch machen würde? Von Ihnen erwarte ich ja schon nichts anderes mehr, Herr Schockenried. Aber von Dir, Dennis, bin ich echt enttäuscht."

Kurt und Dennis schauten sich ratlos an. Sie waren bei Tatjana einmal mehr voll ins Fettnäpfchen getreten. Die Angelegenheit mit der Hochzeit, schien ihr doch ziemlich nahe zu gehen. Hoffentlich machte der Freund ihr bald einen Heiratsantrag, damit dieses Thema endlich vom Tisch war. Dennis überlegte, ob er vielleicht einmal nachhelfen sollte, indem er das Gespräch mit Tatjanas Lebensgefährten suchte. Sie entschuldigten sich nochmals beide bei Tatjana und versicherten ihr, dass so etwas nicht noch einmal vorkommen würde. Als sich die Wogen geglättet hatten, kam Kurt wieder auf das Thema zu sprechen, das er vor seiner unbedachten Bemerkung bereits angerissen hatte. „Also, nochmals zurück zum Pizza-Boten. Wir standen da am Fenster und haben auf den Parkplatz gesehen. Stimmt doch, oder?"

„Ja, und weiter?"

„Du hattest die Pizza bei Jacky´s Pizza-Taxi bestellt, richtig?"

„Ja, das ist richtig. Mach es doch bitte nicht so spannend, Kurt!"

„Normalerweise kommen die Jungs von Jacky´s immer mit einem kunterbunten Firmenwagen, auf dem Logo, Telefonnummer und so weiter zu lesen sind. Ich habe aber auf dem Parkplatz kein solches Auto gesehen, obwohl noch genügend Plätze frei waren. Und draußen auf der Straße dürfte er kaum geparkt haben, um freiwillig den ganzen Weg zum Haus zu laufen. Nein, nein und nochmals nein. So ein Pizza-Bote hat es immer eilig, das hat er ja selbst gesagt. Also muss alles so schnell wie möglich gehen und da kann er es sich einfach nicht leisten, einige Straßen weiter zu parken, um einen kleinen Spaziergang zu uns zu machen."

„Da könnte etwas dran sein!“, gab Dennis verblüfft zu.
„Und noch etwas“, sagte Kurt. „Der freche Kerl, der in unserem Besprechungsraum war und vorher durch das halbe spaziert ist, hat noch nicht einmal eine Firmenjacke oder eine dieser typischen Schildmützen mit dem Jacky-Logo getragen. Er war in Zivil. Wenn ihr mich fragt, stinkt das bis zum Himmel. Das war kein Pizza-Bote von Jacky´s Pizza-Taxi!“
„Aber wer war es dann?“, fragte Tatjana perplex.
„Keine Ahnung, aber ich möchte es wissen. Klemmt Euch bitte ans Telefon und sprecht mit den Leuten von Jacky´s oder fahrt hin, wenn es sein muss.“

33.

Während Tatjana und Dennis einen Ausflug in die Zentrale des Pizza- Lieferservices machten, saß Kurt an seinem Schreibtisch und versuchte ein wenig Ordnung zu schaffen. Er tat es nicht gerne, aber um ein totales Chaos aus Papier, Zigarettenschachteln, Getränkedosen und Essensresten, wie beispielsweise den Rollmöpsen von neulich, zu vermeiden, musste er gelegentlich aufräumen. Also schob er die vielen aufgestellten Bilder, auf denen seine Frau Brigitte, die zwei erwachsenen Kinder mit deren Familien und natürlich sein Hund zu sehen waren, beiseite und packte alles in einen großen Müllsack, den er dann notdürftig verschloss. Die Aufräumaktionen starteten am besten dann, wenn Tatjana nicht da war, denn so konnte sie die Müllberge nicht sehen, die er nach draußen schleppte. Da er bei diesem Sauwetter keine Lust hatte, nach unten zu den großen Müllcontainern vor dem Haus zu gehen, stellte er den Sack einfach in eine kleine, unscheinbare Besenkammer schräg gegenüber ihrer Büros und schloss die Türe. In diese vergessene Kammer hatte seit Jahren keiner mehr reingeschaut und damit war der Müll für einige Stunden sicher. Wenn er später sowieso runter ging, würde er ihn mitnehmen.

Er hatte gerade eine Zigarette im Aschenbecher ausgedrückt, als Dennis, mal wieder ohne anzuklopfen, in sein Zimmer stürmte und laut rief: „Bingo! Du hattest recht! Am besagten Tag hatte ein Pizza-Bote von Jacky´s namens Dragan Stanic den Auftrag, die Party-Pizzen bei uns abzuliefern. Als er seinen Wagen unten abgestellt hatte und gerade ins Haus wollte, gab sich ein unbekannter Mann als Polizist der Mordkommission aus und nahm ihm die Kartons ab. Er bezahlte und sagte, er würde sie gleich selbst nach oben bringen. Für Stanic war die Sache dann damit erledigt. Er hatte sein Geld bekommen und außerdem eine Menge Zeit gespart. Weil er gleich danach wieder weg gefahren ist, haben wir kein Auto von Jacky´s mehr auf dem Parkplatz gesehen. Und von wegen Brathahn, auf dem Bestellformular steht in Computerschrift und damit ganz klar leserlich, der Name Dennis Rathvan. Der Typ hat sich also obendrein noch einen schönen Scherz erlaubt. Dragan Stanic sitzt gerade unten bei einem unserer Zeichner, und nach seinen Beschreibungen wird ein Phantombild angefertigt. Und jetzt kommt der Oberhammer. Der Mann, der die Pizza hier herein gebracht hat, sieht dem Mann auf dem Phantombild, das nach den Beschreibungen von Gerda Breuning und Thea Reinhardt angefertigt wurde, zum Verwechseln ähnlich. Tobias war hier drin, ganz nah bei uns. Wir haben ihn praktisch gehabt, ohne es zu wissen!"

34.

Mittlerweile waren acht Jahre vergangen, seit sie aus Frankfurt an der Oder weg gezogen waren. Sie wollten vor den schlimmen Geschehnissen der Vergangenheit fliehen und in Berlin versuchen, so gut es ging, ein neues Leben zu beginnen. Berlin, die große, alte und neue gesamtdeutsche Hauptstadt. Wenn sie es hier nicht schaffen würden zu verdrängen und zu vergessen, dann wohl nirgendwo. So dachten seine Eltern und versuchten, auf ihre Art den Schmerz über den Verlust des geliebten Sohnes zu vergessen. Es gelang ihnen aber zu keiner Zeit.
Sein Vater arbeitete als Busfahrer und war zu den unmöglichsten Arbeitszeiten im Einsatz. Er wusste genau, dass sein Vater viele Schichten auch freiwillig übernahm, nur um nicht zu Hause sein zu müssen, und die immer unberechenbarer werdenden Wutausbrüche seiner Mutter ertragen zu müssen.
Seine Mutter war stark depressiv und litt an Wahnvorstellungen. Immer wieder glaubte sie, sein Bruder sei noch am Leben. Manchmal, wenn er nachts nicht schlafen konnte, hörte er, wie sie sich in der Küche mit ihm unterhielt. Es war an sich nicht ungewöhnlich, dass Menschen zu toten Angehörigen sprachen, aber seine Mutter führte die Gespräche in Form eines Dialoges. Manchmal näherten sich ihre Stimme und ihr Tonfall sogar sehr stark an die seines Bruders an. Sie war eine Zeit lang bei verschiedenen Ärzten in Behandlung gewesen, hatte aber vor etwa drei Jahren beschlossen, dass die Ärzte ihr nicht helfen, sondern nur den Kontakt zu ihrem geliebten Sohn unterbinden wollten. Sie hatte starke Psychopharmaka verordnet bekommen, die sie

mit reichlich Alkohol hinunterspülte. Die Medikamente hatte sie selbständig wieder abgesetzt, weil sie überzeugt war, dass sie nur verordnet wurden, um sie ruhig zu stellen und systematisch zu vergiften. Der Alkohol hingegen war ihr geblieben.
Immerhin hatte sie noch genügend Bezug zur Realität, um Feiertage wie Weihnachten und Ostern, sowie Geburts- und Todestage seines Bruders bewusst wahrzunehmen. An diesen Tagen ging es ihr aber immer besonders schlecht. Sie betrank sich, wie an vielen anderen Tag auch, bereits am Vormittag und war kaum noch ansprechbar, wenn er von der Schule nach Hause kam. Sein Vater versuchte grundsätzlich und meistens mit Erfolg, an diesen Tagen arbeiten zu müssen und ließ ihn somit bewusst alleine mit der Mutter und ihrer Wut.
Er selbst hatte keine Freunde. Ob er keine finden konnte oder wollte, wusste er selbst nicht so genau. Aber er wusste sehr genau, dass er sich wahnsinnig einsam fühlte und so kam es, dass er über die Jahre nach und nach begonnen hatte, sich seine eigene kleine Welt zu erschaffen. In dieser Welt fühlte er sich geliebt, sicher und geborgen. Nicht, dass er seinen Bruder vermissen würde. Nein, er hatte das Großmaul gehasst und er hatte auch keine einzige Sekunde bereut, was damals beim Aussichtspunkt auf Rügen wirklich passiert war. Aber er sehnte sich nach Zuneigung, Zärtlichkeit und vor allem nach der Liebe einer Frau. Das alles konnte er im wirklichen Leben nicht bekommen, aber in seiner eigenen Welt, da ging alles so einfach.
Er hatte bis heute hartnäckig an der Version seiner Geschichte festgehalten, nämlich, dass sein Bruder durch einen Unfall getötet wurde und er noch vergeblich versucht hatte, ihn zu retten. Keiner ahnte, wie es wirklich gewesen war. Das war gut für ihn. Andererseits störte ihn aber daran, dass niemand

überhaupt in Erwägung zog, dass es anders gewesen sein könnte, weil es ihm einfach keiner zutraute.
An diesem windigen Freitagnachmittag kam er nach der Schule gegen 14.15 Uhr nach Hause in ihre Wohnung in der Kantstrasse im Stadtteil Charlottenburg. Als er die Tür aufschloss und in die Küche kam, saß seine Mutter regungslos auf einem Stuhl am Esstisch und fixierte ihn mit funkelnden Augen. Sein Vater war wieder einmal nicht zu Hause. Er fragte, wie es ihr ging und überraschenderweise antwortete sie ihm mit völlig klaren und verständlichen Worten. Offensichtlich hatte sie heute nicht getrunken, oder zumindest nicht so viel.
„Ich will, dass Du es mir erzählst“, sagte sie.
„Was erzählen?“, fragte er erstaunt.
„Ich will, dass Du mir erzählst, wie Du ihn hättest retten können, es aber nicht geschafft hast. Die ganzen Jahre habe ich mich gefragt, ob er noch leben könnte, wenn Du nicht so ein Versager wärst!“
So deutlich hatte sie es noch nie ausgesprochen. Er fühlte sich schlecht und irgendwie auch ertappt zugleich. Ein anderes Gefühl gewann aber nach langer Zeit wieder einmal die Oberhand über ihn. Seine Wut wurde immer größer und er beschloss, nach all den Jahren der Demütigung, den Spieß endlich umzudrehen. Er wurde auf einmal ganz ruhig, als er seiner Mutter bis ins kleinste Detail schilderte, was sich damals wirklich zugetragen hatte. Jetzt fühlte er sich auf einmal stark. Er sah, wie sie zunächst drohte zusammenzubrechen, sich dann aber aufbäumte und vor Wut nur so schäumte. Sie ging mit Fäusten auf ihn los, aber er war ihr mittlerweile körperlich haushoch überlegen und hatte kein Problem damit, ihren Angriff abzuwehren und sie zu überwältigen. Anschließend fesselte er sie in ihrem Schlafzimmer auf dem Rücken liegend ans Bett. Er genoss diese Wut in ihren

Augen und gleichzeitig spürte er, dass sie Angst vor ihm hatte. Jetzt fühlte er sich mächtig. Endlich, das erste Mal in seinem Leben, wurde er von seiner Mutter ernst genommen.

„Weißt Du was, Mutter? Zu töten ist ganz leicht. Ich habe ihn getötet und jetzt werde ich Dich töten. Die beiden Menschen, die ich so sehr hasse wie nichts anderes auf dieser Welt, verdienen den Tod. Du wirst verstehen, dass ich Dich nicht davon kommen lassen kann, jetzt wo Du alles über mich weißt. Du hättest es aber auch sonst nicht verdient, weiter zu leben."

Er knebelte sie und wartete dann in aller Seelenruhe, bis sein Vater von der Arbeit nach Hause kam. Er überwältigte ihn ebenfalls und fesselte ihn neben seiner Mutter auf die andere Seite des Bettes. Dann riss er vor ihren Augen sämtliche Bilder des toten Bruders von den Wänden und fegte die Photos aus der Vitrine, bis auf eines. Das legte er seiner Mutter in die gefesselten Hände. Dann holte er den Spiritus aus der Küche und goss den gesamten Inhalt der Flasche über seine Eltern. Aus Mutters Augen schlug ihm der blanke Hass entgegen, während sie mit den Fingern beider Hände krampfhaft das Photo seines Bruders festhielt. Sein Vater schaute ihn Hilfe suchend an und schien zu fragen, warum?

„Weil Du geschwiegen hast, Papa", sagte er ruhig und ging in Richtung des Ausganges. Als er im Türrahmen war, blieb er stehen, drehte sich um und schnippte lässig ein brennendes Streichholz auf das Bett der Eltern.

Es war schon wieder so einfach gewesen.

35.

Seit sie den ersten Tobias-Brief bekommen hatten, waren inzwischen zwölf Tage vergangen. Seither wurde die eingehende Post vorsortiert, und alle von der Norm abweichenden Briefumschläge oder Pakete wurden sofort herausgefiltert. Insbesondere Briefe ohne Absender und handschriftlich an Dennis Rathvan adressierte Postsendungen wurden mit besonderer Aufmerksamkeit bedacht. Nach dem unvollendeten Auftritt von Tobias am Bismarckturm, bei dem er sogar von zwei Zeuginnen gesehen wurde, waren sie sich sicher, dass er sich wieder melden würde. Seine narzisstischen Wesenszüge würden es nicht zulassen, die Dinge auf sich beruhen zu lassen. Im Übrigen hatte er in seinem letzten Brief eine Fortsetzung angekündigt. Er war aber bedauernswerter Weise bisher schlau genug gewesen, sich nicht mehr in der Umgebung des Briefkastens in der Schmidener Straße blicken zu lassen, wobei sie auch nicht wirklich mit einem so einfachen Fehler seinerseits gerechnet hatten.
Jessica Dornfeld lehnte etwas gelangweilt im Türrahmen des kleinen Kopierraumes, während sie darauf wartete, dass Holger Grünbaum den Papierstau behob, den sie verursacht hatte, indem sie Berge von Fachliteratur völlig unsortiert und viel zu schnell durch den Kopierer gejagt hatte. Mit nicht ganz jugendfreien Zitaten, versuchte Holger seinem Unmut über derartige Tätigkeiten Luft zu verschaffen, was Jessica aber nicht davon abhielt, in zweiminütigen Intervallen nachzufragen, wann er denn endlich fertig wäre. Dennis kam den Gang entlang geschlendert und war wie immer hocherfreut, als er Jessica erblickte.

„Hallo, Frau Dornfeld. Wie geht es Ihnen? Haben Sie meine Nachricht erhalten?“

„Hallo, Herr Rathvan. Danke der Nachfrage. Abgesehen von der Tatsache, dass Herr Grünbaum seine liebe Mühe damit hat, den Kopierer wieder einsatzbereit zu machen und ich hier bei diesem merkwürdigen Geruch auf dem Gang stehen muss, geht es mir sehr gut. Ich habe Ihre Nachricht erhalten und hätte mich bald mit Ihnen Verbindung gesetzt. Die Sache mit dem Pizza-Boten ist durchaus bemerkenswert.“

Dennis streckte die Nase in die Luft und schnupperte. „Ich kann nichts riechen. Was meinen Sie denn für einen merkwürdigen Geruch?“

„Ach egal. Es ist ja bekannt, dass der männliche Geruchssinn nicht so gut ist wie unserer. Seltsamerweise sind Männer was jeglichen Gestank betrifft, wesentlich schmerzfreier als Frauen.“

„Hätten Sie vielleicht Zeit und Lust, bei einer Tasse herrlich duftenden Kaffees in unserem Büro über die neuen Erkenntnisse zu sprechen?“, fragte Dennis etwas schüchtern.

„Na gut“, antwortete Jessica. „Ich bin in einigen Minuten bei Ihnen. Ich muss vorher noch ein wichtiges Telefonat führen.“

Holger, der mittlerweile mit einem Schraubenzieher bewaffnet begann, den Unterboden des Kopierers aufzuschrauben, blaffte auf dem Boden liegend: „Na toll! Ihr geht schön Käffchen trinken, während der schwule Sekretär unter dem Kopierer herumrutschen kann und den Staub der letzten fünf Jahre vom Boden einatmen muss.“

„Ruhe auf den billigen Plätzen!“, scherzte Dennis. Verständlicherweise stieß diese Bemerkung bei Holger auf nicht besonders viel Verständnis.

Wenig später saßen Dennis und Jessica im Büro und versuchten, das Verhalten von Tobias weiter zu analysieren. Jessica legte ihre

Einschätzung dar: „Die Tatsache, dass er sich traute, als angeblicher Pizza-Bote durch das Polizeipräsidium zu spazieren und den ermittelnden Polizisten in die Augen zu schauen, ist sehr bemerkenswert. Er kam sozusagen freiwillig in die Höhle des Löwen. Obendrein machte er auch noch Witze auf Ihre Kosten und hat es noch nicht einmal für nötig befunden, sich zu verkleiden. Meiner Meinung nach geht er diese großen Risiken ganz bewusst ein, weil er sich quasi für unverwundbar hält. Ich glaube, wir haben es mit einer arroganten, überheblichen und sehr von sich selbst überzeugten Person zu tun. Dieser Hang zur Selbstdarstellung ist aber absolut als pathologisch zu betrachten, und der Grat zur Selbstüberschätzung ist dabei sehr schmal. Ich bin davon überzeugt, dass diese grobe Fehleinschätzung seiner eigenen Fähigkeiten, ihm früher oder später zum Verhängnis werden wird. Denn meistens ist eine Überschätzung der eigenen Möglichkeiten vergesellschaftet mit einer Unterschätzung der Fähigkeiten anderer. Er wird es nicht für möglich halten, dass wir bereits von seinem Besuch bei uns wissen. Ich vermute, dass er uns in seinem nächsten Schreiben stolz davon berichten wird."

Dennis schaute sie fragend an. „Die Tatsache, dass er den Pizza-Boten von Jacky´s vor dem Haus abgefangen hat, lässt doch vermuten, dass er sich öfter und auch länger hier in der Gegend aufgehalten hat, oder?"

„Ja", stimmte ihm Jessica zu. „Er kam bestimmt nicht zufällig hier vorbei. Er hat das Haus sicher häufiger beobachtet. Wer weiß, wie oft Sie ihm beim Verlassen oder Betreten des Gebäudes schon begegnet sind?"

„Das ist eine unheimliche Vorstellung", brummte Dennis.

In diesem Moment stürmten Tatjana und Kurt zur Türe herein und Kurt rief: „Trari-Trara, die Post ist da!"

Er knallte einen Briefumschlag und ein Paar Einmalhandschuhe vor Dennis auf den Schreibtisch und war sichtlich nervös.
„Gleicher Umschlag, gleiche Handschrift. Ohne Absender und an Hauptkommissar Dennis Rathvan adressiert. Alles genau gleich wie beim letzten Mal. Los, Kollege, schön vorsichtig öffnen!"
Dennis schaute angespannt in die Runde und streifte sich die durchsichtigen Plastikhandschuhe über. Da sie sich sicher waren, dass erneut keine DNA oder sonstige Spuren am Brief zu finden sein würden, verzichteten sie auf ein Eröffnen des Umschlages unter kriminaltechnischer Beaufsichtigung. Um den Brief oder eventuelle Inhalte nicht zu beschädigen, öffnete er vorsichtig mit einem Brieföffner den Umschlag. Ein leichter Tremor seiner rechten Hand war dabei nicht zu übersehen. Es befand sich wieder ein ordentlich zusammengefaltetes, weißes DIN-A4 Papierblatt darin, welches mit der mittlerweile bekannten, kindlichen Handschrift beschrieben war. Dennis begann vorzulesen:

„Sehr geehrter Herr Rathvan, ich bitte um Entschuldigung, dass ich längere Zeit nichts von mir habe hören lassen. Aber wie Sie ja wissen, war ich sehr beschäftigt.
Und irgendwann muss auch ich mich etwas erholen können. Ich hoffe, Sie und Ihre Kollegen konnten sich ebenfalls etwas von der Hektik der letzten Tage erholen? Fairerweise muss ich sogar zugeben, dass Sie momentan noch mehr Arbeit haben als ich. Denn Ihr müsst außerdem noch nach diesem lächerlichen Frauenmörder suchen. Gibt es was Neues in dieser lästigen Angelegenheit? Man hört gar nichts mehr, das irritiert mich ein wenig.
Übrigens bin ich ein bisschen sauer. Habt Ihr Idioten denn tatsächlich geglaubt, dass ich so verblödet bin und wieder zum gleichen

Briefkasten gehen würde? Habt Ihr mich da gesehen? Nein, sicher nicht. Aber ich habe Eure bescheuerten Bullenkollegen in Zivil da umherschleichen sehen. Die Krönung war dieser Fettsack, der mit einer Zeitung in der Hand auf der Bank saß. Hat nur noch gefehlt, dass er mit dem Finger ein Loch in die Zeitung gebohrt hätte. Ich weiß immer was ihr vorhabt. Ihr wisst nur so viel über mich, wie ich zulasse. Ich bin Euch stets einen Schritt voraus. Erstaunlich, wie lange Ihr gebraucht habt, bis Euch die Verbindung zu der Agentur aufgefallen ist. Damit hätte ich eigentlich früher gerechnet. Es hat mir großen Spaß gemacht, das Vertrauen dieses korrupten Politiker-Schweins zu gewinnen. Ihn kalt zu machen, war wirklich etwas Besonderes. Ich hatte Euch doch gesagt, dass Ihr ihn kennt. Ihr hättet seinen Tod verhindern können, wenn Ihr mich rechtzeitig geschnappt hättet. Ich hätte Euch den Schade gerne etwas spektakulärer serviert, leider sind mir aber die beiden alten Schachteln in die Quere gekommen. Die Mühe hätte sich für mich nicht gelohnt, die beiden zu verfolgen und zu töten, obwohl es eine meiner leichtesten Übungen gewesen wäre. Es reicht, dass ich mir bereits an dem Penner vor der Oper die Finger schmutzig gemacht habe. Wieso sollte ich ein unnötiges Risiko eingehen? Die sind ja eh schon scheintot. Sehen aus wie die Zombis in der Geisterbahn. Hoffentlich sehe ich in diesem Alter nicht so aus. Was meinen Sie? Sehe ich besser aus? Sie haben doch bestimmt ein super Phantombild von mir in meiner Wollmütze, oder etwa nicht? Was die Attraktivität im Alter betrifft, stehen Ihre Chancen auch nicht so schlecht, Dennis. Und ein paar geile Weiber habt Ihr auch an Bord. Ich muss es wissen, denn ich habe sie gesehen. Die Psycho-Schlampe und die Stasi-Nutte. Machen die Dich etwa heiß, Kommissar Brathahn? Na, klingelt´s bei Dir? Übrigens danke fürs Trinkgeld.“

Dennis schluckte entsetzt und las nach einer kurzen Pause weiter:

„*Aber kommen wir nun zu den wirklich wichtigen Dingen. Wie bereits angekündigt, wird es Zeit, die nächste Stufe zu erklimmen. Ich gebe Euch jetzt einen kurzen Ausblick zu meinen Plänen, alles Weitere sehen wir dann von Zeit zu Zeit. Wir bleiben in Kontakt, versprochen!*

Mein nächstes Opfer werde ich nicht sofort umbringen. Wir werden es etwas langsamer angehen als sonst. Während Sie diese Zeilen lesen, ist sie bereits in meiner Gewalt. Ja, sucht mal schön! Aber ich habe sie an einem sicheren Ort untergebracht, den ihr niemals findet, es sei denn, ich helfe Euch. Und noch etwas: Die Person ist niemals alleine. Ein Hoch auf die Liebe.

Hochachtungsvoll und voller Vorfreude auf die nächsten Tage grüßt Sie,

Ihr Tobias.“

36.

Es herrschte ein unbehagliches Schweigen im Zimmer. Keiner konnte im ersten Moment einschätzen, wie dieser Brief einzuordnen war und was er zu bedeuten hatte.
„Sehen Sie, ich hatte es doch gesagt“, nickte Jessica Dornfeld. „Er konnte es sich einfach nicht verkneifen, auf seinen Coup mit der Pizza hinzuweisen. Das konnte er unmöglich für sich behalten. Der Gedanke, dass die Aktion unbeachtet bleiben könnte, war unerträglich für ihn. Er möchte seine Taten gewürdigt wissen.“
„Ich habe ohnehin den Eindruck, dass er ziemlich unter Druck steht. Irgendwie wirkt er unentspannt und gestresst“, bemerkte Tatjana.
„Das finde ich auch“, stimmte ihr Kurt zu und ergänzte: „Er schreibt sehr hektisch und stellenweise sind erhebliche Gedankensprünge zu beobachten, ebenso wie bei den Anreden. Er springt wieder völlig unmotiviert vom Sie zum Du und zurück. Es wirkt fast so, als wüsste er selbst nicht so genau, woran er ist.“
„Wie meinen Sie das?“, fragte Jessica.
„Auf mich wirkt dieses Schreiben keinesfalls so cool und Furcht einflößend wie der letzte Brief. Ganz im Gegenteil, er wirkt irgendwie unsicher.“
„Also ich finde diesen Brief ziemlich gewaltig. Und er enthält eindeutige Ansagen, die meiner Meinung nach nicht besonders unsicher wirken!“, widersprach Dennis.

Jessica stimmte Kurt zu: „Herr Schockenried hat recht! Wenn man sich seine Formulierungen und seinen Schreibstil genauer anschaut, dann bemerkt man, dass er in seinem letzten Brief eine ganz klare Linie hatte. Er stellte keine Fragen, sondern formulierte eindeutige Aussagen. Dieses Mal hat er aber gleich mehrere Fragen gestellt. Am deutlichsten wird die Unsicherheit in der Frage nach seinem Phantombild. Er möchte wissen, wie gut Thea Reinhardt und Gerda Breuning ihn tatsächlich gesehen haben. Er weiß nicht, wie genau wir mittlerweile über sein Aussehen Bescheid wissen. Die beiden Damen haben durch ihre bloße Anwesenheit seinen Plan durchkreuzt und das scheint ihn bereits etwas aus der Spur gebracht zu haben."

„Wenn er aber nicht möchte, dass wir wissen wie er aussieht, wieso hat er sich dann für die Aktion mit der Pizza geoutet? Das passt doch nicht zusammen!", wandte Tatjana ein.

„Richtig, diese Frage liegt auf der Hand. Ich glaube, dass er hier eine sorgfältige Abwägung von Nutzen und Risiko vorgenommen hat. Die Wahrscheinlichkeit, dass wir mittlerweile eine ordentliche Beschreibung von ihm vorliegen haben, ist ziemlich groß. Als Nächstes setzt er dann das Risiko, uns seinen Besuch einzugestehen zu dieser Wahrscheinlichkeit ins Verhältnis. Und da kommt unterm Strich heraus, dass der Spaßfaktor, seinen Streich zuzugeben größer ist, als das Risiko uns etwas zu verraten, was wir wahrscheinlich ohnehin schon wussten", versuchte Jessica eine Erklärung zu finden.

Tatjana und Dennis schauten etwas fragend drein, während Kurt gleich zustimmte: „Das hört sich irgendwie absurd an, aber ich denke auch, dass es so ist. Er war sich auch bezüglich der Briefkastenobservierung, sehr unsicher. Offensichtlich konnte er sich nicht beherrschen und hat nach unseren Leuten Ausschau gehalten. Dass die sich dabei wohl so ungeschickt angestellt haben, wie ein Kamel auf dem Schwebebalken, steht auf einem anderen Blatt. Immerhin hat es aber ausgereicht, etwas Druck auf ihn auszuüben. Ich bin mir sicher, dass er unseren Atem im Nacken spürt."

„Genau wie beim letzten Mal, hat er sich auch in diesem Brief wieder in Rage geschrieben und wurde grob. Die vielen Beschimpfungen und Ausdrücke sind Anzeichen seiner Verunsicherung. Und irgendwie scheint er doch ein Problem mit Frauen zu haben, auch wenn ich nicht glaube, dass das seine Hauptmotivation für die Show ist, die er abzieht. Er spielt uns etwas vor, da bin ich mir sehr sicher. Er will uns glauben lassen, er hätte alles unter Kontrolle. Aber er braucht unsere Aufmerksamkeit, sonst haben seine Taten keinen Sinn und er keine Daseinsberechtigung. Darum möchte er die Aufmerksamkeit quasi erzwingen. Er braucht den Kontakt zu uns. Er verspricht ja sogar ihn beizubehalten und bemüht sich sehr, ihn nicht abbrechen zu lassen."

Dann schlug Jessica vor: „Man sollte sorgfältig darüber nachdenken, ob man ihn nicht sogar bewusst eine gewisse Zeit lang ignorieren sollte?"

Tatjana wiegelte ab: „Damit würden wir ihn doch nur unnötig provozieren. Immerhin hat er einen Menschen in seiner Gewalt. Und wenn sein Plan nicht aufgeht, wird er ihn umbringen."

„Das sehe ich auch so. Dieses Risiko können wir unmöglich eingehen", unterstützte Dennis sie, während Kurt aber gleich darauf heftig widersprach: „Er bringt ihn doch sowieso um. Sein Plan ist, uns an der Nase herumzuführen und am Ende eine große Show zu liefern. Und dazu gehört definitiv, dass er den Menschen tötet und zwar auf spektakuläre Weise. Ich bin auch überzeugt davon, dass es ein guter Plan ist, ihm zunächst scheinbar etwas weniger Aufmerksamkeit zu schenken. Selbstverständlich darf es nicht zu wenig sein, sonst könnte er uns durchschauen. Für so clever halte ich ihn durchaus. Wenn wir ihn mit einem richtig dosierten Maß an Missachtung strafen, könnten wir ihn weiter verunsichern und damit vielleicht Fehler provozieren. Wir müssen uns jetzt primär darauf konzentrieren, herauszufinden von welcher Person er spricht und wen er gefangen hält. Meiner Meinung nach führt die Suche unweigerlich über Heart-Attack. Alle seine bisherigen Opfer hatten irgendetwas mit der Agentur zu tun, wieso sollte es dieses Mal anders sein?"

Jessica stimmte zu: „Er ist nicht flexibel genug, seine grundsätzliche Vorgehensweise zu ändern, auch wenn es jetzt bereits einige Abweichungen zu den anderen Fällen zu geben scheint. Was gibt es denn im Brief für Hinweise auf die gesuchte Person?" Dennis überflog nochmals den letzten Abschnitt.

„Hier steht: ...ist sie bereits in meiner Gewalt. Das könnte ein klarer Hinweis auf eine Frau sein. Weiter unten steht aber: Die Person ist niemals alleine.

Mit sie könnte also auch die Person gemeint sein. Und könnte dieser Satz nicht auch bedeuten, dass die Person ständig bewacht wird? Vielleicht von einem Komplizen?"

Plötzlich meldete sich Tatjana triumphierend zu Wort.

„Typisch Mann. Die Person ist niemals alleine. Das bedeutet im Klartext, dass wir nach einer schwangeren Frau suchen. Jetzt müssen wir nur noch die Agentur nach einer schwangeren Frau auf den Kopf stellen!"

Jessica nickte: „So könnte man diese Zeile tatsächlich interpretieren. Wir sollten aber auch einen Verbündeten nicht völlig ausschließen. Vielleicht bedeutet es auch, dass die Person sich irgendwo befindet, wo viele andere Menschen sind. Oder vielleicht wird sie in ihrem Gefängnis von Kameras überwacht und beobachtet."

Nachdem sie noch eine Weile angeregt weiter diskutiert und den Brief dabei in alle Einzelteile zerlegt hatten, beendete Kurt abrupt die Gesprächsrunde: „So, genug gequatscht. An die Arbeit, Leute! Wer bringt den Brief in die Kriminaltechnik?", fragte er fordernd.

„Bin schon unterwegs!", antwortete Tatjana scheinbar hoch motiviert. Als sie das Büro verließ und auf dem Gang war, blieb sie stehen und rümpfte die Nase während sie fragte: „Was riecht denn hier eigentlich so komisch?"

37.

Wenig später wühlte Dennis ungeduldig in den großen Papierstapeln, die wild über seinen Schreibtisch verteilt waren.
„Verdammt und zugenäht. Wo ist nur das Blatt, das ich suche? Ich habe es neulich noch gesehen, als wir alle Unterlagen von Heart-Attack durchgegangen sind. Ich habe ihm keine große Bedeutung beigemessen, darum hab ich es auf den Stapel mit den eher unwichtigen Informationen gelegt. Warum ist das häufig im Leben so, dass etwas immer da ist, wenn aber der Moment gekommen ist, da man es braucht, ist es plötzlich verschwunden?“
„Das nennt sich Murphy´s Law!“, antwortete Tatjana trocken. „Und außerdem hat es etwas mit Ordnung zu tun. Dass Du davon aber nicht viel verstehst, ist mir schon seit Langem klar. Es war nur eine Frage der Zeit, bis mal etwas Wichtiges verschwindet.“
Dennis war sichtlich genervt. „Deine Klugscheißerei nützt mir jetzt herzlich wenig. Hilf mir lieber beim Suchen, anstatt hier große Reden zu schwingen.“ Tatjana lehnte sich in ihrem Stuhl zurück und verschränkte die Arme vor der Brust. „Jetzt mal ganz langsam, mein Lieber, und schön der Reihe nach. Also erstens führe ich grundsätzlich keine Anweisungen aus, die mir in diesem Ton gegeben werden. Zweitens weiß ich noch nicht einmal wonach Du da in Deinem Saustall suchst und drittens kannst Du mich mal kreuzweise!“
Dennis war so in seine Suche vertieft, dass er Tatjanas Beschimpfungen nicht einmal zur Kenntnis nahm. Plötzlich schrie er

triumphierend: „Da, endlich habe ich es gefunden. Ich wusste doch, dass es irgendwo hier sein muss."
„Wovon sprichst Du denn nun eigentlich? Könntest Du mir bitte einmal erklären, was dieser ganze Zirkus zu bedeuten hat?", fragte Tatjana kopfschüttelnd.
„Dafür haben wir jetzt keine Zeit. Ich erkläre Dir alles im Auto. Los, nimm Deine Jacke und komm mit."
Normalerweise hätte Tatjana eine derartige Aufforderung ignoriert, aber sie bemerkte, dass Dennis extrem aufgeregt zu sein schien. Also folgte sie ihm.

Als sie hektisch über den Gang gingen, kamen sie an Holger Grünbaum, dem Hausmeister Herrn Üzelbür und einer Dame vom Reinungsdienst vorbei, die sich wild gestikulierend in einem Sprachgemisch aus schwäbisch angehauchtem türkisch, kroatisch und „deutsch für homosexuelle Sekretäre" darüber stritten, wo denn dieser merkwürdige Geruch herkam.
Als sie im Auto saßen, forderte Tatjana Dennis auf, ihr nun endlich zu verraten, was sie vorhatten.
„Also gut. Die Unterlagen, nach denen ich vorhin gesucht habe, waren die Teilnehmerliste und die persönlichen Daten der Personen, die neulich an meinem Speed-Dating-Event teilgenommen hatten. Die letzte Dame, die zu mir an den Tisch kam, war eine gewisse Maria Berndorf. Sie erzählte mir von einer Freundin, die scheinbar über Heart-Attack ihre große Liebe gefunden hat und mittlerweile schwanger ist. Ihre Freundin heißt mit Vornamen Rebecca. Bei Heart-Attack waren in den letzten Jahren gerade mal zwei Rebeccas registriert, wobei wir über Maria sicher gleich an die Richtige der beiden gelangen werden. Ich gehe einmal davon aus, dass sie den Nachnamen ihrer Freundin kennt. Über den Mann wusste sie leider nichts,

das schien eine etwas mysteriöse Angelegenheit gewesen zu sein und Rebecca wollte niemandem etwas zu seiner Person sagen."
„Vielleicht war es Tobias?"
„Schon möglich. Aber eine Beziehung mit Frau und Kind passt irgendwie nicht zu so einem Psychopathen. Du weißt doch noch, welche Informationen uns Jessica zum Täterprofil gegeben hat?"
„Es wäre doch aber auch denkbar, dass er genau deshalb die Frau loswerden möchte, oder? Übrigens, nennen wir sie jetzt schon Jessica, ja? Habe gar nicht mitbekommen, dass Ihr Euch angefreundet habt!", sagte Tatjana in dem ihr eigenen, sehr provozierenden Tonfall. Aber Dennis beschloss, sich nicht aus der Ruhe bringen zu lassen, schließlich hatten sie wirklich Wichtigeres zu tun. „Ich habe mich nicht mit ihr angefreundet und damit basta. Weiter sage ich zu diesem Thema nichts ohne meinen Anwalt", sagte er lächelnd.
„Das dürfte wohl auch besser sein!", entgegnete ihm Tatjana ebenfalls mit einem leichten Lächeln und signalisierte so, dass sie ihn eigentlich nur ein bisschen aufziehen wollte.

Maria Berndorf hatte einen kleinen Souvenir-Shop im SI-Musical-Center in Möhringen. Als Dennis und Tatjana durch die belebte Passage des Musical-Centers liefen, sahen sie den kleinen Souvenir-Shop schräg gegenüber eines Irish-Pubs. Als sie hereinkamen, verkaufte Maria Berndörfer gerade ein Poster an eine junge Asiatin. Paradoxerweise waren die Wände und Regale des kleinen Ladens voll mit Accessoires zum Musical Rebecca, das seit einiger Zeit in Stuttgart zu sehen war. Maria erkannte Dennis nicht gleich und sprach die beiden Polizisten höflich an. „Einen schönen guten Tag. Was kann ich denn für Sie tun? Möchten Sie ein Andenken an das Musical? Oder falls

Sie Touristen sind, haben wir hier drüben unsere Ecke mit den Stuttgart- Souvenirs."
Dennis dachte kurz darüber nach, dass ihm Äffle und Pferdle mit dem Fernsehturm unterm Arm gerade noch in seinem Regal gefehlt hätten, genauso wie der Bildband „Eisbären aufgepasst: Unsere Wilhelma in der kalten Jahreszeit."
Da erkannte ihn Maria. „Hi! Sag mal, Du bist doch der, na wie noch mal mit dem indischen Nachnamen? Bist Du zufällig hier oder steigst Du mir etwa hinterher?"
„Hallo, Maria. Mein Name war Dennis Rathvan. Der Nachname stammt in der Tat aus dem Indischen, aber keiner bei uns weiß, wie wir zu diesem Namen kamen. In meiner Familie sind seit Generation alle so schwäbisch wie Hannes und der Bürgermeister aus der Mäulesmühle. Wir sind dienstlich hier. Das ist Polizeioberkommissarin Tatjana von Senden. Meine Kollegin und ich sind von der Kriminalpolizei Stuttgart."
„Schade. Ich hatte schon gehofft, Du wärst ein perverser Stalker. Warum kommt ihr denn dann zu mir? Ich habe niemanden umgebracht und auch sonst nichts verbrochen, jedenfalls nicht das ich wüsste!", entgegnete sie leicht enttäuscht und zugleich amüsiert.
„Du hast mir beim Speed-Dating von Deiner Freundin Rebecca erzählt, die ihren Traummann gefunden hat und mittlerweile schwanger ist. Wir suchen Rebecca und müssten sie dringend sprechen."
„Da könnt Ihr lange suchen. Ich versuche auch bereits seit drei Tagen vergeblich, sie zu erreichen. Ich habe ihr mehrfach auf die Mailbox gequatscht, aber das Handy ist immer abgeschaltet. Gestern abend bin ich sogar bei ihr zu Hause vorbei gefahren und habe geklingelt. Alles vergeblich. Oh Gott, ist ihr etwas zugestoßen?"

„Um ganz ehrlich zu sein, Maria, das wissen wir nicht genau, aber wir wollen es überprüfen und möglichst schnell hoffentlich ausschließen. Könntest Du uns bitte ihre genaue Adresse geben? Auch sonstige Daten von Freunden und Verwandten, sowie Arbeitgeber, Frauenarzt und so weiter. Alles was Du finden kannst."

„Wir sind bei der gleichen Frauenärztin in Behandlung. Ich kam auf Rebeccas Empfehlung zu ihr. Christiane Haber, sie ist zwar nicht die freundlichste, aber ich fühle mich bei ihr gut aufgehoben. Ihre Praxis ist in Degerloch, ganz in der Nähe des Albplatzes."

Maria suchte hilfsbereit im Handy und in ihrem Timer nach den gewünschten Informationen und stellte Tatjana und Dennis alles zur Verfügung, was sie finden konnte.

Die Wohnung von Rebecca Kellner lag ebenfalls in Degerloch, in einem Wohngebiet nahe der Waldau. Auf dem Weg dorthin telefonierte Tatjana mit dem Arbeitgeber von Rebecca. Bei der Marketing-Agentur Schneider und Heintze teilte man ihr jedoch mit, dass Rebecca bereits seit vier Wochen nicht mehr zur Arbeit erschienen war und noch bis einschließlich Ende des Monats krank geschrieben war. Warum sie im Krankenstand war, sei nicht bekannt. Es hatte nach ihren Angaben aber wohl mit der Schwangerschaft zu tun, erinnerte sich eine Kollegin.

„Weißt Du was?", sagte Tatjana. „Lass uns doch gleich bei der Frauenärztin vorbeifahren. Das liegt sowieso auf dem Weg."

38.

Wie in jeder kassenärztlichen Praxis, war auch in der Praxis von Christiane Haber an diesem Nachmittag die Hölle los und man fragte sich, wie eigentlich ein Mensch alleine, in diesem Falle eine zierliche Gynäkologin, all diese Menschen behandeln, untersuchen, beraten und ihnen am Ende auch noch helfen sollte. Trotzdem nahm sich Christiane Haber bereitwillig Zeit für Tatjana und Dennis und machte einen leicht gestressten, aber trotzdem ausgeglichenen Eindruck. Die Unfreundlichkeit von der Maria Berndorf gesprochen hatte, konnten sie nicht feststellen. Als sie sich kurz vorgestellt hatten, fragte Dennis neugierig:
„Und das ist ihr Alltag?"
Christiane Haber antwortete gelassen: „Ja, der ganz normale Wahnsinn. Jeden Tag aufs Neue. Wenn ich den Grundgedanken des ärztlichen Berufes nicht so sehr lieben würde und mir die Patienten nicht so sehr am Herzen lägen, hätte ich schon lange alles hingeschmissen. Die Zeiten, in denen Ärzte viel Geld verdient haben sind schon lange vorbei, zumindest für die meisten von uns. Leider wird durch Medien und Politik immer noch das Klischee vom Golf spielenden Arzt mit Yacht auf Mallorca gepflegt und dabei den Leuten vermittelt, wir würden den Hals nicht voll bekommen und wollten uns nur auf Kosten der Allgemeinheit bereichern."
„Komisch", sagte Dennis. „So etwas Ähnliches hat mir schon einmal jemand erzählt. Da muss wohl etwas dran sein!"
Dann erläuterte er den Grund ihres Besuches und bat um einige Informationen zu Rebecca Kellner. Christiane Haber beugte

sich etwas nach vorne und stützte dabei ihre Unterarme auf den Tisch. „Sie wissen schon, dass ich an die ärztliche Schweigepflicht gebunden bin?"
„Aber nicht bei der Ermittlung in mehreren Mordfällen", wollte Tatjana klarstellen.
„Wenn ich Sie richtig verstanden habe, geht es aber nicht um einen Mord an Rebecca Kellner. Sie wird lediglich vermisst?!"
Tatjana wurde wütend: „Sie wollen doch jetzt nicht ernsthaft eine kriminalistische Diskussion mit mir darüber führen, ob diese Fälle miteinander in Verbindung stehen könnten oder nicht. Wenn Sie nicht kooperieren, ziehen wir sie wegen Behinderung der Ermittlungen zur Verantwortung!"
Dennis hob schlichtend die Hände. „Ganz ruhig. Wir finden sicher einen Weg wie wir an unsere Informationen kommen und Sie nicht mit der Verletzung der Schweigepflicht kollidieren."
„Schon gut", sagte Christiane Haber und würdigte Tatjana fortan nicht eines Blickes mehr. Sie öffnete auf ihrem Bildschirm mit einem Doppelklick die digitale Patientenakte von Rebecca Kellner und berichtete kurz und präzise: „Rebecca Kellner ist siebenunddreißig Jahre alt und seit etwa neun Jahren Patientin in dieser Praxis. Ich selbst betreue sie seit etwa drei Jahren, nachdem ich die Praxis von meinem Vorgänger übernommen habe. Sie kam üblicherweise zweimal im Jahr zur gynäkologischen Routineuntersuchung. Über wesentliche Vorerkrankungen ist mir nichts bekannt. Sie ist aktuell in der fünfundzwanzigsten Schwangerschaftswoche ihrer ersten Schwangerschaft. Sie erwartet nach dem jetzigen Stand der Dinge, einen gesunden Jungen. Allerdings verläuft die Schwangerschaft nicht ganz unkompliziert. Sie fühlte sich häufig unwohl und berichtete dabei über einen Zusammenhang der Beschwerden mit der Nahrungsaufnahme. Anhand des oralen Glucosetoleranztests konnte ich

dann schnell die Diagnose eines Gestationsdiabetes stellen. In ihrem Fall wurde dann aus einem zunächst latenten, diätetisch eingestellten Schwangerschaftsdiabetes, eine insulinpflichtige Ausprägung der Erkrankung. Unter weiterhin strenger Diät, Insulingabe und regelmäßigen Blutzuckerkontrollen kann die Erkrankung aber für Mutter und Kind folgenlos bleiben. Nach der Schwangerschaft pendelt sich der Insulinspiegel meistens nach relativ kurzer Zeit wieder von selbst ein."

Dennis fragte dazwischen: „Gibt es denn keine Tabletten für die Behandlung?"

„Die oralen Anti-Diabetika sind in der Schwangerschaft und Stillzeit absolut kontraindiziert", erklärte die Ärztin.

„Was würde denn passieren, wenn sie keine adäquate Behandlung bekäme?"

Christiane Haber legte die Stirn in Falten. „Genau darüber mache ich mir Sorgen. Sie hätte vorgestern zur großen Untersuchung mit Blutbild, Ultraschall, Blutzuckerbestimmung und so weiter erscheinen sollen. Sie hat den Termin aber verpasst und sich seither auch nicht bei uns gemeldet. Rebecca Kellner ist ansonsten nicht bekannt dafür, unzuverlässig zu sein. Meine Arzthelferinnen haben mehrfach erfolglos versucht, sie zu erreichen. Wenn sie kein Insulin bekommt und sich nicht streng nach dem Diätplan ernährt, kann das unter Umständen fatale Folgen für sie und das ungeborene Kind haben."

Tatjana schwieg ebenfalls beharrlich, so dass die Konversation ausschließlich zwischen Dennis und der Ärztin stattfand.

„Eine letzte Frage noch, dann sind Sie uns los. Wissen Sie etwas über den Vater des Kindes?"

„Ja, einen Moment bitte", sagte sie und ihre Augen wanderten suchend über den Bildschirm.

„Der Vater heißt Marinus Schade. Ich glaube, er ist Politiker oder so was Ähnliches. Er ist ganz nett und war einige Male bei den Schwangerschaftsuntersuchungen dabei.“
Tatjana und Dennis warfen sich einen erstaunten Blick zu.
Da Dennis sein Fehler bei den Ermittlungen zum Mord an Sandro Panucci noch schwer im Magen lag, war er in den vergangenen Tagen sehr aufmerksam gewesen und hatte alle möglichen Informationen wie ein Schwamm in sich aufgesaugt und auf seiner internen Festplatte gespeichert. Er erinnerte sich an das Photo von Marinus Schade bei der Podiumsdiskussion, das ihm seine Schwester mittlerweile auch aufs Handy geschickt hatte und zeigte es Christiane Haber.
„Schauen Sie sich bitte die zweite Person hinten rechts an! Ist das Rebecca Kellner?“
Die Ärztin nickte kurz. „Ja, das ist sie.“
Als sie fast das Sprechzimmer verlassen hatten, rief ihnen Christiane Haber hinterher: „Ach, und grüßen Sie bitte Simon Brandner von mir, wir waren Kommilitonen.“
„Das mache ich gerne“ sagte Dennis und fragte noch beiläufig: „Dann kennen Sie bestimmt auch Mark Scheck. Wir sind gute Freunde.“
„Schau an, die Welt ist klein und Stuttgart ein Dorf. Ja, den kenne ich auch. Grüßen Sie ihn bitte ebenfalls recht herzlich von mir.“

39.

Die Wohnung von Rebecca Kellner in der Löwenstrasse lag nicht weit von der gynäkologischen Arztpraxis entfernt. Die zwei Kilometer lange Strecke kam ihnen trotzdem wie eine Ewigkeit vor. Endlich angekommen, standen sie erwartungsgemäß vor verschlossenen Türen. Auch auf mehrfaches Klingeln, Klopfen und Rufen tat sich nichts. Die Nachbarn hatten Rebecca seit einigen Tagen nicht mehr gesehen, was aber niemanden beunruhigt hatte, denn es kam offensichtlich häufiger vor, dass sie für einige Tage nicht nach Hause kam. Wahrscheinlich wohnte sie in dieser Zeit bei Marinus Schade.
Herr Ambrosius, ein allein stehender Rentner, der Eigentümer der Wohnung unter der von Rebecca Kellner war, wollte vor drei Tagen morgens einen Streit in der Wohnung über ihm gehört haben. Da er aber nicht mehr allzu gut hörte und, wie meistens, aus Eitelkeit seine Hörgeräte nicht trug, konnte er nicht verstehen, worum es dabei ging. Er hatte auch mehrfach lautes Poltern gehört, nachdem die Geräusche aber dann wieder verstummt waren, hatte sich die Angelegenheit für ihn erledigt. Streit zwischen Paaren war ja schließlich nichts Ungewöhnliches, er erinnerte sich dabei noch sehr gut an seine eigene Ehe, die trotz immer wiederkehrender Meinungsverschiedenheiten, bis zum Tod seiner Frau vor einigen Jahren sehr glücklich gewesen war. Gesehen hatte er niemand. Er konnte also nicht mit Sicherheit sagen, dass es Marinus Schade gewesen war, mit dem Rebecca Kellner an diesem Morgen vor drei Tagen eine handfeste Auseinandersetzung hatte. Den Herrn Schade kannte

er flüchtig und fand ihn ganz sympathisch. Dass er Politiker war, hatte ihn nie sonderlich interessiert. Ob Stuttgart-21 kommt oder nicht, sei für ihn ohne jede Bedeutung und er könne diese ganze Aufregung um einen Bahnhof sowieso nicht verstehen. Sollen die Einen doch bitte schön das Projekt endlich vernünftig planen und darauf achten, dass sich die Kosten in Grenzen halten und die Anderen sollten sich nicht so künstlich aufregen und ihren eigenen Vorschlag auch noch einmmal überdenken, denn dieser sei auch nicht der Weisheit letzter Schluss.

Kurt gab Dennis über das Handy klare Anweisungen. „Ich habe alle offiziellen Dinge geregelt und dabei sogar alle Dienstwege vorschriftsmäßig eingehalten. Aber Ihr wartet bis das MEK da ist, bevor Ihr da rein geht, hast Du mich verstanden? Und die sollen bitte nicht wie so oft die ganze Wohnung zertrampeln, damit wir auch bestimmt keine einzige Spur mehr finden können. Du kennst ja die Geschichte mit dem Elefanten und dem Porzellanladen?!“

„Alles klar, Boss!“, sagte Dennis und legte auf.

Als das Mobile Einsatzkommando da war, wurde nach einer kurzen Koordination der Abläufe, die nicht abgesperrte Türe zur Wohnung von Rebecca Kellner geöffnet. Die Wohnung war verlassen und auf den ersten Blick nichts Auffälliges zu sehen. Sie konnten aber ganz schnell feststellen, dass Rebecca die Wohnung schnell und ungeplant verlassen hatte. Das Licht in der Mikrowelle brannte bei offen stehender Türe. Die Heizungen waren auf die zweithöchste Stufe eingestellt, obwohl vor drei Tagen ein spätsommerlicher Tag war. Auf dem Esstisch standen ein sauberer Teller mit einem Messer darauf und eine fast ganz volle Tasse mit kaltem Früchtetee. Außerdem stand noch ein halbvolles Glas Himbeermarmelade auf dem Tisch, das man nach Gebrauch doch eher wieder in den Kühlschrank stellen

würde und die Tageszeitung lag annähernd knitterfrei daneben. Auf der unteren Hälfte der Titelseite war eine kleine Überschrift mit Verweis auf den Lokalteil. „Schade und Hackländer machen Fortschritte bei Vermittlungsgesprächen." Gleich daneben war eine wesentlich größere Schlagzeile zu lesen. „Polizei weiterhin völlig ratlos bei der Suche nach den Serienmördern."
Im Schlafzimmer fanden sie eindeutige Spuren, die darauf hindeuteten, dass hier ein Kampf stattgefunden hatte. Kleidung und Bettwäsche lagen wild durcheinander geworfen über den Boden verstreut. Auf dem Boden neben dem Nachttisch befand sich ein großer Fleck einer getrockneten Flüssigkeit und daneben lag ein zerbrochenes Saftglas. Auf dem Teppichboden waren eindeutig viele Fußspuren zu erkennen, die aufgrund ihrer Ausprägung und Anordnung ebenfalls eindeutig auf einen stattgefundenen Kampf hindeuteten. Da waren die nackten Fußabdrücke einer Frau und die Abdrücke von Herrenturnschuhen der Größe vierundvierzig.

Es gab jedoch noch drei ganz eindeutige Hinweise darauf, dass Rebecca Kellner ihre Wohnung nicht freiwillig verlassen hatte. Auf der hüfthohen, weißen Holzkommode im Flur lag neben ihrem Schlüsselbund mit sämtlichen Haus-, Wohnungs- und Autoschlüsseln auch ihr Mutterpass und ein kleines, blaues Medikamententäschchen mit Reißverschluss. Darin befanden sich ein Blutzuckermessgerät, Tupfer und Desinfektionsmittel, kleine Pflaster und ein Insulin-Pen.
Tatjana informierte Kurt und die Großfahndung nach Rebecca Kellner wurde sofort eingeleitet.

40.

Als Sabrina Gerber vor einem halben Jahr ihre Ausbildung in einer großen Supermarktkette abgeschlossen hatte, war sie vom Remstal in die Stadt gezogen, genauer gesagt in den Stadtteil Gaisburg im Stuttgarter Osten. Mittlerweile musste sie als Kassiererin auch Spätschichten übernehmen. Der erst vor kurzem komplett renovierte Supermarkt am Ostendplatz hatte wie immer abends bis 22.00 Uhr geöffnet. Sie musste also nur noch fünfunddreißig Minuten überstehen, dann konnte sie ihre Arbeit für heute beenden. Für die restlichen Aufräumarbeiten und das Absperren des Gebäudes waren an diesem Tag andere eingeteilt.

Sie hatte bereits eine gekühlte Flasche Sekt in Ihrer Tasche unter der Kasse, denn sie wollte nach Feierabend auf dem schnellsten Weg nach Hause, um mit Ihrem Freund Sven in seinen neunzehnten Geburtstag hineinzufeiern. Es sollten heute nur sie beide sein, die große Feier mit vielen Freunden war erst für das kommende Wochenende geplant.

Eigentlich mochte sie die Spätschichten, denn zu dieser Uhrzeit war nicht mehr viel los im Supermarkt. Einige Spätdienstler aus dem nahe gelegenen Krankenhaus erledigten auf dem Heimweg noch schnell ihre Einkäufe und einige Unverwüstliche aus der berüchtigten Säuferszene rund um den Ostendplatz, deckten sich noch mit Bier und billigem Schnaps für die Nacht ein.

Nachdem schon seit einigen Minuten kein Kunde mehr an die Kasse gekommen war, näherte sich nun ein Mann mit langsamen Schritten. Er trug eine dicke Jacke und hatte die große Kapuze tief ins Gesicht gezogen. Er legte eine Packung Pfefferminzbonbons auf das Band. Sie begrüßte ihn freundlich und zog die Bonbons mit dem Barcode über den Scanner. Der Mann hatte nicht zurück gegrüßt und auch sonst benahm er sich irgendwie merkwürdig. Nicht einmal für einen winzigen Augenblick hatte er ihr ins Gesicht geschaut. Bei diesem Verhalten dachte sie sofort an einen klassischen Ladendieb, der sich nicht besonders klug anstellte. Innerlich triumphierte sie bereits und freute sich darüber, dass bei einer entsprechenden Schulung im vergangenen Frühjahr offensichtlich doch etwas hängen geblieben war. Der Typ war wirklich wie aus dem Lehrbuch. Einen Alibikaufartikel hatte er zur Bezahlung auf das Band gelegt, er trug eine weite Jacke und hatte einen großen Rucksack auf dem Rücken. Die Kapuze ins Gesicht gezogen, damit man ihn nicht erkennen konnte und dazu ein sehr nervöses Auftreten.

„Das macht neunundachtzig Cent, bitte!", sagte sie.

Der Mann zog seinen Geldbeutel aus der linken, hinteren Hosentasche und kramte nervös in seinem Münzfach. Beim Zählen der Münzen fielen ihm einige davon auf das Band. Mit zittrigen Händen sammelte er sie wieder ein und als er merkte, dass sein Kleingeld nicht ausreichte, bezahlte er schließlich mit einem Zehn-Euro-Schein. Sabrina gab ihm das Wechselgeld und war erleichtert, dass in genau diesem Moment ihr erfahrener Kollege Herr Stankovic kam, um sie zu fragen, ob sie aufgrund ihres privaten Termins nicht ein wenig früher Schluss machen wollte, denn es sei ja sowieso nicht mehr viel los. Sie zwinkerte ihrem Kollegen zu und nahm dann ihren ganzen Mut zusammen, um den merkwürdigen Kunden, so wie sie es gelernt hatte, höflich aber bestimmt aufzufordern, seine Tasche zu öffnen.

„Entschuldigung, aber würden Sie bitte für uns Ihren Rucksack öffnen?!"

Der Mann blickte sich nervös nach allen Seiten um, dann holte er seinen Rucksack vom Rücken und öffnete ihn.

„Wir würden Sie auch bitten, den Inhalt auszuräumen", forderte ihn Herr Stankovic auf. Mit langsamen Bewegungen räumte der Mann seinen Rucksack aus. Er hatte darin eine dunkle Regenjacke, eine graue Baumwollhose, ein schwarzes T-Shirt und ein Paar Straßenschuhe mit frischen Socken und außerdem einen blauen Müllsack. „Danke", sagte Herr Stankovic. „Und jetzt öffnen Sie bitte noch ihre Jacke!"

Langsam öffnete er den Reißverschluss und kehrte mit einer flüchtigen Bewegung kurz beide Innenseiten der Jacke nach außen, wobei in seiner rechten Innentasche etwas aufblitzte. Er bemerkte, dass Sabrina wohl etwas Verdächtiges gesehen hatte und sagte leise während er sich von außen an die Brusttasche klopfte: „Mein Handy."

Herr Stankovic trat an ihn heran und fasste ebenfalls von außen an die rechte Brust des Mannes, der erschrocken einen Schritt zurück wich.

„Das scheint wirklich ein Handy zu sein", sagte Herr Stankovic und ergänzte: „Bitte entschuldigen Sie die Unannehmlichkeiten, aber wir sind nun mal angehalten, beim geringsten Verdacht auf Ladendiebstahl eine Überprüfung vorzunehmen. Einen schönen Abend und beehren Sie uns bald wieder."

Der Mann nahm seine Bonbons und ging wortlos zum Ausgang. Als er weg war sagte Sabrina zu Herrn Stankovic: „Hoffentlich beehrt der uns nicht wieder!", und beide mussten lachen.

41.

Das war gerade noch mal gut gegangen. Fast hätten die beiden das Messer in der großen Innentasche seiner Jacke entdeckt. Wie gut, dass er noch die Idee mit dem Handy hatte und dass er es tatsächlich in der kleineren Brusttasche, die sich etwas weiter oben befand, verstaut hatte. Die hatten nichts bemerkt, da war er sich sicher. Was musste auch der blöde Mann, dieser Herr Stankovic, dazu kommen? Von den Süßwarenregalen aus hatte er die nette Kassiererin doch extra lange genug beobachtet, um sicher zu sein, dass er an der Kasse ungestört wäre. Er wollte sie doch nochmals aus nächster Nähe sehen und ihre Stimme hören. Sie war so sanft und noch so jung. Er hätte sie auch gerne bei der Rückgabe des Wechselgeldes kurz an der Hand berührt, aber er war zu nervös gewesen und es war ihm nicht gelungen. Ob sie seine Nervosität bemerkt hatte? Wenn sie es bemerkt hatte, dann wusste sie aber ganz bestimmt nicht den Grund für seine Aufregung. Sie dachte, er sei ein Ladendieb. Das war doch lächerlich. Es war einfach nur das Lampenfieber, das ihm etwas zu schaffen machte. Bei den beiden letzten Morden war es auch so gewesen, zumindest im Drei-Farben-Haus. Im Wald bei Botnang, war es das Schicksal gewesen, das ihn und die Joggerin zusammengeführt hatte. Aber als er sie so völlig durchnässt vom Regen gesehen hatte, keuchend vor Angst und vom schnellen Rennen, da war sofort diese Vorfreude in ihm erwacht. Fast ein bisschen wie ganz früher als Kind in den Tagen vor seinem Geburtstag. Aber an diese Zeit wollte er jetzt nicht mehr denken, auch wenn sie sich leider nicht immer ganz aus seinem Kopf verdrängen ließ. Letzte Woche war er zufällig in diesem Supermarkt gewesen und hatte die hübsche Kassiererin entdeckt. Ob sie sich auch noch an ihn erinnern konnte? Ob sie ihn auch so attraktiv fand wie er sie? Wer wusste das schon. Aber auf Gefühle konnte er leider keine Rücksicht nehmen, das konnte er sich in der momentanen Situation einfach nicht erlauben. Er würde sie töten müssen. Sein Widersacher durfte ihm nicht weiterhin voraus sein, nicht schon wieder.

Sven Hamann saß zu Hause in ihrer Gaisburger Zwei-Zimmer-Wohnung und hatte versucht, eine gemütliche Stimmung in der Wohnung zu erzeugen. Das Licht war gedimmt, die Kerzen standen bereits mit den Sektgläsern auf dem Tisch und die Kuschelrock-CD war eingelegt. Er hatte heute auch die Wohnung geputzt und aufgeräumt. Für die Einkäufe war meistens Sabrina zuständig, da sie diese aus dem Supermarkt mitbrachte. Momentan konnten sie sich noch keine größere Wohnung leisten, da sein Gehalt als Gas- und Wasserinstallateur im dritten Lehrjahr nicht besonders hoch war, und Sabrina verdiente im Supermarkt auch keine Reichtümer. Aber wenn er eines Tages seinen eigenen Betrieb hätte, dann würde es ihnen gut gehen. Vielleicht könnten sie sich dann sogar, für sich und die Kinder, die sie später einmal haben wollten, ein eigenes kleines Häuschen mit einem Garten leisten.
Es war mittlerweile zwanzig Minuten vor 22.00 Uhr. Bald würde Sabrina anrufen, damit er wusste, wann er sich, wie immer, auf den Weg machen konnte, um ihr entgegen zu laufen. Da sie kein Auto hatten, ging Sabrina den Weg zur Arbeit und zurück immer zu Fuß. Dabei führte sie ihr Weg durch den Klingenbachpark. Er wollte auf keinen Fall, dass sie diese Strecke bei Dunkelheit alleine zurücklegte. Eigentlich wäre es ihm sowieso am liebsten,

wenn sie direkt vor dem Supermarkt auf ihn warten würde, aber mittlerweile hatte es sich so eingependelt, dass sie sich auf halber Strecke trafen und den Rest der Strecke dann noch gemeinsam bis zur Wohnung gingen.

Nach dem eigenartigen Zwischenfall hatte Herr Stankovic die Kasse von Sabrina übernommen und wünschte ihr einen schönen Abend mit dem Hinweis nicht zu lange zu feiern, denn schließlich müsse sie ja am nächsten Vormittag wieder ausgeruht zur Arbeit erscheinen. Sie bedankte sich für sein Entgegenkommen, zog ihre Jacke an und schnappte die große Handtasche mit der Sektflasche darin. Sie fühlte an der Flasche und stellte beruhigt fest, dass sie immer noch gut gekühlt war. Wenn sie zu Hause noch die verbleibende Zeit bis Mitternacht im Kühlschrank stehen würde, hätte der Sekt eine optimale Trinktemperatur. Sie verließ den Supermarkt durch den Haupteingang und stand kurz vor der Bushaltestelle, die sich direkt vor dem Gebäude befand, um in ihrer Tasche nach den Zigaretten zu kramen und sich schließlich eine anzuzünden. Sie lief los in die Dunkelheit und wählte die Nummer ihres Freundes, um ihm mitzuteilen, dass sie sich bereits etwas früher auf den Heimweg gemacht hatte und er losgehen könnte, um ihr entgegen zu kommen.

Da sich am Ostendplatz viele Leute bis in die Nacht aufhielten und auch die Spielhallen und Schnellimbisse noch gut besucht waren, konnte er sich problemlos ohne aufzufallen unter den Menschen verstecken, um auf sie zu warten. Und es hatte sich gelohnt. Sie kam gerade aus dem Supermarkt heraus und zündete sich eine Zigarette an, nachdem sie in ihrer Handtasche gewühlt hatte. Sie lief langsam, aber zielstrebig los und hielt sich das Handy ans Ohr. Hoffentlich würde sie jetzt nicht zu lange telefonieren. Aber wahrscheinlich würde sie nur kurz ihren Freund anrufen, falls sie denn überhaupt einen hatte, um ihm zu sagen, dass sie jetzt nach Hause käme. Wenn sie nur wüsste, dass sie niemals ankommen würde! Er hatte sich schon mehrmals gefragt, wie es sich für die Leute anfühlen musste. Hatten sie in ihrem Innersten so etwas wie ein Gespür dafür, dass sie nur noch einige Minuten zu leben hatten? Ein faszinierender Gedanke, wie er fand. Aber jetzt sollte er sich konzentrieren, damit alles glatt laufen konnte. Er musste damit rechnen, dass sie sich telefonisch bei jemandem angekündigt hatte, also musste er sich beeilen, denn sie würde eventuell bald vermisst werden. Er folgte ihr unauffällig und ging etwa dreißig Meter hinter ihr auf der gegenüberliegenden Straßenseite, zusätzlich geschützt durch die Bäume auf dem Grünstreifen, der sich in der Mitte entlang der Ostendstraße zog. Dass ihn sein Weg dabei direkt an einem Polizei-Revier vorbei führte beunruhigte ihn zwar ein wenig, aber schließlich konnte ja niemand wissen wer er war. Und ihm ansehen, was er im Schilde führte, konnte auch keiner.

Als Sven das Bild von Sabrina auf dem Display seines Handys leuchten sah, freute er sich sehr. Offensichtlich konnte sie etwas früher Schluss machen und war bereits auf dem Weg nach Hause.
„Hallo Schatz. Wo bist Du denn?“, fragte er nachdem er den Anruf entgegen genommen hatte. „Der nette Herr Stankovic hat mich etwas früher gehen lassen und ich bin schon auf dem Heimweg. Ich freue mich sehr darauf, Dich zu sehen. Der Sekt ist übrigens noch kalt.“
Sven war erfreut: „Das sind ja wirklich gute Nachrichten. Ich mache mich sofort auf den Weg und komme Dir entgegen. Wo bist Du denn gerade?“

„Ich komme gerade an der Ostend-Buchhandlung vorbei und gehe die Straße weiter zur Ampel an der Wagenburgstrasse. Wir hatten übrigens vorher eine komische Situation an der Kasse im Supermarkt. Ich war mir sehr sicher, einen Ladendieb vor mir zu haben, aber dann hat sich herausgestellt, dass er doch nichts geklaut hatte. Aber der war echt merkwürdig, der Typ. Na ja, das kann ich Dir ja alles gleich in Ruhe zu Hause erzählen. Bis dann. Tschüß!"

Sven zog seine Jacke an und verließ schnell die Wohnung, um Sabrina noch rechtzeitig zu treffen, bevor sie alleine durch den Klingenbachpark gehen musste. In der Hektik vergaß er sein Mobiltelefon auf dem Tisch im Wohnzimmer.

Es war schon recht kalt in diesen späten Abendstunden. Sabrina knöpfte ihre Jacke bis oben hin zu und verschränkte die Arme vor der Brust, während sie zügig weiter ging. Wenn sie etwas schneller liefe, musste ihr Sven nicht so weit entgegen kommen. Nachdem sie die Wagenburgstrasse überquert hatte und an dem kleinen Eiscafé vorbeigekommen war, wurden die Straßen und Wege enger und verlassener und auch die Umgebungsbeleuchtung hatte erheblich an Intensität eingebüßt. Sie ging zunächst etwas langsamer und als sie am Eingang des Parks ankam, war von Sven weit und breit noch nichts zu sehen. Sie blieb stehen und zückte nochmals ihr Handy, in der Hoffnung ihn zu erreichen, doch er nahm nicht ab. Sie überlegte kurz was sie tun sollte, beschloss dann aber loszugehen, denn spätestens in der Mitte des Parks musste sie auf Sven treffen. Sie drehte sich kurz um, nahm ihren Mut zusammen und ging in den dunklen, schlecht beleuchteten Park.

Es war nicht einfach gewesen, ihr über die große Ampel an der viel befahrenen Straße unbemerkt zu folgen. Er war bereits deutlich näher an sie herangekommen und schließlich auch auf der gleichen Straßenseite gewesen. Doch dann hatte er die Straße erst eine Ampelphase später überqueren können als sie. Glücklicherweise verlangsamte sie ihre Gehgeschwindigkeit, so dass er sie nicht ganz aus den Augen verlor. Am Eingang zum Park blieb sie plötzlich stehen und wollte telefonieren. Aber offensichtlich konnte sie die gewünschte Person nicht erreichen und steckte das Handy wieder weg. Es wäre doch zu schön, wenn sie jetzt alleine durch diesen Park gehen würde. Das würde seine Chance sein und zugleich ihr Todesurteil bedeuten. Er war sehr gespannt, denn in den nächsten Sekunden würde sich das Schicksal dieser jungen, hübschen Frau entscheiden, die glaubte, noch ihr ganzes Leben vor sich zu haben. Sie drehte sich noch einmal kurz um und es schien so, als müsste sie ihren ganzen Mut sammeln. Dann ging sie los in den dunklen Park.

Sven hatte gerade über den unteren Eingang von Gaisburg aus den Park betreten. Sabrina musste eigentlich aus der entgegengesetzten Richtung auf ihn zukommen. Er wollte sie anrufen, um ihr zu sagen, dass sie unbedingt am oberen Eingang auf ihn warten und auf keinen Fall alleine durch den Park gehen sollte. Denn selbst ihm war es dort in der Dunkelheit etwas unheimlich zu Mute. Fluchend stellte er aber fest, dass er in der Eile sein Handy zu Hause hatte liegen lassen. Also half alles nichts, er musste hoffen, dass Sabrina vernünftig genug gewesen war, um auf der anderen Seite auf ihn zu warten. Er erhöhte seine Schrittfrequenz.

Sabrina überkam ein immer mulmigeres Gefühl. Sie bereute mittlerweile ihre Entscheidung, alleine in den Park gegangen zu sein. Hätte sie doch bloß am Eingang auf Sven gewartet. Da es jetzt aber bereits zu spät war und umkehren keinen Sinn gemacht hätte, musste sie einfach weitergehen. Sie beschleunigte ihren Schritt, doch plötzlich blieb sie stehen. Sie hatte schon seit einiger Zeit das Gefühl gehabt, nicht alleine zu sein. Als sie sich umblickte, konnte sie jedoch niemanden sehen. Also ging sie wieder weiter. Ihr Herz pochte und ihr Zwerchfell hob und senkte sich immer schneller. Sie hatte hinter sich das Krachen eines Zweiges gehört, als ob jemand darauf getreten wäre. Wo blieb Sven denn nur? Eigentlich müsste er doch jede Sekunde da sein. Dann blieb sie wieder abrupt stehen und drehte sich erneut um. Der Schreck fuhr ihr in die Glieder und sie spürte eine noch nie erlebte Panik, die sie fast lähmte. Ihr Gefühl hatte sie nicht getäuscht, sie war nicht alleine. Aber es war nicht Sven. Sie brüllte und schrie um Hilfe, so laut sie konnte.

Er pirschte sich immer näher an sie heran. Mittlerweile konnte er sogar ihren Atem hören. So ein Mist. Sie blieb auf einmal stehen und drehte sich um. Hatte sie ihn bereits bemerkt? Er konnte sich gerade noch hinter einem Baum verstecken, bevor sie ihn entdeckt hätte, doch dann ging sie glücklicherweise weiter. Jetzt waren sie in der Mitte des Parks und seine Zeit war gekommen. Während er zielstrebig hinter ihr her ging, öffnete er bereits seine Jacke und packte mit der rechten Hand den Griff des Messers in der Innentasche seiner Jacke. Plötzlich hörte er unter sich das Krachen eines Zweiges und wusste im gleichen Moment, dass er sich jetzt verraten hatte. Die Frau blieb wieder stehen und drehte sich um. Als sie ihn sah, fing sie mit angstverzerrtem Gesicht an zu brüllen und laut um Hilfe zu schreien.

Jetzt war seine Zeit endlich gekommen und ihre dagegen war abgelaufen. Er stürmte auf sie zu und zog das Messer aus der Jacke.

Sven war mittlerweile im Laufschritt unterwegs. Er war überzeugt, in der Ferne bereits die Umrisse einer Person erkannt zu haben. Das musste Sabrina sein. Gott sei Dank, gleich würden sie sich treffen und er könnte wieder ganz beruhigt sein. Als er näher kam, konnte er plötzlich auch die Umrisse einer zweiten Gestalt erkennen, die der anderen folgte und eine große Kapuze trug. Er bekam fürchterliche Angst. Er war sich jetzt sicher, Sabrina erkannt zu haben. Er sah, wie sie plötzlich stehen blieb und sich umdrehte. Dann hörte er Gebrüll und ihre panischen Hilfeschreie. Daraufhin stürmte die Gestalt hinter ihr sofort auf sie zu. Er schrie ganz laut ihren Namen und sprintete los.

Sie kämpfte verbissen, wehrte sich mit allen Kräften. Eben hatte Sven ihren Namen geschrien und sie wusste, dass er gleich da sein würde, um sie zu retten. Noch einige Sekunden musste sie überstehen, egal wie. Dabei versuchte sie so nah wie möglich an dem Angreifer dran zu bleiben, so dass er nicht genügend Platz hatte, um mit dem Messer zuzustechen. Trotzdem hatte sie durch den Versuch, das Messer abzuwehren, schon einige Stiche und Schnitte an Händen und Unterarmen abbekommen. Er war wie ein wild gewordenes Tier, und versuchte unaufhörlich auf sie einzustechen. Sie war mit ihrem Kopf auf der Höhe seiner Brust und konnte hören, wie auch sein Herz raste. Plötzlich aber schienen seine Kräfte nachzulassen und es wirkte fast so, als bekäme er aus unerklärlichen Gründen Angst.

Er verlor völlig die Kontrolle über sich und schäumte vor Wut. Sie presste sich so sehr an ihn, dass es ihm nicht gelang, mit dem Messer auf sie einzustechen. Es konnte sich nur noch um Sekunden handeln bis der Mann da sein würde, der eben ihren Namen geschrien hatte. Mit aller Kraft versuchte er, sie weg zu schleudern, doch sie hing wie eine Klette an ihm. Er würde nur einen gezielten Stich brauchen, um sie zu töten. Doch nach und nach verließen ihn die Kräfte, und er bekam Angst zu versagen. Würde er wieder einmal verlieren? Diese Schmach würde er kein weiteres Mal ertragen.

Sven sah, wie seine Freundin um ihr Leben kämpfte. Sie war dicht an den Mann mit der Kapuze gepresst, damit dieser nicht zustechen konnte und beide schrien. Wie ein wildes Tier versuchte er, sie wegzuschleudern, damit er besser auf sie einstechen konnte, doch sie klebte förmlich an ihm. Plötzlich wirkte es so, als ließen die Kräfte des Angreifers nach und er könnte Sabrina nicht mehr überwältigen. Sven stürzte auf die beiden zu, sprang von der Seite mit aller Wucht gegen den Körper des Mannes, konnte ihn so von Sabrina trennen und dabei zu Boden werfen. Er kniete sich sofort über ihn und schlug mit beiden Fäusten so fest er konnte gegen seinen Körper und in sein Gesicht, bis ihm Blut über die Hände lief.
Der Mann zeigte erstaunlicherweise kaum Gegenwehr und lag schließlich regungslos am Boden. Doch Sven war sich sicher, dass er noch lebte, denn er konnte spüren, wie sich der Brustkorb des Mannes beim Atmen hob und wieder senkte. Er drehte ihn auf den Bauch und fixierte seine Arme auf dem Rücken und ließ ihm keine Chance mehr, sich aus dieser Lage zu befreien.

Sabrina hatte sich bereits wieder gesammelt und verstaute das Messer des Angreifers sicher in ihrer Tasche. Dann wählte sie sofort den Notruf über ihr Handy. Während sie das Mobiltelefon an ihr Ohr hielt, hörte sie bereits die Polizeisirenen und sah die Blaulichter der Autos, die vom unteren Eingang her in den Park gefahren kamen. Einige Anwohner hatten aus der Ferne die schrecklichen Geräusche gehört und bereits die Polizei verständigt.

42.

„Es wurde auch Zeit, dass wir mal ein bisschen Glück haben!", freute sich Kurt.
Sie waren sich alle der Tatsache bewusst, dass die Verhaftung der vergangenen Nacht im Klingenbachpark keine Konsequenz ihrer Ermittlungen, sondern lediglich einigen glücklichen Umständen geschuldet war.
Sabrina Gerbers Verletzungen an Händen und Unterarmen hatten sich glücklicherweise nicht als schwerwiegend erwiesen und würden, nach Angaben der Ärzte, in einiger Zeit folgenlos ausgeheilt sein. Sie musste einige Tage zur Überwachung im Krankenhaus bleiben und zumindest mittelfristig eine begleitende, psychotherapeutische Behandlung zur Verarbeitung der Ereignisse in Anspruch nehmen. Tatjana und Dennis hatten sie bereits im Krankenhaus aufgesucht und sich eine lückenlose Darstellung der Ereignisse geben lassen.
Sven Hamann war ebenfalls sehr hilfsbereit gewesen und hatte versucht, so detailliert wie möglich auf die ihm gestellten Fragen zu antworten.
Als sie das Krankenhaus verlassen hatten und auf dem Weg ins Präsidium waren, sagte Tatjana zu Dennis: „Was für ein süßes Paar die beiden doch sind. Jetzt haben sie hoffentlich noch ein langes, glückliches und gemeinsames Leben vor sich. Beinahe hätte dieses Schwein ein weiteres Menschenleben ausgelöscht und dabei noch viele andere zerstört. Denn auch für Partner, Eltern und Geschwister, Freunde und sonstige Verwandte, kann durch so ein schlimmes Ereignis das weitere Leben zur Hölle

auf Erden werden. Beziehungen können an so etwas zerbrechen. Alkohol, Medikamente und Drogen sind dabei oft nur der Anfang. Der Verlust des Arbeitsplatzes, sowie psychosoziale und seelische Probleme ziehen die Menschen immer weiter in den Sumpf der Depressionen und nicht selten bleibt als vermeintlicher Ausweg nur der Suizid."

So eigenartig sich Tatjana auch gelegentlich benehmen mochte, Dennis kannte und schätzte auch diese sehr einfühlsame und liebevolle Seite an ihr. Es gelang ihr nur verblüffend gut, diese vorwiegend im Verborgenen zu halten und darum war er immer etwas irritiert, wenn sie dann doch einmal zu Tage trat. Es war mittlerweile 1.15 Uhr am nächsten Morgen. Die gesamte Sonderkommission war anwesend und sie hatten einstimmig beschlossen, bis auf Tatjana aus gutem Grunde, das erste Verhör des gefassten Mannes von einer männlichen Person vornehmen zu lassen. Sie hatten bisher natürlich noch keine konkreten Hinweise, gingen aber felsenfest davon aus, dass sie es mit dem Mörder von Dana alias Katja Pradova und Manuela Däumler zu tun hatten. Und ein Mann, der auf diese Weise Frauen tötete, hatte sehr wahrscheinlich ein Problem mit der Akzeptanz weiblicher Autoritätspersonen und würde unter Umständen jegliche Aussage verweigern, wenn er sich mit einer Frau konfrontiert sähe.

Als Kurt das Verhörzimmer betrat, sah er einen in sich zusammengesunkenen Mann schlaff auf dem Stuhl sitzen. Die Wunden in seinem Gesicht, die von den Schlägen Sven Hamanns stammten, waren ebenfalls bereits ärztlich versorgt worden. Sie mussten nicht genäht werden, einfache Klammerpflaster hatten ausgereicht. Er zeigte keine Regung, als sich Kurt ihm gegenüber an den Tisch setzte und das Verhör eröffnete.

„Hallo, ich bin der Erste Polizeihauptkommissar Kurt Schockenried und werde jetzt Ihre Befragung durchführen. Da wir bei Ihren Sachen keine Ausweispapiere oder sonstigen persönlichen Dokumente gefunden haben, möchte ich Sie bitten, mir zu sagen wie Sie heißen, wann Sie geboren sind und wo Sie wohnen."
Doch auch auf mehrfaches Nachfragen, gab der Mann keine Antwort und blieb mit nahezu unveränderter Körperhaltung sitzen.
„Also gut, kein Problem", sagte Kurt scheinbar ruhig.
„Da wir Ihr Handy in der rechten Innentasche Ihrer Jacke gefunden haben, ist es Routine für unsere Techniker, anhand der SIM-Karte Ihre Identität zu ermitteln."
Kurt wusste natürlich auch, dass nur die Daten ermittelt werden konnten, die bei der Registrierung der Karte angegeben wurden und diese nicht zwangsläufig der Wahrheit entsprechen mussten. In der Regel musste aber zum Abschluss eines Mobilfunkvertrages ein gültiger Personalausweis oder Reisepass vorgelegt werden, so dass er tatsächlich optimistisch war, bald die Identität seines Gegenübers zu kennen. Also fuhr er mit der Befragung fort: „Sie wurden vor einigen Stunden verhaftet, weil sie vom Freund des Opfers überwältigt werden konnten, als sie versuchten, die Supermarktangestellte Sabrina Gerber mit dem Messer anzugreifen und zu verletzen."
Ganz bewusst machte Kurt nach diesem Satz eine kleine Pause, weil er sich irgendeine Reaktion des Verdächtigen, und sei es eine noch so kleine Regung oder minimale Veränderung seiner Mimik, erhoffte. Mit der Reaktion, die aber tatsächlich folgte, hatte er nicht gerechnet. Der Mann veränderte zwar nicht seine Körperhaltung, hob aber immerhin sein Kinn von der Brust und blickte ihm direkt in die Augen, als er sagte: „Ich habe nicht versucht sie anzugreifen und sie zu verletzen. Ich habe versucht,

sie zu töten. Und fast wäre es mir auch gelungen. Wäre nicht zufällig ihr Freund dazwischen gekommen, wäre sie jetzt tot!"
Kurt bemerkte, dass er ihn allein durch diese Aussage aus der Reserve gelockt hatte und legte nach: „Der Freund kam aber nicht zufällig vorbei. Es war ausgemacht, dass er sie auf dem halben Weg nach Hause treffen würde, so wie jeden Tag, wenn sie von der Spätschicht kam."
Der Mann schaute ihn zunächst etwas fragend an, nickte aber dann: „Dann war es wohl ihr Freund, den sie vor dem Supermarkt angerufen hat. Damit hätte ich rechnen müssen. Tja, jetzt ist es zu spät. Da habe ich wohl Pech gehabt!"
„Das ist Ansichtssache. Aus unserer Sicht ist es Glück, dass Sie diese Möglichkeit nicht in Erwägung gezogen haben und somit ein Risiko eingegangen sind. Gehört es denn nicht zu Ihrer üblichen Vorgehensweise, vor einer Tat die Gewohnheiten Ihrer Opfer zu studieren?"
Mit dieser Frage beabsichtigte Kurt nicht nur etwas über die Vorbereitung der Tat in Erfahrung zu bringen, sondern hoffte ihn bezüglich der anderen Morde hinter dem Ofen vor zu locken, was ihm allerdings nicht gelang.
„Nein. Ich bin da eher so der spontane Typ. Ich habe die Frau vor einer Woche bereits in diesem Supermarkt gesehen und sie dann für tauglich befunden."
„Für tauglich?", fragte Kurt entsetzt.
„Ja, das soll heißen, dass ich sie als ein mögliches nächstes Opfer auserkoren habe. Gestern Abend bin ich dann spontan hingefahren, um zu schauen ob sie zufälligerweise Dienst hat. Als ich sie dann an der Kasse sitzen sah, war klar, dass es passieren würde."
„Dass was passieren würde?"

„Dass ich sie verfolgen und bei einer günstigen Gelegenheit töten würde. Der Park kam dann wie auf Bestellung. Einen besseren Ort hätte ich mir nicht wünschen können."
„Sie hatten einen Rucksack mit Kleidern dabei. Was wollten Sie damit?"
„Ich wollte mich selbstverständlich umziehen, nachdem ich sie getötet habe. Haben Sie schon einmal gesehen was das für eine Sauerei ist? Da ist man von oben bis unten voll mit Blut. Wie hätte ich denn dann nach Hause kommen sollen? Jeder hätte doch das Blut an mir gesehen."
Kurt nickte zum Zeichen dafür, dass der Fall Sabrina Gerber hiermit zunächst zurückgestellt werden konnte, denn er hatte überraschend einfach gestanden.
Dann versuchte er erneut, das Gespräch auf die Morde an Pradova und Däumler zu lenken. „Wir haben bereits das Messer untersuchen lassen, mit dem Sie auf Sabrina Gerber losgegangen sind. Laut Aussage der Rechtsmediziner ist die Waffe vom Typ und Modell identisch mit einer Waffe, mit der in den letzten Tagen bereits zwei weitere Morde in Stuttgart verübt wurden. Auch wenn das Messer gereinigt wurde, können sich noch unsichtbare Spuren daran befinden, anhand derer nachgewiesen werden kann, ob es tatsächlich die Tatwaffe ist."
Kurt wartete auf eine Reaktion seines Gegenübers, aber der blieb still. Er beschloss ihn mit weiteren, angeblich stark belastenden Indizien unter Druck zu setzen und möglicherweise weiter aus der Reserve zu locken, obwohl er wusste, dass diese Indizien keinesfalls so belastend waren und teilweise auch nicht ganz der Wahrheit entsprachen.
„Die Morde wurden von einem Linkshänder verübt und Sie sind einer. Weiterhin existieren Aufnahmen der Überwachungskameras im Stuttgarter Drei-Farben-Haus, auf denen Sie eindeutig

zu erkennen sind und man sieht, wie Sie vor der Tat in das Zimmer der Prostituierten Dana gingen. Man hat außerdem DNA des Täters am Tatort sichergestellt und es gibt Zeugen, die Sie beim Verlassen des Gebäudes gesehen haben und jederzeit identifizieren können. Das gleiche gilt für den Mord im Wald bei Botnang. Auch hier haben wir Spuren am Tatort und an der Leiche gefunden, und ein Hundebesitzer hat Sie aus dem Wald kommen sehen. Darum frage ich Sie ganz direkt und gebe Ihnen hiermit die einmalige Möglichkeit zu einem sauberen Geständnis: Geben Sie außer dem Mordversuch an Sabrina Gerber auch zu, die Morde an der Prostituierten Dana im Drei-Farben-Haus, sowie an der Friseurangestellten Manuela Däumler beim Kneippbecken im Buberleswald, begangen zu haben?"
Der ansonsten eher schüchtern wirkende Mann, machte auf einmal einen erstaunlich selbstbewussten Eindruck, als er antwortete: „Herr Kommissar, ich muss doch sehr bitten. Dass Sie mir die beiden Morde anhängen wollen, kann ich verstehen. Aber bitte denken Sie nicht, mich mit so einfachen Tricks überrumpeln zu können!"
Dann lehnte er sich zurück, schlug die Beine übereinander und sagte gelassen. „Aber wissen Sie was? Ich werde Ihnen jetzt einmal etwas erzählen und bitte, hören Sie gut zu!"
Er deutete Kurt mit einer Geste an, dass er sich setzen sollte und fuhr fort: „An meinem Messer wurden ganz bestimmt keine DNA-Spuren von der Nutte und der Joggerin gefunden, denn ich habe das Messer mit einer Substanz gereinigt, die garantiert jedes Basenpaar in der DNA auflöst und sie damit zerstört. Und die Tatsache, dass ich Linkshänder bin? Ich bitte Sie, das ist doch nicht ernsthaft ein Beweis dafür, dass ich der Täter bin. Aber mal ganz der Reihe nach. Fangen wir mit dem Puff an, was für ein Drecksloch das doch ist. Da holt man sich ja sonst was weg.

Ich hatte die freie Wahl und jede davon wäre richtig gewesen. Eine Hure weniger, was soll´s? Natürlich habe ich die Überwachungskameras gesehen, aber mit meiner Kapuze konnte ganz bestimmt keiner meine Haare oder gar mein Gesicht erkennen. In einer Sache muss ich Ihnen aber Recht geben. Beim Verlassen des Hauses bin ich hundertprozentig gesehen worden. Aber ich muss Sie enttäuschen, denn es hat mich ganz bestimmt keiner bewusst zur Kenntnis genommen oder gar eines Verbrechens verdächtigt. Ich habe das Gebäude nämlich erst am nächsten Tag verlassen, denn ich habe mich die ganze Nacht über in einem anderen Zimmer des Hauses versteckt. Ich kann es Ihnen gerne zeigen. Es war ganz in der Nähe des Tatorts. Als die Polizei im Haus war, war ich quasi nebenan und zum Greifen nahe. Absurde Vorstellung, nicht wahr? Als die Polizei weg war, wurde der Bordellbetrieb wieder aufgenommen und ging, abgesehen von dem abgesperrten Teil der Etage, in dem die tote Nutte ihr Zimmer hatte, weiter wie gewöhnlich. Ich bin später einfach wie ein ganz normaler Freier und Hurenbock rausspaziert. Sie haben vorher nach meinen Gewohnheiten bei der Vorbereitung einer Tat gefragt. Jetzt muss ich Ihnen eine Gegenfrage stellen, Herr Kommissar. Gehört es denn nicht zu Ihren Gewohnheiten, einen Tatort auch nach einer Tat sorgfältig zu überwachen?"
Kurt schwieg und forderte ihn mit Blicken auf, weiter zu reden.
„Konkret meine ich damit die Überwachungskameras. Wenn Sie sich die Mühe gemacht hätten, deren Aufnahmen auch später noch zu beachten, hätten Sie mich dabei gesehen, wie ich am nächsten Tag aus dem anderen Zimmer kam und zum Ausgang ging. Ich hatte mich zwar umgezogen, trotzdem hätten Sie mich ziemlich sicher wiedererkannt.
Kommen wir zum nächsten Punkt, nämlich der Frau im Wald. Sie wurde schlicht und ergreifend das Opfer einer günstigen Ge-

legenheit. Wenn eine Frau bei Dunkelheit und diesem Wetter alleine durch den Wald rennt, dann kann sie sich am Ende nicht beschweren, wenn ihr etwas zustößt. Stellen Sie sich vor, die hatte sich zunächst sogar darüber gefreut, mich zu treffen, weil sie dann nicht mehr alleine im dunklen, bösen Wald war. Ich habe aber dafür gesorgt, dass ihr diese Freude bald verging. Der sintflutartige Regen und das Wasser im Kneippbecken haben alle Spuren von ihr gewaschen, da war sicher nichts Brauchbares mehr dabei. Und um diese Zeit war da kein Mensch mit einem Hund unterwegs, den hätte ich bemerkt und der Köter hätte wahrscheinlich gekläfft.

So, jetzt wissen Sie es. Ich habe alle diese Verbrechen begangen, nach denen Sie mich gefragt haben, nicht mehr und nicht weniger!“

43.

Kurt hatte den Verhörraum verlassen und freute sich fast übermütig über den erfolgreichen Gesprächsverlauf.
„Mensch Leute, das lief ja wie am Schnürchen. Wenigstens ein Teil der Verbrechen wäre hiermit geklärt. Ein Spinner weniger, der da draußen herumrennt und Menschen tötet. Was hat die Überprüfung der SIM-Karte ergeben? Wissen wir denn mittlerweile, wie der Typ heißt?"
Herr Scheible, der wie alle anderen das Verhör mit angesehen und angehört hatte, antwortete: „Ja, wir wissen wie der Mann da drinnen heißt und genau das ist unser Problem." Kurt schaute ihn fragend an, dann sagte Scheible: „Der Mann heißt Tobias Bachmann."
Kurt erging es wie allen anderen, als sie den Namen des Mannes erfahren hatten. Er war hochgradig verwirrt. Was hatte das bloß zu bedeuten? War es ein saublöder Zufall, oder war da irgendetwas faul an der Sache? Es handelte sich tatsächlich um den richtigen Namen des Mannes, ein Irrtum war ausgeschlossen. Er hatte sich beim Abschluss des Vertrages mit seinem Personalausweis ausgewiesen. Dieser war gültig und sämtliche Daten darauf, einschließlich der gemeldeten Adresse, waren korrekt.
Polizeirat Scheible ergriff erneut das Wort. „Wir müssen ab jetzt parallel drei mögliche Theorien verfolgen. Erstens, unsere bisherige Annahme, dass wir nach zwei Serienmördern suchen, ist trotz der vielen Hinweise, die das Gegenteil zu beweisen scheinen, falsch.

Zweitens, wir suchen weiterhin nach zwei Mördern, da dieser hier nur zufällig den gleichen Vornamen hat.
Oder drittens, wir suchen weiterhin nach zwei Tätern, weil dieser hier nicht rein zufällig den gleichen Vornamen hat, sondern in irgendeiner Form etwas mit dem anderen zu tun hat."
Alle redeten aufgeregt und wild durcheinander. Dann fuhr Scheible fort: „Bitte lassen Sie uns die einzelnen Punkte der Reihe nach durchgehen.
Die erste Theorie wäre mir ehrlich gesagt am liebsten. Sie würde zwar einen zentralen Punkt unserer bisherigen Ermittlungstätigkeit, nämlich die Zwei-Täter-Theorie, gehörig ad absurdum führen, aber wir hätten den Mann geschnappt und er könnte kein weiteres Unheil mehr anrichten. Wir müssten ihm nur noch das Geständnis abringen, wo er Rebecca Kellner versteckt hält. Für die anderen Morde würde es uns sicher früher oder später gelingen, ihn zu überführen."
Tatjana eröffnete daraufhin die Diskussion: „Er könnte tatsächlich unser Mann sein. Sein Gesicht weist eine große Ähnlichkeit mit dem Phantombild auf, das von Tobias angefertigt wurde. Die Frisur ist zwar etwas anders, aber zumindest die Haarfarbe und die Länge der Haare sind in etwa so, wie von mehreren Zeugen bisher beschrieben. Größe und Statur, inklusive Schuhgröße, würden ebenfalls zu unserem Tobias passen."
Dennis wandte ein: „Aber Tobias Bachmann hat ein gebücktes und schlurfendes Gangbild, wie auf den Kameras eindeutig zu sehen war. Es ist echt und nicht gespielt. Bisher hat aber niemand ein solches Gangbild bei Tobias bemerkt."
„Wir brauchen unbedingt Gegenüberstellungen mit allen, die ihm begegnet sein könnten. Mit den Jungs aus dem Cesars Club, mit den Leuten von Heart-Attack und natürlich auch mit Thea Reinhardt und Gerda Breuning", befand Kurt.

„Theoretisch hätte er alle Morde begehen können, denn sie fanden an unterschiedlichen Tagen statt. Wir müssen überprüfen, ob er Alibis für die Zeit der Morde hat, die er bisher nicht gestanden hat", bemerkte Tatjana.

Dennis widersprach postwendend: „Das macht doch aber alles keinen Sinn. Tobias ist Rechtshänder, das geht eindeutig aus den rechtsmedizinischen Untersuchungen hervor, wobei ich zugeben muss, dass das Schriftbild durchaus Rätsel aufgibt. Dieser Mann hier ist ein eindeutiger Linkshänder. Wir brauchen unbedingt eine Schreibprobe von ihm und zwar von beiden Händen.

Ganz allgemein betrachtet sind die Charaktere der Morde so verschieden, dass sie nicht von der gleichen Person verübt werden konnten."

Jetzt schaltete sich auch Jessica Dornfeld in die Diskussion ein: „Das hatten wir ja bereits mehrfach erörtert. Die Morde weisen jeder für sich so viele Besonderheiten auf, dass ein identischer Täter praktisch auszuschließen ist. Bachmann hat voller Stolz sowohl den versuchten Mord, als auch die beiden anderen Morde zugegeben. Wenn er noch andere Morde auf dem Kerbholz hätte, dann hätte er nicht gezögert, sich diese auch ans Rever zu heften. Wenn wir mal ganz ehrlich sind, hat er quasi freiwillig gestanden. Aber warum? Er ist froh, gefasst worden zu sein und kann jetzt in allen Einzelheiten präsentieren, was er getan hat. Hätte er etwas mit den Morden an Panucci, Saskowitz, Schade und der Entführung von Rebecca Kellner zu tun, er hätte es längst herausposaunt."

„Vielleicht könnte das schnelle Geständnis aber auch eine Finte gewesen sein, um nicht für die anderen Morde verdächtigt zu werden?", fragte Tatjana dazwischen, aber Kurt erstickte die Frage gleich im Keim: „Was ist mit den Briefen von Tobias? Er bekannte sich doch auch ganz klar zu den besagten Morden und war ebenfalls sehr stolz darauf. Man hatte doch den Eindruck, dass die beiden einen kleinen Wettstreit austrugen und er dem Mörder von Pradova und Däumler nicht besonders wohl gesonnen war, ganz im Gegenteil. Soll das auch ein Täuschungsmanöver gewesen sein?"

„Das bringt uns zu Theorie Nummer zwei. Die können wir meiner Meinung nach sehr schnell abhaken, denn den absoluten und reinen Zufall gibt es nicht", sagte Scheible.

„Und glauben Sie mir, ich muss es wissen. Ich habe schon einige Jahre Polizeiarbeit auf dem Buckel, von der Basis auf Streife, bis zum Polizeirat.

Also bleibt noch Theorie Nummer drei, nämlich dass es eine Verbindung zwischen den beiden Mördern gibt. In welcher Beziehung könnten die beiden zueinander stehen und wie kamen sie auf diesen grausamen Wettstreit?"

Dennis streckte mit der rechten Hand, als wäre er in der Schule. „Vielleicht sind es ja Komplizen, die gemeinsame Sache machen und uns an der Nase herumführen wollen? Das würde auch für die Möglichkeit sprechen, dass Tobias doch einen Verbündeten hat, der auf die entführte Rebecca aufpasst und alles andere war bloß ganz großes Theater. Blöd für die beiden ist nur, dass wir den Aufpasser jetzt geschnappt haben."

„Wenn das so wäre", stieg Kurt sofort darauf ein, „dann ist Tobias jetzt bestimmt mächtig sauer. Wir müssten mit einer baldigen Reaktion von ihm rechnen und das könnte ungemütlich werden."

„Vielleicht sind es ja Zwillinge?", fragte Tatjana nach einem spontanen Einfall und stellte dann fest: „Dann wäre es allerdings unwahrscheinlich, dass sie den gleichen Vornamen tragen und Tobias sich mit seinem richtigen Namen an uns gewandt hat.

Aber wir hatten ja ohnehin schon den starken Verdacht, dass der Name falsch ist."

„Auch dieser Ansatz ist durchaus denkbar", antwortete Herr Scheible, bevor er zu resümieren begann. „Wir müssen nun, wie besprochen, eine Menge Dinge untersuchen. Und morgen früh sind wir beim ersten Sonnenstrahl in Bachmanns Wohnung, das wird uns sicher weitere Erkenntnisse liefern. Wir brauchen auch sonst alle erdenklichen Informationen über ihn, wie zum Beispiel Lebenslauf, Beruf, Familie, vor allem Eltern und Geschwister, Vorstrafen, ärztliche Behandlungen und so weiter. Außerdem müssen wir weiter mit Hochdruck nach Rebecca Kellner suchen. Sie ist in jedem Falle in größerer Gefahr. Falls Bachmann keinen Komplizen hat, ist sie jetzt alleine. Und das schwanger und obendrein krank und auf Medikamente angewiesen. Und falls Tobias sein Mittäter ist, wird er sehr verärgert sein, was nicht gut für sie wäre. Wir müssen unbedingt den richtigen Namen von Tobias herausfinden. Jetzt gilt es aber zunächst einmal, diesen Kerl da drinnen weiter zu verhören und so viel wie möglich aus ihm heraus zu bekommen. Herr Schockenried, ich möchte, dass Sie und Frau Dornfeld das Verhör gemeinsam weiterführen, denn Tobias Bachmann ist definitiv als psychisch auffällig zu bezeichnen. Ich bin gespannt, wie er auf eine Frau reagieren wird. Bitte stimmen Sie sich ab, bevor Sie mit ihm sprechen."

44.

Gesagt, getan. Kurt und Jessica saßen wie ein ungleiches Paar beieinander und steckten die Köpfe zusammen. Kurt hielt zwar nicht besonders viel von Psychologen und bei seinen Verhören ließ er sich schon gar nicht gerne dazwischen reden, aber in diesem Fall war auch er froh über etwas Unterstützung und noch dazu eine mit professionellem Know-How.

„Wie würden Sie vorgehen?", fragte er Jessica, die geschmeichelt antwortete: „Ich hätte nicht gedacht, dass Sie sich widerstandslos auf eine Zusammenarbeit mit mir einlassen würden. Ich bin begeistert, das erhöht ungemein unsere Chancen, erfolgreich zu sein."

„Auch in mir steckt noch ein gewisses Entwicklungspotential, Frau Dornbusch", sagte Kurt mit einem Augenzwinkern.

„Wenn ich ihn richtig einschätze, wird ihm schon meine bloße weibliche Anwesenheit überhaupt nicht schmecken. Wenn wir Pech haben, macht er dicht, wenn wir aber Glück haben, dann lässt er sich provozieren. Zusätzlich werde ich versuchen, ihn durch selbstsicheres und direktes Auftreten zu verunsichern. Es ist seltsam, dass er vorhin während Ihres Verhöres auf einmal so selbstbewusst wurde. Das passt überhaupt nicht ins Bild seines Profils, das wir bisher erstellt haben. Vermutlich hat er, aus welchem Grund auch immer, ein absolutes Frauenproblem und seine Unsicherheit bezieht sich, ebenso wie sein Hass, vorwiegend auf weibliche Personen. Ich glaube aber auch, dass es ihn irgendwie aufgeilt, von seinen Morden erzählen zu können und das hat ihn in dieser Situation zusätzlich gestärkt."

Kurt gab zu bedenken: „Aber er ist nicht doof und zudem nicht ungebildet. Das hat er uns eindeutig vor Augen geführt. Wir müssen aufpassen, dass er uns nicht gleich durchschaut. Absolut unverständlich sind für mich aber gerade deshalb die unglaublichen Risiken, die er in allen drei Fällen leichtfertig eingegangen ist."

Jessica und Kurt betraten gegen 3.45 Uhr gemeinsam den Verhörraum. Tobias Bachmann, der während der ganzen Zeit nicht eine Sekunde unbewacht geblieben war, erhob seinen Kopf von der Tischplatte. Er hatte offensichtlich etwas geschlafen.

Als er sah, dass Kurt nicht alleine war, fragte er höhnisch: „Brauchen Sie jetzt Verstärkung, oder was? Ich habe Ihnen doch schon alles erzählt."

„Mein Name ist Jessica Dornfeld und ich bin Psychologin in Diensten des Landes-Kriminalamtes Baden-Württemberg und stehe der Stuttgarter Polizei zur Aufklärung der aktuellen Mordserie beratend zur Seite. Herr Schockenried benötigt bestimmt keine Verstärkung bei Ihrer Befragung. Der Grund für meine Anwesenheit ist, dass ich auf die Befragung von Serienmördern spezialisiert bin."

Tobias Bachmann hatte den Handschlag, den sie ihm zur Begrüßung angeboten hatte, erwartungsgemäß ausgeschlagen und blickte starr auf den Boden.

„Wir wissen mittlerweile wer Sie sind, Herr Bachmann", sagte Kurt.

„Schön für Sie. War mir auch klar, dass Sie das herausbekommen würden, ich wollte Sie nur etwas ärgern", sagte er und grinste dabei höhnisch.

Jessica stieg, genau wie sie es vorhatte, schnell und direkt in die Befragung ein. „Warum haben Sie Katja Pradova und Manuela Däumler getötet, und warum wollten Sie Sabrina Gerber töten?"

Bachmann gab keine Antwort.
„Wenn Sie bei Sabrina Gerber erfolgreich gewesen wären und jetzt nicht hier sitzen würden, hätten Sie dann weitergemordet? Wer wäre das nächste Opfer gewesen? Hatten Sie schon jemanden im Visier?"
Tobias Bachmann blieb nach wie vor stumm und würdigte die beiden keines Blickes. Jessica versuchte, weiter in die Offensive zu gehen.
„Hätten Sie dann wieder eine Frau getötet? Warum töten Sie keine Männer, Herr Bachmann? Trauen Sie sich das etwa nicht zu?" Noch immer machte Bachmann keine Anstalten zu antworten und ließ sich nicht provozieren.
„Warum sind Sie bei den beiden Morden so hohe Risiken eingegangen? Sie waren schlecht vorbereitet und haben ihre Opfer willkürlich ausgesucht. Es war pures Glück, dass Sie jeweils entkommen konnten, ohne gesehen zu werden. Genauso war es beim versuchten Mord an Sabrina Gerber. Es scheint fast so, als hätten sie es billigend in Kauf genommen, dass man sie fasst. Oder haben Sie es sogar darauf angelegt?"
Bachmann schwieg weiter, bewegte sich aber immerhin ein wenig, indem er mehrmals sein Gewicht von einer Pobacke auf die andere verlagerte. Diese Regung signalisierte Jessica, dass Sie ihn zumindest ein kleines Stück in die gewünschte Richtung gelenkt hatte und veranlasste sie, gleich nachzusetzen.
„Jetzt mal ganz ehrlich. Sie wollten doch gefasst werden, oder? Als Sabrina Gerber unerwartet große Gegenwehr leistete, haben Sie nachgegeben und sich schließlich überwältigen lassen und das, obwohl Sie ein Messer in der Hand hatten und eindeutig in der besseren Position waren."

Bachmann schluckte und suchte für einen kurzen Moment den Blickkontakt zu Kurt, als ob er etwas sagen wollte, doch Jessica kam jetzt so richtig in Fahrt.

„Ich weiß warum Sie gestern geschnappt wurden, Herr Bachmann. Nämlich aus dem gleichen Grund, aus dem Sie hier sitzen und es seit zehn Minuten nicht schaffen, mich anzusehen. Eine starke Frau hat sich gewehrt und Sie damit unter Druck gesetzt. Damit können Sie nicht umgehen, weil sie zu schwach dafür sind. Sie sind ein Schlappschwanz, Herr Bachmann. Warum? Ich kann es Ihnen sagen, weil Sie wehrlose Frauen mit einem Messer angreifen und abschlachten. An einen Mann hätten Sie sich nie heran getraut!“

Sie sahen, wie Tobias Bachmann Tränen in die Augen stiegen.

Jessica stand auf und redete von oben herab weiter auf ihn ein.

„Hat Ihre Mama Sie nicht gut behandelt? War Ihre Schwester immer besser und stärker als Sie? Sind Sie impotent oder haben Sie einen kleinen Penis und die Frauen lachen sich tot, wenn Sie die Hose runter lassen?

Deshalb müssen sie sterben, nicht wahr?

Sie sind wütend auf alle Frauen, ganz gleich ob sie Ihnen etwas angetan haben oder nicht. Darum sind Sie auch so ausgeflippt, während Sie getötet haben und waren förmlich im Rausch. Die ganze angestaute Wut eines jämmerlichen Lebens hat sich dann entladen und Sie haben immer und immer wieder zu gestochen. Wen haben Sie dabei vor sich gesehen, Ihre Mutter?“

Tobias Bachmann warf sich auf den Boden, wo er sich krümmte und die Hände vors Gesicht schlug.

„Ich wollte doch nur, dass es endlich vorbei ist. Ich habe das alles nicht mehr ausgehalten.“

Sie ließen einige Sekunden verstreichen und Kurt gab Jessica ein Zeichen, dass es genug sei und sie sich wieder setzen solle.

Dann fragte er in ruhigem Ton: „Was sollte vorbei sein? Und was haben Sie nicht mehr ausgehalten?“
Doch Tobias Bachmann war praktisch nicht mehr ansprechbar und antwortete nicht. Er lag in sich zusammen gekauert auf dem Boden und schluchzte. Der Speichel rann ihm aus dem Mundwinkel. Kurt und ein anderer Polizist, der hinter Bachmann in der Ecke des Raumes gestanden hatte, versuchten ihn auf die Beine zu stellen, doch er ließ sich immer wieder wie ein nasser Sack zu Boden fallen. Sie unternahmen noch einige verzweifelte Versuche, ihm Fragen zu stellen, doch er hatte sich vollkommen verschlossen und war nicht mehr zugänglich. Fast so, als würde er in einer anderen Welt leben.
Kurt und Jessica mussten die Befragung frustriert abbrechen.

45.

Jessica Dornfeld stand vor dem großen Spiegel, der über dem Waschbecken der Damen-Toilette im zweiten Stock des Polizeipräsidiums hing. Manchmal erkannte sie die Frau kaum, die ihr aus dem Spiegel entgegen schaute. Jetzt war wieder einer dieser Momente. Das Blau in ihren Augen war glasklar, aber die Skleren wirkten trübe und waren von roten Blutgefäßen durchzogen. In ihren Augen spiegelten sich Stresssituationen immer zuerst wider. Eigentlich dürfte ihr die aktuelle Situation nicht so sehr zusetzen, denn es war ihre Arbeit, sich mit den Abgründen der menschlichen Psyche zu beschäftigen. Aber sie hatte sich in all den Jahren ihrer Arbeit noch nicht daran gewöhnen können. Wahrscheinlich war es auch einfach nicht möglich, sich an gewisse Dinge zu gewöhnen. Es verlangte von ihr ein Höchstmaß an Konzentration und Willenskraft, sich in die Gedanken anderer Menschen hineinzuversetzen. Noch schwieriger war es, wenn es böse Menschen waren, beziehungsweise Menschen, die an irgendeinem Punkt in ihrem Leben beschlossen hatten, böse Dinge zu tun. Ganz so einfach durfte man es sich natürlich mit einer Beurteilung von Menschen nicht machen. Es gab nicht nur Gute und Schlechte, genau so wenig, wie es nur schwarz und weiß gab. Zwar existierten Menschen, die von Grund auf böse waren, die „Natural Born Killers", aber die meisten wurden erst aufgrund äußerer Umstände so, weil ihnen immer wieder großes Leid widerfahren war, oder weil sie schwere Verluste hinnehmen mussten. Manche handelten in Not und andere wiederum trafen in einem Sekundenbruchteil eine falsche Entscheidung, die die Weichen ihres Lebens unwiderruflich falsch stellte. Sie fragte sich sehr oft, warum sie das alles überhaupt machte, obwohl es sie so sehr anstrengte und ihr häufig so schwer viel. Wem wollte sie eigentlich etwas beweisen? Es gab nicht wenige Leute, die behaupteten, sie sei überdurchschnittlich begabt und gehöre zu den Besten ihres Fachs. Würden sie das auch noch denken, wenn sie wüssten, wie sehr sie dieser Beruf anstrengte? Er saugte ihr förmlich die Kraft aus Körper und Geist. Sie ging aber scheinbar locker, leicht und mit einem unerschütterlichen Selbstbewusstsein durch das Leben. Dass das nur der äußere Schein war, wusste nur sie selbst. Und damit das auch so blieb, konnte und wollte sie niemanden zu nahe an sich heran lassen. Dafür musste sie sich mit einer Aura aus Arroganz, Unnahbarkeit und einem Schuss Überheblichkeit umgeben. Und dafür konnte sie sich häufig selbst nicht leiden. Sie kämpfte immer weiter und hatte nicht die Courage, einfach alles hinzuwerfen, obwohl sie es am liebsten tun würde. Aber was sollte sie sonst tun? Einen langweiligen Schreibtischjob annehmen, von neun bis fünf Uhr Arbeiten und jeden Monat Geld in einen Bausparvertrag einzahlen? Oder sollte sie heiraten und eine Familie gründen? Nein. Das waren keine erstrebenswerten Alternativen zu ihrem jetzigen Leben.

Wenn man ihre Erfolgsquote betrachtete, dann musste doch etwas dran sein, an ihrer Begabung. Wahrscheinlich funktionierte dieser Beruf nur, wenn man sich voll und ganz damit identifizierte und bis zur Erschöpfung daran arbeitete, sich in die Psyche anderer Menschen hineinzuversetzen. Auch dieses Leben hatte eben seinen Preis. Bisher war ihr es jedenfalls immer wieder gelungen, sich am eigenen Schopf aus dem Sumpf einer drohenden Identitätskrise herauszuziehen.

Sie mussten das Verhör von Tobias Bachmann vor etwa zehn Minuten beenden. Mit dem Ergebnis der Befragung konnten Sie nicht zufrieden sein. Sie hatten es zwar geschafft, ihn aus der Reserve zu locken, doch offensichtlich war er so labil, dass er umgehend zusammengebrochen war und zwar im wahrsten Sinne des Wortes. Sie wurden darin bestätigt, dass er ein Problem mit Frauen hatte und an irgendeiner Stelle seines Lebenslaufes der Grund verborgen lag, warum er sie so sehr hasste, dass er sie töten musste. Aber warum ausgerechnet jetzt? Oder hatte er früher schon gemordet? Es gab so viele Dinge, die sie noch von ihm in Erfahrung bringen mussten. Sie waren auch nicht einmal mehr dazu gekommen, ihn nach Tobias und dessen Morden zu befragen. Aber das musste leider zunächst einmal aufgeschoben werden und keiner wusste wie lange. Denn die Ärzte hatten ganz klar signalisiert, dass der Zustand von Tobias Bachmann eine weitere Befragung momentan nicht erlaubte.
Aber welcher Kategorie Übeltäter war er zuzuordnen? Sie glaubte nicht, dass er ein geborener Killer war. Das passte nicht zu ihm und außerdem war es extrem unwahrscheinlich, dass er dann erst in diesem Alter aktiv werden würde. Oder hat er früher schon gemordet, war aber dabei nur nie richtig in Erscheinung getreten?
Sie hielt es für wahrscheinlicher, dass er zu denen gehörte, die selbst viel Schlimmes erlebt hatten und verzweifelt versuchten, sich vor der Welt und vor allem vor sich selbst zu schützen. Genauso, wie sie es im Grunde auch selbst tat. Wahrscheinlich war sie deshalb so erfolgreich, weil sie aus dem gleichen Holz geschnitzt war, wie die Verbrecher, die sie jagte. Sie hatte sich lediglich an einem Punkt in ihrem Leben für die andere, die richtige Seite des Gesetzes entschieden.

Warum war Bachmann so schnell zusammengebrochen? Anfangs wirkte er noch so selbstsicher. Sie hatte keine Erklärung dafür. Jedenfalls war es richtig von ihr gewesen, ihn hart anzugehen und ihn unter Druck zu setzen, auch wenn sie immer wieder dazu neigte, dabei über das Ziel hinauszuschießen und sich selbst fast zu vergessen. Sie wusste aber auch, dass sie sich mit dieser Vorgehensweise angreifbar gemacht hatte. Sicher würde jemand auf die Idee kommen, sie dafür verantwortlich zu machen, dass Bachmann zusammengebrochen und das Verhör viel zu früh beendet war. Wenn es in absehbarer Zeit kein neues Verhör geben und Rebecca Kellner nicht mehr lebend gefunden werden würde, dann würde man ihr einen großen Teil der Schuld in die Schuhe schieben. So war das Geschäft. Einer musste der Sündenbock sein. Sie war aber fest entschlossen, ihrer Strategie in diesem Fall treu zu bleiben. Sie war sich sicher, dass Bachmann noch sehr viel mehr zu verbergen hatte, als es auf den ersten Blick schien. Während des Verhörs war etwas mit ihm passiert. Etwas in seinem Innersten hatte sich gegen ihn selbst gerichtet, als er in die Enge getrieben wurde. Schutzmechanismen waren häufig und lagen in der Natur des Menschen. Auch Formen der Somatisierung wurden oft beobachtet, aber dass Bachmanns gesamtes System kollabierte, war äußerst ungewöhnlich. Was würde passieren, wenn es ihr gelänge, noch weiter zu gehen? Das musste sie unbedingt herausfinden. Dann würde sie hinter sein Geheimnis kommen, da war sie sich sicher. Natürlich durfte sie auch die Möglichkeit nicht völlig außer Acht lassen, dass er simulierte, aber da musste sie sich schon schwer täuschen. Dass jemand, der unschuldige Frauen abschlachtete, eine pathologische Persönlichkeitsstruktur aufwies, war zweifelsfrei klar. Aber was für eine psychische Störung steckte hinter dem Verhalten von Tobias Bachmann? Und was war für die ungewöhnliche Reaktion seines Körpers verantwortlich? Litt er an einer Psychose, oder gar an einer Persönlichkeitsstörung? Bei manchen Personen lag die Symptomatik auch direkt auf der Grenze zwischen beiden Erkrankungen. Dann bestand eine Borderline Persönlichkeitsstörung. Bachmann zeigte keine klassischen Symptome einer solchen Persönlichkeitsstörung. Stress und Belastung könnten dabei zu vorübergehenden paranoiden Vorstellungen und sogar dissoziativen Symptomen führen. Die Symptome waren aber meistens nur von geringem Ausmaß und kurzer Dauer. Und genau das war es, was sie an der Reaktion, die Bachmann gezeigt hatte so irritierte und worüber sie immer wieder bei dem Versuch stolperte, seine Persönlichkeitsstruktur einzuordnen.

Jessica wurde aus ihren Gedanken gerissen, als sich plötzlich die Türe zu den Damen-Toiletten öffnete. Tatjana von Senden kam herein und schien ebenfalls in Gedanken versunken zu sein. Jessica hatte längst bemerkt, dass Tatjana ihr nicht unbedingt wohl gesonnen war. Sie nahm es ihr aber nicht übel, denn diese Reaktion löste sie immer wieder bei weiblichen Kolleginnen aus. Umso überraschter war sie, dass Tatjana sie ansprach und vor allem, dass sie ihre Situation innerhalb von Sekunden und auf den ersten Blick erfasst hatte. „Ich weiß, wie das ist. Man grübelt und zerbricht sich den Kopf darüber, ob man alles richtig gemacht hat und wie man es künftig noch besser machen kann, nicht wahr? Die anderen erwarten von einem, dass man es noch besser macht, und man erwartet es vor allem selbst von sich. Und dann kommt der Punkt, an dem man sich fragt, was das eigentlich alles für einen Sinn hat und ob man so weiter leben möchte."

„Ich kann Sie beruhigen, Frau von Senden, ich hatte nicht vor, meinem Leben hier auf der Toilette ein Ende zu bereiten", antwortete Jessica und lächelte dabei.
„Das habe ich auch nicht erwartet. Nicht auf dieser Toilette, hier ist es so ekelhaft und schmutzig. Also ich würde mir einen saubereren Ort dafür aussuchen", sagte Tatjana und lächelte zurück.
„Danke für die aufmunternden Worte. Sie kamen genau zum richtigen Zeitpunkt. Wir sehen uns dann gleich bei der Besprechung mit den anderen."
Jessica ging hinaus und dachte sich, dass Tatjana im Grunde bestimmt ganz nett war. Sie sollte aber definitiv professionelle Hilfe in Anspruch nehmen. Vermutlich würde sie es aber nicht besonders gut finden, wenn man sie darauf aufmerksam machen würde.

46.

Der neue Tag war gerade dabei anzubrechen und die Stadt erwachte. Keiner von ihnen war zu Hause gewesen oder hatte auch nur ein Auge zugetan.

Die Fahndung nach Rebecca Kellner war bisher ohne jeden Erfolg geblieben. Seit dem Morgen ihres Verschwindens, hatte sie kein Mensch mehr gesehen und sie hatten nicht den geringsten Hinweis darauf, wo sie sich aufhielt.

Es waren seit Eingang des zweiten Briefes mittlerweile fast zwei Tage vergangen, ohne dass sie etwas von Tobias gehört hatten. Sie hatten ihn offensichtlich falsch eingeschätzt. Noch vor Kurzem waren sie davon ausgegangen, dass er den Kontakt zu ihnen suchte und auch brauchte und sich deshalb sicher bald wieder melden würde. Auch die Tatsache, dass Tobias Bachmann verhaftet wurde, führte nicht wie erhofft zu einer Reaktion bei Tobias. Scheinbar hatte er es überhaupt nicht eilig. Ihnen war klar, dass er eine schwangere Frau in seiner Gewalt hatte, die auf ihre Ernährung achten musste und auf Insulin angewiesen war, aber ihre eigenen Medikamente nicht bei sich hatte. Wenn ihm nun irgendetwas zustieße, oder er aus einem anderen Grund nicht mehr nach ihr schauen konnte, wäre sie hilflos an einem einsamen Ort gefangen und konnte im schlimmsten Fall sterben. Ihr ungeborenes Kind würde aber in jedem Fall Schaden nehmen. Diese Gewissheit ließ nach und nach eine leichte Verzweiflung in ihnen aufkommen.

Während Dennis mit einem Team zur Wohnung von Tobias Bachmann in der Stuttgarter Hochhaussiedlung Fasanenhof

unterwegs war, berichtete Tatjana den anderen von einigen Neuigkeiten, die sie herausgefunden hatte.
Nachdem sie die Türe zum Gang vor den Büros mit dem Hinweis geschlossen hatte, dass der komische Geruch, der sich seit einigen Tagen ausbreitete bald nicht mehr zu ertragen sei, begann sie mit ihren Ausführungen: „Tobias Bachmann wurde am 16.03.1982 in Frankfurt an der Oder geboren. Er lebte dort mit seinen Eltern und seinem Bruder das ganz normale Leben einer vierköpfigen Familie in der DDR. Sein Vater war ein angesehenes und höherrangiges SED-Mitglied, was ihnen durchaus das eine oder andere Privileg verschaffte. Sie konnten sich zum Beispiel jedes Jahr im Sommer einen zweiwöchigen Urlaub leisten. Den verbrachten sie meistens am Plattensee in Ungarn, manchmal aber auch auf der Insel Rügen. Die Familie Bachmann gehörte nicht zu den Familien, die von der Wende profitierten, denn wie bei vielen anderen Bevorzugten des SED-Regimes, entfielen ihre Privilegien. 1990, im ersten Sommerurlaub nach der Wende, den die Familie Bachmann wieder einmal auf Rügen verbrachte, ereignete sich ein tragischer Unfall. Tobias und sein zwei Jahre älterer Bruder Sebastian waren alleine draußen unterwegs auf Erkundungstour. Sie waren zu einem hoch über dem Meer gelegenen Aussichtspunkt aufgebrochen, wobei Sebastian etwa vierzig Meter tief die Klippen hinunter stürzte. Tobias hatte ihn nach eigenen Angaben noch viele Minuten mit einer Hand gehalten und versucht nach oben zu ziehen, doch Sebastian hatte irgendwann keine Kraft mehr gehabt um sich festzuhalten und war dann abgestürzt. Die Familie Bachmann hat sich von dieser Tragödie nicht mehr erholt.
1992 zog Tobias mit seinen Eltern nach Berlin, wo sie in einer kleinen Wohnung in Charlottenburg lebten, bis die Eltern im Jahre 2000 bei einem Wohnungsbrand ums Leben kamen.

Tobias war gerade volljährig geworden und zog im Anschluss an diese Tragödie nach Stuttgart, wo er eine Ausbildung zum Druckvorlagenhersteller begann. Mittlerweile arbeitet er von zu Hause aus als freier Grafiker. Das Geschäft läuft nicht besonders gut, aber er verdient gerade so viel, dass er seine Rechnungen bezahlen kann und noch ein bisschen was zum Leben übrig hat. Auffällig ist, dass er in regelmäßigen Abständen immer mal wieder für einige Tage oder manchmal auch Wochen nicht zu Hause ist und in dieser Zeit von niemandem gesehen wird.
Während er verschwunden ist, bearbeitet er auch keine Aufträge. Eine Freundin oder einen Freund gibt es nicht und Geld für Urlaube hat er auch nicht. Keiner weiß also, wo er sich in dieser Zeit immer aufhält."
Kurt dachte angestrengt nach und fragte in den Raum: „Und was wäre, wenn dieser Sebastian gar nicht tot wäre? Könnte er dann der zweite Mann sein, nach dem wir suchen?"
Tatjana entgegnete ihm aber prompt: „Sebastians Leiche wurde am Fuße der Klippen gefunden und eindeutig von seinen Eltern und seinem Bruder identifiziert. Er wurde kurze Zeit später in Frankfurt/Oder bestattet. Tobias überweist heute noch halbjährlich einen festen Betrag an eine Gärtnerei, die auf Grabpflege spezialisiert ist. Komischerweise verwildert aber das Grab seiner Eltern in Berlin scheinbar zusehends. Ich habe mit dem Friedhofsverwalter in Charlottenburg telefoniert. Er hat seit Jahren niemanden mehr am Grab der Eltern gesehen und Tobias schon gar nicht. Das Anrecht auf den Platz für das Grab besteht laut Vertrag wohl bis zum Jahre 2020, dann wird es frei gegeben, falls nicht fristgerecht eine Verlängerung beantragt wird. Er kann sich aber noch genau an Tobias Bachmann erinnern, da er es sehr merkwürdig fand, dass dieser verfügte, nur den Namen seines Vaters auf den Grabstein gravieren zu lassen.

Die Inschrift lautet wohl: *Hier ruht Herr Manfred Bachmann mit Frau, gestorben im Mai 2000.*"

„Sein Frauenhass scheint also tatsächlich etwas mit der Mutter zu tun zu haben", kombinierte Kurt und Jessica ergänzte: „Wahrscheinlich hat ihn die Mutter für den Tod des Bruders verantwortlich gemacht und mit Liebesentzug gestraft. Bei einer entsprechenden Disposition kann so etwas durchaus eine solche Störung verursachen, wie sie bei Tobias Bachmann vorliegt."

Kurt schlug mit der Faust auf den Tisch: „Das rechtfertigt aber noch lange nicht, dass man durch die Gegend rennt und Frauen abschlachtet. Meine Mutter war auch noch nie ein Fan von mir!"

„Na, das erklärt dann wohl einiges!", sagte Tatjana und erntete dafür die kichernde Zustimmung der anderen.

Jessica war ungeduldig: „Ich muss unbedingt so schnell wie möglich nochmals mit Tobias Bachmann sprechen. Es wäre sehr vielversprechend, ihn mit dem Unfall seines Bruders und auch nochmals mit dem Verhältnis zu seiner Mutter zu konfrontieren. Ich bin mir sicher, dass er auspacken wird. Ich hatte ihn vorhin fast so weit."

Herr Scheible winkte ab: „Wir können froh sein, wenn die Ärzte grünes Licht für die Schreibprobe und eine Gegenüberstellung geben. An ein weiteres Verhör ist vorerst nicht zu denken. Außerdem wäre es besser, wenn Sie beim nächsten Mal nicht so forsch zu Werke gingen."

„Wie meinen Sie das?", fragte Jessica empört.

Nun war genau das eingetreten, was sie vorher befürchtet hatte. Es war nur eine Frage der Zeit gewesen, bis jemand versuchen würde, ihr die Schuld in die Schuhe zu schieben. Und dieser Jemand sollte offenbar Kriminalrat Scheible sein.

„Wenn Sie ihm nicht alles auf einmal vor den Latz geknallt hätten, dann wäre er vielleicht kooperativer gewesen und wir wüssten jetzt möglicherweise schon mehr. Ich bin ja kein Psychologe, aber auf mich hat das eben keinen besonders professionellen Eindruck gemacht, Frau Dornfeld."

„Na, Sie müssen es ja wissen!", fauchte Jessica und verließ das Büro, indem sie die Tür zuknallte, so dass sogar Tatjana etwas erstaunt war.

„Was für eine Zicke!", sagte sie und wurde von Kurt dafür mit einem strafenden Blick bedacht.

47.

„Hilfe!“, brüllte sie ein ums andere Mal aus voller Kehle, aber niemand hörte sie. Die Zeit stand scheinbar still und die Minuten zogen sich endlos hin. Wenn sie doch nur jemand gehört hätte. Vielleicht würde ja auch rein zufällig jemand hier vorbei kommen? Ein Interessent womöglich, der überlegte, das Haus zu kaufen, oder vielleicht ein Landstreicher, der eine Bleibe für die Nacht suchte. Sicherlich war ihre Freundin Maria schon lange auf der Suche nach ihr und bestimmt hatte auch die Polizei bereits mit einer groß angelegten Suchaktion ihre Fährte aufgenommen und war kurz davor, sie zu befreien.

Rebecca Kellner klammerte sich an jeden erdenklichen Strohhalm. Wie konnte das alles nur passieren und um Himmels Willen warum? Noch vor drei Tagen war sie die glücklichste Frau der Welt gewesen. Marinus und sie freuten sich so sehr auf das Baby, und dass sie ihm auch noch den Jungen schenken würde, den er sich so sehr gewünscht hatte, machte sie besonders glücklich. Sie hatten bereits einen Kinderwagen gekauft und das zukünftige Kinderzimmer war auch schon mit den ersten klassischen, hellblauen Accessoires ausgestattet worden. Natürlich hatten sie sich auch darüber unterhalten, dass es Unglück bringen könnte, wenn man zu früh eine Babyausstattung organisiert. Aber sie war in der fünfundzwanzigsten Schwangerschaftswoche und bis vor kurzem lief alles vollkommen reibungslos. Es wurden zwar immer mal wieder leicht erhöhte Blutzuckerwerte festgestellt, doch das war in der Schwangerschaft schließlich nichts Ungewöhnliches. Es bestand die Veranlassung zur Wachsamkeit und regelmäßigen Kontrollen, aber kein Grund zur übertriebenen Sorge. Erst nachdem sie in der vergangenen Woche auf Anraten ihrer Frauenärztin diesen Test gemacht hatte, war auf einmal die Aufregung groß gewesen. Bei ihr hatte sich wohl ein Schwangerschaftsdiabetes eingestellt und diese konnte gefährlich für sie selbst, aber vor allem auch für ihren Sohn werden. Und da sie auf keinen Fall ein Risiko eingehen wollte, hielt sie sich strikt an einen Diätplan, den ihr Frau Dr. Haber zusammengestellt hatte. Trotzdem kletterten die Blutzuckerwerte weiter und sie musste fortan, in Abhängigkeit von der zugeführten Nahrung, Insulin spritzen. Die letzte Injektion lag mittlerweile fast zwei Tage zurück. Da sie im Internet Nachforschungen angestellt hatte, wusste sie, dass ohne Nahrungszufuhr auch der Insulinbedarf nicht so hoch war. Die große Frage war nur, wie lange sie ohne eine erneute Injektion durchstehen würde? Noch war sie im Besitz sämtlicher geistiger und körperlicher Kräfte. Phasen von Müdigkeit und extremer Nervosität wechselten sich ab, ebenso wie ihr starker Harndrang gefolgt war von fürchterlichem Durst. Wenn sie versuchte, langsam und gleichmäßig zu atmen, dann ging es ihr am besten. Dafür musste sie sich aber sehr anstrengen, denn sie verspürte das Bedürfnis viel Luft aus ihren Lungen auszustoßen.

Es war stockdunkel und kalt in der kleinen Kammer, in die er sie gesperrt hatte. Eine schwere Eisenkette, die an der Wand befestigt war, schloss sich direkt über den Knöcheln um ihr linkes Bein. Immerhin hatte er sie nicht geknebelt. Was wollte dieser Mensch eigentlich von ihr? Sie hatte ihm doch nichts getan, oder? Marinus und er hatten sich im Rahmen eines Dating-Events bei Heart-Attack kennen gelernt, als sie nach den Gesprächen mit den Damen, noch bei einem gemeinsamen Bier an der Bar geplauscht hatten. Ihr war es zwar schon lange komisch vorgekommen, dass er so intensiv den Kontakt zu Marinus gesucht hatte, schob es aber letztendlich auf Marinus Prominenz. Wahrscheinlich wollte er sich durch die Freundschaft zu einem bekannten Politiker profilieren, dachte sie. Als er dann bei ihr zu Hause zum Abendessen war, hatte sie schon ein ungutes Gefühl. Das ging ihr zu weit und sie konnte auch überhaupt nicht verstehen, warum Marinus sich mit ihm abgab. Wahrscheinlich hatte er ihn nur eingeladen, weil er nicht unhöflich erscheinen wollte. Denn als Politiker musste man stets darauf achten, niemanden vor den Kopf zu stoßen.

Der Mann hatte an diesem Abend einen noch merkwürdigeren Blick als sonst gehabt. Irgendwie so, als führe er etwas im Schilde. Dann hatten sich die beiden auch noch für den nächsten Morgen zum Joggen verabredet. Eigenartig war dabei gewesen, dass er Marinus unbedingt schon um 5.00 Uhr abholen wollte. Der konnte ihn dann immerhin auf 6.00 Uhr vertrösten, was er widerwillig akzeptierte. Als er dann kurz nach 8.00 Uhr ohne Marinus in ihrer Wohnung aufkreuzte, war ihr klar, dass etwas faul sein musste. Allerdings hatte sie nicht die geringste Chance gehabt, sich erfolgreich gegen seinen Angriff zu verteidigen. Er drohte ihr mit einem Schwert, an dem Blut klebte. Er behauptete, es sei das Blut von Marinus und er hätte ihn eben umgebracht. Wenn das stimmte, dann wollte sie auch sterben und nur so konnte sie sich im Nachhinein ihre Lethargie erklären, als er sie zum Auto brachte und sie sich nicht einmal mehr wehrte. Hätte sie doch einfach nach Herrn Ambrosius gerufen, der nur wenige Meter entfernt in seinem Garten arbeitete, sie aber leider nicht bemerkt hatte. Aber jetzt, jetzt wäre sie bereit zu kämpfen. Um Leben und Tod. Doch der Feigling kam nicht mehr. Er war seit gestern Nachmittag schon nicht mehr da gewesen. Wollte er sie etwa verhungern und verdursten lassen? Nein, das konnte sie sich nicht vorstellen. Was aber, wenn ihm etwas zugestoßen wäre? Es wusste doch keiner, wo sie war!

Sie versuchte wieder die positiven Gedanken in den Vordergrund zu drängen und schloss die Augen. Dabei sah sie, wie Marinus ihren kleinen Jungen auf dem Arm hatte und ihr zuwinkte. Sie konnte das Gesicht des Jungen nicht erkennen, trotzdem war er ihr vertraut. Mit einem warmen und herzlichen Gefühl schlief sie ein.

48.

Dennis kam gerade zurück von der Wohnungsdurchsuchung bei Tobias Bachmann, als er an Holger Grünbaum vorbeilief, der ihn mit den Worten „Vorsicht, dicke Luft!“ begrüßte.
Dennis schaute ihn fragend an, doch als er an die nächste Ecke kam, sah er Jessica Dornfeld, die auf einem der Stühle im Empfangsbereich saß und sich offensichtlich im „Schmollwinkel“ befand, und er wusste sofort, was Holger meinte.
Allerdings hätte der Kommentar genau so gut dem mittlerweile fürchterlichen Geruch im gesamten zweiten Stock des Präsidiums gelten können. Hatten die denn immer noch nicht herausgefunden, woher der Gestank kam? Aber egal, Luft anhalten und durch! Es gab schließlich gerade Wichtigeres zu tun und die Zeit lief ihnen davon.
Er setzte sich zu Jessica, die ihm kurz von den neuen Informationen berichtete, die Tatjana vorgetragen hatte und dann erklärte, warum sie beleidigt war.
„Er hat das bestimmt nicht so gemeint. Herr Scheible ist in der momentanen Lage eben auch etwas angespannt. Das sollte man ihm nicht übel nehmen, denn er ist es, der am Ende den Kopf hinhalten muss. Vielleicht wollte er Sie auch nur zu einer noch besseren Leistung im nächsten Verhör anstacheln?“, sagte Dennis tröstend und fand, er hatte das ziemlich gut gemacht.
Allerdings ging sein hobbypsychologischer Schlichtungsversuch gegenüber der Diplom-Psychologin mächtig in die Hose, denn diese antwortete ihm messerscharf: „Kommen Sie mir jetzt bloß nicht mit Ihrer Hosentaschenpsychologie für Dummies. So ein

Geschwätz hat mir gerade noch gefehlt. Kümmern sie sich lieber darum, dass wir Bachmann so schnell wie möglich nochmals verhören können."
„Wir tun alle was wir können, Frau Dornfeld. Ich schlage vor, dass ich uns eine Cola aus dem Getränkeautomaten spendiere und dann gehen wir rein zu den anderen. Übrigens, dieser Gestank hier ist ja kaum noch auszuhalten."
„So? Können also sogar Sie als Mann es mittlerweile riechen? Der Geruch wird auch ganz bestimmt nicht besser dadurch, dass kein einziger von uns heute Morgen zu Hause war und geduscht hat!", sagte sie mit einem Augenzwinkern und konnte dabei auch schon wieder etwas lächeln.
Holger Grünbaum hatte von seinem Platz aus amüsiert den Dialog der beiden verfolgt und sagte schmunzelnd leise vor sich hin: „Na, das wäre doch mal ein hübsches Paar, oder?"
Dennis erklärte kurz und prägnant vor versammelter Mannschaft, was sie in der Wohnung von Tobias Bachmann vorgefunden hatten. „Blutspuren ohne Ende im Badezimmer, an Kleidern, auf dem Teppichboden und an Möbeln. Das Blut stammt definitiv von verschiedenen Personen, vermutlich von Katja Pradova und Manuela Däumler. Eine Zweiliterflasche mit chirurgischem Desinfektionsmittel stand im Badezimmer, wahrscheinlich hat er sie übers Internet in einem Fachhandel für Medizinprodukte bestellt. Er hat auf jeden Fall die entsprechende Homepage besucht, das konnte bereits von den Technikern vor Ort aus seinem PC rekonstruiert werden. Damit hat er dann die Mordwaffe nach jeder Tat gereinigt."
Dann zählte er auf: „Wir haben kein Schwert oder Säbel, keine Turnschuhe in Größe vierundvierzig des Typs Jackson Slam Five, keine dunkle Wollmütze, keine Verbindung zu Heart-Attack, Panucci, Saskowitz, Schade und Rebecca Kellner und

keinen Hinweis auf einen Komplizen oder sonst auch nur die kleinste Spur gefunden, die ihn irgendwie mit den Verbrechen von Tobias in Verbindung bringen würde. Auch das Druckerpapier und die Kugelschreiber stimmen nicht überein. Ich bin mir sicher, dass Tobias Bachmann außer den Verbrechen die er bereits gestanden hat, keine weiteren begangen hat. Zumindest keine, an deren Aufklärung wir momentan arbeiten."

Kurt hatte den letzten Satz von Dennis gehört, als er gerade zur Türe hereinkam und verkündete: „Das passt dann auch ganz gut zu einem Ergebnis, das im Laufe des Vormittages bei den weiteren Untersuchungen herauskam. Die Experten sind sich aufgrund der Schriftprobe beider Hände absolut einig, dass Bachmann nicht der Schreiber der Tobias-Briefe ist. Er ist definitiv Linkshänder und das Schriftbild seiner rechten Hand hat überhaupt keine Ähnlichkeit mit der Schrift, die wir suchen. Die Graphologen erkennen auch, wenn jemand seine Schrift verstellt und legen sich fest, dass Bachmann das nicht getan hat. Die Gegenüberstellungen führten allerdings zu einem ganz anderen Ergebnis. Thea Reinhardt, Gerda Breuning, Gregor Sassner, Felix Staiger, Karola Ebner und sogar Herr Ambrosius, den ich mir spontan erlaubt habe einzubestellen, haben Tobias Bachmann eindeutig als den Mann identifiziert, den sie gesehen haben. Es gab zwar einige Einschränkungen bezüglich Frisur, Körperhaltung und Kleidung, aber alle waren sich sicher, ihn erkannt zu haben. Laut Felix Staiger ist der Mann, den er hier und heute gesehen hat, bei Heart-Attack unter dem Namen Sebastian Redlow registriert."

„Bingo!", rief Tatjana, die scheinbar nur auf den Moment gewartet hatte, endlich mit diesem Sachverhalt aufwarten zu können. „Sebastian ist der Vorname seines verstorbenen Bruders und Redlow ist der Mädchenname seiner Mutter."

Kurt fuhr fort: „Sebastian Redlow ist hier in Stuttgart seit dem Jahr 2001 gemeldet und zwar in einer Wohnung in der Olgastrasse. Während wir hier reden, ist bereits ein Team zu ihm unterwegs, um ihn zu verhaften. Er arbeitet als Makler auf verschiedenen Gebieten. Teilweise auch im Versicherungswesen, aber sein Schwerpunkt liegt bei der Vermittlung von Immobilien."

Dennis ließ sich in seinem Stuhl zurückfallen und stellte fest: „Dann hatten wir es also die ganze Zeit mit zwei Brüdern zu tun, die sich offensichtlich sehr ähnlich sehen und um die Wette gemordet haben. Der eine hat einen Frauenkomplex und der andere ist ein sadistischer Selbstdarsteller! Jetzt müssen wir Sebastian nur noch fassen und ihn dazu bringen, dass er uns auf dem schnellsten Weg zu Rebecca Kellner führt."

Tatjana stimmte Dennis zu, zweifelte aber dennoch. „Sebastian Redlow war gerade mal zehn Jahre alt, als sich der Unfall auf Rügen ereignete. Warum hat er seinen Tod vorgetäuscht und vor allem, wie hat er das nur geschafft?"

„Er brauchte einen Helfer und Mitwisser, ansonsten hätte dieses Theater niemals bis heute Bestand haben können", erwiderte Dennis.

„Und dieser Mitwisser kann nur Tobias Bachmann sein!", kombinierte Jessica.

„Mir ist nur überhaupt nicht klar, ob er jetzt Sebastians Konkurrent, Verbündeter oder gar beides ist."

Dann sagte sie an Herrn Scheible gerichtet: „Bitte tun Sie etwas, damit wir Bachmann so schnell wie möglich nochmals verhören können. Sobald Sebastian Redlow auch gefasst ist, müssen wir ihn natürlich zunächst alleine, aber dann unbedingt beide zusammen befragen."

Hans-Dieter Scheible war zuversichtlich: „In Anbetracht der völlig neuen Sachlage, werde ich mit den Medizinern sprechen und versuchen, eine erneute Befragung von Bachmann zu erwirken."

49.

Kurt nippte an einer Tasse schwarzen Kaffees und blickte wieder einmal äußerst griesgrämig drein. Die eine HB-Lights-Schachtel war leer, also öffnete er die oberste Schublade seines Schreibtisches und nahm sich die nächste. Er zog den oberen Teil der Plastikfolie ab, öffnete die Schachtel, entfernte dann die Alufolie und zog eine Zigarette heraus. Er zündete sie an und inhalierte tief. Wenn die Sache hier ausgestanden wäre, würde er sein tägliches Zigarettenquantum wieder deutlich reduzieren müssen. Man konnte es sich ja zumindest einmal vornehmen, dachte er sich. Die Umsetzung des guten Vorsatzes in die Tat, war dann wiederum eine andere Geschichte. Tatjana war von dem Qualm alles andere als angetan, aber in der aktuellen Lage besaß sie offensichtlich doch genug Fingerspitzengefühl, um keinen Streit über Zigarettenrauch vom Zaun zu brechen.
Kurt gab den Grund für seine schlechte Laune preis: „Sebastian Redlow war nicht zu Hause, als die Kollegen bei ihm vor der Tür standen. Also sind sie auf Anweisung in seine Wohnung eingedrungen. Die sofort eingeleitete Fahndung war bisher ohne Erfolg. Seine Wohnung hinterließ nicht den Eindruck, als sei er geflüchtet. Aber auf seinen Aufenthaltsort gibt es keinen Hinweis. Den Angaben der Nachbarn zufolge kam es immer wieder vor, dass er für mehrere Tage nicht zu Hause war, in letzter Zeit sogar öfter. Jetzt ist er erneut verschwunden. Wahrscheinlich hat er geahnt, dass die Luft dünn für ihn werden würde. Auch wenn er selbst nicht da war, seine Wohnung offenbarte uns dafür Spuren und Beweise vom Allerfeinsten. Er hat

sich noch nicht einmal die Mühe gemacht, etwas zu verbergen. Besuch hat er bestimmt nicht oft bekommen. Die Mordwaffe hing in einer Halterung an der Wand und jede Menge Blut klebte noch daran. Die gesuchten Turnschuhe standen im Flur und in deren Profil fanden sich Erde und kleine Kieselsteinchen, die gleichen Steinchen, die es auch am Bismarckturm gibt. Wir haben die schwarze Wollmütze gefunden und das Druckerpapier mitsamt Kugelschreiber sichergestellt. Einige nicht vollendete Briefe an uns befanden sich im Papierkorb unter seinem großen Schreibtisch. Der Inhalt der Briefe ist noch nicht vollständig ausgewertet, aber es scheint so, als seien es erste Versionen der bereits bekannten Briefe gewesen, die ihm aber dann doch nicht gefallen haben. Ansonsten lagen auf dem Schreibtisch noch jede Menge Unterlagen von Immobilien im Großraum Stuttgart, die er als Makler zum Verkauf anbot oder sich zumindest dafür interessierte. Von Rebecca Kellner gibt es leider keine Spur."

„Dann wissen wir jetzt also sicher, dass er der Mann ist, den wir suchen?", fragte Tatjana.

Kurt nickte zustimmend: „Ja, es besteht kein Zweifel daran, dass er der Mörder von Sandro Panucci, Linda Saskowitz und Marinus Schade ist."

„Dann hat er die Verbrechen unter dem Namen seines Bruders verübt, um unseren Verdacht auf diesen zu lenken? Seine Opfer kannten ihn aber über Heart-Attack und dort war er doch eigentlich als Sebastian bekannt. Also mussten sie zumindest seinen richtigen Namen gekannt haben?", überlegte Tatjana laut und fuhr fort: „Was hat aber dann die Nachricht zu bedeuten, die Panucci in den Boden geschrieben hat? Da stand T+S, 1.9.12. Das ergibt keinen Sinn, denn alles spricht dafür, dass die Initialen T und S, für Tobias und Sandro stehen?"

„Und wie das Sinn macht!", platzte Dennis hervor.

Nochmals würde er nicht den gleichen Fehler machen und die Ermittlungen ausbremsen, indem er wichtige Informationen übersah. „Sandro Panucci nannte sich selbst bei seinem Spitznamen, nämlich Totti. Also bedeutet die Inschrift auf dem Boden am Birkenkopf nicht Tobias und Sandro, sondern Totti und Sebastian!"

So fügte sich das Rätselmosaik Stein für Stein zusammen. Es waren die Brüder Tobias Bachmann und Sebastian Redlow, die die Morde begangen hatten. Allerdings hatten sie noch keine Idee, wie Redlow den Unfall vor über zwanzig Jahren überlebte, wo er sich jetzt befand und wo er Rebecca Kellner versteckt hielt. Sie brauchten weitere Informationen über die Vergangenheit und die Geschichte der Familie Bachmann. Und sie mussten unbedingt das Verhör von Tobias Bachmann fortsetzen. Dafür benötigten sie allerdings grünes Licht der Psychiater, aber die ließen sich mächtig bitten. Da der Staatsanwalt nicht bereit war, Verantwortung zu übernehmen und vor der Empfehlung der Ärzte kuschte, versuchten sie zunächst selbst, die Halbgötter in Weiß, die sich zu wahren Moralaposteln aufschwangen, von der Notwendigkeit eines weiteren Verhörs zu überzeugen. Da sie mit ihrem Versuch bedauernswerterweise jäh gescheitert waren, versuchte Dennis andere Wege zu gehen. Von offizieller Seite aus informierte er Dr. Brandner, der bei seinem Vermittlungsversuch zwischen den Interessen der Polizei und deren der Ärzte aber ebenfalls erfolglos blieb.

„Es hilft alles nichts", versuchte Kurt einen kühlen Kopf zu bewahren. „Wir werden vorerst keine Genehmigung für ein weiteres Verhör bekommen. So viel wir dem rechtsstaatlichen System auch zu verdanken haben, manchmal möchte ich es verfluchen. Wir müssen trotzdem versuchen, die Zeit nicht ungenutzt verstreichen zu lassen. Dennis, ich möchte, dass Du noch heute, und zwar am besten sofort, nach Berlin fliegst. Ich werde Holger umgehend damit beauftragen, alles für Dich zu organisieren. Schau Dich am ehemaligen Wohnort der Bachmanns um und sammle so viele Informationen wie möglich. Wenn es sein muss, dann geh auch auf den Friedhof, auf dem die Eltern begraben sind. Je mehr wir über Bachmann und Redlow wissen, desto gezielter können wir das nächste Verhör ausrichten und hoffentlich erfolgreich gestalten. Wir müssen bestmöglich vorbereitet sein, denn es wird in der uns noch zur Verfügung stehenden Zeit, nicht mehr viele Chancen auf ein Verhör mit Bachmann geben. Wenn Rebecca Kellner tot ist, haben wir verloren."

Dennis war alles andere als begeistert darüber, dass ausgerechnet er jetzt nach Berlin fliegen sollte, um in der Vergangenheit der Familie Bachmann zu kramen. Das war bestimmt nicht die Aufgabe eines Polizeihauptkommissars. Er vermutete, dass Kurt ihm noch einen kleinen Denkzettel, für seine Nachlässigkeiten in der Angelegenheit von Sandro Panucci und seiner Verbindung zu der Dating-Agentur geben wollte. Und er hatte Recht mit dieser Vermutung. Außerdem stand auch noch die Angelegenheit mit der geschwänzten Obduktion im Raum. Eigentlich hatte er gehofft, die Sache sei für ihn mit der Teilnahme an dem Speed- Dating-Event im Zadu ausgestanden, aber offensichtlich war Kurt der Meinung, dass er seine Lektion noch nicht gelernt habe. „Soll ich die Bachmanns dann unter Umständen auch eigenhändig ausgraben? Vielleicht ist die eine oder andere Information durch die Kühle im Erdgrab konserviert worden und noch gut erhalten?", fragte er zynisch.

Da Kurt auf dem Gebiet des Zynismus auch sehr begabt war, antwortete er postwendend: „Ja, sehr gute Idee. Ich habe auf der Rückbank meines Passats noch einen alten Klapp-Spaten für alle

Fälle liegen. Meistens kommt er zum Einsatz, wenn ich damit die größeren Hinterlassenschaften unseres Hundes beseitigen muss. Einmal habe ich auch unseren Nachbarn damit ausgeholfen, als es darum ging, einen toten Maulwurf im Garten zu begraben. Dass das alte Ding einmal bei der Aufklärung einer Mordserie mithelfen würde, hätte ich nicht gedacht. Gib doch schnell Bescheid, wenn Du zum Flughafen aufbrichst, dann gebe ich ihn Dir. Und weißt Du was das Beste daran ist?"
„Was denn, bitteschön?", fragte Dennis genervt, da er genau bemerkte, dass sein Vorgesetzter dabei war, sich auf seine Kosten einen Spaß zu erlauben.
„Er passt sogar ins Handgepäck!"
„Sehr witzig, Kurt. Ich werde darüber lachen, wenn ich aus Berlin zurück bin. Soll ich vielleicht noch jemandem ein Andenken mitbringen?"
Dennis verließ das Zimmer und Tatjana folgte ihm. Sie würde ihn doch nicht etwa trösten wollen, dachte er sich. Aber weit gefehlt, denn Tatjana schlug in die gleiche Kerbe wie Kurt. „Warum bist Du denn so schlecht gelaunt, Dennis? Es ist ja wohl nicht zu viel verlangt, dass Du schnell nach Berlin fliegst, Dich ein bisschen umhörst und dann auch schon wieder zurückfliegst. Und das ganze auf Staatskosten, wohlgemerkt."
„Was soll denn das jetzt? Habt Ihr zwei Euch denn auf einmal verbrüdert? Habe ich da etwas nicht mitbekommen? Sonst seid Ihr doch so gut wie nie der gleichen Meinung und ich muss mir immer wieder Dein Gejammer anhören, wie unmöglich er doch sei. Wahrscheinlich bist Du nur froh, dass er Dich nicht damit beauftragt hat."
„Das ist nicht wahr. Diese Art von Ermittlungen ist mir eigentlich auf den Leib geschneidert, was man von Dir nicht gerade behaupten kann."

„Wie bitte?" „Du hast mich schon ganz gut verstanden. Dass Du nicht besonders gewissenhaft mit Informationen, die Dir zugetragen werden, umgehen kannst, hast Du ja schließlich eindrucksvoll bewiesen."

„Sag mal, hast Du einen Knall? Fällst Du mir etwa in den Rücken, oder was?"

„Nein, ganz im Gegenteil. Ich möchte Dich lediglich dabei unterstützen, Deine Sinne zu schärfen, um sich auf das Wesentliche zu fokussieren. Im Klartext heißt das KONZENTRATION, beziehungsweise die Gabe, Wichtiges von Unwichtigem zu unterscheiden."

„Jetzt reicht es mir aber. Behalte gefälligst Deine Unverschämtheiten für Dich."

„Ja, ja. Getroffene Hunde bellen."

„Tatjana, ich sage es jetzt zum letzten Mal und warne Dich. Ich kann nämlich auch anders. Hör auf mit diesem Quatsch. Ich stehe in der Hierarchie immer noch über Dir. Du solltest mich lieber unterstützen, anstatt mich mit Deinen unverschämten und neunmalklugen Weisheiten zu belästigen, nur weil ich ein einziges Mal etwas nicht beachtet habe."

„Noch stehst Du in der Hierarchie über mir, mein Lieber. Aber nicht mehr lange, wenn Du so weiter machst!"

Dennis war stinksauer. Bevor es aber jetzt zu einem heftigen Streit zwischen ihm und Tatjana kam, beschloss er, nicht mehr auf sie einzugehen und ließ sie wortlos auf dem Gang stehen. Ein Streit unter Kollegen war in der jetzigen Situation völlig unangebracht und würde berechtigterweise einen sehr unprofessionellen Eindruck machen. Aber zu gegebener Zeit würde er nochmals darauf zurückkommen und Tatjana den Kopf zurecht rücken. Diese Frau war wirklich unberechenbar. Manchmal ängstlich wie ein scheues Reh und auch genau so sensibel und

im nächsten Moment wie eine Dampfwalze, die mit einer Abrissbirne darum konkurriert, wer die elegantere Gangart hat.
Als er am Sekretariat von Holger vorbei kam, wedelte der bereits mit einem Computerausdruck in Form von zwei Online-Flugtickets. „Dein Flug geht in fünfundneunzig Minuten von Echterdingen nach Berlin-Schönefeld. Ich habe einen Late-Check-In für Dich vereinbart. Das Taxi müsste jeden Moment unten auf dem Parkplatz angesaust kommen. Fünf Stunden später fliegst Du auch schon wieder zurück, allerdings von Tegel. Manchmal ist es schon von Vorteil, wenn man von der Polizei ist. Denn eigentlich war in beiden Maschinen gar kein Platz mehr frei. Na, mein Lieber, wie hat der alte Holgi das hinbekommen?"
Am liebsten hätte ihn Dennis für seine „Glanztat" geohrfeigt, aber der arme Holger konnte ja auch nichts dafür und machte schließlich nur seinen Job. Und das bekanntermaßen eben sehr gut. Also besann er sich eines Besseren und bedankte sich lieber bei Holger, anstatt ihm tatsächlich eine Ohrfeige zu verpassen und sich innerhalb von wenigen Minuten bereits mit der dritten Person hintereinander anzulegen.
„Danke, Holger. Das hast Du wie immer mal wieder super eingefädelt. Wir sehen uns dann später."
Als Dennis die Treppen hinunterschlurfte und auf dem Parkplatz vor dem Präsidium auf das Taxi wartete, das Holger angekündigt hatte, war ihm Tatjana schon wieder gefolgt. Er wandte sich genervt von ihr ab, als sie sagte: „Hey Kommissar Brathahn. Spielst Du jetzt etwa den beleidigten Gockel? Wer austeilen kann, muss auch mal einstecken können. Du bist auch immer sehr schnell dabei, wenn es darum geht, Scherze auf Kosten anderer zu machen, oder etwa nicht?"
„Ist ja gut, was willst Du denn noch? Mein Taxi muss jeden Augenblick hier sein."

„Eigentlich wollte ich Dir nur einige Infos mit auf den Weg geben. Ich glaube nämlich, dass Du keinen blassen Dunst hast, wo Du in Berlin eigentlich hin musst, oder?"
„Woher möchtest Du denn das bitteschön wissen?"
„Ist so ein Gefühl. Und, hast Du Interesse an einigen Insider-Tipps?"
„Schieß´ endlich los, anstatt Dich noch länger lustig über mich zu machen! Das zahle ich Dir heim, versprochen."
„Also, wie Du ja schon mitbekommen hast, lebten die Bachmanns in Berlin-Charlottenburg, genauer gesagt in der Kant-Straße. Die Anschrift steht hier auf dem Zettel. Die Handynummer, die auch auf dem Zettel steht, gehört einem Herrn Erich Lasunke. Das ist der Friedhofsverwalter, mit dem ich gesprochen habe. Ich habe ihn eben nochmals angerufen, um ihm Deinen Besuch anzukündigen."
„Wäre es nicht besser gewesen, unangemeldet zu erscheinen?"
„Und was, wenn er dann gar nicht da gewesen wäre? Wer weiß, wie lange der Pausen macht oder wann er in den Feierabend geht. Auf einem Friedhof gibt es alles, bloß keine Hektik."
„Wie heißt denn der Friedhof?"
„Das ist der Luisen-Friedhof oder auch Luisenkirchhof genannt."
„Ich werde ihn schon finden, so viele Friedhöfe wird es ja wohl in einem Stadtteil nicht geben, oder?"
„Dann viel Erfolg, Dennis. Und melde Dich bitte, wenn Du etwas in Erfahrung gebracht hast."
„Ist schon klar. Sorge bitte dafür, dass ich auch auf dem Laufenden gehalten werde."
In diesem Moment kam das Taxi durch die Einfahrt und Dennis winkte dem Fahrer. Dann stieg er auf den Rücksitz und schloss die Türe.

50.

Als Dennis in Berlin ankam, nahm er nicht den Shuttle-Bus, sondern ging die mehreren hundert Meter vom Flughafen Schönefeld zur S-Bahn-Haltestelle zu Fuß. Glücklicherweise reiste er ja nur mit Handgepäck und den Klapp-Spaten von Kurt hatte er natürlich auch nicht dabei.
Der Flug war nicht besonders komfortabel gewesen. Holger hatte für ihn zwar noch einen Platz in der rappelvollen Economy-Class ergattern können, aber wohl ohne die Möglichkeit in Betracht gezogen zu haben, dass es auch noch eine Businessclass geben könnte, in der sich möglicherweise ebenfalls einige freie Sitzgelegenheiten befinden könnten. Außerdem war es Dennis ein Rätsel, warum er auf Flügen grundsätzlich Pech mit seinen Sitznachbarn haben musste. Er war ja gar nicht so anspruchsvoll, aber wenigstens einmal würde er gerne neben einer auch nur halbwegs attraktiven Frau sitzen wollen, mit der man sich die Zeit mit einem netten Gespräch während des Fluges vertreiben konnte. Aber natürlich hatte es ihn wieder einmal schlimm erwischt. Er saß in der Mitte einer Dreierreihe. Rechts neben ihm am Fenster saß ein äußerst übergewichtiger Mann um die Fünfzig in einem schäbigen Nadelstreifenanzug. Obwohl es noch Vormittag war, hatte der bereits eine respektable Alkohol-Fahne und zwar durch Hochprozentiges verursacht. Nicht genug, dass er ihm einen Kalauer nach dem anderen aufdrängte, nein, er haute ihm auch noch nach jedem Witz grölend vor Lachen auf die rechte Schulter. Vielleicht sollte er in Berlin besser ein Krankenhaus aufsuchen und sich einer Röntgenuntersuchung

unterziehen. Das scheinbar unendliche Repertoire des Dicken an Witzen umfasste Schenkelklopfer folgender Güteklasse: *„Kommt ein Pferd in eine Bar. Fragt der Barkeeper: He, warum so ein langes Gesicht?“*

Der Sitznachbar zu seiner Linken am Gang war zwar irgendwie bemitleidenswert, aber auch nicht gerade das, was man als einen Glücksfall bezeichnete. Er hielt während des gesamten Fluges eine Kotztüte vor sein Gesicht und winselte immer wieder Sätze vor sich hin, die die Worte „Bitte nicht“ enthielten. Bei jeder noch so geringen Änderung der Flughöhe konnte Dennis sein Würgen hören. Da er mit den Sitznachbarn zu seiner Seite offenbar noch nicht genug gestraft war, hatte er vor sich einen Mann von der Sorte sitzen, der höchstens 1,70 Meter groß war, aber sofort nach dem Start die Rückenlehne maximal zurück stellte und dies bis eine Minute vor der Landung auch so beließ. Dennis hatte relativ lange Beine, da er immerhin 1,89 Meter groß war. Er saß sehr beengt und seine Kniescheiben berührten bereits die Rückenlehne des Vordersitzes. Auf die höfliche Nachfrage an den wesentlich kleiner geratenen Herrn, ob er vielleicht bereit wäre, seine Lehne nicht bis zum Anschlag nach hinten zu drücken, bekam er lediglich zur Antwort: „Hättest Dir ja einen Flug in der ersten Klasse buchen können, wenn es Dir nicht passt!“

Über die Nachbarn hinter ihm konnte er nichts Negatives sagen, aber viel schlimmer hätte es ohnehin nicht mehr kommen können, fehlte nur noch ein unentwegt brüllendes Kleinkind.

Er stieg in die S9 und nickte während der Fahrt über einundzwanzig Haltestellen mehrfach ein. Dass er die Haltestelle Charlottenburg nicht verschlief, war lediglich Glück, vielleicht aber

auch innerer Eingebung oder sonst einer höheren Macht zu verdanken.
Als er in Charlottenburg den Bahnsteig verließ, hatte er nicht die leiseste Ahnung, in welche Richtung er gehen musste. Jetzt rächte es sich, dass er noch nicht Besitzer eines Smartphones war, mit welchem man mit Leichtigkeit einen Stadtplan hätte aufrufen können. Alternativ hätte er sich natürlich auch am Flughafen einen solchen kaufen können, aber so weit hatte er nicht gedacht. Hatte Tatjana mit ihrer Kritik doch irgendwie ins Schwarze getroffen? War er vielleicht doch gelegentlich zu unkonzentriert?
Er fand sich an einem Ort wieder, der sympathischerweise Stuttgarter Platz hieß.
Da der Snack im Flugzeug eine ebenso große Katastrophe war wie seine Sitznachbarn, hatte er mittlerweile ziemlich großen Hunger. Er stolperte über die Imbissbude „Am Stutti", wo er sich eine Curry-Wurst mit einer Portion Pommes und eine Cola bestellte. War eigentlich mittlerweile die Frage geklärt, wer denn die Curry-Wurst erfunden hatte? Die Berliner oder die Hamburger? Er verzichtete darauf, an der Imbissbude nachzufragen, da davon auszugehen war, dass die Antwort nicht ganz objektiv ausfallen würde.
Er stellte sich alleine an einen der wenigen Stehtische und blickte über die viel befahrene Kaiser-Friedrich-Straße auf einen großen asiatischen Supermarkt. In nächster Nähe zu der Imbissbude befanden sich einige Hotels, Table Dance Bars und Wett-Büros.
Da er keine Ahnung hatte, in welche Richtung er gehen musste, blieb ihm nichts anderes übrig, als jemanden zu fragen. Also beschloss er, die beiden Typen am Nebentisch zu interviewen, die gerade dabei waren, ihre Curry-Wurst mit einem Bier und einem Korn hinunterzuspülen. Na dann, prost Mahlzeit, dachte

er sich. Wahrscheinlich machten sie gerade schon Mittagspause, obwohl es noch später Vormittag war. Sie trugen beide hellbraune Arbeitsoveralls, darüber grüne, ärmellose Westen mit dem Emblem und dem Schriftzug eines Landschaftsgärtners. Sie waren äußerlich unterschiedlicher, wie zwei Männer kaum sein konnten. Einer war groß, dick und bestimmt fast sechzig Jahre alt. Er hatte ein rotes, aufgeschwemmtes Gesicht, in dem ein ehemals schwarzer Schnauzbart wucherte. Es war eindeutig zu erkennen, dass er das Sagen unter den Beiden hatte. Der Andere war hager, klein und höchstens fünfundzwanzig Jahre alt. Er sagte so gut wie nie etwas und redete eigentlich nur, wenn der Ältere ihn etwas fragte. Als Dennis aufgegessen hatte, ging er zu den beiden an den Stehtisch. „Hallo, ich hoffe Sie können mir weiter helfen. Ich kenne mich in Berlin leider nicht aus. Ich suche die Kant-Straße. Die müsste irgendwo hier in der Nähe sein, oder?“
Der Ältere nahm einen Schluck Bier und musterte Dennis von oben bis unten. „Kann schon sein, Meister. Was willste denn da?“
„Um ehrlich zu sein, denke ich nicht, dass Sie das etwas angeht. Ich habe lediglich nach dem Weg gefragt. Aber meinetwegen, wenn Sie es genau wissen wollen, dann sage ich es Ihnen. Ich möchte einen alten Freund besuchen, den ich schon lange nicht mehr gesehen habe. Die letzte Adresse, die ich von ihm habe, ist Kant-Straße 173.“
„Dann ruf doch Deinen alten Freund einfach an und frage ihn nach dem Weg zu ihm.“
„Es soll aber ein Überraschungsbesuch sein.“
„Wie heißt denn Dein Freund? Vielleicht kenne ich ihn ja.“
„Er heißt Tobias Bachmann.“

„Nie gehört. Aber ich kenne einen anderen Bachmann, der heißt Olaf und....“

Dennis unterbrach ihn energisch. „Bitte, ich habe leider nicht viel Zeit. Entweder Sie erklären mir jetzt den Weg, oder Sie lassen es bleiben.“

Während der Dicke den schweigsamen Jüngeren angrinste und sich dabei lässig gegen den Stehtisch lehnte, hob er seine Bierflasche und sagte zu Dennis: „Wenn Du noch so eine Runde klar machst, dann sage ich Dir gerne wo Du hin musst.“

„Na prima. Hier haben Sie fünf Euro, das müsste für eine Runde ausreichend sein.“

Der Dicke griff gierig nach dem Geldschein, den Dennis auf den Tisch gelegt hatte und steckte ihn in die Brusttasche seines Overalls. „Du gehst hundert Meter weiter bis zu der großen Kreuzung. Nach links und nach rechts geht es dann jeweils schon in die Kant-Straße. Hausnummer 173 müsste in dieser Richtung liegen“, erklärte er und zeigte dabei nach links.

„Besten Dank. Wissen Sie zufälligerweise auch wo der Luisen-Friedhof ist?“

Der Hagere blickte auf und wollte gerade etwas sagen, als ihm der Dicke den rechten Ellenbogen in die Seite rammte.

„Klar. Das ist ganz einfach zu finden. Der ist in der Guericke-Straße.“

Er erklärte den nicht gerade kurzen Fußweg bis zum Friedhof und Dennis machte sich eifrig Notizen.

Dennis beschloss zuerst die Adresse aufzusuchen, wo die Bachmanns gelebt hatten, als es im Jahre 2000 zu dem Wohnungsbrand kam. Anschließend wollte er sich mit Herrn Lasunke auf dem Luisen-Friedhof treffen.

Nach einem zügigen, etwa zehnminütigen Fußmarsch, erreichte Dennis den Lietzensee und stellte fest, dass er bereits an der gesuchten Adresse vorbei gegangen sein musste, denn die Straße trug mittlerweile einen anderen Namen. Gerne hätte er sich für einige Minuten an das schöne Seeufer gesetzt, um eine kleine Verschnaufpause einzulegen, aber leider war er etwas unter Zeitdruck. Er ging wieder einige Häuserblocks zurück und fand schließlich die gesuchte Adresse. Das Haus passte überhaupt nicht zu den anderen Häusern in der Gegend. Es war keines der für Berlin typischen alten Stadthäuser mit Innenhof, sondern ein Hochhaus in Form eines hässlichen, braunen Betonklotzes mit einer heruntergekommenen Fassade.

Als er gerade vor der Haustüre stand und überlegte bei wem er denn klingeln könnte, öffnete sich die Türe von innen. Ein dunkelhäutiger, junger Mann kam heraus gestürmt und hätte ihn fast über den Haufen gerannt. Der Mann entschuldigte sich.

„Tut mir leid, ich bin in großer Eile und habe Sie nicht gesehen."

„Ist schon gut. Sie konnten ja nicht ahnen, dass ich hier vor der Türe stehe. Dürfte ich Sie trotz Ihrer Eile etwas fragen?"

„Ja, aber bitte schnell. Ich muss wirklich dringend los, sonst komme ich zu spät in meine Vorlesung an der TU."

„Kennen Sie einen Mann namens Tobias Bachmann, der einmal mit seinen Eltern in diesem Haus gelebt hat?"

„Nein, den kenne ich nicht. Wann soll denn das gewesen sein?"

„Die Familie Bachmann hat in den Neunziger Jahren hier gewohnt, bis die Eltern im Jahre 2000 bei einem Wohnungsbrand ums Leben kamen."

„Ach, diese Geschichte. Davon habe ich schon einmal gehört. Ich kann Ihnen aber leider gar nichts dazu sagen, da ich selbst erst seit 2010 in diesem Haus wohne und überhaupt erst 2008 nach Berlin gekommen bin."

„Was studieren Sie denn, wenn ich fragen darf?"

„Tiermedizin."

„Haben Sie ein Stipendium?“
„Was soll der Unsinn? Nur weil ich Schwarzer bin heißt das noch lange nicht, dass ich ein Stipendium brauche, um in Deutschland zu studieren.“
„Nein, natürlich nicht. So war das auch nicht gemeint. Bitte entschuldigen Sie meine blöde Frage. Sagt Ihnen der Name Sebastian Redlow etwas?“
„Nein, der sagt mir auch nichts. Hören Sie, ich habe jetzt wirklich keine Zeit mehr. An Ihrer Stelle würde ich mein Glück bei der alten Frau Jaschko versuchen, die lebte schon zu Zeiten hier, als ein Schwarzer niemals eine deutsche Universität hätte besuchen können, egal ob mit oder ohne Stipendium. Ich wünsche Ihnen noch einen schönen Tag.“
Weg war er. Wahrscheinlich war er beleidigt wegen der dummen Frage nach dem Stipendium, dachte sich Dennis. Zugegebenermaßen war ihm die Frage auch etwas peinlich. Er konnte sich nicht so recht erklären, was er eigentlich damit bezwecken wollte. Auf jeden Fall hatte er es nicht böse gemeint, höchstens etwas unglücklich formuliert. Na ja, den würde er wahrscheinlich ohnehin nie wieder in seinem Leben treffen.
Er klingelte bei A. Jaschko. Als nach ungefähr dreißig Sekunden noch keine Stimme in der Gegensprechanlage zu hören war, versuchte er es nochmals. Kurz darauf meldete sich dann die Stimme einer alten Frau mit Berliner Dialekt. „Ja bitte. Wer ist denn da?“
„Mein Name ist Dennis Rathvan. Ich bin von der Kriminalpolizei aus Stuttgart und suche nach jemandem, der mir etwas über die Familie Bachmann erzählen kann, die einmal in diesem Haus gelebt hat.“
Der Türöffner summte und Dennis ging hinein. Als er im dritten Stock angelangt war, öffnete sich vorsichtig eine der Wohnungs-

türen. Frau Jaschko verlangte, so wie man es im Fernsehen lernte, seinen Dienstausweis zu sehen und bat ihn schließlich herein.
Er schätzte ihr Alter auf mindestens fünfundachtzig Jahre. Für eine Frau dieses Alters war sie sehr groß gewachsen und durchaus noch rüstig. Im Flur stand ein blauer Rollator, den sie aber keines Blickes würdigte. Wahrscheinlich benutzte sie ihn nur für längere Strecken außer Haus.
Nachdem Frau Jaschko ihm eine Tasse Tee angeboten hatte, die er auch dankend annahm, saßen sie an einem kleinen runden Tisch in ihrem Wohnzimmer.
„Frau Jaschko, ich bin nur für wenige Stunden in Berlin und möchte in dieser Zeit so viele Informationen wie möglich über die Familie Bachmann sammeln. Ich darf Ihnen leider nicht genau sagen, worum es bei unseren Ermittlungen geht, aber bitte glauben Sie mir, dass es sehr wichtig und auch dringend ist. Kannten Sie denn die Bachmanns?"
„Ja sicher. Im Jahr nach der Jahrtausendwende hat es in ihrer Wohnung gebrannt und dabei sind die Eltern ums leben gekommen."
„Was war mit dem Sohn, mit Tobias?"
„Der hatte Glück und war nicht zu Hause, als das Feuer ausbrach. Wobei mich das ehrlich gesagt etwas wundert. Denn ich habe ihn von meinem Fenster aus das Haus verlassen sehen, etwa fünf Minuten bevor ein anderer Nachbar die Flammen entdeckte, die aus dem Schlafzimmerfenster der Eltern schlugen. Ich habe das der Polizei erzählt, aber die hat sich nicht dafür interessiert. Wahrscheinlich dachten die, dass die alte Frau Jaschko nicht mehr ganz klar im Kopf ist."
„Und weiter?"

„Man ging davon aus, dass die Mutter mal wieder betrunken war und mit einer brennenden Zigarette auf dem Bett eingeschlafen ist. Der Mann hatte sich wohl auch für ein Mittagsschläfchen hingelegt und so lagen sie dann beide im Ehebett, als man sie fand."

„Was können Sie mir über Tobias sagen?"

„Er war ein sehr komischer junger Mann. Er grüsste zwar immer höflich, aber irgendwie war er schon sonderbar. Aber das ist wahrscheinlich kein Wunder, wenn man eine Säuferin zur Mutter hat. Als ich ihn im Treppenhaus einmal dabei ertappt habe, wie er ein Kaugummipapier auf den Boden warf und ihn daraufhin höflich gebeten habe, es wieder aufzuheben, da schaute er mich in einer Art und Weise an, die mir große Angst machte. Diesen Blick werde ich nie vergessen. Seine Augen funkelten, als wollte er mich gleich an Ort und Stelle dafür umbringen, dass ich es wagte, ihn zurechtzuweisen. Er spuckte vor mir auf den Boden und zischte irgendwelche Beleidigungen vor sich hin, die ich nicht so richtig verstanden habe. Als nach dem Brand die Polizei, die Feuerwehr und mehrere Krankenwagen da waren und auch er unten vor dem Haus stand, schien es fast so, als würde ihn dieses Unglück nicht sonderlich beeindrucken. Diesen Eindruck hatte ich auch, als die Särge der toten Eltern heraus getragen wurden. Man führte es darauf zurück, dass er von seinen Eltern schlecht behandelt wurde. Seit dem Tag des Unglücks habe ich ihn nie wieder gesehen."

„Wissen Sie, was aus ihm geworden ist?"

„Nein. Bis Sie vor einigen Minuten bei mir an der Haustüre geklingelt haben, habe ich nichts mehr über ihn gehört und gesehen habe ich ihn schon gar nicht. Dass Sie aber extra aus Stuttgart hierher gereist sind, um nach ihm zu fragen, deutet wohl darauf hin, dass er etwas Schlimmes angestellt hat, oder?"

Dennis ging nicht auf die Frage der alten Dame ein.
„Waren Sie damals bei der Trauerfeier?"
„Nein. Keiner aus dem Haus ist hingegangen. Die Bachmanns waren keine guten Leute, vor allem die Mutter nicht."
„Hatten die Bachmanns Freunde?"
„Das kann ich mir nicht vorstellen. Sie lebten zurückgezogen und weitestgehend isoliert. Ich habe zumindest nie jemanden gesehen, der sie besuchte."
„Und wie steht es mit Feinden?"
„Die Frau hat sich so ziemlich mit jedem im Haus und in der Gegend angelegt, dem sie begegnet ist. Die war nicht nur eine Säuferin, sie war auch nicht ganz bei Trost, wenn Sie mich fragen. Wirklich nicht verwunderlich, dass der Junge auf die schiefe Bahn geraten ist."
„Was meinen Sie mit nicht ganz bei Trost?"
„Sie hatte Wahnvorstellungen. Oft hat sie nächtelang nach einem Sebastian gerufen. Ich glaube, das muss ein weiterer Sohn gewesen sein, der viele Jahre zuvor tödlich verunglückt ist. Natürlich ist er nie gekommen und dann hat sie geheult wie ein Schlosshund. Es war ein grauenvolles Geräusch, richtig unheimlich."
„Sagt Ihnen der Name Sebastian Redlow etwas?"
„Wie gesagt, die Frau hat immer nach einem Sebastian gerufen. Der Nachname Redlow sagt mir nichts."
Dennis zog eines der Phantombilder von Sebastian Redlow alias „Tobias", die anhand der Zeugenaussagen angefertigt wurden, aus seiner Tasche und zeigte es Frau Jaschko.
„Kennen Sie diesen Mann? Oder haben Sie ihn zumindest schon einmal irgendwo gesehen?"
„Nein, tut mir leid. Diesen Mann kenne ich nicht und habe ihn auch noch nie gesehen."

„Ich bedanke mich sehr herzlich für dieses nette und aufschlussreiche Gespräch."
„Gerne geschehen, Herr Kommissar. Wie war doch nochmals Ihr Name?"
„Rathvan, Frau Jaschko. Mein Name ist Dennis Rathvan."
„Hört sich irgendwie indisch an. Stammen Sie oder Ihre Eltern von dort?"
„Ich werde das oft gefragt. Aber um ganz ehrlich zu sein, ich weiß es nicht. Meine Eltern stammen beide aus der Gegend von Stuttgart und ich bin da geboren und aufgewachsen."
„Das ist eine ehrliche Antwort, junger Mann. Ich finde Sie sehr sympathisch. Kommen Sie mich doch besuchen, wenn Sie wieder einmal in Berlin sind. Und dann erzählen Sie mir bitte, was aus Ihren Ermittlungen geworden ist, ja?"
„Wer weiß, Frau Jaschko. Vielleicht mache ich das sogar. Alles Gute."
Als Frau Jaschko gerade die Wohnungstüre hinter ihm schließen wollte, fiel Dennis plötzlich ein, dass er sie ja ebenfalls nach dem schnellsten Weg zum Friedhof fragen könnte, denn er war bereits gehörig unter Zeitdruck.
„Zum Luisen-Friedhof müssen Sie also?", fragte Frau Jaschko und legte die Stirn in Falten. „Zu welchem denn?"
„Wie?", fragte Dennis erstaunt. „Gibt es denn mehrere?"
„Ja, Sie Witzbold. Es gibt in Charlottenburg/Wilmersdorf drei Friedhöfe mit diesem Namen. Zwei davon sind im Westend und einer, der alte Luisen-Friedhof, ist genau in der entgegengesetzten Richtung, in der Nähe der Technischen Universität und dem Tribüne Theater."
„Na super. Ich habe nicht die geringste Ahnung, wo ich hin muss. Ich habe lediglich die Telefonnummer des Verwalters, eines Herrn Lasunke."

„Na, da haben Sie aber Glück, dass Sie mich besucht haben. Den Erich kenne ich bestimmt schon seit vierzig Jahren. Er ist ein komischer Kauz und auch nicht gerade der Fleißigste, aber er trägt das Herz am rechten Fleck. Und darauf kommt es doch schließlich an, oder? Er ist für den Luisen-Friedhof Zwei zuständig und der liegt in der Königin-Elisabeth-Straße. Dort liegt auch mein Mann begraben. Wenn Sie Glück haben, erreichen Sie den Erich noch auf dem Friedhof. Rufen Sie ihn sicherheitshalber vorher an, sonst kann es sein, dass Sie den Weg umsonst auf sich nehmen."
„Ja, das mache ich. Nochmals vielen Dank für Alles und auf Wiedersehen. Was hätte ich bloß ohne Sie gemacht?"
Jetzt war Dennis klar, warum der Dicke an der Imbissbude seinen Kompagnon mit dem Ellenbogen in die Seite gestoßen hatte. Wahrscheinlich wollte der ihm netterweise erklären, dass es mehrere Friedhöfe mit diesem Namen gab. Die Säcke hatten sich doch tatsächlich einen Spaß daraus gemacht, ihn zu dem einen Friedhof zu schicken, in der Hoffnung es sei der Falsche. Und ihr Plan wäre fast aufgegangen. Das hätte ihn locker eine Stunde Zeit gekostet und das, obwohl er sowieso schon so spät dran war. Er beschloss ab jetzt, die weiteren Wege mit dem Taxi zurückzulegen. Da bei seinem Flugticket gespart wurde, war er der Meinung, sich das gut erlauben zu können und freute sich bereits auf das Gesicht von Kurt, wenn er ihm die entsprechenden Belege vorlegte, mit der Bitte um Rückerstattung.
Als er am richtigen Friedhof in der Königin-Elisabeth-Straße ankam, wehte ein kalter Wind durch die zahlreichen Ahornbäume, die entlang der Wege um die im traditionellen Rechteckschema aufgeteilten Grabstellen standen.
Es befanden sich nicht viele Menschen auf dem Friedhof. Herr Lasunke hatte ihm am Telefon versichert, anwesend zu sein

und ihn gebeten, zur Kapelle zu kommen. Dort traf er ihn auch an, als er gerade mit einem alten Besen große Ahornblätter auf einen Laubhaufen kehrte.
Frau Jaschko hat recht gehabt. Er wirkte wirklich etwas kauzig und dabei auch nicht sonderlich gepflegt.
„Hallo, Herr Lasunke. Schön, dass ich Sie antreffe. Ich habe leider nicht viel Zeit und würde am liebsten gleich zum Grab der Bachmanns gehen. Ließe sich das einrichten?"
„Hätten Sie nicht erwähnt, dass Sie mich von Amanda Jaschko grüßen sollen, hätte ich nicht auf Sie gewartet. Ich weiß sowieso nicht, was Sie noch hier wollen. Ich habe Ihrer Kollegin am Telefon bereits alles erzählt. Mehr gibt es hier nicht zu sehen und mehr weiß ich auch nicht."
Offenbar war es clever von Dennis gewesen, die Bekanntschaft der beiden älteren Herrschaften zu seinen Gunsten zu nutzen. Frau Jaschko hatte ihm nämlich keinen Gruß mit auf den Weg gegeben, aber diese kleine Notlüge ging seiner Meinung nach in Ordnung.
Er stiefelte Herrn Lasunke hinterher, der keine Anstalten machte, von sich aus auch nur ein weiteres Wort mit Dennis zu wechseln.
„Wann haben Sie denn zuletzt jemanden an dem Grab gesehen?", fragte Dennis und unterbrach somit das Schweigen.
„Eigentlich schon seit Jahren nicht mehr. Wenn wir es nicht tun würden, dann würde sich kein Schwein um dieses Grab kümmern. Wir machen es aber natürlich auch nur, weil ein Vertrag bis zum Jahr 2020 besteht und jeden Monat dafür bezahlt wird."
„Von wem wird bezahlt?"
„Bachmann, Tobias. Das Geld kommt von einer Bank aus Stuttgart. Ich habe mir extra die Mühe gemacht und nachgeschaut, weil ich mir schon dachte, dass Sie das wissen wollen."

„Was meinten Sie vorher, als Sie sagten, dass eigentlich seit Jahren niemand mehr da gewesen ist?"
„So war es auch bis vor circa zwei Wochen. Dann stiefelte hier so ein arroganter Schnösel herein und suchte nach dem Grab. Er fragte nach dem Namen Redlow, aber der sagte mir nichts. Muss wohl der Mädchenname der Frau gewesen sein. Erst als er den Namen Bachmann erwähnte, hatte ich eine Ahnung, um wen es geht. Es ist aber natürlich nicht so, dass es nur ein Grab hier auf dem Friedhof gibt, das auf diesen Namen läuft."
„Haben Sie den Mann vorher schon einmal irgendwo gesehen?"
„Nein. Weder hier, noch sonst wo."
„Hat er seinen Namen genannt oder gesagt wer er ist? Hat er Andeutungen gemacht, in welcher Beziehung er zu den Bachmanns stand und was der Grund für seinen Besuch war?"
„Nein, hat er nicht. Als wir am Grab standen und er gesehen hat, dass der Name der Mutter noch nicht einmal auf dem Grabstein steht, ist er voll ausgerastet. Er hat rumgebrüllt und gegen den Grabstein getreten. Sehen Sie? Man kann noch etwas davon sehen."
Er zeigte dabei auf die äußere Kante des nahezu mickrigen und ärmlich wirkenden Steines, an der ein kleines Stück heraus gebrochen war.
„Und dann, was ist dann passiert?"
„Dann ist er ohne etwas zu sagen wütend abgehauen und genau so schnell wieder verschwunden, wie er aufgetaucht war."
Dennis machte mit seinem Handy ein Photo von dem Grabstein, der in der Tat seltsam wirkte. Nicht nur, weil er so mickrig war, sondern vor allem aufgrund der außergewöhnlichen Inschrift.
Er zeigte Herrn Lasunke ebenfalls das Phantombild von Sebastian Redlow, das er auch Frau Jaschko schon gezeigt hatte

und fragte: „Ist das der Mann, der vor zwei Wochen hier war und gegen den Grabstein getreten hat?"
„Ja, könnte sein. So ungefähr hat er ausgesehen."
„Wann haben Sie Tobias Bachmann denn das letzte Mal gesehen oder gesprochen?"
„Wie gesagt, es war seit vielen Jahren niemand mehr da und hat das Grab besucht oder sich danach erkundigt. Ich würde schätzen, dass es sechs bis sieben Jahre her ist, dass ich ihn zuletzt gesehen habe."
Mehr Informationen waren beim besten Willen nicht aus Erich Lasunke herauszuholen und Dennis gab schließlich auf.
Er hatte viele interessante Dinge erfahren, sowohl von Lasunke als auch von Frau Jaschko. Aber würden Sie diese Informationen bei der Fahndung nach Redlow und vor allem bei der Suche nach Rebecca Kellner weiterbringen? Er wusste es nicht.
Er fuhr mit dem Taxi zum Flughafen Tegel und hatte noch genügend Zeit, dort bei einer, wie üblich in der Flughafengastronomie, völlig überteuerten Tasse Kaffee, seine Erkenntnisse telefonisch in allen Einzelheiten an Tatjana zu übermitteln. Dabei konnte er sich nicht verkneifen, seine übereifrige Kollegin mit einer gewissen Schadenfreude im Unterton darauf aufmerksam zu machen, dass sie schlecht recherchiert hatte und nicht darüber im Bilde gewesen war, dass es in Charlottendorf/Wilmersdorf drei Friedhöfe gab, die sich namentlich lediglich dadurch unterschieden, dass sie von eins bis drei durchnummeriert waren.

51.

Die Dienstreise von Dennis Rathvan nach Berlin endete, als er gegen 20.30 Uhr von einem Taxi wieder auf dem Parkplatz vor dem Präsidium abgesetzt wurde.

Auch die Umstände des Rückfluges waren alles andere als angenehm gewesen. Bei schlechtem Wetter verspätete sich der Abflug von Tegel um fast zwei Stunden und in der Luft kam es windbedingt zu einigen Turbulenzen, die der Sitznachbar zu seiner Linken vom Hinflug, sicher nicht überstanden hätte, ohne sich mehrfach zu übergeben. So gesehen waren die beiden, während des gesamten Fluges schreienden Kinder mit ihrer bedauernswerten, aber völlig überforderten Mutter in der Sitzreihe hinter ihm, noch das kleinere Übel. Hatte er also doch noch bekommen, was ihm auf dem Hinflug noch zu seinem Glück gefehlt hatte.

Da Dennis stets in Kontakt mit Tatjana gestanden hatte, wusste er, dass während seiner Abwesenheit in Stuttgart nicht viel Neues passiert war.

Solange das Verhör mit Tobias Bachmann nicht fortgesetzt werden durfte, steckten sie in einer Sackgasse.

Vor etwa einer halben Stunde war der letzte Versuch von Kurt gescheitert, dem verantwortlichen Psychiater eine Genehmigung abzuringen. Daraufhin hatte Kurt die ganze Mannschaft für einige Stunden nach Hause geschickt, um sich etwas frisch zu machen und Kraft zu tanken. Selbstverständlich waren alle in Bereitschaft und die Suche nach Rebecca Kellner lief parallel weiter unter dem Einsatz aller verfügbaren Beamten. Auch die

Hundeführerstaffel war mit ihren Personenspürhunden, den so genannten „Mantrailern", im Einsatz. Diese Hunde verfügen über einen besonders gut ausgeprägten und differenzierten Geruchsinn. Der Unterschied zu anderen Suchhunden besteht darin, dass die Mantrailer bei der Suche verschiedene menschliche Gerüche voneinander unterscheiden können und sich trotz vieler Verleitungen ausschließlich an den Geruchsmerkmalen der gesuchten Person orientieren und nicht beispielsweise an Veränderungen des Bodens, wie die Hunde bei der Fährtensuche. Sie begannen ihre Suche zunächst bei der Wohnung von Rebecca Kellner in Sillenbuch. Da sich die Spur der Frau allerdings bereits in Degerloch schon wieder verlor, starteten die Kollegen neue Versuche, ausgehend von den Wohnungen Sebastian Redlows und Tobias Bachmanns. Leider blieben auch diese Bemühungen bisher ohne Erfolg.

Dennis konnte jetzt nicht nach Hause gehen. Es wollte ihm einfach nicht in den Kopf, wie man diesem Verbrecher aus gesundheitlichen Gründen momentan kein weiteres Verhör zumuten wollte, obwohl er die einzige Spur zu einer schwangeren Frau war, die irgendwo da draußen gefangen gehalten wurde und um ihr Leben und das ihres ungeborenen Kindes kämpfte.

Wenn mir jetzt noch einer helfen kann, dachte Dennis, dann ist es mein Freund Mark Scheck. Mark hat schon immer die eigenartige Gabe gehabt, sämtliche Probleme zu lösen. Das war schon so gewesen, als sie noch in der Mittelstufe des Gymnasiums waren. Dennis wurde aber bis heute noch nicht in das Geheimnis eingeweiht, wie Mark das so häufig bewerkstelligen konnte. Natürlich konnte Mark auch nicht zaubern, aber in dieser Angelegenheit würde er unter Umständen auf seine ärztlichen Kollegen aus der Psychiatrie einwirken können. Also rief Dennis ihn an und bat ihn, nach einer kurzen Erläuterung, um Hilfe. Er tat dies in der

Gewissheit, dass er eine Zivilperson in die vertraulichsten Sachverhalte in einem der spektakulärsten Kriminalfälle der Stuttgarter Polizeigeschichte einweihte, was einen groben Verstoß gegen die Vorschriften bedeutete. Bei Bekanntwerden würde das fast zwangsläufig drastische Strafen für ihn nach sich ziehen, unter Umständen sogar den Ausschluss von der Polizeiarbeit. Aber daran verschwendete er keinen Gedanken. Jeder Versuch, und wenn er noch so aussichtslos erschien, musste unternommen werden, um Jessica Kellner am Ende doch noch zu finden, und zwar lebend.

Mark ging erst nach dem sechsten Klingeln ans Telefon, als Dennis schon mit der Sprachbox gerechnet hatte. „Dennis, alte Hütte. Was kann ich für Dich tun? Es hat doch bestimmt einen Grund, dass Du mich in Deiner momentanen Situation abends um neun Uhr zu Hause anrufst? Brauchst Du notfallmäßig jemanden, um ein Bierchen trinken zu gehen?"

„Nein, Mark. Es wäre schön, wenn es etwas so Banales wäre. Ich brauche Deine Hilfe, und zwar als Polizist."

„Hört sich spannend an. Wie Du weißt, lese ich leidenschaftlich gerne Krimis, aber dass ich Dir eine große Hilfe sein kann, bezweifle ich. Geht es um etwas Medizinisches?"

„Indirekt, ja."

„Was meint denn Simon Brandner dazu? Den hast Du doch sicher auch schon gefragt?"

„Ja, habe ich. Aber er war leider ebenso erfolglos, wie wir anderen auch alle."

„Na, dann schieß mal los!"

„Wie ich Dir schon neulich am Palast gesagt habe, kann ich Dir nicht alle Einzelheiten verraten, das musst Du bitte verstehen."

„Geht schon klar. Sag mir einfach, was ich wissen muss, um Dir helfen zu können."

„Wir konnten einen Mann verhaften, der zwei der Morde aus den letzten Tagen gestanden hat. Es scheint so, dass nicht er, sondern sein tot geglaubter Bruder die anderen Morde zu verantworten hat. Leider fehlt von ihm jede Spur. Es deutet alles darauf hin, dass der Bruder eine schwangere Frau entführt hat und an einem unbekannten Ort versteckt hält. Die Frau ist auf Insulin angewiesen und hat aller Wahrscheinlichkeit nach keines bei sich, da wir in ihrer Wohnung das Etui mit dem Medikament und den Applikations-Stiften sichergestellt haben. Der Inhaftierte ist die einzige Verbindung, die wir zum Entführer haben und damit die einzige Chance, die Frau lebend zu finden."

„Dann solltet ihr den Kerl so lange in die Mangel nehmen, bis Ihr etwas aus ihm heraus bekommt. Ich weiß, dass es keiner Prüfung durch eine Ethikkommission standhalten würde und wahrscheinlich auch strafbar ist, aber meiner Meinung nach sollte hier auch wohl dosierte Gewalt zur Anwendung kommen dürfen, um das Leben einer schwangeren Frau zu retten."

„Das ist ein heikles Thema, über das man sicherlich Stunden diskutieren könnte, ohne eine Lösung zu finden. Ein prominentes Fallbeispiel dazu gibt es ja in der jüngeren deutschen Kriminalgeschichte. Das Problem ist aber ein ganz anderes."

„Nämlich?"

„Während des ersten Verhörs durch meinen Vorgesetzten und eine Psychologin vom LKA, hat der Mann so etwas wie einen Nervenzusammenbruch erlitten. Jetzt wird er von den Psychiatern, in deren Obhut er sich befindet, wie eine königliche Hoheit abgeschirmt. Über jeder ermittlungstechnischen Relevanz steht ganz klar die definitive Aussage der Mediziner, dass ihm aus gesundheitlichen Gründen momentan kein weiteres Verhör zugemutet werden kann."

„Ok, verstehe. Das ist wirklich ein Dilemma, in dem Ihr Euch da befindet. Von forensischer Seite ist das Urteil der Ärzte meines Wissens unantastbar. Die einzige Möglichkeit besteht darin, die Psychiater dazu zu bewegen, ihre medizinische Einschätzung zu revidieren. Da Ärzte aber noch viel widerwilliger, als andere Menschen zugeben, dass sie sich geirrt haben, werden sie das nicht tun. Es sei denn, man bietet ihnen die Möglichkeit, ihr Urteil sozusagen zu aktualisieren, indem es beispielsweise neue Aspekte bezüglich der Einstufung der Gefährdung des Patienten gibt. So würden Sie nicht ihr Gesicht verlieren und könnten trotzdem ihre Meinung ändern."
„Ich glaube nicht, dass wir dazu in der Lage sind. Ich möchte Dich bitten, mir in dieser Angelegenheit zu helfen. Du hast auch nichts zu befürchten, falls es Probleme geben sollte. Ich nehme alles auf meine Kappe, versprochen."
„Das interessiert mich nicht die Bohne, Du Pappnase! Ich brauche alle Namen der verantwortlichen Psychiater und ich muss wissen, wo er untergebracht ist."
„Er ist unter strengsten Sicherheitsvorkehrungen untergebracht. Nicht einmal wir wissen genau, wo er sich befindet. Aber die Namen der Ärzte kann ich Dir geben."
Als Dennis Mark eine Namensliste mit fünf Psychiatern durchgegeben hat, sagte dieser in einem optimistischen Tonfall: „Schau mal einer an! Ich kann Dir natürlich nichts versprechen, aber ich rechne mir durchaus Chancen aus, etwas für Euch tun zu können. Falls es funktioniert, will ich aber eine Belohnung."
„Und an was denkst Du dabei?"
„Ich möchte einmal am Steuer Deines Autos sitzen, wenn wir das Signal aktiviert und auf das Dach gestellt haben, o.k.?"
„Alles, was Du willst. Aber, sag mal, wie alt bist Du eigentlich? Solche Wünsche haben gewöhnlich sechsjährige Jungs."

„Man ist nie zu alt, aber auch niemals alt genug für eine Sache. Merk Dir das", entgegnete Mark etwas altklug.
Dennis nahm es mit einem Schmunzeln zur Kenntnis. Als er gerade auflegen wollte, fiel ihm noch das Gespräch mit Rebecca Kellners Frauenärztin ein. „Übrigens, mir ist da gerade noch etwas eingefallen. Tut jetzt absolut nichts zur Sache, aber ich soll dem Simon und Dir Grüße von einer gewissen Christiane Haber ausrichten. Die haben wir im Rahmen von Ermittlungen kennen gelernt."
„Besten Dank. Egal worum es bei Euren Ermittlungen ging, ich bin mir sicher, sie ist schuldig. In Eurer Angelegenheit wirst Du sehen, wenn sich bezüglich des erneuten Verhörs etwas bewegt. Ich weiß aber nicht, ob es mir gelingt, heute Abend noch etwas auszurichten."

52.

Es war bereits nach Mitternacht, und die gesamte Mannschaft war wieder anwesend. Alle hatten die Möglichkeit genutzt, sich etwas auszuruhen und für die kommenden Stunden zu stärken. Außer Dennis, der war wie geplant im Präsidium geblieben.
Er saß mit Jessica Dornfeld und Kurt zusammen, um seine in Berlin gewonnenen Erkenntnisse nochmals zu besprechen, obwohl die beiden natürlich von Tatjana bereits im Detail informiert worden waren. Von seinem Geheimplan mit Mark erzählte er nichts, sondern er deutete lediglich an, dass hinter den Kulissen noch an einer Option gebastelt wurde, wie die Ärzte vielleicht doch umzustimmen seien. Weder Kurt noch Jessica fragten genauer nach, sie waren froh, dass immerhin noch etwas Hoffnung bestand.
„Wir haben jetzt die Bestätigung für das, was ohnehin schon klar war. Sebastian Redlow lebt", stellte Kurt fest. „Wie er das allerdings angestellt hat, ist mir ein Rätsel. Wie hat er es nur fertig gebracht, die Leute zu täuschen? Er musste zunächst im Alter von zehn Jahren seinen Tod vortäuschen, um dann über Jahre hinweg alle in dem Glauben zu lassen, er sei nicht mehr am Leben."
„Es stellt sich vor allem die Frage, warum?", warf Dennis ein. „Was wollte er damit bezwecken?"
„Ich verstehe auch nicht, warum er sich keine Mühe gegeben hat, einen unauffälligeren Namen zu wählen? Denn beim Namen Sebastian Redlow würde jeder, der mit der Familie Bachmann

etwas zu tun hatte, sofort an ihn denken und unter Umständen misstrauisch werden", rätselte Jessica.
„Diese sorglose Vorgehensweise scheint aber schon in sein Persönlichkeitsprofil zu passen, wenn Sie gestatten, dass ich eine derartige Interpretation vornehme", entgegnete Kurt ungewöhnlich höflich. Jessica Dornfeld hatte es offensichtlich geschafft, dass er sie respektierte. Dann fuhr er fort: „Er ging bei seinen Taten hohe Risiken ein. Weiter schreibt er Briefe und verhöhnt uns, indem er sogar höchstpersönlich hier aufkreuzt und sich als Pizza-Boten ausgibt. Entweder denkt er, er sei unverwundbar, oder er hält alle anderen schlichtweg für blöd und unfähig, ihm auf die Schliche zu kommen."
„Das ist korrekt. Mit dieser Interpretation liegen Sie vermutlich richtig, Herr Schockenried", stimmte ihm Jessica anerkennend zu.
„Es gibt meiner Meinung nach zwei Möglichkeiten, die das Ganze erklären könnten", meinte Dennis.
„Und die wären?", fragte Kurt.
„Die Leiche, die am Fuße der Steilküste auf Rügen gefunden wurde, war gar nicht Sebastian. Das halte ich allerdings für unwahrscheinlich, da er, wie wir ja bereits festgestellt haben, eindeutig von mehreren Personen identifiziert wurde.
Ich denke eher, dass wir es mit jemandem zu tun haben, der sich als Sebastian Redlow ausgibt. Ich habe aber nicht die geringste Idee, wer das sein könnte."
„Es würde sich sehr leicht klären lassen, ob die Leiche von damals tatsächlich Sebastian war, oder nicht. Man müsste sie nur aus dem Grab in Frankfurt an der Oder herausholen", stellte Kurt fest.
„Du meinst eine Exhumierung?", fragte Dennis.

„Wenn es sein muss, ja. Ich würde nicht davor zurückschrecken, alle Hebel in Bewegung zu setzen, um das durchzusetzen. Dass wir damit vielerorts auf erheblichen Widerstand stoßen würden, ist allerdings anzunehmen."

„Was hat Redlow in Berlin gemacht? Und warum tauchte er gerade jetzt dort auf?", fragte Jessica.

„Vielleicht wollte er einfach das Grab seiner Eltern besuchen. Das ist doch nichts Ungewöhnliches, oder?", meinte Kurt.

„Doch, Kurt", widersprach Dennis. „Erich Lasunke sagte, er habe Sebastian in all den Jahren vorher noch nie auf dem Friedhof gesehen. Außerdem musste er sich zuerst informieren, wo das Grab der Eltern liegt und dann ist er ausgerastet, als er feststellte, dass der Name seiner geliebten Mutter noch nicht einmal auf dem Grabstein steht. Das sind alles Indizien dafür, dass er vorher noch nie da war."

Dann schaute er Jessica an. „Ich finde es ebenfalls sehr seltsam, dass er ausgerechnet kurz bevor die Morde begannen, dort zum ersten Mal aufgetaucht ist."

„Können wir diese Informationen im Rahmen eines nächsten Verhörs, das es hoffentlich bald geben wird, irgendwie zu unseren Gunsten nutzen, Frau Dornfeld?", fragte Kurt.

„Ich finde die neuen Erkenntnisse, die Herr Rathvan aus Berlin mitgebracht hat, äußerst wertvoll. Ich bin überzeugt, dass Tobias Bachmann uns zu der Lösung führen kann. Wir müssen ihn nur dazu bringen, das auch zu tun."

„Was haben Sie vor?"

„Wir müssen ihn an seine Grenzen bringen und das geht nur, indem wir ihn mit Details seiner Vergangenheit konfrontieren, die er längst glaubte, hinter sich gelassen zu haben. Das beinhaltet einerseits sein Frauenproblem, welches auf seine Mutter zurückzuführen sein dürfte und andererseits das Verhältnis zu seinem Bruder. Angenommen er weiß, dass Sebastian noch am Leben ist und er erfährt, dass wir mittlerweile auch Kenntnis davon haben, dann wird ihn das in die Enge treiben. Wenn er hingegen ahnungslos und der Überzeugung ist, dass sein Bruder seit zweiundzwanzig Jahren tot ist, dann wird ihn die Nachricht, dass er am Leben ist, geradezu umhauen."

„Wem würde das nicht so gehen?", warf Dennis ein.

„Frau Jaschko sprach davon, dass ihr das Verhalten von Tobias Bachmann am Tage der Brandkatastrophe äußerst merkwürdig vorkam. Wir könnten andeuten, dass er etwas mit dem Tod seiner Eltern zu tun haben könnte. Das wird ihn sicherlich verärgern, unabhängig davon, ob etwas dran ist, oder nicht.

Das sind die Stellen, an denen wir ansetzen müssen. Hier liegen seine wunden Punkte. Denn die aktuellen Geschehnisse scheinen ihn nicht sonderlich zu beeindrucken. Er ist sich auch vollkommen im Klaren darüber, dass er für seine Taten schwer bestraft werden wird."

„Was ist, wenn er beim Verhör wieder zusammenbricht?", fragte Kurt und Dennis ergänzte gleich darauf: „Vielleicht simuliert er auch nur und möchte auf psychisch krank machen, um als unzurechnungsfähig eingestuft zu werden."

„Ich bin mir ziemlich sicher, dass Tobias Bachmann nicht simuliert. Der Zusammenbruch war echt. Dass er hundertprozentig zurechnungsfähig ist, wage ich ehrlich gesagt aber tatsächlich zu bezweifeln."

Weitere Stunden verstrichen und es bestand nicht mehr viel Hoffnung, dass noch in dieser Nacht wesentliche Fortschritte gemacht werden würden. Aufgrund der neuen Ansatzpunkte war ihre Zuversicht nach wie vor ungebrochen, doch leider waren sie immer noch ausgebremst.

Jessica war zusammen mit Tatjana und Dennis in deren Büro. Sie versuchten, sich die Zeit mit Lesen und oberflächlichen Unterhaltungen zu vertreiben, während sie die Müdigkeit mit Kaffee und Schokoladenkeksen bekämpften. Kurt war bei geöffneter Tür im Zimmer nebenan, saß zurückgelehnt in seinen Schreibtischstuhl und hatte die Füße auf die Tischplatte gelegt. Immer mal wieder konnten die Drei ein leichtes Schnarchen gefolgt von einem zufriedenen Schmatzen vernehmen. Dann wussten sie, dass er wieder einmal den Kampf gegen die Schlafgeister verloren hatte. Sogar bei Tatjana war dann so etwas wie ein Lächeln auf dem Gesicht zu erkennen.

In diese Langeweile platzte, wie aus heiterem Himmel, gegen 4.25 Uhr Holger Grünbaum. Er riss die Türe auf, stürmte herein und frohlockte: „Einer der behandelnden Psychiater von Tobias Bachmann hat sich eben gemeldet und grünes Licht für das nächste Verhör gegeben. Bachmann wird in einer Stunde hier im Präsidium sein. Endlich kann es weitergehen, Kinder!“

Wie alle anderen, freute sich auch Dennis sehr darüber, dass noch in dieser Nacht unverhofft Bewegung in die Angelegenheit kam. Er konnte sich aber beim besten Willen nicht erklären, wie Mark so schnell erreicht hatte, was ihnen allen und auch Dr. Brandner, nicht einmal ansatzweise gelungen war.

Es war jetzt nicht so wichtig, aber irgendwann würde er schon gerne erfahren, wie er das geschafft hatte und in aller Ruhe mit ihm darüber reden. Um die Belohnungsfahrt mit Blaulicht und Sirene, die er Mark versprochen hatte, würde er wohl nicht herum kommen.

Die Anspannung und die Nervosität waren jetzt bei allen spürbar, da die Chance zum Verhör endlich gekommen war. Gleichzeitig herrschte aber auch eine gewisse Euphorie und diese war nur teilweise dem Mangel an Schlaf geschuldet, sondern eher der Hoffnung auf den Durchbruch bei der Suche nach Rebecca Kellner. Bekanntermaßen wirkt Schlafentzug ähnlich euphorisierend, wie moderater Alkoholgenuss. Wie unter Alkoholeinfluss wird dabei aber auch die Reaktionsfähigkeit deutlich herabgesetzt. Beispielsweise wurden an Medizinern, die während einer Sechsunddreißig-Stunden-Schicht nicht geschlafen hatten, Tests durchgeführt. Dabei konnte festgestellt werden, dass die Testpersonen ähnliche Reaktionszeiten zeigten, wie Probanden mit einem Blutalkoholgehalt von etwa einem Promille. Bemerkenswert ist hierbei, dass der Gesetzgeber solche Sachverhalte ignoriert. LKW-Fahrer werden nach acht Stunden berechtigterweise zu einer Pause gezwungen, Chirurgen hingegen operieren noch nach über zwanzig Stunden im Dienst. Noch ungewöhnlicher mutet dabei an, dass im Falle eines Behandlungsfehlers, der eindeutig auf Übermüdung zurückzuführen war, nur der Arzt haftet und zur Verantwortung gezogen wird, nicht aber diejenigen, die für die hohe Arbeitsbelastung tatsächlich verantwortlich sind.

Kurt und Jessica waren froh, dass sie trotz Schlafmangels nicht aus dem Verkehr gezogen wurden. Sie waren von den unverhofften Ermittlungsfortschritten beflügelt, aber auch von der Sorge um Rebecca Kellner und ihr ungeborenes Kind getrieben, als sie den Raum betraten, in dem Tobias Bachmann bereits in Handschellen gefesselt und am Tisch sitzend, auf sie wartete. Ihnen war klar, dass sie erneut keine Zeit hatten, ihn mit Samthandschuhen anzupacken. Einen nochmaligen Abbruch des Verhörs konnten sie aber auch nicht riskieren, denn das wäre sicher gleichbedeutend mit einem langfristigen Ende der Befragungen. So absurd das klingen mochte, aber der gemeine Serienmörder würde dann im Sinne der Menschenrechte vor der Polizei geschützt werden.

53.

„Herr Bachmann, konnten Sie sich etwas von den Strapazen erholen?“, versuchte Kurt zähneknirschend den Gesprächsbeginn höflich zu gestalten, obwohl er ihm am liebsten mit Anlauf und dem Hintern voraus ins Gesicht gesprungen wäre.
Bachmann taxierte ihn abschätzend mit seinen Blicken und schwieg. Er wirkte dabei keineswegs erschöpft oder gesundheitlich angeschlagen.
„Seit unserem letzten Gespräch haben sich eine Menge Neuigkeiten ergeben, über die wir gerne mit Ihnen reden möchten.“
Bachmann machte einen neugierigen Eindruck, versuchte aber, sich nichts anmerken zu lassen, während Kurt fortfuhr:
„Zunächst einmal wissen wir mittlerweile, dass Sie mit den Morden an Sandro Panucci, Linda Saskowitz und Marinus Schade nichts zu tun haben, obwohl sie uns für keinen einzigen Tatzeitpunkt ein Alibi geben konnten. Ich denke, das ist eine gute Neuigkeit für Sie, oder?“
Bachmann antwortete gelassen aber bestimmt: „Das sind keine Neuigkeiten für mich. Ich wusste, dass ich mit diesen Morden nichts zu tun habe.“
„Sie haben es natürlich gewusst, aber wir nicht. Darum bleibe ich dabei und bezeichne es als gute Neuigkeit.“
„Bezeichnen Sie es doch, als was Sie wollen. Es ist mir egal.“
„Ich sprach eben von einer Menge Neuigkeiten, das war nur eine davon. Sind Sie neugierig?“
„Nicht im Geringsten.“

„Na, da bin ich aber mal gespannt. Ich könnte mir durchaus vorstellen, dass die übrigen Neuigkeiten, die wir herausgefunden haben, Ihr Interesse wecken dürften. Sie betreffen nämlich ihre Vergangenheit."

„Meine Vergangenheit geht sie gar nichts an", zischte Bachmann.

„Irrtum, Herr Bachmann. Ihre Vergangenheit geht uns eine ganze Menge an. Die anderen Morde wurden zwar nicht von Ihnen selbst begangen, aber von einer Person, die Ihnen wohl bekannt ist und Ihnen einmal sehr nahe stand."

Bachmann wirkte nun sehr irritiert. „Wer soll denn das sein?"

„Das werden wir Ihnen erst später sagen. Zunächst möchte ich gerne von Ihnen selbst etwas über Ihre Vergangenheit erfahren. Wie gefällt Ihnen denn Berlin?"

„Was soll die Frage? Ich mag Berlin nicht."

„Wieso, haben Sie keine guten Erinnerungen an Berlin?"

„Wenn Sie es genau wissen wollen, nein. In Berlin habe ich die schlimmsten Jahre meines Lebens verbracht."

„Was war denn da so schlimm? Der Tod Ihrer Eltern? Muss ja ein fürchterliches Unglück gewesen sein, dieser Wohnungsbrand?"

„Machen Sie sich etwa lustig über mich? Ich habe meine Eltern verloren und war vom einen Tag auf den anderen Waise."

„Was wäre denn, wenn es gar kein Unglück war, sondern Sie für den Brand verantwortlich waren und Ihre Eltern getötet haben?"

Kurt bemerkte, dass Bachmann kurz davor war, wütend zu werden, doch noch hatte er sich im Griff und schwieg. Also versuchte Kurt, ihn mit noch mehr Details seiner Vergangenheit zu überraschen und hoffte so, ihn weiter zu verunsichern.

„Warum steht der Name Ihrer Mutter nicht auf dem Grabstein Ihrer Eltern, sondern nur der Ihres Vaters? War Ihre Mutter denn nicht nett zu Ihnen?"

Bachmann schlug beide Fäuste so fest auf den Tisch, dass die Handschellen um seine Handgelenke kleine Macken im Holz der Tischplatte hinterließen. „Sie war eine dreckige Hure. Sie hat es nicht verdient, dass ihr Name für die Ewigkeit neben dem meines Vaters steht."

„Und Ihr Vater? Warum musste er sterben? Was hat er Ihnen getan?"

Tobias Bachmann wandte sich demonstrativ ab, um zu signalisieren, dass er über dieses Thema nicht mehr sprechen wollte. Leider war es Kurt nur teilweise gelungen, ihn zu provozieren.

Der Verhörte schwieg nun für einige Minuten beharrlich und antwortete auf keine der weiteren Fragen. Wie auch beim ersten Verhör, hatte er Jessica Dornfeld bisher nicht eines Blickes gewürdigt. Schließlich sagte er: „Gerne bin ich bereit, mit Ihnen über die Morde an den beiden Frauen zu reden. Ich kann in allen Einzelheiten schildern, wie ich sie abgeschlachtet habe. Ich finde, damit kann ich es durchaus mit den anderen Morden aufnehmen. Aber über meine Vergangenheit werde ich nicht mit Ihnen sprechen. Dafür bin ich nicht hier und das geht sie einen Dreck an."

„Wofür Sie hier sind und was uns etwas angeht, das entscheiden immer noch wir, Herr Bachmann!", ergriff Jessica Dornfeld nun energisch das Wort.

„Aber gut, wenn Sie wollen, ziehen wir das Ganze von einer anderen Seite auf."

Sie fuhr fort, während Bachmann versuchte, sie hartnäckig zu ignorieren. „Sie haben mit einem anderen Serienmörder sozusagen um die Wette getötet. Aber er war besser und schneller als Sie und er war Ihnen immer einen Schritt voraus. Auch, wenn Sie meinen, Sie könnten es durchaus mit ihm aufnehmen. Wer war es, Herr Bachmann? Und wem haben sie versucht, etwas

zu beweisen, indem sie die armen Frauen grausam ermordet haben? Ihrer Mutter etwa? Der Frau, die Sie für den Tod Ihres Bruders mit Liebesentzug bestraft hat? Ihrem Vater? Wollten Sie an seiner Stelle ein Zeichen setzen, dass die Bachmänner sich nicht von Frauen unterkriegen lassen? Oder mussten Sie sich selbst etwas beweisen, um ihre Minderwertigkeitskomplexe zu bekämpfen? Aber wissen Sie was? Egal welche Gründe Sie auch hatten, Sie haben es nicht geschafft. Ihre Mutter dreht sich im Grab herum, Ihr Vater wird auch nicht mehr lebendig und Sie sind immer noch der gleiche, jämmerliche Waschlappen, der sie vorher auch schon waren."
Kurt schaute besorgt auf Bachmann, denn ihm war Jessicas Vorgehen wieder etwas zu forsch, doch die kam jetzt erst so richtig in Fahrt. „Erst haben Sie sich von einer Frau überwältigen lassen, obwohl Sie mit einem Messer bewaffnet waren und dann haben Sie sich noch nicht einmal die Mühe gemacht, ihre Verbrechen zu verbergen. Sie wollten, dass man Sie schnappt. Sie konnten dem Druck nicht mehr Stand halten und haben deshalb den Wettbewerb verloren. Sie sind ein schlechter Mörder. Ihr Konkurrent hat es wesentlich besser gemacht als Sie, denn er ist noch auf freiem Fuß. Und jetzt will er es uns so richtig zeigen, denn er hat eine schwangere Frau entführt, die wir nicht finden können. Wir wissen nicht einmal, wo wir nach Ihr suchen sollen. Obendrein ist sie noch krank und auf Medikamente angewiesen. Wissen Sie etwas darüber?"
Bachmann schüttelte den Kopf und schwankte bereits merkwürdig auf seinem Stuhl hin und her. Bestimmt würde er bald wieder zusammenbrechen, dachte Kurt. Jessica bohrte aber weiter. Sie war sich selbst nicht ganz sicher, wann der geeignete Zeitpunkt war, ihren größten Trumpf auszuspielen, nämlich Bachmann mit seinem Bruder zu konfrontieren. Sie hatte aber das Gefühl,

dass sie ihm weiter zusetzen musste und keinesfalls nachlassen durfte. Denn er war intellektuell durchaus in der Lage sich zu besinnen und sich zu beruhigen, wenn man ihm nur genügend Zeit dazu ließ. Obwohl er äußerlich geradezu übertrieben ruhig und mittlerweile fast abwesend wirkte, spürte sie, dass er sich in Ihrer Gegenwart extrem unwohl fühlte und es kaum ertragen konnte, von ihr unter Druck gesetzt zu werden. Die Tatsache aber, dass er sich weder verbal noch mit Gestik gegen sie zur Wehr setzen konnte, veranlasste sie, nun aufs Ganze zu gehen. Völlig aus dem Zusammenhang gerissen, warf sie ihm die knappe Frage an den Kopf: „Was können Sie uns über Ihren Bruder Sebastian erzählen?"
Bachmann schreckte aus seiner merkwürdigen Lethargie auf und war auf einmal hellwach. „Mein, mein Bruder ist tot", stotterte er. „Nein, ist er nicht! Und das wissen Sie verdammt noch mal ganz genau!" rief Jessica, die sich selbst nicht mehr so richtig im Griff zu haben schien.
„Er ist noch am Leben, nicht wahr? Er kam damals bei dem Unfall auf Rügen gar nicht zu Tode. Und jetzt hat er Sie mit seinen Morden wieder einmal in die Schranken verwiesen."
Bachmann legte seinen Kopf auf die Seite und seine Mundwinkel schienen sich zu verkrampfen. Jessica war wie von einer unsichtbaren Kraft getrieben und hörte nicht auf, Bachmann zuzusetzen. „Sie sind schwach und er ist stark, oder? So war es doch schon immer. Nur mit einem Messer in der Hand fühlen Sie sich auch stark. Dann sind Sie jemand. Sie müssten sich einmal selbst sehen. Vor uns sitzt ein erbärmlicher Versager, der wehrlose Frauen ermordet, um sich die Liebe der Mutter zu erschleichen und verzweifelt versucht, dem großen, tollen Bruder zu gefallen."
Jessica achtete nicht auf Bachmann, der sich ganz langsam erhob.

„Seit wann wissen Sie, dass es Ihr Bruder war, der die anderen Morde begangen hat?“
Bachmann hatte sich auf der anderen Tischseite aufgebaut und schaute Jessica das allererste Mal in die Augen. Er fixierte sie geradezu mit einem auffallend stechenden und ungewohnt klaren Blick, als er souverän antwortete: „Ich wusste nicht, dass Tobias die anderen Morde verübt hat. Aber bei dem Niveau der Taten hätte ich mir fast denken können, dass er etwas damit zu tun hat. Es passt zu ihm, Frauen aufzulauern und sie feige zu erstechen. Wahrscheinlich hat er sich von hinten angeschlichen, so dass Sie ihn nicht sehen konnten. So hat er es damals auch bei mir gemacht. Er hatte einfach noch nie Klasse, ganz im Gegensatz zu mir.“
Kurt und Jessica blickten sich ratlos an und verstanden nicht, was hier gerade vor sich ging.
„Ich verstehe nicht ganz“, sagte Kurt erstaunt. „Sie sind doch Tobias Bachmann, oder etwa nicht?“
Ihr Gegenüber hatte nun deutlich Oberwasser und saß lässig in den Stuhl gelehnt, als er sagte: „Tobias ist in der Tat ein Versager. Ich möchte Sie doch sehr bitten, mich nicht mit ihm in eine Schublade zu stecken.“
„Wer sind Sie, wenn Sie nicht Tobias Bachmann sind?“, fragte Kurt erneut.
„Ich bin Sebastian Redlow. Früher hieß ich auch einmal Bachmann, aber mit diesem Namen wollte ich nichts mehr zu tun haben und habe den Geburtsnamen meiner Mutter angenommen.“
Kurt überlegte und fragte dabei: „Langsam, ich begreife das nicht. Selbst wenn Sie wirklich Sebastian Redlow wären und nicht Tobias Bachmann, dann bedeutet das doch trotzdem, dass Sie die feigen Frauenmorde begangen haben? Und Ihr Bruder

Tobias Bachmann, der Ihren Namen gelegentlich als Tarnung benutzte, wie zum Beispiel bei der Agentur Heart-Attack, hätte als Tobias die grausamen Morde an Panucci, Saskowitz und Schade verübt?"

Der Mann, der ihnen gegenüber saß und von dem sie nun wirklich nicht mehr wussten, ob er tatsächlich Tobias Bachmann war, oder doch Sebastian Redlow, stand erneut auf und fixierte sie mit einem finsteren Blick.

„Ich bin Sebastian Redlow und habe den Vornamen meines Bruders als Tarnung benutzt, um die Morde an dem schwulen Italiener, der Lehrerin und dem Politiker zu begehen. Mit den Morden an der Joggerin im Wald und der Nutte im Puff, habe ich nichts zu tun. Das ist nicht mein Stil. Und wenn Sie es weiter wagen, mich mit diesem Abschaum von einem Bruder zu vergleichen, dann werde ich richtig sauer und mein Zorn wird sie fürchterlich treffen." Der Wahn funkelte aus seinen Augen, als er die Drohung aussprach.

„Oh", sagte Kurt flapsig. „Soll das etwa eine Drohung sein? Da mache ich mir ja gleich vor Angst in die Hosen. Sie sitzen hier in Handschellen in einem Verhörraum des Polizeipräsidiums. Wenn ich an Ihrer Stelle wäre, würde ich die Klappe nicht so weit aufreißen."

Dann stand Kurt auf, ging zielstrebig um den Tisch und packte Sebastian Redlow am Kragen und drohte ihm mit erhobener Faust: „Und eines kann ich Dir sagen, Bürschchen, wenn Du nicht aufhörst, uns zu verarschen, dann wird das eine ganz üble Nummer für Dich."

Redlow wischte sich demonstrativ den Kragen seiner Weste ab, als hätte ihn Kurt beschmutzt und entgegnete dann hochnäsig: „Sie glauben also, dass ich Sie verarsche, ja? Dann hören Sie mir mal gut zu. Ich sitze nur hier vor Ihnen, weil ich das so wollte. Sie wussten bisher auch immer nur so viel, wie ich wollte, dass Sie wissen. Die Briefe habe ich Ihnen geschrieben, damit Sie auch nur den Hauch einer Chance gegen mich haben, sonst wäre das Spiel zu langweilig gewesen. Sie erinnern sich doch sicher noch an meinen Besuch hier bei Ihnen? Eine nette Runde hatten Sie da im Besprechungsraum. Bestimmt haben Sie sich die Köpfe über die Informationsbrocken zerbrochen, die ich Ihnen hingeworfen habe, nicht wahr? Ach übrigens, hört denn der Kommissar Brathahn auch gerade zu?"

Während er nach Dennis fragte, wandte er sich zu dem großen Spiegel an der Seite des Zimmers, wohl wissend, dass er von der anderen Seite einsehbar war und winkte lässig. Dann fuhr er fort mit seinen Ausführungen: „Glauben Sie denn, Sie hätten jemals herausgefunden, dass ich die schwangere Schlampe des Politikers entführt habe, wenn ich Ihnen keinen Hinweis gegeben hätte?

Ich sage nur, sie ist niemals alleine! Welcher Schlauberger unter Ihnen kam denn darauf, dass es sich um eine Schwangere handeln muss? Und die Verbindung zu der Agentur habe ich Ihnen praktisch auch auf einem silbernen Tablett serviert. Dass mein minderbemittelter Bruder sich wie immer zurückgesetzt fühlte und auch Aufmerksamkeit erregen wollte, indem er ein paar Weibsbilder niedergemetzelt hat, dafür kann ich nichts. Er hat sich schon immer in Angelegenheiten eingemischt, die ihn nichts angehen."

Jessica unterbrach ihn in seinem selbstgefälligen Redefluss.

„Zugegebenermaßen ist Tobias Bachmann ein feiger Mörder und hat ein Problem mit weiblicher Dominanz, aber er macht keinen minderbemittelten Eindruck auf mich. Zumindest nicht mehr oder weniger als Sie! Bruder bleibt eben Bruder, nicht wahr?"

Sebastian tobte vor Wut nach dieser Provokation von Jessica und damit hatte sie ihn genau da, wo sie ihn haben wollte. „Sie haben eine unstillbare Sucht nach Aufmerksamkeit und Anerkennung. Und weil Sie die im normalen Leben nicht mehr bekommen, seit sie nicht mehr in den Schoß aus Lügen ihrer Mutter gebettet sind, spielen Sie hier den großen Zampano. Aber ich garantiere Ihnen, sobald wir Rebecca Kellner gefunden haben, verschwinden Sie für den Rest Ihres Lebens in einem finsteren Kerkerloch und keiner wird sich jemals mehr an Sie erinnern. Falls Sie es zu Ruhm und Ehre bringen wollten, muss ich Sie leider enttäuschen. Ihr Name wird für immer von der Bildfläche verschwinden."

Wutschnaubend und mit einem Blick, der an Verachtung nicht zu überbieten war, sagte Sebastian: „Aber Sie werden sie niemals finden. Sie werden kein Sterbenswörtchen aus mir herausbekommen. Und eines kann ich Ihnen versichern: Sie können sie gar nicht retten. Wenn sie nicht sowieso schon abgekratzt ist, weil ihr der Stoff fehlt, dann werden bald andere die Arbeit für mich erledigen. Die Sache ist todsicher!"

Dann lachte er laut und Jessica schnaubte angewidert: „Schafft mir diesen Mensch aus den Augen, ich kann seinen Anblick nicht mehr ertragen!"

Kurt schaute sie überrascht an und fragte: „Aber warum? Wir sind doch noch lange nicht fertig mit der Befragung. Wenn er Sebastian Redlow ist, dann will ich bitte schön wissen, wo Tobias Bachmann ist. Und wie konnte Redlow überleben und all die Jahre ein unauffälliges Leben führen?"

Jessica zog Kurt am Arm aus dem Zimmer und sagte: „Das kann ich Ihnen erklären!"

54.

„Um ehrlich zu sein, Frau Dornfeld, ich war mir eben da drin nicht so ganz im Klaren darüber, wer denn nun eigentlich der Irre ist, der Kerl oder Sie?“, fragte Kurt etwas erstaunt über das Auftreten der Psychologin während des Verhörs.
Jessica Dornfeld machte jetzt wieder einen ruhigen und souveränen Eindruck, ganz wie man es von ihr gewohnt war.
„Besondere Umstände erfordern besondere Maßnahmen, Herr Schockenried. Eine kranke, schwangere Frau wird vermisst und es geht um Leben und Tod. Jede Stunde zählt. Wir haben einfach nicht die Zeit, uns behutsam in die Befragung hineingleiten zu lassen und eine Beziehung zum Befragten aufzubauen. Ich habe gespürt, dass Tobias Bachmann uns etwas sehr Wichtiges verheimlicht, beziehungsweise etwas Entscheidendes vorenthält. Aufgrund seiner Persönlichkeitsstruktur war ich mir sehr sicher, dass er nur zu knacken ist, wenn er bis zum Äußersten gereizt wird. Und nur eine Frau kann bei ihm in der Lage sein, den erforderlichen Druck aufzubauen, um ihn aus der Reserve zu locken. Mein Job war es in diesem Fall, so schnell wie möglich die wichtigsten Informationen aus ihm herauszubekommen. Dazu war es von essentieller Wichtigkeit, mich in Bachmann hineinzuversetzen. Ich bin ein Profiler des LKA und helfe Polizisten wie Ihnen, Jagd auf diese Kreaturen zu machen. Das kann ich nur, wenn ich mich gedanklich auf eine Stufe mit Ihnen begebe und unsere Gehirne sozusagen miteinander verschmelzen. Sollte ich dabei eine Seite an mir offenbart haben, die Ihnen missfiel, kann ich daran leider nichts ändern. Tatsache ist, dass die Befragung

zunächst einmal zum gewünschten Resultat geführt hat und nur das zählt."
Kurt dachte einen Moment nach, wobei die Wirkung von Jessicas Worten für einigen Tumult in seinem Gehirn sorgte.
„Haben wir denn die gewünschten Informationen?", fragte er irritiert.
„Ja, die haben wir. Kommen Sie, wir gehen zu den Anderen, um alles gemeinsam zu besprechen."

Es war bereits früh am Morgen, als Jessica und Kurt den Raum betraten, in dem die Kollegen das Verhör mitverfolgt hatten. Dabei blickten sie in ratlose Gesichter.
„Kann mir mal jemand erklären, was sich da gerade abgespielt hat?", forderte Herr Scheible.
Dennis war ebenfalls verwirrt. „Mit wem haben wir es denn jetzt zu tun, mit Tobias Bachmann oder mit Sebastian Redlow?"
Tatjana ging auf Dennis Frage ein. „Wir haben es sicher mit beiden zu tun. Die Mordfälle, in denen wir momentan ermitteln, gehen alle auf das Konto der beiden Brüder, das dürfte klar sein. Es gibt aus meiner Sicht aber noch drei offene Fragen. Mit welchem der Brüder haben sie gerade gesprochen? Wo befindet sich der andere Bruder? Und am allerwichtigsten ist, wo wird Rebecca Kellner gefangen gehalten?" Alle blickten zu Jessica Dornfeld. Sie hielt kurz inne, um dann zu sagen: „Die beiden ersten Fragen kann ich Ihnen mit Gewissheit beantworten. Um die letzte Frage beantworten zu können, ist es noch etwas zu früh. Ich habe aber zumindest eine Idee, wo wir suchen können."
Sie stellte sich vor die Gruppe, während alle Blicke gespannt auf sie gerichtet waren. „Wir haben uns eben zu Beginn des Verhörs mit Tobias Bachmann unterhalten." Gefolgt von einer kurzen

Pause fuhr sie fort: „Und dann haben wir das Gespräch mit Sebastian Redlow fortgesetzt!"

Das Entsetzen im Raum war förmlich greifbar.

„Tobias Bachmann und Sebastian Redlow sind ein und dieselbe Person. Beziehungsweise, um es korrekt ausdrücken, die Identitäten von Tobias Bachmann und seinem toten Bruder Sebastian Redlow, wohnen im gleichen Körper und zwar in dem von Tobias Bachmann. Bei Bachmann liegt eine Dissoziative Identitätsstörung, besser bekannt als Multiple Persönlichkeitsstörung vor. Die beiden Begriffe sind wissenschaftlich durchaus voneinander abzugrenzen, darauf einzugehen würde aber unseren aktuellen Rahmen sprengen, und ich möchte Ihnen die theoretischen Details ersparen. Außerdem haben wir momentan keine Zeit dafür. Für das Verständnis der Erkrankung ist aber wichtig zu wissen, dass die verschiedenen Persönlichkeitszustände demselben Organismus innewohnen. Viele meiner Kollegen lehnen es strikt ab, von mehreren Persönlichkeiten zu sprechen, da es sich bei den wechselnden Zuständen doch immer um die gleiche Person handelt, auch wenn die zeitweilig dissoziierten Eigenarten und Verhaltensweisen wie scheinbar voneinander unabhängige Persönlichkeiten wirken. Entscheidend ist es, die Symptome der Erkrankung richtig zu deuten und sie von anderen psychischen Störungen, wie zum Beispiel der Schizophrenie oder einer Borderline-Störung, abzugrenzen. Als Ursache wird im Allgemeinen davon ausgegangen, dass frühkindliche, traumatische Ereignisse für das Störungsbild verantwortlich sind. Ohne die Geschichte von Tobias Bachmann und Sebastian Redlow genauer zu kennen, scheint die Traumatisierung des kleinen Tobias durch den Tod des Bruders bedingt gewesen zu sein. Intensive Gespräche werden ergeben müssen, unter welchen Umständen Sebastian zu Tode kam und wie das

Verhältnis von Tobias zu seinen Eltern war. Diese Gespräche sind aber momentan nicht von ermittlungstechnischer Bedeutung, so dass ich sie im weiteren Verlauf meinen Kollegen überlassen werde. Den Therapeuten gelingt es häufig durch Hypnose, den jeweils anderen Persönlichkeitszustand zum Vorschein zu bringen. In unserem Fall hätten wir dafür aber keine Zeit gehabt und die Hypnotisierung wäre sicherlich auch an der nicht vorhandenen Kooperationsbereitschaft von Bachmann gescheitert. Also musste ich mit der Dampfhammer-Methode agieren. Mir gelang es, ihn mit schmerzvollen Situationen und Empfindungen zu konfrontieren, so dass er unbewusst seine körpereigenen Schutzmechanismen aktiviert hat und dadurch in eine Art Trancezustand verfiel. In diesem Zustand vollzieht sich dann sehr oft die Wandlung zur anderen Persönlichkeit, beziehungsweise der andere Persönlichkeitszustand kommt zum Vorschein."

Die Anderen schienen völlig überfahren von dieser Erklärung und saßen konsterniert auf ihren Plätzen. Mit dieser Lösung hatte keiner gerechnet. Dennis ergriff als erster wieder das Wort:

„Also könnte man sagen, dass sämtliche Morde von den verschiedenen Identitäten eines einzelnen Menschen ausgeführt wurden und somit kein weiterer Mörder flüchtig ist?"

„Ja, das bedeutet, dass wir Sebastian Redlow auch mit der größten Fahndungsaktion in der Geschichte der Stuttgarter Polizei, nicht finden könnten, denn er sitzt bereits hier im Verhörraum", antwortete Jessica.

Tatjana konnte ihre Skepsis nicht verbergen. „Aber einer der Mörder war Rechtshänder und der andere Linkshänder. Die Taten können doch somit nicht von der gleichen Person verübt worden sein, oder?"

„Doch!", entgegnete Jessica postwendend. „Die Ausprägung der Persönlichkeitsstrukturen kann sehr stark variieren und die Besonderheiten des jeweiligen Charakters können theoretisch bis ins letzte Detail angenommen werden. Dazu gehört auch, wie in diesem Fall, dass ein Persönlichkeitszustand als Linkshänder und einer als Rechtshänder agiert. Das eigenartige Schriftbild aus den Tobias-Briefen ist damit übrigens auch erklärt. Die Briefe wurden von Sebastian geschrieben, der Rechtshänder war. Zwar hat Sebastian im Laufe der Jahre durchaus eine körperliche und kognitive Entwicklung durchlaufen, das Niveau seiner Handschrift aber blieb auf dem Stand eines Zehnjährigen, seinem Alter als er starb. Auch sonst waren eklatante Unterschiede zwischen den beiden Persönlichkeiten auszumachen, über die wir im Rahmen der Profilerstellung ja bereits lange und ausführlich gesprochen haben, wie beispielsweise die grundverschiedene Körperhaltung. Während Redlow aufrecht und mit breiter Brust auftrat, ging Bachmann demütig gebeugt. Einer war Raucher, der andere Nichtraucher. Einer war modisch gestylt und trug teure Turnschuhe, während der andere bezüglich Kleidung und Frisur eher bieder wirkte. Bachmann ist ein komplexbehafteter Mann, der sich möglichst einfache Opfer ausgesucht hat und dessen Wut auf das Leben sich während der Taten entlud. Redlow hingegen ist ein sadistischer Selbstdarsteller, der keine Mühen und Risiken scheute und offenbar einfach Spaß an seinen Gräueltaten hatte. Die Intelligenz würde ich bei beiden als eher etwas überdurchschnittlich einstufen. Redlow empfindet persönliche Nähe als Schwäche, Bachmann wiederum sehnt sich nach Nähe und hat nie welche zu spüren bekommen. Kurioserweise führten beide ein komplett eigenständiges und reales Leben. Sie hatten eigene Wohnungen, sowie ein eigenes berufliches und privates Umfeld. Dabei sind beide auf ihre Art als Soziopathen zu bezeichnen und die sind per Definition eher Einzelgänger. Von den jeweiligen Nachbarn wissen wir, dass beide häufig mehrere Tage wie vom Erdboden verschluckt waren. Das waren sie immer dann, wenn der andere Persönlichkeitszug zum Vorschein kam. Beide waren Freiberufler, so dass sie von zu Hause aus arbeiten konnten und niemand sich etwas dabei dachte, wenn sie ein paar Tage nicht erreichbar waren."

Tatjana fragte interessiert dazwischen. „Es muss einem doch selbst komisch vorkommen, wenn man mehrere Tage nicht zu Hause war? Bekommt man denn nichts von seinem Alter Ego mit?"

„Interessanterweise nicht", antwortete Jessica. „In der Regel bestehen beide Persönlichkeitszüge völlig unabhängig voneinander, ohne auch nur von der Existenz des anderen zu ahnen. Nach der Verwandlung besteht grundsätzlich keine Erinnerung an das Erlebte, oder die Geschehnisse davor. In diesem Fall gibt es eine kleine Abweichung von der Norm, da sich der Persönlichkeitszug von Sebastian Redlow von der Psyche Tobias Bachmanns abgespalten hat. Somit handelt es sich um eine lebende und eine bereits gestorbene Persönlichkeit, die aber auf der ehemaligen Existenz zweier, realer Personen beruhen."

„Echt abgefahren!", kommentierte Kurt die Situation, während er, ohne zu fragen, ob sich vielleicht jemand gestört fühlen könnte, eine Zigarette anzündete.

Nun konnte sich Tatjana mit ihren Unmutsäußerungen doch nicht mehr ganz zurückhalten. „So langsam aber sicher ist es in diesem Gebäude nicht mehr auszuhalten. Hier wird man mit Zigarettenqualm gefoltert und auf dem Gang lauert ein undefinierbarer, grauenvoller Gestank, der mich an einen neapolitanischen Hinterhof im Hochsommer erinnert, wenn die Müllabfuhr mal wieder seit vier Wochen streikt."

„Immer mit der Ruhe, Frau von Senden", meldete sich Herr Scheible zu Wort. „Das ohnehin schon bestehende Rauchverbot im Präsidium wird bald auch auf die Büroräume ausgeweitet werden, in denen es bisher der Willkür des Büroinhabers unterlag, ob er rauchen möchte oder nicht. Was den Gestank auf dem Flur betrifft, schließe ich mich Ihrem Unmut an. Wenn ich dieses Rindviech erwische, das dafür verantwortlich ist, kann es sich auf etwas gefasst machen."

In der Runde herrschte ein von Zustimmung geprägtes Schweigen. Dann fuhr Scheible fort: „Ich würde aber gerne nun zur dritten der offenen Fragen kommen, die Frau von Senden vorhin formuliert hat. Wo ist Rebecca Kellner?

Sie hatten vorher von einer Idee gesprochen, Frau Dornfeld?"

„Wie gesagt, es ist nur eine Idee, aber wir sollten diese Möglichkeit unbedingt in Betracht ziehen. Sebastian Redlow arbeitet als freier Makler in der Immobilienbranche. In seiner Wohnung wurden unzählige Unterlagen von Immobilen in Stuttgart und Umgebung gefunden. Wir sollten überprüfen, ob sich leer stehende Gebäude darunter befinden. Als Makler hat man häufig einen Schlüssel und somit unbegrenzten Zutritt. Außerdem kann man steuern, wann und wie oft jemand ins Gebäude kommt. Um einen Menschen zu verstecken, wäre ein abgelegenes Haus ideal. Nach so einem Objekt sollten wir suchen."

Kurt war begeistert. „Das ist eine super Idee. Die könnte doch glatt von mir sein. Weiß eigentlich jemand wie viel Zeit uns bleibt?"

„Nicht genau. Ich werde mich gleich noch um eine fachliche Einschätzung kümmern. Rebecca Kellner wurde vor mittlerweile über vier Tagen entführt und Bachmann und Redlow, oder wer auch immer, wurden vor etwa sechsunddreißig Stunden verhaftet.

Wir können nur hoffen, dass der Zeitpunkt, an dem Redlow wieder zu Bachmann wurde, nicht allzu weit vor der Verhaftung lag. Denn als Sebastian Redlow hat er hoffentlich hin und wieder nach seinem Opfer gesehen und es mit Nahrung versorgt", sagte Dennis.

55.

Dennis hatte Dr. Simon Brandner beim ersten Anruf nicht erreichen können, darum rief ihn dieser wenige Minuten später zurück. „Hallo Dennis, wie lief es denn mit dem zweiten Verhör von Bachmann? Konntet Ihr meine psychiatrischen Kollegen noch von dessen Notwendigkeit überzeugen?"

„Ja, Mark Scheck hat es irgendwie fertig gebracht, sie zu überzeugen. Wie er das gemacht hat, weiß ich auch nicht, aber ich werde es irgendwann einmal herausbekommen und dann verrate ich es Dir. Das Ergebnis des Verhörs ist jedenfalls nahezu unglaublich. Jessica Dornfeld hat Bachmann so unter Druck gesetzt, dass der quasi erneut zusammengebrochen ist. Nur war es dieses Mal etwas anders, als beim ersten Mal."

„Aha! Aber warum hat Sie das getan?"

„Weil Sie bereits so eine Ahnung hatte, dass bei Bachmann eine Multiple Persönlichkeitsstörung vorliegen könnte. Und die Verwandlung lässt sich wohl durch Hypnose, oder eben Konfrontation provozieren."

„Damit hätte ich niemals gerechnet. Respekt, die Dornfeld scheint ganz schön was auf dem Kasten zu haben, oder?"

„Ich denke auch, dass sie als Psychologin ein Ass ist. Aber ich erzähle Dir ein andermal noch ausführlich die ganze Geschichte des Verhörs. Ich brauche jetzt dringend Deinen medizinischen Rat. Rebecca Kellner wird nach wie vor vermisst und wie Du weißt, ist sie schwanger und leidet an einer schwangerschaftsbedingten Störung des Zuckerhaushaltes."

„Du meinst Gestationsdiabetes?"

„Ja, so ist wohl der Fachbegriff. Wie lange kann sie ohne Nahrung oder Medikamente auskommen, beziehungsweise was kann ihr und dem Kind passieren?"
„In welcher Schwangerschaftswoche ist sie denn?"
„Du fragst Sachen, Simon. Ich glaube in der fünfundzwanzigsten Woche, oder so. Warum, ist das wichtig?"
„Das ist sogar sehr wichtig, denn mit fortschreitender Schwangerschaft sinkt die Empfindlichkeit gegenüber dem Insulin, das heißt die Dosierung muss in der Regel erhöht werden. Und je länger sie kein Insulin mehr bekommen hat, desto problematischer ist es natürlich für sie. Ein gesunder Mensch in gutem Allgemeinzustand kann unter Umständen einige Wochen ohne feste Nahrung auskommen, aber keinesfalls kann er mehr als ein paar Tage ohne Wasser überstehen und schon gar nicht der Diabetiker, auch wenn es sich nur um die schwangerschaftsassoziierte Form handelt. Wenn sie keine ausreichend hohe Insulinkonzentration mehr im Körper hat, führt das zu einem überhöhten Zuckergehalt im Blut und das bedingt wiederum die erhöhte Ausscheidung von Zucker über den Urin, wobei dann allerdings auch Wasser und Elektrolyte mitgerissen werden. Der Körper setzt dann eine Menge unangenehmer Prozesse in Gang, die letztendlich im Koma durch Verdursten und einer Übersäuerung des Kreislaufs enden. Also, ganz konkret ausgedrückt glaube ich, dass sie ohne Insulin höchstens zwei bis drei Tage überleben kann."

Als Dennis den anderen von seinem Telefonat mit Dr. Brandner berichten wollte, waren bereits alle in heller Aufregung. Kurt stopfte sich gerade den Rest einer Scheibe Zwiebelfleischkäse auf einem Laugenbrötchen in den Mund, während er Dennis kauend zurief: „Wir müssen sofort los. Tatjana hat in Redlows

Unterlagen die Pläne eines alten, baufälligen Hauses gefunden, das abgerissen werden soll. Es befindet sich in der Nähe von Waldenbuch und passt perfekt in unser Profil. Es steht leer und liegt relativ abgelegen am Eingang zum Wald. Die Sache hat nur leider einen ganz gewaltigen Haken."
„Welchen denn?" fragte Dennis.
„Leider wissen wir jetzt was Redlow meinte, als er beim Verhör sagte, es sei eine todsichere Sache. Das Haus soll heute abgerissen werden und wenn wir Pech haben, wurde schon mit den Arbeiten begonnen."
„Oh mein Gott", war alles, was Dennis noch dazu sagen konnte.
Ein komplettes Einsatzkommando raste mit Blaulicht und Sirenen über die B 27 an Leinfelden-Echterdingen vorbei bis zur Ausfahrt in Richtung Waldenbuch und dann vor Ort weiter bis zu dem alten Haus am Waldrand.
Die Abrissarbeiten waren tatsächlich schon in vollem Gange gewesen, als Kurt telefonisch einen sofortigen Stopp der Arbeiten erzwingen konnte.
„Ich habe übrigens auch keine guten Nachrichten", sagte Dennis etwas kleinlaut, während er sich krampfhaft am Haltegriff neben dem Beifahrersitz von Kurts Auto festklammerte.
„Was kann denn jetzt noch Schlimmeres passiert sein? Sag bloß, die tote Mutter von Redlow und Bachmann ist auch noch aufgetaucht, hat den Bürgermeister als Geißel genommen und wir müssen ihn undercover aus dem Cesars Club befreien?", frotzelte Kurt. Er hatte wirklich das fragwürdige Talent, in den unpassendsten Situationen einen noch unpassenderen Witz zu reißen.
Dennis antwortete mit etwas betretener Miene. „Höchstwahrscheinlich ist Rebecca Kellner nicht mehr lange am Leben. Laut

Dr. Brandner kann sie längstens zwei bis drei Tage ohne Insulin überlebt haben."

Als sie am Haus ankamen, sahen sie einen riesigen Menschenauflauf inmitten der Bagger und zweier Rettungswagen. Die Kollegen mit den Spürhunden waren ebenfalls schon vor Ort und die Hunde warteten ungeduldig, dass sie losgelassen wurden.

Sie konnten es kaum fassen, aber die Fassade des zweistöckigen Hauses war bereits komplett eingerissen, und auch im Inneren waren schon gewaltige Risse und Löcher in den Wänden. Das Dach hing nur noch über dem hinteren Gebäudeteil.

Der Vorarbeiter des Abbruchunternehmens meinte, es wäre reiner Selbstmord, das Gebäude jetzt noch zu betreten. Außerdem sei vor Beginn der Arbeiten das ganze Haus nochmals durchsucht worden, weil manchmal Obdachlose Zuflucht in leer stehenden Häusern suchen.

Trotz allem würde einer der Polizisten in das Haus hineingehen müssen, um nach Rebecca Kellner zu suchen. Zunächst wollten sie aber noch die Hunde vorschicken.

Die Hunde wurden von den Leinen gelassen und die drei Bloodhounds rannten laut bellend in die Trümmer. Ob es ein gutes Zeichen war, dass die Hunde so losgestürmt seien, wollte Tatjana von einem der Kollegen wissen, der gerade den Hals streckte, um seinem Hund nachzuschauen, der hinter einem Berg aus Betonbrocken verschwand. Er verpasste Tatjanas Hoffnung aber gleich einen Dämpfer, indem er anmerkte, dass die Hunde zwar speziell ausgebildet seien und noch nach Tagen den Geruch eines Menschen wahrnehmen könnten, der sich an diesem Ort aufgehalten hatte, aber dass sie ein solches Tempo bei der Suche an den Tag legten, sei durchaus normal. Die Minuten vergingen und sie setzten sich bereits in Gedanken damit auseinander, wer von ihnen ins Haus gehen würde, falls die Hunde nichts finden würden. Sie hörten immer wieder lautes Gebell, das aber kurz darauf schon wieder verstummte. Mehrfach hatte sich dieser Ablauf wiederholt, als Kurt beschloss, dass sie jetzt keine weitere Zeit mehr verlieren durften und selbst nach Rebecca suchen müssten.

Er hatte kaum zu Ende gesprochen, da wollte Dennis auch schon losstürmen. Aber Kurt hielt ihn zurück und erklärte die Angelegenheit zur Chefsache: „Warte mal, Kleiner! Wenn da einer reingeht um Kopf und Kragen zu riskieren, dann bin ich das. Du hast noch fast Dein ganzes Leben vor Dir und ich würde es mir nie verzeihen, wenn einem aus meiner Mannschaft etwas zustoßen würde, nur weil ich zu feige war."

Dennis war im ersten Augenblick etwas enttäuscht, denn er war wild entschlossen gewesen, das Risiko auf sich zu nehmen. Die Geste von Kurt deutete aber auch darauf hin, dass ihm dieser seine Nachlässigkeiten während der Ermittlungen wohl endlich verziehen hatte. Vorsichtig fragte er ihn: „Bist Du mir eigentlich noch böse, weil ich in der Sache mit Sandro Pannuci Mist gebaut habe?"

„Deshalb war ich Dir nie böse. Jeder ist einmal unkonzentriert oder kann etwas übersehen. Aber die Sache mit der Obduktion hat mich sehr geärgert. Du warst unzuverlässig und hast riskiert, dass durch Deine Faulheit wichtige Informationen zwischen Rechtsmedizin und Mordkommission auf der Strecke bleiben. Ich war enttäuscht, denn eigentlich ist das überhaupt nicht Deine Art. Glücklicherweise war Dr. Brandner bereit, uns persönlich mit seiner Anwesenheit zu beglücken, um uns alle wichtigen Details mitzuteilen. Sicherlich hätten wir die Informationen auch irgendwann seinem Bericht entnommen, aber wichtige Zeit wäre verloren gegangen. Ich bin mir jedoch sicher, dass Du daraus gelernt hast und dass so etwas nicht mehr vorkommen wird."

„Da kannst Du Dir absolut sicher sein."

„Außerdem lag mir auch noch meine peinliche und äußerst unprofessionelle Aktion aus dem Cesars Club im Magen. Unbewusst wollte ich wohl davon ablenken, indem ich Dir in einer anderen Angelegenheit den schwarzen Peter zugeschoben habe."

„Ist ja jetzt auch egal. Wir haben im Moment ganz andere Sorgen", versuchte Dennis die Angelegenheit damit ad acta zu legen und fragte besorgt: „Was ist mit Dir, Kurt? Es ist ehrenhaft, dass Du die Verantwortung übernehmen willst und selbst in das Haus gehen möchtest. Aber Du hast doch auch noch so viel vor. Du freust Dich doch so sehr auf Deine Pensionierung. Außerdem hast Du Familie. Was ist mit Deiner Frau und Deinen Kindern?"

„Ich habe schon so viele schöne Dinge erlebt und gesehen. Wenn ich jetzt abtreten muss, dann kann ich im Großen und Ganzen sagen, dass es ein schönes Leben war."

Dann zeigte Kurt mit dem Finger auf das Haus. „Wenn mir jetzt da drin der berühmte finale Ziegelstein auf den Kopf fallen sollte, dann sag bitte meiner Brigitte, dass ich sie immer aufrichtig geliebt habe. Wenn Du Glück hast, backt sie einen Streuselkuchen für Dich und erzählt Dir unsere berühmte Kennenlern-Geschichte. Meinen Kindern kannst Du ja dann erzählen, dass ihr alter Herr einen würdigen Abgang hatte. Die sind aber so sehr mit sich selbst beschäftigt, dass sie wahrscheinlich erst in einigen Monaten bemerken würden, dass ich nicht mehr da bin."

„Mach ich, versprochen. Aber ich bin mir sicher, dass es nicht nötig sein wird, denn Du wirst bestimmt in zehn Minuten wieder unversehrt hier sein. Aber ich muss zugeben, dass ich Eure Kennenlern-Geschichte schon immer einmal hören wollte, die

muss ja wohl legendär sein", antwortete Dennis mit leicht zitteriger Stimme.
Kurt ging zielstrebig auf das Haus zu. Plötzlich blieb er stehen, drehte sich nochmals zu Dennis um und sagte lächelnd: „Und übrigens, weißt Du, die Pensionierung ist mir gar nicht so wichtig, das erzähle ich nur immer einfach so. Was sollte ich denn ohne Euch und diesen ganzen Wahnsinn den lieben, langen Tag lang tun?"
Dann verschwand er in der Ruine. In diesem Moment begann es auch noch ganz leicht zu regnen.
„Das ist doch Wahnsinn", sagte Tatjana. „Wenn Rebecca Kellner schon tot ist, oder sich womöglich überhaupt nicht in diesem Haus befindet, dann riskiert er völlig ohne Not sein Leben. Das können wir doch nicht zulassen!"
Bereits zum zweiten Mal in den letzten vierzehn Tage legte Dennis nach dem grauenhaften Tatortszenario vom Birkenkopf, für einen kurzen Moment seinen Arm um Tatjana und sagte leise: „Manchmal müssen Menschen ganz einfach solche Dinge tun, ob es nun Sinn macht oder nicht. Denn einen großen Menschen erkennt man an seinen Taten und nicht daran, was er nicht getan hat."
Kurt stieg vorsichtig über die Trümmerteile, die sich fast im gesamten Erdgeschoss befanden. Zwischen all dem Schutt lagen überall Teile von kaputten Möbeln und immer wieder waren Kleidungsreste zu erkennen. Er stapfte hin und schaute sie sich an und war jedes Mal erleichtert, wenn er keine Leichenteile darin fand. Etwa einen Meter vor ihm hing ein langes schwarzes Elektrokabel von der Decke, dessen Ende freigelegt war. Wenn er das jetzt anfassen würde, wäre er auf der Stelle tot. Trotz dieser verlockenden Vorstellung, beschloss er daran vorbei zu gehen. Da das Erdgeschoss fast vollständig zerstört war, hatte er auch

nicht viel Hoffnung gehabt, hier etwas zu finden. Also musste er über die schmale Treppe ins Obergeschoss des Hauses gehen. Kurz vor der Treppe fiel plötzlich ein großer Betonbrocken von oben herunter und schlug etwa einen halben Meter neben ihm ein. Das wäre er fast gewesen, der finale Stein, dachte er und ging weiter.

Vorsichtig ging er die Treppe hinauf, indem er Fuß um Fuß auf die nächste Stufe setzte und sich dabei an dem rostigen Geländer festhielt. Als er kurz abrutschte, riss er sich die linke Hand auf und spürte wie sich die abbröckelnden Farbsplitter des Geländers in sein Fleisch bohrten. Er hörte, wie der Regen draußen immer stärker wurde und in der Ferne kündigte ein erstes Donnergrollen das bevorstehende Gewitter an. Langsam ging er weiter und erreichte schließlich das Obergeschoss. Er blickte in einen weiten Flur mit einem uralten Holzboden.

Auf jeder Seite gingen zwei Türen ab, die geschlossen waren. Er würde sie nach und nach öffnen müssen, um zu sehen, was sich dahinter befand. Der Holzboden unter ihm knarrte sehr laut und bei jedem Schritt hatte er das Gefühl, die Dielen könnten jeden Moment unter seinem Gewicht brechen.

Hinter der ersten Türe auf der rechten Seite war das Badezimmer. Es war zwar recht groß, aber es gab nichts Auffälliges darin zu sehen. Beim Blick in die Badewanne atmete er erleichtert auf, weil abgesehen von einigen toten Käfern, keine weitere Leiche darin lag. Der zweite Raum, den er betrat, war ein Schlafzimmer. Er schloss für einen Moment die Augen und konnte sich vorstellen, wie man in den Federkissen des großen Bettes liegend, an einem Sonntagmorgen im Sommer von der Sonne, die durch die riesigen Fenster direkt auf das Bett schien, geweckt wurde. Er schaute in und unter dem Bett nach und öffnete alle Schränke. Nichts, weiterhin keine Spur von Rebecca Kellner.

Wahrscheinlich hatte der Vorarbeiter recht gehabt und sie war tatsächlich nicht hier. Außerdem hätten die Hunde sie sicher aufgespürt, wenn sie sich im Gebäude befunden hätte, dachte er und verfluchte für einen kurzen Moment seine Entscheidung, in das Haus gegangen zu sein.
Als er wieder auf dem Gang stand, beschloss er zum letzten Zimmer auf der linken Seite, ganz am Ende des Flurs zu gehen. Die Dielen bogen sich weiterhin verdächtig stark unter seinen Füßen und kurz vor Erreichen der Zimmertüre, brach Kurt mit einem lauten Krachen in den morschen Holzboden ein. Geistesgegenwärtig bekam er etwas Boden zu fassen und konnte sich gerade noch mit den Unterarmen abstützen und festhalten. Seine Beine baumelten frei. Als er nach einigen Sekunden erfasste, dass er sich in einer halbwegs stabilen Position befand, schaute er in die Tiefe. Er konnte sich unmöglich fallen lassen. Am Boden sah er sein Funkgerät liegen. Es musste ihm bei dem Sturz aus der Jackentasche gefallen sein. Es ging mehrere Meter nach unten und dort lagen jede Menge Trümmer, darunter auch scharfkantige Steine, an denen er garantiert seinen Körper aufschlitzen würde. Also musste er seine ganze Kraft mobilisieren, um sich aus dem Loch nach oben zu ziehen. Da er keinen festen Griff mit den Händen hatte, war das gar nicht so einfach, doch schließlich schaffte er es.

Rebecca lag zusammengekauert auf dem Boden. Seit Stunden hatte sie sich nicht mehr bewegt. Die Kraft war immer mehr aus ihrem Körper gewichen und mittlerweile war sie sogar zu schwach, um die Augen offen zu halten. Ihr Körper hatte bereits mit der Zentralisierung begonnen. Dabei wird nicht mehr der gesamte Organismus mit Blut versorgt, sondern nur noch die zum Überleben notwendigen Organe. Sie konnte Arme und

Beine nicht mehr bewegen und spürte sie auch kaum noch. Lediglich in ihren Händen war noch ein wenig Gefühl, so dass sie noch in der Lage war, einfache Bewegungen mit ihnen auszuführen. Sie atmete tief und schwer. Allein dafür musste sie ihre gesamte Kraft aufwenden. Mehrmals hatte sie nur knapp der Verlockung widerstehen können, einfach aufzuhören und die Atmung einzustellen. Aber irgendetwas in ihr sträubte sich gegen den fast sicheren Tod. Lange würde sie bestimmt nicht mehr durchhalten, aber sie durfte einfach nicht aufgeben. Das war sie sich und vor allem ihrem Sohn schuldig. Und zunächst hatte es den Anschein gehabt, dass ihre Gebete erhört wurden und ihr Durchhalten belohnt werden würde. Mehrere Personen waren im Haus gewesen, die offensichtlich auf der Suche nach Menschen waren, die sich unbefugterweise hier aufhalten könnten. Sie wollten auf Nummer sicher gehen, dass niemand versehentlich durch die Abrissarbeiten zu Schaden kommt. Sie hatte aber keine Kraft gehabt um sich bemerkbar zu machen, als die Männer durch die Zimmer gegangen waren, bevor die Bagger dann schließlich anfingen, das Haus einzureißen. Sie waren direkt vor der Türe zu der kleinen Kammer gestanden, in der sie gefangen war und waren dabei höchstens zwei Meter von ihr entfernt gewesen. Aber sie konnten sie nicht sehen und sie konnte sich nicht bemerkbar machen. Sie war so hilflos. Sie versuchte alle Kraft zusammenzunehmen, um einen Laut hervorzubringen, aber es gelang ihr nicht. Schließlich waren die Männer wieder weg gewesen und damit auch ihre Hoffnung, gefunden zu werden.
Genauso erging es ihr mit den Hunden, die auf einmal da waren, als die Bagger plötzlich wieder still standen. Sie waren doch nicht zufällig hier. Bestimmt haben sie nach ihr gesucht. Sie kratzten an der Türe und bellten außerdem wild. Sie war

aber wie gelähmt, gefangen in einem Körper, der bereits seine Vorbereitungen dafür traf, die Arbeit ganz einzustellen und zu sterben. Aber warum waren die Hunde unverrichteter Dinge wieder abgezogen? Suchten sie vielleicht doch etwas anderes? Nein, bestimmt nicht. Sie mussten ihretwegen hier sein. Ihre Hoffnung bekam jetzt nochmals zusätzliche Nahrung. Sie war sich ganz sicher, dass mittlerweile noch jemand im Haus war. Sie hatte ein lautes Krachen gehört, unmittelbar gefolgt von dem Schrei eines Mannes. Es hörte sich fast so an, als wäre jemand in den Boden eingebrochen. War es der Entführer? War er doch noch zurückgekommen? Wollte er sie endgültig töten? Er hätte leichtes Spiel mit ihr. Sie könnte sich noch nicht einmal wehren, ganz zu schweigen davon, ihrem Mörder mit Verachtung in die Augen zu sehen, bevor er sie tötete. Vielleicht war es aber auch jemand von der Polizei, der nach ihr suchte. Sie musste durchhalten. Sie schwor sich, nicht aufzugeben, bis es definitiv zu Ende sein sollte.

Wenn sie doch nur rufen könnte.

Kurt klopfte sich ein wenig Staub von seinem alten Mantel und betrat dann das Zimmer am Ende des Flurs. Es war stockdunkel. Er betätigte den Lichtschalter neben der Türe, doch es blieb weiterhin dunkel. Er würde sich vorsichtig zum Fenster vorarbeiten müssen, um die Vorhänge aufzuziehen. Er ging sehr langsam und tastete sich vorsichtig mit ausgestreckten Armen voran. Mit dem linken Schienbein stieß er plötzlich gegen einen großen, schweren Klotz, der wahrscheinlich aus Holz war und sich kaum bewegen ließ. Gleich darauf trat er mit seinem rechten Fuß auf etwas, das flach neben dem Holzklotz auf dem Boden lag und sich wie Stein oder schweres Metall angehört hatte. Er bückte sich um danach zu greifen und verspürte plötzlich einen kurzen aber heftigen Schmerz in sämtlichen Fingern seiner rechten Hand. Er spürte die Wärme des Blutes, das an seiner Hand hinunterlief.

Draußen tobte mittlerweile ein fürchterliches Gewitter. Das Zimmer war durch einen Blitz für einen kurzen Moment so erleuchtet, dass er in der hinteren Ecke eine kleine Türe erkennen konnte, die sich unter einer Dachschräge befand. Er tastete sich weiter vor und stieß sich schließlich trotzdem heftig den Kopf. Jetzt wusste er, dass er an der Dachschräge angekommen war und griff nach der Türe, die er zuvor im Blitzlicht gesehen hatte. Der Türknauf glitt ihm mehrmals durch die blutigen Finger, doch schließlich bekam er ihn zu fassen und schaffte es, daran zu drehen. Unter starkem Quietschen und Knarren ließ sich die Türe langsam öffnen. Er zog den Kopf ein und ging vorsichtig hindurch. Gleich darauf wurde er von einem bestialischen Gestank förmlich erschlagen. Es stank nach Kot und Urin und zusätzlich hing ein eigenartiger säuerlicher Geruch in der Luft. Als er unmittelbar darauf mit den Füßen gegen etwas stieß, das sich schwer aber zugleich auch weich anfühlte, hörte er ein leises Stöhnen und war sich sicher, dass er Rebecca Kellner doch noch gefunden hatte. Jetzt erst erinnerte er sich an das Feuerzeug in seiner Manteltasche und zückte es, um Licht zu machen. Warum hatte er nur nicht früher daran gedacht. Er hätte sich bestimmt viele Schrammen ersparen können, wenn er etwas mehr gesehen hätte. Als das Feuerzeug aufflammte, sah er den fast reglosen Frauenkörper auf dem Boden liegen. Die Frau war schwanger und hielt ihre Hände schützend um ihren Bauch. Sie atmete tief und heftig, aber das Wichtigste daran war, dass sie überhaupt atmete, denn das bedeutete, dass sie noch lebte.

„Hallo, Frau Kellner. Ich bin von der Polizei und hier, um Ihnen zu helfen. Können Sie mich verstehen?", rief er, während er an ihr rüttelte, doch sie rührte sich nicht. „Sind Sie verletzt? Tut Ihnen etwas weh?"

Immerhin gab sie nochmals ein leichtes Stöhnen von sich, was ihn hoffen ließ, dass sie ihn zumindest verstehen konnte, auch wenn sie nicht in der Lage war, mit ihm zu reden. Kurt hatte die Flamme des Feuerzeuges wieder erlöschen lassen, um Gas zu sparen, denn sie würden das Licht auf ihrem Weg nach draußen sicher noch brauchen können. Er redete auf Rebecca Kellner ein und versuchte, Ruhe und Sicherheit auszustrahlen.

„Frau Kellner, wir haben den Mann gefasst, der Ihnen und ihrem Kind das angetan hat. Er wird dafür bezahlen, das können sie mir glauben. Hier wimmelt es nur so von Polizei und Rettungskräften. Sie sind in Sicherheit. Wir beide müssen jetzt nur noch aus diesem Haus heraus kommen und dafür schlage ich folgendes vor: Es ist kein Problem, wenn Sie nicht reden können. Ich hoffe aber, dass Sie mich zumindest verstehen. Ich muss unbedingt wissen wie es Ihnen geht, ob Ihnen etwas weh tut, oder ob Sie verletzt sind. Ich gebe Ihnen jetzt die Hand und werde Ihnen einige Fragen stellen. Wenn Sie mit ja antworten wollen, drücken Sie bitte einmal meine Hand. Bei nein drücken Sie sie bitte zweimal. Haben Sie mich verstanden?" Rebecca Kellner drückte einmal sanft seine Hand.

„Haben sie schlimmere Verletzungen?"

Sie drückte zweimal.

„Tut Ihnen etwas weh?"

Sie drückte einmal.

„Was tut Ihnen weh? Der Kopf?"

Sie drückte einmal.

„Der Bauch?"

Sie drückte wieder einmal.

„Wie geht es Ihrem Kind? Spüren Sie, wie sich das Kind bewegt?"
Er konnte spüren, wie sie einmal seine Hand drückte und er bildete sich ein, es wäre fester gewesen als die Male zuvor. Gott sei Dank, das Kind war wohl noch am Leben.
„Können Sie gehen?"
Erwartungsgemäß drückte sie auf diese Frage zweimal zu.
„O.K., ich werde jetzt vorsichtig versuchen, Sie auf meine Schultern zu nehmen und zum Ausgang zu tragen."
Wenn es nur so einfach wäre, dachte er sich. Wahrscheinlich würde der Boden unter ihrem Gewicht zusammen brechen und sie würden beide in den Tod stürzen. Wenn er doch nur um Hilfe rufen könnte. Aber das Funkgerät war ihm vorher aus der Tasche gefallen und sein Handy funktionierte nicht mehr. Wahrscheinlich war es vorher beschädigt worden, als er in den Holzboden eingebrochen war. Also konnte er es sich definitiv abschminken, um Hilfe zu rufen.
Als er gerade mit seinen Armen unter Rebecca Kellner greifen wollte, um sie hochzuheben, konnte er spüren, wie sie sich dagegen sträubte. Er fasste ihre Hand um zu fragen was los wäre, als sie mehrmals hintereinander zudrückte. Sie wollte ihm irgendetwas Wichtiges mitteilen, aber was? Trotz mehrerer Fragen, die er in der Folge stellte, konnte sie ihm nicht begreiflich machen, was es war. Er überlegte kurz und beschloss, da sie ja angegeben hatte, keine schlimmeren Verletzungen zu haben, sie auf seine Schultern zu hieven. Was konnte dabei schon passieren, außer dass sie ihm zu schwer war und er es nicht schaffte?
Als er sie ruckartig vom Boden hob, wurde sie förmlich zurückgerissen, begleitet von einem Klappern, das von einer Kette stammen musste. Er versuchte immer wieder vergeblich, sein Feuerzeug anzumachen, aber die Feuchtigkeit hatte es wohl

beschädigt. Die Blitze zuckten in immer kürzeren Abständen vom Himmel, so dass er sehen konnte, dass Rebecca Kellner mit ihrem linken Bein in einer schweren Stahlkette hing. Die Kette schloss sich direkt über den Knöcheln um ihren Unterschenkel. Was für ein Mist. Kurt verfolgte die Kette tastend bis zur Wand, wo sie offenbar an einem Metallring befestigt war. Er riss wie verrückt an der Kette und an der Verankerung in der Wand, aber es gelang ihm nicht, sie zu lösen oder wenigstens zu lockern. Dann versuchte er, die Kette am Bein von Rebecca Kellner zu öffnen, doch vergebens. Und selbst mit Gewalt schaffte er es nicht, sie über ihre Knöchel zu ziehen. Verzweifelt fragte er, ob es hier einen Schlüssel gäbe, was sie ebenso selbstverständlich verneinte, wie sie die Frage, ob der Entführer den Schlüssel immer bei sich gehabt hätte, bejahte.
Nichts, es war absolut hoffnungslos. Sie war fest gekettet und er konnte nicht das Geringste tun, um sie zu befreien. Auch das Unvermeidbare war zwischenzeitlich passiert und an irgendeiner Stelle des Hauses war durch einen Blitzeinschlag Feuer ausgebrochen, das sich trotz des starken Regens rasch auszubreiten schien.
Kurt wusste, dass sie jetzt keine Chance mehr hatten. Er beugte sich wieder zu Rebecca Kellner und nahm ihre Hand. Dann sagte er leise: „Ich kann nichts mehr für uns tun, aber ich werde Sie nicht alleine lassen, das verspreche ich. Wir beide werden hier gemeinsam sterben. Ich wünschte, wir hätten uns unter anderen Umständen kennen gelernt. Es tut mir leid."
Während er zu ihr sprach, drückte sie mehrmals seine Hand, als wollte sie sagen, ist schon gut, Kurt. Du hast alles versucht. Ich bin Dir nicht böse. Er spürte, wie ihm die Tränen über das Gesicht liefen. Er dachte an Brigitte, an seine Kinder, an seinen Bruder und seine Eltern. Er sah vor sich, wie er als kleiner Junge

in kurzen Hosen von seinem Vater einen in rot und weiß gemusterten Lederfußball geschenkt bekommen hatte und ihm dafür vor lauter Freude um den Hals gefallen war. So fühlte es sich also an, wenn das Leben kurz bevor es zu Ende geht, nochmals an einem vorbei zieht, dachte er.

Die Flammen kamen immer näher, dabei wurde das Licht heller und er spürte, wie die Haut in seinem Gesicht durch die Hitze anfing zu spannen. Er legte sich flach auf den Boden, hielt Rebeccas Hand fest und spürte wie die Müdigkeit über ihn kam. Aber er wollte unbedingt wach bleiben und zwang sich, die Augen offen zu halten. Im immer heller werdenden Licht der Flammen konnte er durch die offene Türe der Kammer die Umrisse eines großen Holzklotzes in der Mitte des Zimmers erkennen.

Das musste der Gegenstand gewesen sein, an dem er sich vorher sein Schienbein angestoßen hatte. Daneben lag noch etwas auf dem Boden. Wahrscheinlich der andere Gegenstand, an dem er sich geschnitten hatte, als er im Dunkeln versuchte danach zu greifen. Ein Ruck durchfuhr seinen Körper und ihm kam eine Idee. Es musste ein scharfer Gegenstand sein und vielleicht konnte er ja damit die Kette durchtrennen. Plötzlich war er wieder hellwach und hechtete voller Hoffnung in die Richtung des Holzklotzes. Daneben auf dem Boden lag ein großes, scharfes Beil, wie das eines Henkers. Ihm wurde auf einmal klar, was Sebastian Redlow hier in diesem Zimmer mit Rebecca Kellner geplant hatte. Kurt schnappte sich das Beil, eilte zu Rebecca zurück und rief ihr zu: „Ich habe ein Beil gefunden, damit werde ich jetzt versuchen, die Kette kaputt zu schlagen. Dann kommen wir vielleicht doch noch lebend hier heraus."

Kurt schlug mehrfach wie ein Verrückter auf die Halterung in der Wand und auch auf die Kette selbst ein, ohne dass sie sich

löste oder durchtrennt werden konnte. Sie war einfach zu stabil. Die ganze Hoffnung hatte also nur einen Moment gewährt. Resigniert und endgültig am Ende, sagte er zu Rebecca: „Es tut mir so unendlich leid, aber es geht nicht."
Daraufhin spürte er, wie sie unter Mobilisierung ihrer ganzen Kräfte, immer wieder seine Hand drückte, als wolle sie ihm wieder etwas sagen. Doch er hatte nicht die geringste Idee, was es sein mochte.
Die Hitze wurde unerträglich und bald würde das Feuer sie beide erreicht haben. Dann schoss ihm ein furchtbarer Gedanke durch den Kopf. Wenn er Rebeccas Bein oberhalb der Kette mit dem Beil durchtrennen würde, konnte er zumindest noch irgendwie versuchen, sie nach unten zu tragen und so zu retten. Er griff wieder nach ihrer Hand und sagte: „Rebecca, es gibt noch eine letzte Möglichkeit, wie ich uns vielleicht befreien kann."
Schon während er es aussprach, spürte er, wie sie immer wieder auffordernd seine Hand drückte.
"Wenn ich mit dem Beil Ihr Bein durchtrenne, kann ich es vielleicht noch schaffen, Sie hier heraus zu tragen. Ich möchte das aber eigentlich auf keinen Fall tun. Wenn Sie jetzt zweimal meine Hand drücken, dann lege ich das Beil zur Seite und alles ist vorbei."
So fest Rebecca Kellner konnte, drückte sie noch ein einziges Mal Kurts Hand. Er erhob sich und holte ebenfalls ein letztes Mal zu einem Hieb mit dem Beil aus.

Epilog

Es fehlte ihm noch etwas die Kraft, aber mittlerweile konnte er schon wieder alle Finger seiner rechten Hand frei bewegen. Und der Titannagel, den die Ärzte zur inneren Schienung in seinem Schienbein versenkt hatten, würde frühestens in einem Jahr wieder entfernt werden müssen.
Weihnachten stand vor der Tür und die Ereignisse in dem Haus bei Waldenbuch lagen inzwischen fast zwölf Wochen zurück. Kurt fand ganz langsam wieder zu so etwas Ähnlichem wie der Normalität in seinem Leben zurück.
Offiziell war er zwar bis zu seiner vollständigen Genesung vom Dienst freigestellt, ließ es sich aber nicht nehmen, fast täglich im Präsidium aufzukreuzen, um den Kollegen bei der Arbeit etwas auf die Finger zu schauen.
Nachdem er in dem brennenden Haus das Bein von Rebecca Kellner mit dem Beil abgetrennt hatte, schleppte er den Körper der schwer verletzten Frau zum Fenster. Die einzige Möglichkeit, noch aus dem Haus zu kommen bestand darin, dass sie sich gemeinsam aus dem Fenster stürzten. In diesem Moment hatte die angerückte Feuerwehr aber Sprungtücher unter dem Fenster gespannt und er hatte keine andere Wahl, als Rebecca hinunterfallen zu lassen. Als sie geborgen war, sprang er hinterher und zog sich dabei einen Bruch des linken Schienbeins zu.
Rebecca Kellner lag nach wie vor im Krankenhaus, wo sie auch voraussichtlich bis zur Entbindung ihres Sohnes bleiben würde. Sie musste mehrfach operiert werden und hatte mit Infektionen am Stumpf ihres Beines zu kämpfen. Da eine medikamentöse

Behandlung in der Schwangerschaft aber nur sehr eingeschränkt möglich war, kam es zu weiteren Komplikationen und der ohnehin lange Heilungsverlauf verzögerte sich weiter.
Nach dem aktuellen Stand der Dinge war ihr Sohn wohlauf. Welche Schäden aber die vielen Operationen und Narkosen wirklich bei Mutter und Kind hinterlassen würden, war noch nicht absehbar. Ganz zu schweigen vom teilweisen Verlust eines Beines und vor allem den besonders schweren seelischen Verletzungen, die wahrscheinlich niemals vollständig verheilen würden. Aber sie war eine mutige Frau und dafür bewunderte Kurt sie. Um ihrem Kind die Chance auf das Leben zu geben, und um den getöteten Vater in seinem Kind weiterleben lassen zu können, hatte sie ohne zu zögern ein Bein gegeben.

Das Urteil im Prozess gegen Tobias Bachmann war noch nicht gesprochen. Wie immer ging es um die Grundsatzfrage der Zurechnungsfähigkeit. Für welche Morde konnte er als zurechnungsfähig bezeichnet werden und für welche nicht. Vermutlich würde er für die Morde an Sandro Panucci, Linda Saskowitz und Marinus Schade nicht belangt werden können, ebenso wenig wie für die Entführung und den potentiellen Tod von Rebecca Kellner, den er billigend in Kauf genommenen hätte. Prognostisch spielte das aber ohnehin keine Rolle, denn er würde sowieso nie mehr auf freien Fuß kommen. Er war momentan unter strenger Bewachung in einer psychiatrischen Klinik im Schwarzwald untergebracht. Bei den Sitzungen mit ihm und Sebastian Redlow, kamen viele interessante und in gleichem Maße unheimliche Details ans Licht. So ging man mittlerweile sicher davon aus, dass Bachmann damals im Alter von acht Jahren seinen Bruder selbst getötet hatte, ebenso wie zehn Jahre später auch seine Eltern.

Dennis hatte leider noch nicht herausfinden können, wie sein Freund Mark es so schnell geschafft hatte, die Psychiater davon zu überzeugen, einer weiteren Befragung von Bachmann zu zustimmen. Auch Marks Belohnung, die Fahrt mit Blaulicht und Sirene in Dennis Auto, war bisher noch nicht eingelöst worden. Diese Woche hing auch wieder einmal der Playmobil-Mann vor seiner Wohnungstüre, und wie immer wartete er vergeblich auf eine Initiative von Bernd, sich endlich einmal der Kehrwoche anzunehmen. Sehr zu seiner Verwunderung, schien sich aber die Beziehung zwischen Anna und Bernd prächtig zu entwickeln.

Jessica Dornfeld war wieder in die Dienste des LKA zurückgekehrt und hatte leider bisher nichts mehr von sich hören lassen. Ihr Name war bundesweit sehr häufig im Zusammenhang mit der Lösung des Rätsels um Tobias Bachmann und Sebastian Redlow in den Medien genannt und dabei sehr positiv bewertet worden. Ihrer ohnehin steilen Karriere, hatte der spektakuläre Fall einen weiteren Schub gegeben und sie in die erste Liga der Kriminalpsychologen und Profiler katapultiert.

Tatjana befand sich nach wie vor auf ihrem Kreuzzug für eine rauchfreie Umgebung und kämpfte gegen die Windmühlen ihrer großen und kleinen Ängste.
Einen Heiratsantrag hatte sie bis jetzt immer noch nicht bekommen.

Als Tatjana, Dennis und Kurt vom gemeinsamen Mittagessen aus der Kantine kamen und sich auf eine Tasse heißen Kaffee freuten, standen Hans-Dieter Scheible und Holger Grünbaum stolz an der Türe zu der frisch renovierten Besenkammer auf dem Gang vor den Büros, und sie konnten hören wie Herr

Scheible sagte: „Bravo, Herr Grünbaum. Ich bin sehr froh, dass Sie das Geheimnis um die Kammer des Schreckens endlich gelüftet haben, und zwar im wahrsten Sinne des Wortes. Es ist ja wirklich nahezu unglaublich, dass jemand seinen stinkenden Müllsack einfach in diese Kammer gestellt hat und ihn dann zu einer tickenden Bio-Bombe mutieren ließ. Wie es allerdings angehen kann, dass das Reinigungspersonal nichts von der Existenz dieser Kammer wusste, wird noch an entsprechender Stelle zu besprechen sein. Zunächst einmal sollte aber im Vordergrund stehen, dem heimtückischen Täter auf die Schliche zu kommen und ihn seiner gerechten Strafe zuzuführen. Haben Sie denn eine Idee, wer zu einer solch hinterhältigen Sauerei fähig sein könnte?"

Holger hüllte sich in einen Mantel des Schweigens. Als er vor einigen Wochen die Kammer entdeckt und den Inhalt des Müllsackes nicht nur gerochen, sondern auch gesehen hatte, wusste er natürlich sofort, wer der Übeltäter war. Aber selbstverständlich hatte er sein Wissen für sich behalten.

Kurt, Dennis und Tatjana hatten sich mittlerweile zu Holger und Herrn Scheible gestellt. Holger schaute etwas hilflos in die Runde und versuchte dabei möglichst unauffällig zu wirken. Dann unterbrach Kurt das peinliche Schweigen.

„Ich würde einmal den Fred Zimmermann vom Betrugsdezernat fragen. Ich glaube, der hat zu Hause ein Müllproblem."

Danksagung

Als ich das Projekt „Eins" in Angriff genommen habe, hätte ich niemals gedacht, dass es mir so viel Freude bereiten würde. Von der konkreten Idee einer Handlung, über die Erschaffung der Charaktere, der Recherche und dem Schreiben des Buches vergingen nur wenige Monate. Es war eine ganz besondere Zeit. Für diese Zeit möchte ich mich bei meiner Frau Angela bedanken. Danke für Dein Lob und die konstruktive Kritik während der einzelnen Phasen der Entstehung von „Eins".
Danke meinem Freund Jan, der mich tatkräftig unterstützt und letztendlich mit mir zusammen dafür sorgt, dass Sie das Buch in den Händen halten oder auf Ihrem E-Book-Reader lesen können.
Diesen beiden Menschen danke ich dafür, dass sie mir vertrauen und an mich glauben.

Ihnen allen danke ich dafür, dass Sie mein Buch gekauft haben und hoffe, Sie haben ebenso viel Freude beim Lesen, wie ich es während des Schreibens hatte.

Es wird weitergehen! „Zwei" kommt bestimmt!

Ihr Jeremias Trumpf, März 2013

Die Handlung des gesamten Buches, sowie alle darin vorkommenden und handelnden Personen sind völlig frei erfunden. Etwaige Ähnlichkeiten zu lebenden Personen sind rein zufällig und nicht gewollt. Die Handlung spielt größtenteils an Orginalschauplätzen, wobei der Autor sich teilweise erlaubte, diese im Rahmen der künstlerischen Freiheit zu verändern.
Einige Schauplätze sind ebenfalls völlig frei erfunden. Auch hier sind etwaige Ähnlichkeiten zu real existierenden Orten oder Gebäuden rein zufällig und unbeabsichtigt.

Die Organisation und die Arbeit der Polizei, einschließlich der Hundestaffel, wurden ausführlich recherchiert und der Autor nahm auch den Service einer Autorenberatung durch die Berliner Polizei wahr. Zugunsten einer kurzweiligen Handlung, sowie der Spannung, wurden jedoch Arbeitsweisen und Vorgehen vereinfacht bzw. modifiziert.

Neckarufer Verlag Stuttgart

Außerdem im Neckarufer-Verlag Stuttgart erhältlich:

Zum Inhalt:

Das vorweihnachtliche Stuttgart versank im Schneechaos. Aber nicht nur deshalb sah das ungleiche Ermittler-Trio des Dezernats 1.1 kaum die Hand vor Augen. In einem Nebel aus über dreißig Jahren zurückliegenden Verbrechen, die Ihre Schatten in die Gegenwart warfen, versuchten sie verzweifelt den richtigen Weg zu finden.

Wieder begegnet man zahlreichen mehr oder weniger bekannten Orginal-Schauplätzen in Stuttgart. Alte Bekannte, eine gehörige Portion an Humor und Sarkasmus, sowie ein Hauch von Verwesung begleiten die Protagonisten durch die Adventszeit und die Heilige Nacht, in der alles schläft, aber einer wacht….

Taschenbuch, 336 Seiten. ISBN Nr.: 978-3-00-044152-3